Reinhard Kaiser-Mühlecker

Wiedersehen in Fiumicino

Roman

| Hoffmann und Campe |

1. Auflage 2011
Copyright © 2011 by Hoffmann und Campe Verlag, Hamburg
www.hoca.de
Satz: Dörlemann Satz, Lemförde
Gesetzt aus der Plantin
Druck und Bindung: Friedrich Pustet, Regensburg
Printed in Germany
ISBN 978-3-455-40309-1

HOFFMANN
UND CAMPE

Ein Unternehmen der
GANSKE VERLAGSGRUPPE

Was mich veranlasst, diese Fragmente der Vergangenheit aufzuzeichnen? Wohl [...] das Verlangen, ein Chaos von Erfahrungen in eine Art Ordnung zu zwingen, und eine unersättliche Neugier. Wir können andere nur lieben, lehren die Theologen, wenn wir, in einem gewissen Maß, uns selbst lieben, und auch die Neugier beginnt beim eigenen Ich.

Graham Greene

■ ■ ■

»Du bist grau geworden«, hat sie zu mir gesagt. Sie hat es geschrieben, aber ich kann es hören.

Seit ich hier in Rohr, einhundertzwanzig Kilometer südwestlich von Wien, lebe, gibt es keinen Tag, an dem ich nicht spazieren gehe. Meistens ist es derselbe Weg, den ich nehme: eine gemächlich ins Gebirge hochführende Forststraße. Und wenn ich ihn gehe, ist es immer gleich. Ich schätze das. Vor einiger Zeit jedoch kam mir an einer bestimmten Stelle, an der der Weg eine Kehre macht und wo eine mächtige Tanne steht, in den Sinn, dass ich über den Verlauf einer gewissen U-Bahn-Strecke, die ich früher, in Wien, täglich meist mehrfach fuhr, noch nie nachgedacht hatte. Ich war immer eingestiegen, Stationen waren vorbeigezogen wie Bilder im Museum, die man, auf dem Weg zu einem bestimmten, nicht beachtet, und ich war wieder ausgestiegen. Wenn ich, ein paarmal, von fern an sie gedacht hatte, stellte ich sie mir jeweils als Gerade vor, als jene zumindest ab einem bestimmten Punkt schnurgerade Strecke, als die sie auf den schematischen Plänen eingezeichnet war.

Ein Jahr ist es jetzt her, dass ich zurückgekehrt bin aus Argentinien. Ich hätte das Datum beinah vergessen, aber heute Morgen kam mit der Post ein Brief von dort an – Glückwünsche zum Geburtstag. Jetzt bin ich dreiunddreißig Jahre alt.

Der Winter begann, als ich in Argentinien ankam, und der Winter hatte bereits begonnen, als ich nach Österreich zurückkehrte.

7

Ich war beruflich hingeflogen und hatte im Voraus gewusst, dass ich mindestens sechs Monate weg sein würde.

Ich hatte ihr, meiner Exfrau, nichts davon gesagt, und als sie mich auf den liegen gelassenen leeren Alitalia-Umschlag, in dem die Flugtickets gesteckt waren, ansprach, log ich; ich log und sagte, ich würde bloß für ein paar Tage nach Rom reisen, müsse bei der FAO die Ergebnisse der eben abgeschlossenen großen Arbeit präsentieren, ich hätte ihr doch davon erzählt. Ich ärgerte mich, das Kuvert liegen gelassen zu haben.

»Ich dachte, da schickst du einen anderen hin«, sagte sie fragend.

Ich blickte aus dem Fenster und entgegnete: »Nein, jetzt mache ich es doch selbst.«

»Ja?«

Unten fuhr einmal kurz klingelnd eine Straßenbahn vorbei.

»Ja.«

Ich fuhr, und dann antwortete ich nicht auf ihre besorgten E-Mails, in denen sie fragte, warum ich das Telefon nicht einmal eingeschaltet hätte, was passiert sei, ob ich noch in Rom sei, ob es mir gut gehe. Ich antwortete auf nichts mehr. Was hätte ich denn antworten sollen? Sie war verzweifelt – und dann, nach einem kurzen Aussetzen ihrer Nachrichten, begann sie mich zu verfluchen. Sie hatte herausgefunden, wo ich war, was ich tat, und sie verfluchte mich. Ich zuckte ratlos mit den Schultern. Was hätte ich anderes tun sollen? Mein Beschluss war längst festgestanden. Ich hatte verschwinden müssen. Es war nicht anders gegangen. Die Flüche trafen mich nicht. Welchen Verfluchten trifft noch ein Fluch? So ging mein Denken. Ich hatte verschwinden müssen. Und nun war ich längst weg.

Der Abflug an einem warmen Tag Mitte Mai.

■ ■ ■

War es nicht unglaublich, ja fast unwahrscheinlich, dass ich seit bald neun Jahren in Buenos Aires lebte? Ich, der ich bis wenige Monate vor meinem zwanzigsten Geburtstag keine einzige nennenswerte Stadt kennengelernt und eigentlich nie woandershin gewollt hatte. Denn im Norden, was gab es da? Rings um San Juan, wo ich geboren und groß geworden war, gab es nicht viel. Es war alles anders gekommen, als es vorherbestimmt gewesen war. Und wenn ich es mir, was manchmal unwillkürlich geschah, vor Augen hielt, wie die Zukunftsvorstellung der Vergangenheit und die Wirklichkeit der Gegenwart auseinanderklafften, konnte ich nur den Kopf schütteln und wusste dabei nie, was ich empfand. War ich näher am Lachen oder am Weinen? Ich wusste es nie.

Einmal, wieder in diese Gedanken versunken, stand ich in der U-Bahn (Linie D) und wartete auf meine Station. Ich war müde, hatte trotz des anstrengenden Zwölf-Stunden-Dienstes zuvor letzte Nacht schlecht geschlafen. So unendlich müde ich das Krankenhaus verlassen hatte, so hellwach war ich dann zu Hause gewesen. Während der Studienzeit hatte es das schon einmal gegeben: Von einem Tag auf den anderen konnte ich nicht mehr schlafen, ohne zu wissen, was anders geworden war. Soviel ich auch darüber nachdachte, mir fiel nichts ein, was sich verändert hätte. Bis dahin hatte ich es nicht anders gekannt, als dass ich am Abend sofort, nachdem ich mich ins Bett gelegt und das Licht ausgemacht hatte, einschlief. Aber nun war die Schlaflosigkeit da, wie ein Feind, dicht an mir, aber körperlos, wie temperaturloser, quellenloser ständiger Atem im Genick, und ich wusste nicht, wie ich ihr begegnen sollte; Medikamente wollte ich nicht nehmen. Es verging mehr als ein Jahr – das mir vorkam wie mehrere aufeinanderfolgende Jahre –, ohne dass sich etwas änderte, bis, auf einmal, eines Morgens, das Problem weg war. Ich hatte eine ganze Nacht durchgeschlafen, und beim Aufwachen wusste ich, dass es nun vorbei war. Da lag ich, eben aufgewacht, und starrte an den an einer Stelle allmählich zerbröselnden Putz an der Decke und wunderte mich über dieses Wissen. Ich wunderte mich nur kurz und dachte später: Es ist weg – aber seltsam, dass ich darüber keine Freude verspüre.

Ich hielt mich an dem Haltering über meinem Kopf und wollte mir nicht vorstellen, dass das nun wieder losgehen sollte. Ich schob den Gedanken weg. Das von Zeit zu Zeit zuckende weiße Neonlicht, das von überallher zu kommen schien, schmerzte in den Augen, als wäre es das Licht eines Schweißbogens. Es war nicht einfach weiß, es war überhell, grell. Der Weg von einer Station zur nächsten kam mir ewig vor; vielleicht auch deshalb, weil ich vor Kurzem – zum ersten Mal – in Wien gewesen war und mich gewundert hatte, wie schnell eine U-Bahn fahren konnte. Hier krochen die Bahnen vergleichsweise. Mit lautem lang anhaltendem, marterndem Quietschen schoben sie sich durch die Kurven, und immer wieder blieben sie scheinbar grundlos stehen. So auch jetzt. Die Bahn blieb einfach stehen, und ich dachte an Wien. Ich erinnerte mich. Dachte an die Staatsoper und das Burgtheater, den Kahlenberg und die zweigeteilte Donau, an all das, an die Tage in Wien – und genau da hob ich den Kopf und schaute in die Menge derer, die zuvor neu zugestiegen waren. Blitzartig stellte mein Blick sich scharf, und ich wurde munter.

Was für ein Zufall, dass ich diesen blassen, aus Österreich stammenden Mann, der nicht älter sein konnte als ich, hier wiedertraf, ja was für ein Zufall, ihn überhaupt wiederzutreffen. Wie war sein Name? Und ich dachte einmal wieder, es sei vielleicht wirklich so, dass die Sterne und der Zufall fast das gesamte Leben bestimmten, wie meine Mutter – die es von ihrem Vater hatte, der behauptet hatte, das sei ein Sprichwort und Sprichwörter seien wahrer als alles andere – es früher oft gesagt hatte und wohl immer noch sagt. Mein Großvater hatte es mit den Sprichwörtern; er sammelte sie, schrieb sie in ein Schulheft, das aber nicht erhalten ist. Es ging verloren auf einer Reise, die er alleine, drei Jahre vor seinem Tod, unternahm. Die Mutter hatte die Geschichte oft erzählt, doch erst irgendwann fing sie an, mich zu interessieren.

Er hatte Bolivien bereisen wollen. Das bolivianische Tiefland. Und irgendwo in der Gegend zwischen Santa Cruz und Trinidad fiel ihm das Heft einfach aus der Hand. Er saß im Heck eines Bootes. Das Heft fiel in den Fluss, auf dem er in das nächste Dorf gelangen wollte und anstatt bloß der Landschaft, als wäre sie der Fluss, beim Vorbeifließen zuzusehen, Schnaps trank oder eben noch getrunken hatte, bevor er eingenickt war. Als es ihn riss, wusste er, etwas ist geschehen, wusste jedoch nicht, was, da wandte er sich um und sah, wie das braunweiße schäumende Kielwasser des von einem kleinen monoton tuckernden Außenbordmotor betriebenen Bootes über das wiegelnde und sinkende Heft schwappte und es ganz langsam, stumm und friedlich fraß. Er brach daraufhin die Reise sofort ab und fuhr, so schnell es ging, in einem durch nach Hause. Dort war man verwundert; man hatte ihn noch nicht wieder erwartet. Warum war er so früh zurückgekehrt? Er sagte es nicht. Erst nach Wochen erzählte er seiner Tochter von dem Heft. Sie hatte irgendwie davon gewusst, aber nur halb. Ein Spleen ihres Vaters. Der ab einem bestimmten Zeitpunkt ewige Streit mit seinem Bruder, ihrem Onkel. Ihr fiel auf, dass er davon in der Vergangenheit sprach. Sie fragte nach, fragte, wo es sei. Da sagte er ohne Regung, dass es weg sei. »Es ist weg, Norma.« Das war sein letzter, sein einziger Satz dazu. Er erwähnte es nie wieder. Sie hatte die ganze seltsame Geschichte von ihrem Onkel, dem ihr Vater sie anvertraut hatte, nach dessen Tod erfahren.

Dem Wiedererkennen folgte ein Zögern: War er das? Wie unwahrscheinlich! Aber dann fiel mein Blick auf seine klobigen Schuhe. Niemand in unserem Alter trüge hier solche Schuhe. Sogar meinem Vater waren sie im Flugzeug aufgefallen, so sehr, dass er sie noch eine Woche, nachdem sie wieder zurück waren in San Juan, zu Hause, am Telefon erwähnte. Ich erinnerte mich, wie er sagte: »Hast du eigentlich die Schuhe dieses Mannes im Flieger gesehen? Was? Sie sind dir nicht aufgefallen? Die waren so groß wie Schuhschachteln! ... Nein, keine Bergschuhe ... Ich sag dir ja, wie Schuhschachteln so groß. Es müsste Schuhkontrollen zusätzlich zu den Passkontrollen geben ... weißt du, beim Einchecken schon ... oder Kleidungskontrollen ... Sitzt im Flieger mit solchen Tretern! Dass das geht, ganz ohne Waffenschein, was?«

Ich ließ den weißen Haltering los und hangelte mich von freiem Haltering zu freiem Haltering in seine Richtung und stellte ich mich so vor ihn, dass er nicht umhinkonnte, mich anzusehen. Lange sah er mich an. War er es doch nicht? Oder war er es und wollte mich nicht wiedererkennen? Andererseits hatte er mich doch nur flüchtig gesehen. Ich war verunsichert.

Endlich sagte ich: »Verzeihung ... Guten Tag ... ich ... wir kennen uns doch, nicht wahr? Ich glaube, wir kennen uns.«

Es passierte nichts. Aber er schaute auch nicht weg. Hörte er mich nicht? Dann stellte ich mich vor, sagte, ich sei der Sohn des Mannes, neben dem er im Flugzeug gesessen sei. Ob er sich erinnern könne? Ob er nicht dieser Mann sei?

Der Flug von Rom, sagte ich. Fiumicino, sagte ich. Er reagierte immer noch nicht, stand da wie blind, und ich war kurz davor, mich abzuwenden. Ganz kurz davor: Denn da war ich bereits sicher, mich doch zu irren, als es plötzlich schien, dass es nicht Blindheit war, sondern tiefes Nachdenken. Und ich wurde im letzten Moment wieder unsicher, wartete noch. Und nun sah es aus, als tauchte er aus diesem tiefen Meer auf, als drehten sich seine Augen von innen nach außen; sie hatten nun einen anderen Ton. Er war aufgetaucht, und sein Kopf hob sich ein wenig. Ja, er war es.

»Ha!«, sagte er unerwartet, »der Sohn des Rinderzüchters. Der Arzt. Guten Tag!«

Dabei verzog er keine Miene. Wir gaben uns die Hand. Ich bemerkte, wie er auf mein Handgelenk blickte – auf meine Uhr. Dann fragte er, ob ich mit ihm auf einen Kaffee gehen wolle. Ich war einverstanden. Er nickte. Seine Augen waren dunkel, kühl und undurchdringlich. Wir stiegen an der nächsten Station aus, wo ich in der Nähe das Café Victoria kannte.

Warum hatte ich ihn angesprochen? Ich wusste kaum etwas über ihn, eigentlich fast nichts, nur das Wenige, was mein Vater mir gesagt hatte. Im Flugzeug hatte ich ihn kaum wahrgenommen, war ein paar Reihen entfernt von ihm gesessen. Er war ein Fremder. Und doch war er mir auf eine seltsame Weise vertraut. Ich wusste zunächst nicht einmal, woher dieses Gefühl kam. Doch ich wusste, ich würde es herausfinden, ob er es zuließe oder nicht.

■ ■ ■

Hans Kramer, ein Bekannter, holte mich vom Flughafen Ezeiza ab. Wir kennen uns aus meiner Studienzeit, doch weiß ich nicht mehr, bei welcher Gelegenheit wir uns kennengelernt haben. Wir hatten uns ein paar Jahre lang sporadisch getroffen, entweder im Türkenschanzpark in der Nähe der Universität oder in einem gewissen Lokal, in das ich oft und eigentlich nur aus Gewohnheit ging. Vielleicht lernten wir uns sogar dort kennen, ich weiß es nicht mehr. Es fällt mir nicht mehr ein. Wir waren jedenfalls keine Studienkollegen. Hans Kramer studierte Geschichte und Literaturwissenschaft an der Hauptuniversität. Nur studierte er nicht richtig. Zwar besuchte er täglich mehrere Vorlesungen, machte dann jedoch keine Prüfungen. Er sagte, er finde das System ärgerlich und wolle niemandem etwas beweisen. Ich erinnere mich, dass ich ein einziges Mal, weil mir diese Art, die er irgendwie aufständisch, kämpferisch fand, gegen den Strich ging, zu ihm sagte, dass das idiotisch und trotzig sei und dass er mit seiner Haltung lediglich sich selbst schade. Aber ihn schien das nicht zu berühren, er zuckte lediglich mit den Achseln. Von da an erzählte er nichts mehr von seinen Vorlesungen. Ich fragte nicht nach. Und irgendwann in diesen Jahren erzählte er mir, dass er auswandern wolle, nach Argentinien, und dann, Monate später, dass er auswandern werde, er habe schon das Ticket. Kurz darauf war er weg. Das ist nun etwa zehn Jahre her. Ich hatte seither kaum je an ihn gedacht.

Sofort erkannte ich ihn wieder, sein Gesicht stach mir aus einer der letzten Reihen der Wartenden entgegen, und er mich ebenso sofort, und mit diesem Sofort verlor ich meine Souveränität, meine Selbstsicherheit: Es war, als nähme mir jemand zehn Jahre des Lebens und des Gewohntseins an gewisse Umstände weg, als stünde ich mit einem Mal wieder da als Zwanzigjähriger. Als wäre nicht in der Zwischenzeit mehr als ein Jahrzehnt vergangen. Mir war für eine Sekunde, als stünde ich ihm im Türkenschanzpark gegenüber, so wie damals. Ich machte einen Bogen um die vereinzelt Wartenden mit Blumen, die in dünnes weißes Papier gewickelt waren, ging auf ihn zu, zwang mir ein Lächeln ins Gesicht und wollte ihm die Hand geben, aber er umarmte mich, und meine Hand stieß gegen seinen Bauch. Er drückte mich an sich. Meine Arme strebten unwillkürlich seitwärts, meine Finger spreizten sich wie von selbst, ich hielt die Luft an – fühlte mich überrumpelt.

Er trug ein weißblau gestreiftes kragenloses Hemd unter einer dunkelgrünen Jacke, die ich von früher kannte, wie ich mir einbildete. Im Gesicht etwas, was mir vorkam wie ein Abdruck von Schlafmangel oder Trunkenheit. Aber er war völlig nüchtern, nur müde. Es war mir unangenehm, diese Umarmung, und dann dazu noch ein Kuss auf die Wange. So unangenehm, dass mir im Moment sogar die Floskeln und die vorbereiteten Fragen entglitten, von denen mir erst später auffiel, sie nicht gestellt zu haben; sie waren noch in mir, ungesagt, und nun wurde ich sie nicht los.

Er nahm mir eine Tasche ab, und wir gingen Richtung Ausgang. Die Schiebetüren waren noch schwarz, und ich spürte die Nacht. Ich sah in der Schiebetür, wie er auf die Uhr blickte. In zehn Minuten fahre ein Bus.

Ich blieb stehen und sagte: »Ich brauche einen Kaffee.«

Es war halb sechs Uhr morgens. Ich wartete, während er in einem Flughafenbistro zwei schwarze Kaffee zum Mitnehmen kaufte. Er kam mit zwei Pappbechern zurück, gab mir einen. Er war dünnwandig. Mir brannten die Fingerkuppen. Wir bewegten uns auf den Ausgang zu. Obwohl die Reise lang gedauert hatte und anstrengend gewesen war – ich fühlte mich frisch, ausgeschlafen.

Draußen nahm ich die Zigaretten aus der Tasche und hielt sie Hans hin, aber er lehnte ab. Der Kaffee dampfte wie beständiger Atem. Ich rauchte drei Zigaretten hintereinander. Erst nach der ersten fragte ich ihn, ob er am Morgen etwa nicht rauche, und da antwortete er, schon vor Jahren habe er aufgehört. Das wunderte mich. Alle hören sie neuerdings auf, dachte ich. Alle gleichzeitig. Die dritte konnte ich nicht mehr zu Ende rauchen, weil der Bus kam, warf sie auf den Boden, wo die Glut aufspritzte, und sagte: »Es stinkt widerlich hier! Nicht zum Aushalten!«

Er lachte auf, auch das Auflachen müde. Hatte er denn nicht geschlafen? Es war halb sechs Uhr. Wir stiegen ein.

Als der Bus anfuhr, sagte er: »Das ist noch gar nichts. Warte erst auf die Stadt!«

Tatsächlich würde ich mich noch wundern – und mich dann, zumindest zeitweise, einfach daran gewöhnen.

In der Luft lag ein dichter Geruch nach Kerosin und Abgasen, viel dichter als an allen Flughäfen, an denen ich bisher gewesen war. Ich überlegte, woran es liegen könnte. Auf die Schnelle käme ich nicht an meine Geräte heran; sie lagen gut verpackt irgendwo tief in der Reisetasche. Dann dachte ich: Es ist kalt und der Luftdruck wahrscheinlich gerade stark im Fallen. Das wird es sein.

Beim Anfahren durch die schwarzen, zart vibrierenden Scheiben hindurch im Hintergrund das monoton sirrende, ohrenbetäubende Geräusch der Flugzeugmotoren und -turbinen.

Die Fahrt dauerte annähernd zwei Stunden. Zwei Stunden, die mir ewig erschienen, weil ich schon nach einer halben Stunde meinte, bald anzukommen. Da zog sich die Zeit schier endlos. Und dennoch erinnere ich mich an fast nichts mehr davon. Hans Kramer redete die meiste Zeit über, aber ich, neben ihm sitzend, oft minutenlang die Augen geschlossen, hörte nicht recht hin. Es war das Reden eines Ortskundigen, der einem Ortsunkundigen den Ort erklärt. Wie oft hatte ich solches und ähnliches Reden schon gehört? So viele Städte gab es auf der Welt. Ich war nicht hier, um eine Stadt kennenzulernen. Ich war kein Tourist. Ich war hier, um zu arbeiten. Langsam begann es zu dämmern. Einmal passierten wir ein riesiges eingezäuntes Areal, auf das er zeigte und sagte, es gehöre einer Sekte. Ich drehte mich zu dem sich undeutlich aus der Dämmerung herausschälenden – noch? – farblosen Gebäude mit sechs Türmen um, an dem wir eben vorbeigefahren waren – aus Höflichkeit. Er redete. Als liefe ein zweiter Motor.

Einmal fragte ich ihn, was er hier mache. Er antwortete, er arbeite in einem Museum. Daraufhin schloss ich die Augen wieder.

Eigentlich nahm ich an, er habe ein Hotelzimmer für mich reserviert – worum ich ihn vor mehreren Wochen gebeten hatte.

Ich hatte mich an ihn erinnert, als ich im Internet auf der Suche nach einem Hotel war, und beschlossen, ihn nach einer Adresse zu fragen. Vielleicht, dachte ich, kennt er etwas. Jahrelang hatte ich nicht mehr an ihn gedacht, und nun erst bemerkte ich, dass tatsächlich zehn Jahre vergangen waren, seitdem wir uns das letzte Mal gesehen hatten. Im ersten Moment erschreckte mich das fast: Zehn Jahre – das konnte nicht sein! Dann jedoch lief ich im Geist die Jahre durch. Ich kam zu dem Schluss: Es stimmte, es war nicht erst gestern, es lag etwas, vieles, dazwischen. Ich suchte im Telefonbuch die Nummer seiner Eltern, rief an, stellte mich als Freund vor und bat um eine Nummer oder eine E-Mail-Adresse von ihm. Es erübrigte sich, nachzufragen: Als mir seine Mutter die Nummer durchgab, sah ich, dass er dortgeblieben war. Dann buchstabierte sie die E-Mail-Adresse. Ich hörte, wie sie sich freute über meine Frage. Für eine Weile hatte ich vergessen, dass ich nicht auf der Suche nach meinem alten Bekannten Hans Kramer, sondern auf der

Suche nach einem guten und günstigen Hotelzimmer für mehrere Monate war.

Aber sein Plan war anders: Er wollte mich bei Freunden unterbringen. Als wir aus dem Bus stiegen, gingen wir ein paar Blocks zu Fuß, bis wir vor einem Haus, das aussah wie alle zuvor, stehen blieben. Ich dachte: Das ist aber ein unauffälliges Hotel. Vielleicht ist es eine Pension. Hans drückte auf die Klingel, und kurz darauf summte der Öffner. Wir traten ein und gingen drei Stockwerke hinauf. Wir blieben vor einer Wohnungstür stehen. Vergeblich suchte ich nach einem Schild, auf dem »Hotel« oder »Pension« gestanden wäre. Da sagte Hans: »Hier wohnt Franco. Er ist der Bruder meines Arbeitskollegen. Er hat ein Zimmer frei. Hier kannst du bleiben, solange du willst.«

Ich war sprachlos vor Überraschung. Hätte er mir das schon im Bus gesagt, hätte ich abgelehnt und gesagt, ich wolle lieber in ein Hotel. Es wäre vielleicht alles ganz anders gekommen. Aber er hatte den Finger schon auf dem Klingelknopf, und in dem Moment, in dem er draufdrückte, dachte ich, innerlich fluchend, dass es zu spät sei und dass es nun so geschähe, wie er es, und nicht so, wie ich es vorausgedacht hatte.

■ ■ ■

Seit ich denken kann, hat Musik zu meinem Leben gehört; sie war immer da gewesen, so selbstverständlich wie Essen und Schlafen und Atmen. Vor einer gewissen Zeit hat sich das geändert. Ich wandte mich von der Musik ab. Nicht nur, dass ich meine Karriere als Gitarristin aufgab, ich wollte auch sonst nichts mehr davon wissen. Bis dahin hatte ich nicht viel anderes getan, als Gitarre zu spielen, zu Hause oder auf Konzerten, Stunden täglich, aufgehobene Zeit –

und auf einmal nichts mehr. Auf einmal nichts mehr. Ja, ich hatte dafür meine Gründe.

Immer hatte es dazugehört, als etwas völlig Selbstverständliches, und doch war es mir noch nie leicht gefallen, darüber – und überhaupt über Kunst, auch über Bücher – zu reden. Das Ausüben war stets so einfach gewesen – und wenn manchmal nicht einfach, so doch immer bewältigbar –, aber das Reden darüber war mir immer schon unpassend erschienen, oft sogar fast absurd. Warum sprach, schrieb man über etwas, was nicht zu beschreiben, nicht zu besprechen war? Aber man hatte mich so lange und so inständig gebeten, die Laudatio auf meine Freundin Isabel zu halten, als sie diesen großartigen Preis für ihr Drehbuch verliehen bekam, dass ich schließlich zusagte. Ich sagte zu in der Überzeugung, über ein Drehbuch, einen Film etwas zu sagen sei nicht so abstrakt, wie über Musik zu sprechen. Und ich wusste, ich würde ihr damit eine Freude machen. Ich dachte letztlich, man könne dabei nicht viel falsch machen. Aber ich hätte es besser nicht tun sollen, denn danach merkte ich, dass ich im Grunde nur von mir geredet hatte. Ich hatte mir eingebildet, es sei Zurücknahme, wenn ich von mir als bloße Betrachterin des Films oder von mir als bloße Leserin dieses Drehbuchs, das sie verfasst hatte vor mittlerweile schon über drei Jahren, spräche und mich nicht aufspielte als Expertin – die ich ja auch nicht war. Aber in Wirklichkeit hatte diese Zurücknahme gerade dazu geführt, von mir zu sprechen, von meiner Geschichte. Erst im Nachhinein ging mir das auf, und dann schämte ich mich zutiefst. Es war, als stünde ich vor einem schrecklichen, überscharfen Spiegel, den ich selbst angefertigt hatte. Es war ungeheuer peinlich. Vielleicht hatte niemand es bemerkt, so wenig, wie ich es anfangs bemerkt hatte. Es schien mir sogar tatsächlich so zu sein, denn die Glückwünsche für die

Rede waren so echt und so herzlich, und manch einer zog aus meiner Rede Schlüsse, die mich erstaunten, weil ich sie nicht gesehen hatte, aber dann für folgerichtig befand. Aber darum ging es ja nicht. Wäre das Drehbuch noch nicht verfilmt gewesen, ich hätte gezögert, zuzusagen; so jedoch gab es zwei Medien – beschriebenes und umgesetztes Bild –, auf die ich mich berufen konnte, die ich vergleichen konnte und zwischen denen es mir leichtfiel, Fäden zu ziehen, und zuletzt hatte ich ein kleines Netz aus Worten vor einem großen und seltsam andächtigen Festpublikum gesponnen.

Ein stiller Film über einen Jungen, der ein Nummer-1-Boxer werden will; kaum gesprochene Worte, aber das Drehbuch so dick wie für drei Filme. Ich bewunderte Isabel und war stolz auf sie – nicht nach der ersten Lektüre, nicht nach dem ersten Sehen des Films. Es brauchte viel Zeit, bis ich das alles so verstand, wie es gemeint war: die ganzen Details, die Beschreibung noch der geringsten Bewegung. Längst schon waren da die Preisverleihung und also die Rede vorbei. Bis das erste Mal etwas gesprochen wird in dem Film, dauert es ganze siebeneinhalb Minuten. Siebeneinhalb Minuten, und dann der Befehl: »Fight!« Die Stimme ist jene des Ringrichters. Und dann dieser vielleicht Achtzehnjährige, leicht von unten gefilmt, ein Junge und noch kein Mann, die schwarzen, glänzenden zitternden Boxhandschuhe das Dominierendste in dem Bild, das als Ganzes leicht zittert, das Glänzen der Handschuhe wie das Glänzen einer schwarzen Billardkugel unter einer tief hängenden Neonröhre, man hört sein Schnaufen verdoppelt – das zweite ist das Schnaufen des Gegners, der unsichtbar bleibt. Und man sieht unscharf das Gesicht des Jungen und unscharf, wie der Schweiß glitzernd auf seiner Stirn steht, und, wenn er die Fäuste kurz sinken lässt oder auseinandernimmt, wie es von seiner Nasenspitze tropft, und seine

Schultern sieht man nicht, und nichts passiert für weitere drei Minuten zehn, und dann wieder: »Fight!«, diesmal die Stimme des Jungen, aber die Lippen, die man ebenso hin und wieder sieht, sagen nichts, sie zittern nur wie die Fäuste. Dieses Glitzern auf der Stirn. Und dann kommt ein schwarzes Bild, in das in weißen Großbuchstaben der Titel eingeblendet wird, und zum dritten Mal, jetzt stumm, dieses Wort »Fight«. Daraufhin beginnt der Hauptteil.

Nach der Preisverleihung wollte ich nichts wie weg, wollte im Da Ponte, einer Bar in der Nähe meiner Wohnung, allein ein Glas trinken. Ich blieb nur noch kurz, um ein paar Worte mit Isabel zu wechseln, und dann, schon auf dem Weg zum Ausgang, noch ein paar Worte mit diesem und jener, die im Weg standen, die ich gar nicht kannte. Ich hatte Lucho, meinen Exfreund, im Publikum gesehen, hatte ihn ja selbst eingeladen zu einer Zeit, zu der ich noch nicht wusste, dass ich ihn verlassen würde. Wir hatten eigentlich ein gutes Verhältnis seit der Trennung, aber jetzt wollte ich ihn nicht sehen. Aber nicht nur ihn nicht; ich wollte niemanden sehen. So war es immer gewesen: Nach Auftritten, welcherart sie auch waren, wollte ich allein sein. Isabel kannte mich, sie wusste es schon und sagte verständnisvoll lächelnd: »Und du bist jetzt gleich weg, nicht wahr? Schade, Savina!«

Vor dem Eingang warteten Taxis, ich ging eilig auf eines zu, hörte den Motor anspringen, absterben, wieder anspringen, ich zog den Schlag auf und stieg ein. Wie froh ich war, weg zu sein!

Im Da Ponte war noch ein einzelner Tisch am Fenster frei, an den ich mich setzte, ein Glas Malbec bestellte und durch die Scheibe nach draußen sah. Ich sah weiße Müllsäcke, parkende Autos, vorbeifahrende Autos, ihr über den Asphalt geschobenes gelbes Licht, ab und zu die Hüfte, die

Tasche eines Vorbeilaufenden, und dazwischen immer wieder mein Gesicht wie das einer anderen. Ich saß oft hier. Woran es lag, wusste ich nicht, doch nie wurde man hier angesprochen. Es war ein Lokal, in das die Leute auch allein gingen – ansonsten etwas eher Unübliches. Der Wein war in diesem Licht fast schwarz.

Vorhin, als ich vortrug, war mir gewesen, als wäre die Zeit aufgehoben. Obwohl ich die Rede im Vorfeld wieder und wieder durchgegangen war und sie jedes Mal, wenn ich sie vor dem Spiegel des Kleiderschranks im Schlafzimmer übte, gut zwanzig Minuten gedauert hatte, konnte ich nicht sagen, wie lange ich gesprochen hatte. Ich hatte Lampenfieber gehabt, das ich mir nicht anmerken ließ. Es war wie früher gewesen, bei einem Auftritt, dasselbe Gefühl. Während des Redens, wie damals während des Spielens, keine Wahrnehmung irgendeines Außen; es hätte die Sonne vom Himmel fallen können, und ich hätte unbeirrt weitergemacht – zugleich jedoch die Wahrnehmung noch der kleinsten Veränderung außen: Ganz deutlich hörte ich etwa ein Türschlossschnappen irgendwo hinten im Raum, kurz darauf das Rasseln eines metallenen Armbands, vielleicht einer Armbanduhr – alles und nichts zugleich, redend oder, wie damals, spielend: aufs Äußerste gespannt wie mechanisch, in höchster, in perfekter Konzentration. Und jetzt, danach, dieselbe Leere, dasselbe Starren, dasselbe stumpfe Gefühl im Körper, gegen das nichts half, keine Zigaretten und kein Wein, kein Buch, kein Reden mit irgendwem, nur Alleinsein in dieser Bar, in der man in Ruhe gelassen wurde, und Warten.

■ ■ ■

Zweimal in der Woche gehe ich nach der Arbeit, zwischen vier und fünf Uhr am Nachmittag, ins Hallenbad. Ich nehme meinen Rucksack aus dem Spind, verlasse, Lucho, den Portier, grüßend, das Museum und gehe zu Fuß los. Es ist ein weiter Weg, doch ich gehe ihn gerne.

Hoch über dem Schwimmbecken befindet sich eine Decke aus Glas, und wenn ich – jede vierte Länge – auf dem Rücken schwimme, kann ich durch das ungetönte Glas der Schwimmbrille hindurch den Himmel und seine Farbe betrachten. Im Herbst sehe ich oft Wolken, die von der kalt gewordenen Luft sanft zerrissen werden und sich auflösen. Auch wenn man ihn nicht sehen kann: Man erkennt den Wind durch das Glas, sogar bei wolkenlosem Himmel; noch im Wasser spürt man es förmlich, dass etwas durch diesen Raum zwischen Glas und Himmel geht, etwas, was nicht nichts ist. Im Gegenteil bisweilen der Gedanke, es sei die Luft jenes Etwas, das den Himmel in Wölbung empordrückt. Manchmal ist auch ein Vogel zu sehen, der weit unter dem Himmel fliegt, und dann blicke ich ihm, so gut es geht, nach. Ganz unwillkürlich. Denn nie sieht man einen Vogel, wie man ihn beim Schwimmen sieht; wohl deshalb, weil man selber in Bewegung ist; man zieht gewissermaßen mit ihm mit. Beim Brustschwimmen ist mein Blick meist auf meine Arme gerichtet, auf das Licht und die Schatten, die auf meinen Armen und Händen, die Schaufeln nachformen und angespannt zittern, tanzen, Abbilder der bewegten Wasseroberfläche. Und die Härchen auf den Armen bewegen sich, als führten sie ein Eigenleben. Und manchmal, abhängig vom Licht und von der Tiefe des Beckens, die nicht an jeder Stelle gleich ist, schwimmt man genau über dem eigenen Schatten, und dann kann ich es nie glauben, dass das ich sein soll, der am Beckenboden die eigenen Züge in dem Moment, in dem er sie macht, schon wiederholt. Wenn die Sonne durch das Glas der Decke ins Becken scheint, werden die Sonnenstrahlen unter Wasser sichtbar wie in staubiger Luft.

Schon während der zwei Jahre, die ich in Wien lebte, hatte ich diese Angewohnheit. Zweimal in der Woche ging ich in das Amalienbad am Reumannplatz, diesem herrlichen Jugendstilbad, wo die Decke gleichfalls zu großen Teilen aus Glas besteht. Bisweilen ging ich auch ins Theresienbad, das älteste, schnörkellose Bad der Stadt. Nur im späten Frühjahr und im Sommer fuhr ich mit dem Fahrrad aus dem dritten Bezirk, wo ich wohnte, durch den Prater an die Alte Donau. Auch dort konnte man bei Sonne die Strahlen unter Wasser sehen. Im Mai war es noch bläulich gelb, das Wasser unter der Oberfläche bei Sonne, im August schon grünlich gelb. Die kleinen und bei Wind etwas größeren Wellen, die sich flackernd auf die Haut zeichneten. Unvergessliche Bilder. Ich trage sie mit mir herum. Und jedes Mal freute ich mich damals auf die sonnenwarme Hose, das Leibchen, auf den warmen Stoff auf der weich gewordenen Haut. Wie gerne ich schwimme. An manchen Tagen hat man in den Schultern oder über den Rippen in der Brust ein Ziehen, weil man es am Vortag übertrieben hat, aus Übermut, der mit dem Schwimmen gekommen ist, oder aus Zeitvergessenheit, und dann ist es, als wäre man auch an diesem Tag geschwommen, durch den Schmerz, durch die bloße Erinnerung.

Ein Jahr und einen Tag ist es nun her, seit Joseph abgereist ist. Ich war erstaunt, wie plötzlich er weg war. Er hatte sich nicht verabschiedet, nachdem er für mehr als ein halbes Jahr hier gewesen war, kein Wort, bloß ein letzter kurzer Besuch seinerseits bei mir in der Arbeit. Ich weiß nicht, weshalb ich ihn nicht bemerkt hatte, er stand plötzlich da, scheinbar ohne gekommen zu sein, stand vor mir, als hätte

24

er nicht zuvor den ganzen Saal durchqueren müssen. Aber das Funkgerät an meinem Gürtel rauschte, ich hatte nicht recht Zeit. Wir redeten ein bisschen hin und her. Dieser letzte Besuch ist in meiner Erinnerung fast augenblicklich verblasst.

Savina war es, die mich völlig aufgelöst anrief und schon, als ich abhob, schrie: »Dieser verfluchte Kerl ist ohne ein Wort zu sagen abgereist! Kannst du dir das vorstellen, Juan? Er ist einfach weg! Und weißt du, von wem ich es erfahren habe?«

Sie schrie, und ich erfuhr, von wem sie es erfahren hatte.

»Aber zu mir hat er kein einziges Wort gesagt, ich möchte ihn noch nachträglich ohrfeigen, links und rechts, den Scheißkerl, nicht ein Wort, als wäre ich niemand, als wäre ich Luft, dieser … dieser Dieb, als gäbe es mich nicht!«

Hatte sie mich je zuvor angerufen? Ja, doch, einmal.

Ich fragte fast ohne nachzudenken: »Aber was hast du gedacht, dass sein wird?«

Und da hörte sie auf zu schreien und sagte nichts mehr, und nachdem ich noch eine Weile ihr heißes, stürmisch-verzweifeltes Atmen gehört hatte, legte sie auf, und dann war nichts mehr, nur noch das Tuten. Ich bereute, meinen Gedanken ausgesprochen zu haben. Wie anmaßend. Weshalb hatte sie »Dieb« gesagt?

In diesem Jahr ist viel geschehen, auch viel Unerwartetes. Mein erstes Buch wurde in einem großen deutschen Verlag veröffentlicht und wurde auf Anhieb ein – für ein Buch wie dieses – ziemlicher Erfolg. Ich zog aus meiner kleinen Wohnung in eine größere um, die ich nun mit Cecilia bewohne. Ich hätte Gelegenheit gehabt, den Job zu wechseln, jemand hatte mir ein Angebot gemacht, das ich jedoch ablehnte; die Tätigkeit, der ich seit jetzt schon zehn Jahren dreißig Stunden in der Woche nachgehe, gibt mir einen Rhythmus, der mir recht ist, mehr, den ich brauche, weil er mich im Takt hält, was ich spätestens, sobald ich ein paar Tage Urlaub habe, merke; ich trinke dann zu viel und vernachlässige das Schwimmen; verliere einfach jeden Rhythmus. Von Joseph aber hörte ich das ganze Jahr über kein Wort, las keine Zeile, die an mich gerichtet gewesen wäre. Cecilia ist mit ihm sporadisch in Verbindung, und sie erzählt mir, was sie von ihm hört; es ist nicht viel. Dass er dieses Haus jetzt gekauft hat, von dem er damals schon geredet hat, dass er hinausgezogen ist nach Rohr, das hat mir schon mein Vater erzählt, der ihm geholfen hat mit den anfallenden Formalitäten. Es kommt mir eigenartig vor, dass er dort wohnt. Das Haus kenne ich, seit ich denken kann. Es ist ein etwas abseits der sogenannten Köhlerstraße stehendes eingeschossiges Haus mit Schindeldach und einer beeindruckend mächtigen Linde zehn Schritte vor der Haustür. Früher wohnte dort ein altes Ehepaar – das ich immer schon kannte und das immer schon alt war. Doch jetzt sind sie tot. Schwierig, sich diese Alten nun wegzudenken und sich Joseph hinzudenken – sein Haus, seine Linde, plötzlich. Ich kann ihn mir hindenken, freilich; aber er passt nicht hin.

Wenn er einen Brief schickt, schickt er ihn ohne Absender. Dennoch erhält er offensichtlich die Post, die man ihm an seine alte Adresse in Wien schickt, bekommt sie vermutlich nachgeschickt, so wie ich meine von Belgrano nach San Telmo nachgeschickt bekomme. Abgesehen von der kurzen Zeitspanne in Wien, in der wir uns regelmäßig sahen, war dieser Mensch kein Teil meines Lebens, und als er vor eineinhalb Jahren herkam, fast ohne Vorankündigung, war das, als hätte ich es mit einem Unbekannten zu tun. Vielleicht war es für ihn ähnlich, und wir behalfen uns beide damit, dass wir unwillkürlich in Rollen zurückfielen, die wir damals wohl innehatten. Oder vielleicht behalfen wir uns gar nicht, und es war ein wie natürliches Zurückfallen, das mir aber unnatürlich vorkam. Und doch liegt er mir am Herzen, als wäre er der Bruder, den ich nie hatte, und es gelingt mir nicht aufzuhören, über ihn nachzudenken.

Man könnte es mit wenigen Worten abhandeln: Er kam, hatte zweierlei zu erledigen, zwei voneinander unabhängige Aufträge, die er Projekte nannte, jedenfalls etwas Agrarwissenschaftliches, worüber er mit mir nicht viel sprach. Er war im Auftrag einer Nichtregierungsorganisation hier, das war fast alles, was ich wusste. Von Anfang an wollte er nur so lange bleiben, wie es für die Dauer seiner Arbeit notwendig wäre, und dann zurück nach Österreich, wo er sich in Rohr im Gebirge, meinem Herkunftsort in Niederösterreich, dieses Haus kaufen wollte. Dann lernte er Savina kennen, verliebte sich, oder ich glaubte, er hätte sich verliebt, und da wohnte er auch schon bei ihr, und irgendwann wohnte er nicht mehr dort, sondern im Hotel, und ein paar Wochen später war er weg, sang- und klanglos verschwunden, einen Tag vor seinem zweiunddreißigsten Geburtstag. – Das war alles, was von außen betrachtet geschah.

Und doch ist es nicht so einfach, denn durch sein Auftauchen, dadurch, dass er da war, er mit seiner eigenartigen, sturen, bestimmenden Art, veränderte sich mein Leben. Durch ihn lernte ich Savina kennen. Und durch sie Cecilia – die von den meisten Ceci genannt wird.

Doch das ist es nicht, das ist nicht alles.

Wir sahen wir uns nicht regelmäßig, die Gespräche, die wir führten, die länger als eine, zwei Viertelstunden dauerten, kann man wohl an einer Hand abzählen, aber er war so präsent, wie man von einem guten Schauspieler sagt, er sei präsent: Mir ist noch im Nachhinein, als hätten wir uns jeden Tag gesehen.

● ■ ■

»Was heißt da, du kommst zu Weihnachten nicht nach Hause?«

Mein Vater war außer sich vor Wut.

»Ist dir klar, was du deiner Mutter damit antust?«

Ich hörte sein Schreien nachhallen in einem heißen und feuchten Schnauben und stellte mir vor, wie er auf und ab stapfte, den Hörer in der einen, das Telefon in der anderen Hand. Ich hörte sein Schnauben und dachte an früher, an unsere Ausflüge einmal im Jahr, die Wasserfälle, die Ruinen, an die Art zu sprechen dort, so anders als hier, in der Hauptstadt. Mein Vater sprach wieder anders, denn er stammte aus dem Süden, war ein Zugereister, einer, der hier eingeheiratet hatte, und so, weil sich die Sprachen, Sprechweisen unserer Eltern in uns vermischt hatten, besaßen auch wir Kinder keinen echten Dialekt, der uns ausgewiesen hätte als einer bestimmten Region zugehörig oder entstammend. Sein Atem stieß hörbar gegen das schwarze glänzende Plastik des Hörers; ich hörte das Beben der Membran im Hörer.

»Was ist jetzt, bist du stumm geworden da unten? Hast du da unten das Reden verlernt, oder was?«

»Ja, Papa … ich meine, nein, ich komme nicht. Es geht nicht. Ich habe einen Dienst, den ich nicht tauschen kann. Ich bekomme ihn nicht weg. Es geht einfach nicht. Zu Ostern komme ich dann bestimmt.«

Ob ich den Satz überhaupt schon zu Ende gesprochen hatte, als er den Hörer auf die Gabel knallte? Aber auch das kannte ich nur zu gut. Jetzt liefe er weiterhin tobend durchs Haus, nur eben ohne Telefon, nach vorn geneigt, mit starrem Genick, geröteter Stirn und Wangen, die Hände mal zu Fäusten geballt, mal die Finger ausgestreckt, und immer dieses Schnauben, und meine Mutter würde versuchen, ihn zu beruhigen. Sie würde etwas sagen wie: Komm schon, ist ja nicht so schlimm, wenn es bloß einmal ist, dann soll er eben zu Ostern kommen, Julio. Dafür kommen ja die anderen alle.

Nicht ihr täte ich etwas damit an, sondern ihm. Sie war schicksalsergeben – er wollte besitzen. Fast alle ihre Aussagen und Handlungen, fand ich, konnte man mit dieser einfachen Rechnung auflösen.

Er würde toben, eine Litanei aus Flüchen herunterbeten in einer unerträglichen Lautstärke, dann, begleitet von den im Vergleich zu den seinen kaum vernehmbaren Worten der Mutter zur Hausbar gehen und sich einen Schnaps eingießen. Und dann mit einem Mal verstummen. Mit dem Eingießen wäre bereits dieses unheimliche Verstummen da. Er würde in den Schnaps hineinbeißen und ihn hinunterschlucken und sich gleich darauf noch einen zweiten eingießen. Dann würde er das Glas auf den kleinen Tisch knallen, und dann wäre nur noch das Zuschlagen der Tür zu hören, Holz gegen Holz, Metall gegen Metall. So war es immer gewesen, seine Wutausbrüche waren stets gleich verlaufen. Mich hatte das urplötzliche Verstummen jeweils am meisten in Angst versetzt. Wenn er verstummte, hörten auch die Lippen der Mutter auf, sich zu bewegen, und ich begann zu warten, zu warten auf ein Ereignis, und dieses Warten war die Angst selbst. Und wenn der Vater dann wieder irgendwann zurückkam, mit einem Rausch, den er sich irgendwo angetrunken hatte, wahrscheinlich in der Hütte von Raúl und Domingo, die untertags nur von ihren zahnlückigen Frauen, die jederzeit nasse Hände hatten, ihren mit Holzgewehren spielenden Kindern, die allzeit schwarze Knie hatten, und ihren niedriggewachsenen, knöchernen, räudigen Hunden bevölkert war, fand er die Mutter schluchzend, fast immer, mit einem zerknüllten Taschentuch in der Hand, und – jetzt nicht mehr, aber früher – ein paar Kinder, die sie verstohlen und ängstlich zugleich beobachteten und sich nicht getrauten, sie anzusprechen. Aber er schrie sie an, sie solle hier nicht herumheulen, sondern lieber etwas arbeiten. Scheißweib.

Mir war erst während des Telefonats der Gedanke gekommen, durch den Zorn, der sich in mir aufbaute während seines Redens, weil er plötzlich gesagt hatte: »Hör zu, Augusto, stell dir vor, ich habe wieder roden lassen! Sechshundertdreißig Hektar diesmal, stell dir das einmal vor! Stell es dir vor: sechs-hundert-dreißig, ist das nicht großartig? Alles niedergehackt und die Stümpfe ausgerissen, wie nichts, Augusto!« Er würde das Land innerhalb weniger Wochen urbar machen und Soja anbauen. Und schon in wenigen Monaten käme die nächste Fläche dran, man müsse die Zeit nutzen, jetzt sei der Sojapreis gut, und, sagte er, man dürfe nicht dumm sein, denn die Dummen blieben arm. So redete er. In mir wuchsen Wut und Zorn, nicht nur gegen ihn, sondern auch gegen mich selbst, weil ich nicht Stellung bezog, bloß sagte: »Mh, aha, roden hast du wieder lassen, mh.« Das Einzige, was mir zu tun einfiel, war zu sagen, ich käme dieses Jahr zu Weihnachten nicht nach Hause. Das war das Ventil, durch das meine Wut und mein Zorn zu entweichen versuchten. Das war in diesem Moment mein Stellungbeziehen, auch wenn er, mein Vater, das gar nicht merken konnte, weil ich ja meine Arbeit, die Facharztausbildung vorschützte. Und hatte ich zudem nicht schon einmal, und zwar so deutlich wie nur irgendwie möglich, Stellung bezogen?

Ich hörte dem Tuten noch eine Weile zu, dann legte ich auf. Nun – wohl, weil ich so intensiv daran gedacht hatte – stellte sich das Bedürfnis nach einem Whisky ein, und ich nahm einen langen Schluck aus der Flasche. Er war warm, scheußlich, und doch nahm ich einen zweiten Schluck, dann einen dritten, bevor ich die Flasche wieder wegstellte, ohne zu schauen oder mir Gedanken zu machen, wohin. Ich wusste schon gar nicht mehr, woher ich sie hatte, wo sie gestanden war. Danach machte ich mir den alten Vorwurf, meine Mutter im Stich zu lassen, und noch später, mit dem vierten und fünften Schluck, richtete sich mein Zorn gegen sie, und ich dachte einmal mehr, dass sie diesen Menschen ja nicht hätte heiraten müssen. Denn ich weiß ja, dass es auch einen anderen gab, der für sie der Erste war, wenn er auch kein Bewerber war, denn dieser andere wäre nie infrage gekommen, weil er ein Verwandter war und weil er zwei linke Hände hatte, wie sogar meine Mutter zugeben musste, lächelnd, aber nicht nach außen lächelnd, sondern nur für sich, wenn sie von ihm redete, von meinem Großcousin, der sich Freddy nannte, seit er Ende der siebziger Jahre in die USA ausgewandert war, wo er jetzt etwas machte, was Industrial Design hieß, und damit sehr erfolgreich war, wie meine Mutter sagte.

Später wich der Zorn, den ich zunächst auf mich, dann auf sie gehabt hatte; er löste sich einfach auf. Kein Zorn mehr. Es war, wie es war.

■ ■ ■

Wie immer, wenn ich in ein Land kam, ob ich es kannte oder, wie in diesem Fall, nicht, machte ich mir gleich in den ersten Tagen einen Arbeitsplan zurecht. Was ich mache, ist im Grunde immer ganz ähnlich, und dennoch ist ein Plan unerlässlich. Ich studierte Stadtplan, U-Bahn-Plan und so weiter, legte die Reihenfolge fest, in welcher ich mir die Stadtteile nach und nach vornähme, machte mir einen Zeitplan, der dem entsprach, den ich mir zusammen mit meinem Vorgesetzten noch in Wien überlegt hatte. Wir waren nach gründlicher Überlegung zu der Meinung gelangt, dass alles in sechs bis sechseinhalb Monaten zu schaffen sein müsste.

Ich bezog ein kleines Zimmer in dieser Wohnung der Freunde von Hans Kramer, der hier Juan genannt wurde, packte meine Sachen aus und begann sogleich zu arbeiten. Aber Hans hielt mich dabei auf. Er meinte, er müsse mich herumführen, mir die Stadt zeigen, hatte sich extra freigenommen (er arbeitete als Museumswärter). Zwei Tage ging ich mit ihm mit und tat, zunehmend angespannt, interessiert. Manches interessierte mich auch wirklich sehr, etwa der Friedhof in Recoleta mit seinen unzähligen steinernen Engeln. Was für ein seltsamer, ungeahnter Friedhof. Am Abend des zweiten Tages, als er mit einem neuen Vorschlag für den nächsten Tag ankam, sagte ich ihm, dass ich ihm für alles sehr dankbar sei, dass ich nun jedoch keine weitere Zeit verlieren dürfe und zu arbeiten anfangen müsse und wolle. Von jetzt an, sagte ich, käme ich allein zurecht.

Er schrieb mir seine Nummer auf einen Zettel und sagte, wenn ich etwas bräuchte, sei er jederzeit für mich da; überhaupt sei er jederzeit für mich da.

Ich sagte: »Ja. Das ist freundlich. Danke.« Ich hatte um nichts gebeten. Ich sagte, ich würde mir in den nächsten Tagen ebenfalls ein Mobiltelefon zulegen und ihn dann anrufen, damit er auch meine Nummer hätte und wir uns verabreden könnten. So geschah es auch. Im Schnitt (ich habe es bei meiner Rückkehr nach Österreich ausgerechnet) trafen wir uns einmal in der Woche auf einen Kaffee oder ein Bier.

Als ich gesagt hatte, dass ich nun anfangen müsse, war er

nicht gekränkt, wie ich es für einen Augenblick erwartet hatte, sondern er lachte und sagte, ich sei noch immer wie früher. Darauf antwortete ich nicht, aber dann blieb mir die Bemerkung tagelang im Kopf.

Was ich abseits der Arbeit machte, bemerkte ich nicht recht. Die Dinge, die nebenher geschahen, geschahen wie etwas Mechanisches, Zwangsläufiges, einem Automatismus folgend, und sie kamen mir erst im Nachhinein, oftmals erst Monate später, ja kommen erst jetzt ins Bewusstsein. Es gab nur die Arbeit und den Zeitplan – mehr sah ich nicht, mehr interessierte mich nicht.

Nach einem Monat zog ich aus der Wohnung von Franco und Isabel aus, mit denen ich aus Mangel an Zeit und wegen eines unterschiedlichen Tagesrhythmus nicht viel zu tun gehabt hatte, und zog in die Wohnung einer Frau, Savina. Es war plötzlich ein Verwandter von Isabel aufgetaucht, der wie ihre ganze Familie vom Land, aus einem Dorf irgendwo zwischen Buenos Aires und Mendoza, kam; irgendetwas war geschehen, und er musste oder wollte von dort verschwinden. Für ihn wurde das Zimmer, in dem ich wohnte, nun gebraucht. Ich verstand das – und es war mir recht. Die beiden waren nett, wir kamen gut miteinander aus, alles war sehr freundlich, aber ein Leben in einer Wohngemeinschaft hatte ich nicht einmal als Student geführt; mir lag nichts daran, mich mit Fremden zu arrangieren. Ich hatte ein Hotelzimmer gesucht, war hier nur geblieben, weil ich nicht unhöflich sein wollte. Ich brauchte ein Hotelzimmer. Jetzt konnte ich gehen und endlich eines mieten. Ich hätte meine Ruhe, müsste keine Rücksicht nehmen, und niemand müsste auf mich Rücksicht nehmen. Ich könnte einfach meine Sache machen. Da bot mir Savina ein Zimmer bei sich an.

Sechs bis sechseinhalb Monate. Das war der Plan.

Ich war seit Langem dabei, ein neues Tabellenschema auszutüfteln. Bisher hatten wir immer mit drei unterschiedlichen Tabellen gearbeitet, aber ich fand das unökonomisch. Ich wollte ein Konzept austüfteln, mit dem man drei Tabellen in eine zusammenführen könnte. Eines Tages, noch am Anfang dieser argentinischen Zeit, stieß ich ganz unverhofft auf ein Schema, das fast genau dem entsprach, wonach ich auf der Suche war. Ich übernahm es sofort. Obwohl ich dadurch Zeit gewann, dauerte am Ende alles zusammen sogar länger als geplant, fast sieben Monate.

Ich war bei einem sogenannten Studienzentrum angestellt, einer Organisation, deren Schwerpunkte vor allem auf Landwirtschaft, Welternährung und Entwicklungspolitik lagen. Ich hatte bei dieser international tätigen Organisation mit Sitz in Wien meine Dissertation geschrieben und war geblieben. Unsere Studien verkauften sich weltweit.

Wenn es nach meinem Vorgesetzten ging, sollte ich längst nur noch da und dort Ergebnisse verschiedener Untersuchungen präsentieren und Vorträge halten; er war der Meinung, dass man das, was ich Basisarbeit nannte, auch Anfängern oder sogar Praktikanten überlassen könnte. Und eine Weile lang hatte ich mich einverstanden gezeigt und die Basisarbeit anderen überlassen. Aber schon nach Kurzem fehlte sie mir, und ich ließ mich wieder dafür einteilen. Mein Vorgesetzter war damit nicht einverstanden, er wollte, dass ich damit wieder aufhörte. Aber dann sagte ich, wenn er mich das nicht tun ließe, würde ich kündigen. Da gab er sofort nach. Ich suchte keinen Streit, aber mir lag an dieser Arbeit, weit mehr als an der Präsentation der Ergebnisse. Ja, von mir aus hätte sie irgendwer präsentieren können. Natürlich hatte er recht – und dennoch, ich wollte es so. Schließlich fanden wir, schon vor Längerem, einen Kompromiss, mit dem wir beide einverstanden waren: Die Hälfte des Jahres konnte ich mich der Basisarbeit widmen, die andere Hälfte des Jahres sollte ich das Unternehmen nach außen vertreten.

■ ■ ■

Ein bisschen erinnerte er mich anfangs an meinen ersten Freund, allein schon durch die Art, sich ins Haar zu greifen, bloß dass es bei jenem Ersten, schon fast Vergessenen, Eitelkeit war, bei Joseph jedoch eine eigene Art von Unsicherheit oder Verlegenheit. –

Joseph meinte, wir hätten uns an dem Abend, als ich diese kleine missratene Rede hielt, zum ersten Mal gesehen, aber daran erinnere ich mich nicht, und ich sagte zu ihm, ich glaubte nicht, dass wir miteinander geredet hätten. Und fügte gleich an, dass es freilich schon sein könne, vielleicht, sagte ich, aber ich sei nach dieser Rede neben mir gestanden, wie aus mir herausgefallen, hätte nicht mehr viel mitbekommen von diesem Abend. Ich sei dann ja auch gleich verschwunden. Er sah mich an, als glaube er mir nicht – einerseits; und andererseits, als höre er nicht recht zu, als sei ihm irgendwie gleichgültig, was ich sagte, als gäbe es eine Wahrheit, die weit über ihm und weit über mir stand, die keine Worte verlangte.

Aber ich sah ihn zum ersten Mal in der Wohnung von Franco und Isabel, in der er zunächst wohnte.

Isabel hatte mich in der Wohnung oder eigentlich im Haus eingesperrt, unabsichtlich zwar, aber ich war nun dennoch dazu verdammt, auf sie zu warten, darauf zu warten, dass ihr einfiele, dass ich ja keinen Schlüssel für die Haustür unten besaß, darauf, dass sie heraufkäme und mich warten sähe; denn auch in den Nachbarwohnungen war niemand, der mir öffnete. Aber wer dann kam, war

Joseph, und mein erster Gedanke war der einer Enttäuschung, weil es nicht Isabel war, und mein zweiter, dass es nicht geläutet hatte und dass also auch der da einen Schlüssel haben müsse, mein dritter und vierter, dass ich schon gehört hatte, hier wohne ein Österreicher oder Deutscher, und dass er ein bisschen aussehe wie David. Gerade hatte ich noch vor mich hingeträumt und mir draußen vor dem Fenster Bäume vorgestellt, die nicht da waren, Akazien hatte ich mir vorgestellt, wie man sie da und dort sehen kann, ihr hellgrünes federartiges Laub, und die Schatten der Bäume auf dem Asphalt in diesem schattenlosen Herbstende. Ich hatte taggeträumt und an nichts gedacht.

Isabel hatte ihn in ein paar Sätzen erwähnt. Sie hatte zunächst selbst nicht gewusst, was er hier machte, Urlaub oder etwas Berufliches. Aber schon nach Kurzem, sagte sie, habe sie gewusst, dass er kein Urlauber sei, denn er sitze ständig am Schreibtisch; wenn er da sei, höre man ihn immer tippen, irgendetwas schreiben, vielleicht sei er ein Journalist, wer wisse es. Ein Bekannter eines Arbeitskollegen von Francos Bruder. Sie hatte mir erzählt, dass er seit einer Weile hier wohne, dass es aber bloß eine Lösung für ein Monat sei – so sei es ausgemacht worden mit dem Kollegen von Francos Bruder. Dass sie jedoch nicht wisse, ob ihm selbst das bewusst sei, also ob es ihm überhaupt gesagt worden sei, dass er in etwas mehr als einer Woche wieder ausziehen müsse, und dass sie nicht wisse, ob er etwas Neues, etwas für danach suche.

Er war mir nicht unsympathisch, das nicht, vielleicht weil er mich so an David erinnerte, vor allem am Beginn, durch diesen Griff ins Haar, der jedoch nicht eitel war. Aber er redete ein bisschen zu viel für meinen Geschmack. Oder war es gar nicht das? Die Art, wie er sprach und zugleich schaute, war mir eigenartig; seine Augen so, als liefe etwas im Hintergrund, ein Räderwerk. So dachte ich, bis ich mich dabei ertappte. Was ging er mich an? Ich hatte nur keinen Schlüssel, das war alles.

Ich bat ihn, mich nach unten zu bringen und mir die Tür aufzusperren. Er stellte seine Einkäufe ab und begleitete mich, und plötzlich, zwischen einer Stufe und der nächsten, kam mir der Gedanke, er könnte auch Isabel so ansehen wie mich eben noch. Isabel – bestimmt gefielen ihr solche Blicke! Und was würde, sobald er oder ein anderer es bemerkte, Franco dazu sagen? Franco, dieser Hitzkopf mit der – wie die Kommentatoren immer sagten und die Reporter immer schrieben – »unerbittlichen« oder »gnadenlosen« Rechten? Diese Vorstellung erschreckte mich. Sie ging mir so nahe, dass mir heiß wurde. Dann dachte ich an meine Wohnung, an das Zimmer, in dem Lucho gewohnt hatte, und dass es vielleicht für alle besser wäre, wenn er bei mir wohnen würde.

Ich sah schon, wie Franco zum Schlag ausholte. Es würde Probleme geben. In dem Moment wusste ich das mit Bestimmtheit. Nein, so weit dürfte es nicht kommen. Außerdem, könnte ich nicht ein bisschen Geld brauchen? Und wenn es Euro wären, umso besser. Das war schon fast auf der Straße, zwischen Türschwelle und Gehsteigkante, schnell gedachte Gedanken während dreier Schritte, und am Ende der Gedanken ein rascher Entschluss – oder kein Entschluss, sondern etwas anderes, was aber auf dasselbe hinauslief –, und da drehte ich mich um und fragte ihn, der in der Tür stehen geblieben war und mir nachsah – immer noch dieser Blick! –, ob er schon eine Bleibe habe, wo er doch hier bald wieder ausziehen müsse. In sein Gesicht trat Erstaunen, wie etwas von außen, er schüttelte den Kopf, als wüsste er nicht augenblicklich, wovon die Rede war, und erst danach sagte er: »Nein« – zuerst der Körper, dann die

Stimme. »Nein.« Ich gab ihm meine Nummer, eine Woche später zog er bei mir ein.

Nur eine Woche später. Als er dann unten stand auf der Straße, den Kopf im Nacken, eben zum zweiten Mal die Klingel gedrückt hatte und ich mit einem unbestimmten – einerseits befreiten, andererseits aufgeregten – Gefühl vom Balkon zurück in das Wohnzimmer trat, nahm ich die Gitarre von der Couch, steckte sie in die Hülle, zog den Reißverschluss zu und stellte sie vorsichtig und ohne ein Geräusch zu verursachen in das Eck neben den Rosenstrauch, der jetzt, Mitte Juni, warum auch immer zu blühen begann.

Seit ich denken kann, spiele ich Gitarre. Ich kann mich kaum mehr an die ersten Stunden erinnern. Fast ist es so, als könnte ich einfach, seit ich denken kann, passabel Gitarre spielen. Nie wollte ich etwas anderes studieren als Musik, auch wenn das den Eltern eigentlich nicht recht war, vor allem meiner Mutter nicht, die meinte, eine Zusatzausbildung wäre nicht schlecht. Wie oft hatte sie gesagt: »Du willst doch einmal unabhängig sein, oder willst du das etwa nicht, Kind?« Sie meinte, ich solle mich absichern. So nannte sie es. Der Vater sagte, er liebe es, mich spielen zu hören, und wenn er mich auftreten sehe, sei er bis oben hin mit Stolz angefüllt, »wie eine Flasche mit Wein«, und er sagte: »Heiraten kannst du ja immer noch reich. Das könnt ihr Frauen.« Dann lachte er, halb verzweifelt, halb triumphierend. Heute denke ich, die Mutter hatte recht, und verstehe auch, wenn sie mich mitunter resigniert ansieht: Sie hatte für mich gekämpft, auch gegen den Vater – und nicht er, sondern ich hatte mich widersetzt, ich war dafür verantwortlich, dass ihre Anstrengung vergeblich geworden war. Ihre Weitsicht war bitter, war zu Hause entstanden.

Nach der Schule ging ich aufs Konservatorium und blieb dort sechs Jahre. Es gab so viele Konzerte in dieser Zeit, so viele nationale und internationale Wettbewerbe, so viele Preise, Blumensträuße, ernste und andächtige Blicke, so viel Kopfnicken, Schulterklopfen und so viele Küsse! Die Karriere war längst angelaufen. Und doch eines Nachts der Beschluss, aufzuhören.

Oft liege ich schlaflos im Bett. Manchmal ertrage ich es nicht länger, schlaflos zu liegen. Ich stehe dann auf und ziehe mich an und gehe so lange in der Wohnung auf und ab, bis ich so müde oder gelangweilt bin, dass ich mich wieder ins Bett lege. Manchmal schlafe ich daraufhin ein. Manchmal hilft alles nichts, und der Morgen legt sich auf die Fensterscheiben und löscht ihr Spiegeln, während ich immer noch wach bin. Wenn das geschieht, zieht es mich auf die Straße, dann will ich gehen. Ich verlasse die Wohnung und gehe einfach irgendwo herum, wie eine hellwache Schlafwandlerin. Auf einem dieser Gänge im Morgengrauen, ich lief gerade, dann und wann angehupt von einem der Sattelschlepper, den Paseo Colón entlang, auf der Höhe des Naturschutzgebiets Costanera Sur, wusste ich mit einem Mal, dass mein Talent, mein zigmal beglaubigtes Talent, nicht groß genug war. Selbst wenn ich noch härter als bisher übte, würde ich nichts Bedeutendes schaffen, nicht in dreißig, nicht in fünfzig Jahren. Bis zu diesem Zeitpunkt war ich einfach der Überzeugung gewesen, dass es mir gegeben sei, auf der Gitarre etwas entstehen zu lassen, was neu wäre, einfach neu und wichtig. Aber eine Überzeugung, das lernte ich auf diesem frühmorgendlichen Gang, in nur einer einzigen Sekunde, kann sich verändern, eine Wahrheit in das umschlagen, was zuvor nicht wahr gewesen war. Und ich wollte nicht lächerlich werden. Um keinen Preis wollte ich das. Ich wollte verhüten, dass jemand mit mir Mitleid haben könnte eines Tages. Denn wie tragisch ist es, in einem Irrglauben zu leben – oder Talent zu besitzen, das zu klein ist.

Es ergab sich, dass ich bei einer Wohnungsfeier anlässlich Isabels fünfunddreißigsten Geburtstags ihre Nachbarin, von der ich bis dahin nur gehört hatte, kennenlernte: Ceci. Wir verstanden uns auf Anhieb, unterhielten uns gut. Im Wohnzimmer, wo alle saßen, war es laut, und wir gingen in die Küche. Das Reden war sofort ein anderes – einfach nur durch das Fehlen der Hintergrundstimmen, des Lärms. Die Themen wurden durch die stillere Umgebung andere. Sie erzählte mit jetzt leiser Stimme von ihrer Arbeit, dem Übersetzen, dass sie davon bisher nicht habe leben können und dass sie das Kellnern sein lassen wolle, sobald es irgendwie ginge.

Ich hörte mit Musik auf, und als Ceci, schon bald nach der besagten Feier, immer öfter und beinahe regelmäßig Aufträge bekam, übernahm ich wenige Monate darauf ihren Job im Cielito Lindo, Ecke Thames und El Salvador; ich wurde Kellnerin.

Es ist seltsam, aber ich konnte nichts dagegen tun, dass ich von da an mit Musik nichts mehr anfangen konnte. Die Gitarre stand unbeachtet in der Ecke. Nur noch selten hörte ich Musik, nichts Klassisches, nur Pop oder Hip Hop, Madre Maravilla (ich kannte zufällig eine der Sängerinnen, Diana) oder Los Cocineros oder irgendetwas anderes, wovon man gerade redete oder was im Da Ponte gespielt wurde, wenn gerade einmal kein Tango lief.

Ich trat an die Tür und drückte den Öffner.

■ ■ ■

An dem Tag, an dem ich zwanzig wurde, beschloss ich, Wien zu verlassen, ein halbes Jahr später hatte ich einen Plan gefasst, und an dem Tag, an dem ich einundzwanzig wurde, flog ich ab nach Buenos Aires, Argentinien. Es hatte mich nichts gehalten, aber viel hatte mich gelockt. Der Spanischboom. Alle wollten damals auf einmal Spanisch lernen, Lateinamerika kennenlernen, Kuba, Guatemala, Bolivien, alle möglichen Länder – und ich Argentinien. Weshalb ausgerechnet Argentinien? Weshalb wollte man etwas und etwas anderes nicht? Ich hatte die Namen Piazzolla und Gardel, Borges, Arlt und Cortázar gehört – und allein die Namen, wie sie leuchteten!

Im Gymnasium in Wiener Neustadt hatten wir Altgriechisch, Latein und Englisch gelernt. Als Wahlfach hätte ich später, in der Oberstufe, Russisch nehmen können oder Französisch, aber weder das eine noch das andere interessierte mich damals. Wenn man es gegen Englisch hätte eintauschen können, dann ja, denn das Englisch plagte mich, aber nicht als Zusatz. (Später, schon in Argentinien, nahm ich doch Französischunterricht.)

Ich kam hierher mit einundzwanzig Jahren. Fast noch ein Kind, denke ich heute. Ich könnte ein ganzes Buch mit Erzählungen, zumindest Anekdoten darüber schreiben, was man hier alles erlebt als Fremder, als Neuling. Man kommt an – und ist willkommen.

Während ich die ersten beiden Wochen in dem neuen Land damit verbrachte, mir eine Wohnung zu suchen, wohnte ich in einem Hostel in Congreso. Es war ein Ort für Touristen von überallher. Es war sehr laut dort, am lautesten nachts. An Schlaf war nur gegen Morgen hin oder untertags zu denken. Zum Glück fand ich bald eine Sechzig-Quadratmeter-Wohnung im Stadtteil Belgrano, konnte aus dem Hostel ausziehen und wohnte von da an alleine. Ich hatte Geld für ein halbes Jahr Miete. Diese Wohnung war viel schöner als jene in Wien. Auch fand ich, noch bevor mir das Ersparte ausging, einen Job: Ich wurde Aufseher im Museo Nacional de Bellas Artes. Das gefiel mir, bildende

Kunst hatte mich schon früh interessiert. Es gefiel mir auch, dass man stehen konnte; ich stand lieber, als dass ich saß. Und auch die Berufsbekleidung gefiel mir: ein einfacher dunkelblauer Anzug. So vergingen die Jahre, in denen nicht viel geschah, außer dass ich manche Kontakte knüpfte, meist nur lose, manche enger, die sich aber wieder lösten, ganz von selbst. Die Zeit verging, ohne dass sich Grundsätzliches veränderte.

Das vielleicht einprägsamste Ereignis war, dass ich einen alten Mann kennenlernte, einen Juden österreichischer Herkunft, dessen bereits verstorbener Bruder Schriftsteller gewesen war; dieser Alte hatte von irgendjemandem erfahren, dass ich Österreicher bin wie er, und so zog es ihn hin zu mir, ins Museum, wo er sich mir erst nach dem vierten oder fünften Besuch vorstellte. Vom ersten Moment an hatte ich gespürt, dass er mich im Visier hatte; ich spürte so etwas immer sofort, und jedes Mal fand ich das seltsam und unangenehm.

Jedes Mal, wenn ein Mann, der älter ist als ich, mich auch nur ein wenig zu lang anblickt, erinnere ich mich unweigerlich an ein Erlebnis, das ich als vielleicht Elf- oder Zwölfjähriger am Busbahnhof von Wiener Neustadt hatte. Ich saß damals auf einer Holzbank und wartete wie jeden Tag auf den Bus, als ein erwachsener Mann, der mir zuvor schon durch sein Herschauen aufgefallen war, dessen Gesicht nichts als stumpf glänzende Augen waren, auf mich zukam und mich fragte, ob ich mit ihm aufs Bahnhofsklo ginge. Er würde mir dort etwas zeigen. »Ich blase dir einen«, sagte er, und seine Augen wurden groß. Ich würde sehen, wie gut das tue. Meine Beine reichten noch nicht bis auf den Boden, wenn ich auf der Bank saß; sie baumelten über dem von Kaugummis schwarzgetüpfelten Asphalt des Bahnsteigs. Diese Erinnerung jedes Mal wieder, sie verschwand nicht, blieb frisch wie am Tag danach, vor nun fast zwanzig Jahren. Und jetzt sah ich Woche für Woche in den Augen des Alten denselben Satz, denselben Wunsch.

Eines Tages stellte dieser alte Mann sich vor. Plötzlich war alles anders, der Bahnhof von Wiener Neustadt zurückgedrängt, die braune glänzende Bank weg, diese großen, stumpf glänzenden Augen und diese heiser belegte Stimme weg, der süße, scharfe Geruch nach Rasierwasser weg. Ich begriff, dass es nicht so war, dass ich mich an dieses Erlebnis erinnerte, sobald ein älterer Mann mich ansah, sondern dass ich jeden älteren Mann mit jenem verwechselte.

Schließlich trafen wir uns regelmäßig, meistens freitags, außerhalb des Museums, und er erzählte mir auf unseren Gängen durch die Stadt nach und nach seine Geschichte. Wenn das Ende des Lebens so nah sei, sagte er einmal, sei es notwendig, ein letztes Mal alles zu erzählen. Er hatte keine Kinder. Wir hatten bereits manchen Freitag miteinander verbracht, als ich anfing, mir Notizen zu machen. Ich hatte mir eigens einen Block und einen schwarzen Kugelschreiber gekauft und zeichnete hin und wieder verschämt etwas auf; schon das Kaufen hatte mich irgendwie beschämt, als machte ich etwas Verbotenes. Doch bald bemerkte ich, wie er lächelte, wenn ich dann und wann etwas mitschrieb, und ich fühlte mich ermutigt, meinte, vielleicht schmeichelte es ihm. Da erst bat ich um Erlaubnis, notieren zu dürfen. Ja, von ihm aus gerne, aber warum? Das wusste ich nicht.

»Einfach so?«, sagte ich. Ich riet.

Er sagte: »Du wirst doch nicht deine Zeit zu verschenken haben?«

Und ich sagte: »Nein, das nicht gerade …«

Hatte ich Zeit zu verschenken? Ja? Warum nicht? Was tat ich? Ich verstand seine Frage nicht. Durch ihn begann ich mich für diese Leute zu interessieren, Leute, wie sein Bruder gewesen war, Schriftsteller mit jüdischer Herkunft und deutscher Sprache, die hier fremd waren und es blieben – so wie er, Alfred. Ich schrieb mit.

Wenn wir so durch die Straßen gingen, dachte ich oft, was für ein seltsames, ja groteskes Paar wir doch abgaben: er, der am Ende seines Lebens immer noch in jedem Satz Österreich vermisste, zurückwollte, aber nicht mehr zurückkonnte dorthin, wo ihm vor bald siebzig Jahren sein Leben genommen worden war, und ich, der freiwillig weggegangen war und hier beginnen wollte, schon begonnen hatte – an einem Ort, der ihm, nach so Langem immer noch, ja, verhasst war. Er fand es zutiefst primitiv hier und wollte nicht sehen, dass Argentinien sich verändert hatte, zumal die Hauptstadt, die im Lauf der Jahrzehnte längst eine Weltstadt geworden war, ja manche Weltstädte wie Wien oder Paris sogar an Lebendigkeit und Modernität überholt hatte. Wenn er über dieses Land schimpfte und ich ihn anblickte, fragte ich mich oft, ob er nicht doch auch noch andere Empfindungen hatte, von denen er nicht sprach. Was alles spielte sich hinter dieser hohen Stirn ab? Konnte man denn siebzig Jahre an einem Ort leben, den man nichts als ablehnte?

Irgendwann begann ich nachzuforschen. Erst wusste ich nicht genau, was mich vor allem interessierte, aber nach und nach wurde der Fokus wie von selbst enger, und so entstand schließlich, nach Jahren, dieses Buch, das erfolgreich wurde. Ich habe wissenschaftliches Arbeiten nie gelernt, und auch deshalb überraschte es mich, dass die Kritik aus den universitären Kreisen, die ich erwartet und auch gefürchtet hatte, ausblieb; im Gegenteil gab es einen Wiener Professor, der in einem Artikel in einer wichtigen Tageszeitung meine Arbeit würdigte, sie wörtlich als außergewöhnlich und makellos bezeichnete. Er schrieb den irgendwie merkwürdigen und doch mich so besonders erfreuenden Satz, er habe keinen Fehler gefunden. Der Verlag schickte mir die Besprechungen zu. Bei diesem Professor – was er natürlich nicht wissen konnte – war ich in einigen Vorlesungen gesessen, hatte aber keine einzige Prüfung abgelegt.

Die gesamte Arbeit schrieb ich zunächst mit der Hand, mit der Füllfeder. Zu Beginn dachte ich immer wieder, zwischen dem Ende eines Absatzes und dem Beginn des nächsten das schmerzende Handgelenk kreisend: Wie lange habe ich das nicht mehr gemacht! Mit der Hand zu schreiben! Zwei Fassungen schrieb ich von Hand, erst die dritte tippte ich auf dem Computer. Und dabei ging es mir wieder so: Hin und wieder schrieb ich zwar E-Mails, aber ich hatte seit Ewigkeiten nicht mehr – oder gar noch nie? – so lange getippt. Das Schreiben, so oder so, machte mir einen selbstvergessenen Spaß.

In diesen beinahe zehn Jahren, die ich in Argentinien lebe, war nicht sehr viel mehr gewesen als Arbeit, Arbeit und ab einem bestimmten Zeitpunkt das systematische Lesen von Büchern und ab und zu ein Konzertbesuch, nicht viel mehr. Ich war zufrieden. Aber das war nicht der Unterschied zu Wien. Was war er dann? – Einmal fragte mich Joseph, warum ich weggegangen sei. Ich antwortete, dass es sich für mich hier einfach leichter leben lasse. Ich könne es nicht besser sagen, wisse nur, sagte ich, dass es in Österreich für mich nicht mehr gegangen sei. Darauf bekam er sofort wieder diesen verbissenen Gesichtsausdruck, den ich schon damals an ihm gekannt hatte, aber der nun beinah schon zu seinem Hauptgesichtsausdruck geworden war, der nur manchmal wich, etwa wenn er trank, und sagte, wobei er sich abwandte und woanders hinblickte:

»Unsinn. Ich sehe nicht, warum es in Österreich nicht genauso gehen sollte.« Er kannte nur seinen Weg.

■ ■ ■

Stadtteil für Stadtteil machte ich meine Bestandsaufnahmen in den Supermärkten von Buenos Aires. Für Palermo, das der größte, im Norden gelegene Stadtteil ist, nahm ich mir gleich zu Beginn eine ganze Woche Zeit und beschloss dann, noch ein paar Tage anzuhängen.

An einem dieser angehängten Tage, vielleicht war es Montag, vielleicht Dienstag, während ich in der U-Bahn Linie D auf dem Weg zur Station Plaza Italia stand, sprach mich plötzlich jemand an. Ich erschrak innerlich. Noch nie, glaube ich, hatte mich in einer fremden Stadt jemand angesprochen, außer um mich um eine Zigarette oder die Angabe der Uhrzeit zu bitten. Ich kannte doch überhaupt niemanden hier. Es dauerte eine Weile, bis ich aus dem Schrecken und meinen Gedanken fand, die in einem neuartigen, ungeheuer klugen Tabellenschema hängengeblieben waren, das ich erst wenige Stunden zuvor in einer Veröffentlichung entdeckt hatte und das ich zumindest im zweiten Kapitel der Arbeit über Gensoja, die ich hier, gemeinsam mit argentinischen Kollegen von der hiesigen Universität (UBA), zu schreiben plante, unbedingt verwenden wollte; vielleicht auch noch in anderen Kapiteln, das würde ich beizeiten sehen. Dieses Projekt hatte zunächst nichts mit dem Unternehmen zu tun, für das ich arbeitete; ich hatte es unabhängig, gewissermaßen als Privatperson, angeleiert.

Sofort erinnerte ich mich, als ich das Gesicht sah: Es war der Sohn des Mannes, der beim Herflug neben mir gesessen war, der Sohn des Großgrundbesitzers aus dem Norden des

Landes. Gesichter, einmal gesehen, vergesse ich nicht, auch nicht dieses, das ich von sehr nah sah, seine Zähne und die Bartstoppeln auf der blassen Haut, die noch von so nah als ein einziger bläulicher Schatten erschienen, seine roten und trotzdem irgendwie blutleer wirkenden Lippen in dem Neonlicht der U-Bahn und sein Mund, der Wörter formte, die ich nicht einmal hörte. Und plötzlich aber dann doch hörte, als wäre mir Watte aus den Ohren gefallen, als hätte ich oder jemand anderer aufgehört, mir die Ohren zuzuhalten, hörte den letzten Laut, nach dem er verstummte und mich fragend ansah. Er sah seinem Vater, der mir im Flieger gleich nach dem Einsteigen in Fiumicino, Rom, mit seiner unaufhörlichen Rederei von sich und seiner mitreisenden Familie auf die Nerven gegangen war, verblüffend ähnlich.

Die beiden Kollegen würde ich am späteren Nachmittag treffen – bisher hatten wir lediglich einmal telefoniert, und ein paar E-Mails waren hin- und hergegangen. Es war erst ein Uhr, ich hatte also Zeit für einen Kaffee. Ich weiß nicht mehr, wer von uns beiden den Vorschlag machte, auf einen Kaffee zu gehen. Vielleicht war ich es, in meiner Geistesabwesenheit, die doch keine Geistesabwesenheit war, weil ich in diesem Moment durch das Nachdenken über die neue Tabelle meine Arbeit unverhofft schnell vorantrieb. Diese Art, wie ich Dinge oft nebenherlaufen ließ, als folgten sie einem Automatismus oder als wäre ich eine Maschine, faszinierte mich selbst. Ich begriff sie einfach nicht. Aber ich wusste, dass es das Unbewusste war, das sich da gleichsam wie im Traum zeigte – das war das Faszinierende daran. Viel mehr als Geistesabwesenheit war es Geistesversunkenheit. Wir stiegen in der Station Agüero aus und gingen eine Weile zu Fuß. Den ganzen Weg über sprachen wir kaum etwas. Ich dachte weiter über das neue Tabellenschema nach, allerdings etwas zerstreut.

Er hieß Augusto, und ich erinnerte mich, dass ich diesen Namen schon im Flugzeug gehört hatte, war Doktor der Medizin, siebenundzwanzig, würde in drei Wochen achtundzwanzig Jahre alt werden, hatte kohlschwarze Haare und Augen, und seine Hände waren schmal wie die einer Hebamme. Es stellte sich heraus, dass er aufgrund seiner Herkunft in landwirtschaftlichen Belangen eine Menge Ahnung hatte. Er war ein richtiger Spezialist. Er war als ältester Sohn für die Nachfolge vorgesehen gewesen, aber es wurde nichts daraus. Warum, wusste ich damals noch nicht. Ich hatte vorgehabt, mitzugehen, den Kaffee, den ich in der Calle Thames trinken wollte, nun eben mit ihm und woanders zu trinken, weiter nichts; hatte vorgehabt, mich nicht länger als zwanzig Minuten oder eine halbe Stunde zu unterhalten. Schließlich jedoch saßen wir fast zwei Stunden zusammen. Ich ließ seinetwegen sogar meine Kollegen kurz warten. Draußen ging der Wind. Es war ausgesprochen interessant. Mir gefiel dieser Mann – mir gefiel, was er wusste.

Danach standen wir an der Kreuzung vor dem Café; auf der Straße war viel Verkehr. Wir tauschten Telefonnummern aus. Unglaublich, wie sanft der Wind war. Es war lange her, dass ich mich mit einem vollkommen Fremden so gut unterhalten hatte. Gut gelaunt ging ich davon.

In der Calle Thames in Palermo hatte ich schon nach einer Woche ein Café mit Buchhandlung und den herzlichsten Kellnerinnen, die mir bis dahin in meinem Leben untergekommen waren, entdeckt. Dort gab es einen Wintergarten, wo man rauchen durfte (sonst fast ausnahmslos verboten), und auch freien drahtlosen Internetzugang, und ich nutzte den Ort, um mich von dort aus mit meinen Kollegen zu Hause beziehungsweise vor Ort über die Fortschritte des jeweiligen Projekts auszutauschen. Das Café war weit weg von San Telmo, wo ich wohnte. Aber ich nahm die lange Fahrt auf mich, weil ich mich dort ungemein wohl fühlte. Und was konnte man mehr verlangen von einem Ort? Für mich war es das Höchste. Wenn ich hinkam, schienen die Kellnerinnen jeweils schon auf mich gewartet zu haben. Die platanengesäumte Calle Thames.

Stadtteil für Stadtteil machte ich meine Bestandsaufnahmen und hielt mich, die Sonntage meist ausgenommen, täglich in den verschiedensten Supermärkten und Läden auf, schritt die Regale ab und machte detaillierte Aufzeichnungen über die Produkte, die ich vorfand, und übertrug sie später auf meinem Laptop in Excel-Dateien.

∎ ∎ ∎

Ich weiß nicht, wie viele Millionen Einwohner diese Stadt hat, die ich, ewiger Landmensch, oft und oft verfluche – Stadt und Einwohner. Es müssen zehn sein, zwanzig, ich weiß es nicht. Unendliche Menschenmassen, wohin man auch fährt. Volle Busse, volle Bars, volle Plätze – alles immer voll. Welcher Zufall muss es dann gewesen sein, dass Joseph ausgerechnet Ceci kennenlernte.

Zufall: Er bestimme das Leben, er und die Sterne, hatte mein Großvater immer gesagt, der starb, als ich ein Jahr alt war. Das war sein Credo. Er hatte einen Schlaganfall, als er mit einem seiner Arbeiter eine verlorene besondere Münze im Staub hinter dem Haus suchte. Es war Punkt drei Uhr nachmittags an einem Freitag. Er knickte in den Knien ein, sank nieder und fiel dumpf hin. Seine aufgestellten Finger. Von fern zeitgleich das Einsetzen des Glockenläutens. Der Arbeiter rief meine Mutter. Sie kam gelaufen und fiel neben den Sterbenden in den Staub, drehte ihn auf den Rücken und sah hilflos, wie seine Augen aufhörten zu schauen, seine Hände aufhörten zu greifen. Sie hatte es mir eines Tages erzählt. Und seither glaube ich an das, woran er geglaubt hat, den Zufall und die Sterne. Es war kein Entschluss, es war einfach so. Ein Erbe, vielleicht.

Dieser Freund Josephs, dessen Name Juan ist oder geworden ist, ein übersetzter Name, den Joseph aber nie benutzte; er sagte immer »Hans Kramer«, wenn er von ihm redete, was nicht allzu oft vorkam. Dieser Freund also, Österreicher wie er, muss sie ihm vorgestellt haben. Denn dieser Juan hatte Joseph noch vor seiner Ankunft eine Wohnung organisiert oder ein Zimmer in einer Wohnung, damit er kein teures Hotelzimmer bezahlen müsste und nicht einsam wäre in der fremden Stadt. Und Ceci wohnte in der Nachbarwohnung. Aber dieser Juan wusste nicht, wer in der Wohnung lebte, in die er Joseph vermittelte, kannte diese Leute selber nicht, die, soweit ich weiß, Verwandte eines Arbeitskollegen waren. Und Ceci ebenso wenig.

Eines Tages erzählte Joseph von einer Frau, die er einmal kennengelernt habe, eine Nachbarin, in dem Haus, in dem er zu Beginn, in den ersten vier Wochen, gewohnt hatte, und ich fragte nicht nach, war in Gedanken ganz woanders und fragte ihn dann, in wessen Auftrag er eigentlich seine Arbeit mache. Er erzählte mir von dieser kurzzeitigen Nachbarin, die im selben Stock wohnte wie er, und erst jetzt erinnere ich mich, dass er einmal sagte: »Weißt du, direkt mein Fall ist sie nicht, rein optisch« – er lachte –, »aber sie ist sehr nett. Sie arbeitet als Übersetzerin aus dem Französischen. Hin und wieder treffe ich sie. Verdammt nett, wirklich.«

Es klang, als sei er überrascht über das Nette. Kannte er denn keine netten Frauen, überlegte ich. Erst Wochen später fragte ich einmal, in welcher Straße er zu Beginn gewohnt hatte, und dann staunte ich und dachte: So ein Zufall. Und ich fragte weiter, welche Nummer, und als er mir die Hausnummer nannte, mit der ich bis dahin Ceci verbunden hatte, staunte ich noch einmal, und so seltsam es mir jetzt auch erscheint, ich schaltete immer noch nicht. Er nannte keinen Namen, und ich kam nicht darauf, dass diese Frau, von der er redete, Cecilia war – die Frau, in die ich so unglücklich verliebt war. Ich wollte es wohl nicht begreifen.

■ ■ ■

Kaum war er eingezogen, kamen wir uns nahe. Der erste Eindruck war schnell einem anderen gewichen. Er hatte jetzt das Zimmer, aus dem Lucho ein halbes Jahr zuvor ausgezogen war – anfangs war es ziemlich eigenartig für mich, nun Joseph in diesem Zimmer zu sehen, das in mir mit dem Namen Lucho besetzt war; eigenartig auch deshalb, weil es mir zunehmend ungerecht erschien, Joseph aus diesem Zimmer kommen zu sehen oder selber dieses Zimmer zu betreten, und bei jedem Schritt über die Schwelle war da dieser andere Name, den ich nicht loswurde, ebenso wenig wie Bilder, die mit diesem Zimmer verbunden waren. Erst da merkte ich, wie wenig ich mich vorwärtsbewegt hatte. Und nicht nur ungerecht, ich hatte sogar manchmal ein schlechtes Gewissen deshalb. Ich sah ihn und dachte, ohne etwas dagegen machen zu können: Lucho. Oft ging mir durch den Kopf, dass es keine gute Idee gewesen war, Joseph das Zimmer anzubieten, und je mehr Zeit verging, desto mehr musste ich mir eingestehen, dass es nicht, wie anfänglich gedacht, Hilfsbereitschaft, Schutz vor Ärger mit Franco, sondern dass es ganz im Gegenteil Egoismus gewesen war, der mich getrieben hatte.

Luis, Spitzname Lucho, war Photograph. Ich kannte diese Leute längst zur Genüge. Sie redeten viel, machten einem Komplimente, die nichts kosteten und nichts wert waren. Er hatte mir bei einem Shooting schöne Augen gemacht, war hartnäckig gewesen, wie die meisten; aber trotz allem irgendwie anders als die meisten, und irgendwann fand ich ihn schließlich charmant in seinen zerrissenen Jeans und mit dem Lächeln eines Schulbuben, der etwas angestellt hat, und irgendwann dachte ich einfach: Warum nicht. – Ja, warum nicht. Das war der Gedanke. Das war mein Gedanke. Recht viel mehr war es nicht.

Ich modelte nicht oft, und nie waren es große Aufträge. Dennoch hörte ich später auf mit dieser Arbeit, es gefiel mir nicht mehr, das Gesicht in die Kamera zu halten – mir, die ich nie gemeint hatte, besonders moralisch zu sein, kam es plötzlich so vor, als ob dieses Geld unehrlich verdientes Geld sei, weil es nicht jeder verdienen konnte. Manchmal scheint mir, alles, wovon ich mich einmal abgewandt habe, will ich nicht mehr wahrhaben, als könnte ich dafür nicht einstehen, egal, ob es die Musik betrifft, Photos oder Freunde, die ich hatte.

Wie es kam, dass Lucho bei mir einzog, habe ich beinahe vergessen, auch weil es in kleinen Schritten geschah, nicht auf einmal. Ich glaube, es begann mit seinem Vergrößerungsapparat, den er gekauft hatte, ohne dafür einen Tisch zu haben, geschweige denn ein ganzes Zimmer, das er als eigene Dunkelkammer einrichten könnte. Er erzählte mir von diesem Gerät. Da sagte ich: »Ich habe da ein kleines Zimmer. Es ist leer. Wenn du willst, kannst du es benutzen.«

Ich meinte: benutzen als Dunkelkammer. Doch er verstand: benutzen als Zimmer.

Er wohnte nie ganz da, aber er schaffte eine Menge Sachen in meine Wohnung, die er, als ich ihn schließlich bat, auszuziehen, zunächst liegen ließ, als wären sie nicht seine oder als hätten all diese Sachen aufgehört, seine zu sein, und zwar mit dem Moment, in dem ich ihm auf einem Zettel, den ich ihm an die Tür klebte, mitteilte, er müsse sich etwas anderes suchen.

Mit Joseph ging alles ganz anders. Als er einzog, dachte ich, er gefiele mir nicht besonders. Er war mir zu groß und zu blass; außerdem hatte er ein nach unten zusammenlaufendes, dreieckiges Gesicht, und mir gefielen eher Männer mit kräftigem Kinn. Aber schon am Abend dieses ersten Tages merkte ich, wie zurückhaltend und vorsichtig, wie schüchtern er im Grunde war, und da begann er mich zu interessieren. Ohne dass er etwas dazu getan hätte, beherrschte er bereits nach wenigen Tagen mein Denken. Er wiederum schien mich zwar wahrzunehmen als weitere Bewohnerin dieser Wohnung, aber nicht sehr viel mehr. Er suchte kein Gespräch, und wenn ich ihn etwas fragte, antwortete er immer nur kurz und zog sich dann wieder zurück. Eigentlich fand ich sein Verhalten ziemlich unhöflich. War ich so uninteressant? Er wich aus, machte fast übertrieben große Bögen, wenn wir in der Wohnung aneinander vorbeiliefen. Einmal jedoch war mir, als ängstige er sich vor etwas, aber ich wusste nicht, wovor. Vor mir etwa? Wusste er selbst, wovor? Und doch küssten wir uns eines Tages plötzlich. Nichts war dem vorausgegangen. Wir standen in der Küche, er an der Anrichte, wo er irgendein Stück Fleisch schnitt, und ich wollte eben eine Lade aufziehen, vor der er stand. Auf einmal küssten wir uns. –

An einem Abend, viele Wochen nach diesem Anfang, waren wir bei seinem Freund Juan gewesen, von dem er mir schon erzählt hatte, den ich aber bis zu diesem Abend noch nicht kennengelernt hatte. Ich weiß nicht, wer bei dieser Gelegenheit von uns aufgeregter war, alle drei waren wir unruhig, vor allem Juan; bei manchen Menschen, selbst wenn man sie noch nie gesehen hat, merkt man sofort, wenn sie sonst anders sind, wenn sie für den Moment aus der Rolle gefallen sind. Ich glaube, es war meine Schuld, dass er nervös war; nicht meine Schuld persönlich – es war bloß die Tatsache, dass ich eine Frau bin, die gereicht hatte, ihn aus der Fassung zu bringen. Seine Blicke schossen wie Pfeile durch die Wohnung.

Wir tranken Malbec, rauchten Zigaretten. Später bot Juan dünne Zigarren an; Joseph nahm eine, ich lehnte ab. Es war rührend, wie die beiden, um mich nicht auszuschließen, sich auf Spanisch unterhielten, und wie Joseph ab und zu auffuhr und ein deutsches Wort ausrief und nach dem Ausruf kleiner als eben noch wirkte, zusammengesunken, weil er sich offenbar schämte, die Sprache schlechter als Juan zu beherrschen. Aber wie leise das alles geschah. Ihre leise Art rührte mich und gefiel mir. Sie war so viel sanfter als die argentinische, die mir manchmal – auch bei mir selber – so auf die Nerven ging. Ein sehr langer Abend.

Und dann der Nachhauseweg, als wir absichtlich einen Block zu früh aus dem Taxi ausstiegen, weil ich noch ein paar Schritte gehen wollte und weil ich Zeit haben wollte für den Satz, den ich in mir seit Stunden formuliert und stumm geübt hatte, aber dann war auch der Weg hinter uns geblieben, ohne dass wir gesprochen hatten, und Joseph wollte schon die Tür aufsperren, als ich seine Hand nahm, die auf dem Weg zum Schlüsselloch war, sie zurückzog und, so vorsichtig es mir möglich war, diesen Satz sagte: »Joseph, ich glaube, ich bin verliebt in dich.«

Diesen Satz – ein so anderer als jener, den ich hatte sagen wollen: »Joseph, wir müssen miteinander reden!«, aber nicht sagte.

Nachträglich fiel mir auf, dass er den Schlüssel zunächst falsch in der Hand gehabt hatte, mit dem Bart nach oben, und ich lächelte. Klassisch.

Ja, mit ihm war alles ganz anders gegangen. Anders als je zuvor. Und vor allem nicht linear. Ich verstand diesen Gang nicht. Darüber wollte ich endlich einmal sprechen, sagen: Ich kenne mich nicht aus. Was willst du eigentlich?

■ ■ ■

Ich lernte sie auf einer Preisverleihung kennen. Zehn Tage, allerhöchstens, länger war ich damals noch nicht in Argentinien. Es war eine Preisverleihung für ein Drehbuch, das Isabel, bei der ich zunächst wohnte, verfasst hatte. Ich war zu dieser Zeremonie eingeladen, hätte sie aber verpasst, wäre ich an dem Tag aus Zufall nicht den ganzen Tag über in der Wohnung gewesen und hätte nicht das zweite Kapitel der Arbeit über Soja zu schreiben begonnen. (Das Kapitel hieß: »Ausweitung der Anbauflächen zwischen 1996 und 2006«.)

Irgendwann klopfte es an die Zimmertür. Franco fragte, ob ich ein Bier mit ihm trinken wolle. Ich war am Fenster gestanden und hatte das Haus gegenüber betrachtet. Ich sah auf die Uhr und wandte mich ihm zu. Er trug einen Anzug. Glänzende schwarze Lederschuhe. Und dann blickte ich auf meine auf dem Schreibtisch ausgebreitete Arbeit, mit der ich an diesem Tag nicht vorankam. Vielleicht, dachte ich, hilft eine Pause, ein wenig Ablenkung; und ich wollte auch nicht unhöflich sein. Ich nickte und sagte: »Ja. Ja, Franco. Warum nicht?«

Im Wohnzimmer erzählte er von der Veranstaltung am Abend und dass er gar nicht wisse, wieso er da aufgeregt sei, wo es nicht um ihn gehe. Vor keinem Kampf sei er je so aufgeregt gewesen wie jetzt; er war Boxer. Ich fand, man sah es ihm nicht an. Wir tranken Bier aus einer Literflasche, Quilmes, unterhielten uns – eigentlich zum ersten Mal. Sein Bruder war der Arbeitskollege von Hans.

Etwas aus dem Drehbuch von Isabel kannte ich schon. Gleich nach der ersten Nacht, in der ich kaum geschlafen hatte, hatte ich etwas davon gehört.

Ich erinnere mich: Ich war vollkommen erschlagen – irgendwie voller Wut, doch zu müde für Wut – aus dem Bett gekrochen und wollte durch den Flur ins Wohnzimmer gehen, blieb aber im Türstock stehen und lehnte mich an. Die Beschläge waren in demselben Beige lackiert wie die Zarge; das Türblatt fehlte. Auf der Couch saßen Isabel und eine weitere Frau. Ich hatte bloß die letzten beiden Sätze verstanden, sah das zähnefreigebende Lachen Isabels und hörte, wie sie mit einer mir neuen, vollkommen anders als am Vortag klingenden Stimme sagte: »Das ist so ein Scheiß, Alte!« Sie sahen mich nicht. Ich wusste nicht, worum es ging, und dachte an den kurzen Traum, den ich gehabt hatte, den das Aufwachen abgebrochen hatte und der noch schal und leer in mir herumschlich. Was hatte ich im Wohnzimmer gewollt? Dann stieß ich mich mit der Schulter vom Türstock ab, machte vor Müdigkeit taumelnd einen Schritt nach hinten, und sah beim Blick auf die Schulter, dass der Pullover Farbe vom Türstock angenommen hatte, helle Farbe, oder vielleicht war es doch bloß Staub. Meine Füße auf den Fliesen waren eiskalt, und ich ging auf Zehenspitzen ins Bad.

Viel später erst sah ich die Verfilmung, an einem Abend, an dem ich nichts mit mir anzufangen wusste und deshalb in ein Kino ging, wo aus Zufall gerade dieser Film lief. Ich wohnte da schon seit zwei Wochen im Hotel; vielleicht wusste ich deshalb nichts mehr mit mir anzufangen. Weil ich nicht mehr bei Savina wohnte. Der Film jedenfalls überwältigte mich. Ob ich ihn ganz begriff, weiß ich nicht. Ich war überwältigt von der kraftvollen Ruhe, die ein Film erzeugen kann. Ein Film über einen Boxer. Während der Abspann lief, dachte ich verblüfft: Das habe ich Isabel nicht zugetraut. Ich hatte von dem Film gehört. Und gedacht: Ein Film über einen Boxer. Wie originell, wenn man mit einem zusammenlebt. – Doch dann hatte ich das entwaffnende Gefühl, nicht gewusst zu haben, mit wem ich wohnte.

Wir saßen und tranken Bier. Es war heller, einfarbiger Nachmittag. Mir fiel ein, dass sie mich gleich an einem der ersten Tage eingeladen hatte. Sie hatte ganz langsam zu mir gesagt, sie möchte, dass ich komme, es würde sie freuen, und auch Franco, der danebengestanden war, hatte langsam genickt zu ihren langsamen Worten, als verstünde ich es anders nicht; dabei war mein Spanisch ganz passabel, immer noch, obwohl ich es jahrelang nicht mehr gebraucht hatte. Ich hatte nicht vorgehabt hinzugehen, sah jetzt jedoch keinen Ausweg. Je länger wir uns unterhielten, desto mehr schienen die Unruhe und die Nervosität von Franco zu weichen. Schließlich zog ich mir in meinem Zimmer Hemd und Sakko an, schlüpfte in die Lederschuhe, schnürte sie, ging ins Wohnzimmer zurück.

Zu Fuß machten wir uns auf den Weg. Es war nicht weit, und als wir vor dem Gebäude drei Straßen von der Casa Rosada, dem Regierungsgebäude, entfernt standen, war er doch wieder so aufgeregt wie zu dem Zeitpunkt, als er gegen meine Tür geklopft hatte. Der Unterschied war einzig, dass er jetzt etwas angetrunken war; vor Aufregung hatte er den ganzen Tag über auch nichts gegessen. Während wir vor dem Eingang stehen blieben und Franco seine Einladung, die auch für mich (oder irgendwen: eine Begleitperson) galt, zusehends verzweifelt suchte, schaute ich auf die blecherne Reklametafel, die über der Haustür an der Fassade des Nachbargebäudes hing. Ich konnte den Namen darauf nicht lesen, kniff die Augen zusammen, doch konnte die Buchstaben nicht lesen. Was war mit meinen Augen?

Ich sagte: »Schau doch einmal in deiner Geldbörse nach.«

»Hab ich doch schon«, sagte er fast genervt.

Dieser Teil der Stadt war ursprünglich als Zentrum geplant gewesen. Er lag nicht weit vom Mündungstrichter des Río de la Plata (Silberflusses) entfernt. Mittlerweile gab es kein richtiges Zentrum mehr, sondern viele, über die Stadt verteilt.

Dann fand er die Einladung doch in seiner Geldbörse. Sie war nicht breiter als ein Zettel von einem Kellnerblock. Wir betraten das Gebäude, zeigten sie vor, durchquerten die Vorhalle und kamen in den Saal. Als ich nach wenigen Schritten stehen blieb, merkte es Franco zunächst nicht, dann drehte er sich um und winkte mir, ich solle kommen. Ich machte eine abwehrende Geste und bedeutete ihm, hier bleiben zu wollen; er zuckte die Schultern und ging weiter zu den vorderen Reihen. Ich stellte mich an den Rand, lehnte mich gegen die Wand und wartete. Wann war ich das letzte Mal bei einem solchen Festakt gewesen? Ich konnte mich nicht erinnern und wartete.

Die Veranstaltung begann. Mehrere ermüdende, zumindest mir nichts sagende Reden älterer, allzu ernster Männer. Ich dachte daran, hinauszugehen und im Freien auf das Ende zu warten; dort könnte ich wenigstens rauchen. Irgendwann fiel jedoch auf einmal dieser Name Savina. Ich horchte auf und hob den Blick. Sie wurde angekündigt als Festrednerin und Freundin der Künstlerin – oder wurde sie nicht Künstlerin, sondern Schriftstellerin genannt? Zuerst hatte ich gedacht, sie hieße Sabina. Aber dann stand einige Minuten lang in großen kursiven Buchstaben an die Wand projiziert: Savina Gutiérrez. Diesen Vornamen hatte ich noch nie gehört. Es gab Applaus, ich klatschte mit, während mein Blick suchte. Jemand stand in der vordersten Reihe auf, eine Frau, die schwarzen Haare hochgesteckt, und ging zu dem auf einer kleinen Bühne stehenden Rednerpult. Ein grüner Rock. Ihr Blick immer auf den Boden gerichtet, auch noch, wie mir schien, als sie schon am Rednerpult stand, als blickte sie auf ihre Schuhspitzen. Ihr Gesicht war nur zu erraten. Das war Savina. Ich blieb. Sie räusperte sich. Dann begann sie zu sprechen. Was sie sagte, war hinten in dem inzwischen dicht gefüllten Saal, wo ich immer noch stand, nicht mehr zu verstehen.

■ ■ ■

Anfangs, auch weil ich kein Hallenbad gefunden hatte, das mir zugesagt hätte, hatte ich es mit Laufen versucht, damit aber bald wieder aufgehört. Die Luft dieser Stadt war dick und schmutzig, war schwer einzuatmen und lag schwer in den Lungen, und zudem knöchelte ich auf meinen Läufen durch die Stadt immer wieder um – einmal so, dass ich mir eine Bänderzerrung zuzog und aussetzen musste. Im Krankenhaus bekam ich eine Schiene angelegt; man hieß mich, sie nur zum Waschen abzunehmen und in einem Monat wiederzukommen. Aus dem Pausieren wurde ein Aufhören. So kehrte ich wieder zum Schwimmen zurück und blieb dabei.

Seit meinem vierzehnten oder fünfzehnten Lebensjahr habe ich mit sporadischen, jeweils aus dem Nichts auftauchenden Rückenschmerzen zu kämpfen, die mich früher teilweise nahezu bewegungsunfähig machten, zuweilen konnte ich kaum noch liegen – das war auch der Grund, warum ich irgendwann mit dem Schwimmen begann. Mehrmals pro Woche ging ich nach der Schule ins Hallenbad von Wiener Neustadt. Ein Orthopäde hatte es mir dringend empfohlen. Die Probleme wurden weniger, verschwanden für eine Zeit, kehrten dann zwar wieder, jedoch in abgeschwächter Form. Schon damals hatte ich es ursprünglich mit Laufen probieren wollen – das war in Rohr einfacher als Schwimmen, weil es überall unbefahrene Wege und Straßen, aber kein Hallenbad gab. Ich tat es eine Zeitlang, lief alle zwei Tage ein paar Kilometer. Aber es langweilte mich derart, dass ich es ließ.

Als ich nach Argentinien kam, verschlechterte sich der Zustand meines Rückens innerhalb weniger Tage. Ich gab den schmächtigen, durchgelegenen Federkernmatratzen in der Jugendherberge die Schuld und bildete mir ein, ich müsse nur einfach schnell wieder ein ordentliches Becken finden. Aber ich fand eben keines, das mir zusagte. Dann dachte ich, es werde wohl auch mit einer guten Massage Besserung eintreten, und ich suchte und fand ein Massagestudio. Aber die Massagen halfen nichts, die Schmerzen wurden eher mehr. Das Stehen wurde oft unerträglich, und sogar im Liegen spürte ich die Schmerzen wieder; seit Jahren war es nicht so schlecht gewesen. Schließlich dachte ich, dass die einzelnen Wirbel am besten durch- und in eine neue alte Ordnung zurückgerüttelt würden, indem ich liefe: kurze, regelmäßige Stöße – und ich kaufte mir einfache weiße Turnschuhe ohne Dämpfung und begann alle Tage nach der Arbeit zu laufen.

Die Gehsteige hier sind häufig nicht geteert, sondern mit etwa zwanzig mal zwanzig Zentimeter großen, verschiedenfärbigen geriffelten Steinplatten gelegt. Das Abwassersystem auf den Straßen ist nicht auf die schweren Regenfälle, die regelmäßig im Herbst kommen, ausgerichtet, es ist einfach unterdimensioniert, und sobald es heftig regnet, steht innerhalb kurzer Zeit alles unter Wasser. Jedes Mal lösen sich dann unzählige, wahrscheinlich Zehn- oder Hunderttausende dieser Platten in Buenos Aires, und das ganze Jahr über sieht man alle paar Meter eine Minibaustelle; an den

Ecken der leeren, sandgrauen Rechtecke, wo diese Platten fehlen, sind rostüberzogene Stangen aus an den Schnittstellen blau schillerndem Baustahl in den Boden getrieben, und von Stange zu Stange läuft ein im Wind knatterndes rotweißes Plastikband als Absperrung. An vielen Stellen aber wackeln die Platten nur, oder sie geben nach, wenn man daraufsteigt, und nichts weist einen darauf hin, dass der Untergrund ausgeschwemmt ist. Oft kommt man deshalb ins Stolpern. Es ist kein Wunder, denke ich häufig, dass man hier so viele Menschen mit eingegipsten Gliedmaßen, vor allem Beinen, herumlaufen sieht.

An einem dieser Tage kam ich zufällig mit einer der Putzfrauen im Museum ins Reden. Sie hatte mich angesprochen und gefragt, warum ich humple. Sie erinnerte mich an meine Mutter, die auch jahrelang putzen gegangen war. Wohl deshalb erzählte ich ihr ausführlich, weshalb, und sie hörte zu und sagte: »Typisch! Meinem Sohn ist eben genau dasselbe passiert. Verdammter Bürgermeister. Verdammte Regierung.« Als ich ihr darauf antwortete, dass ich eigentlich Schwimmer sei, in meiner Heimat sogar regelmäßig Meisterschaften geschwommen sei, fragte sie, nahezu entrüstet: »Und warum hast du dann aufgehört?« Ich erzählte. Einmal unterbrach sie mich und ging ihre Handtasche holen, zog, als sie zurück war, Papier und Zettel daraus hervor und schrieb mir die Adresse eines Bades auf, das sie kannte. Es sei in Boedo gelegen und ein wenig teuer, aber groß und sauber, und es gebe ein Sportbecken. Dort solle ich hingehen. Es klang wie ein Befehl. Ich nahm den Zettel und hatte das Gefühl, ein ärztliches Rezept erhalten zu haben. Ihre Tochter gehe dort auch immer hin, sagte sie noch und zwinkerte mir zu. Ich schluckte, senkte den Blick ein Stück und sagte: »Ach wirklich?«

■ ■ ■

»Sag mal, Joseph, was ist das für ein Unternehmen, für das du da arbeitest?«, fragte Augusto und zupfte mich am Ärmel.

»So eine Art Nichtregierungsorganisation«, antwortete ich und strich mir ärgerlich über den Ärmel. Ich konnte es nicht leiden, so berührt zu werden.

»Non-Profit?«

»Nein.«

»Und was du da machst, ich meine, das Aufschreiben – gewissermaßen ist es ja so etwas wie eine Bestandsaufnahme, wenn ich es richtig sehe, was soll das bringen? Bringt es was? Ich meine, monatelang nur abzuschreiben, was sich in den Supermarktregalen findet – verzeih, wenn ich das so frage, aber ist das nicht seltsam? Ist das nicht eine irgendwie lächerliche Arbeit? Das kann doch jeder!« Er schaute mich mit zweifelndem, verzogenem Gesicht an. Ein bisschen sah er wie ein Spitzbube aus. War das das viele Bier?

Ich vergaß meinen Ärger. Mit dem Verschwinden des einen Ärgers kam für einen Moment ein anderer: Was hieß lächerlich? Was hieß jedes Kind? Das war wissenschaftliches Arbeiten. Feldforschung. Er hatte ein Gesicht wie ein Spitzbube, das war mir bisher nicht aufgefallen, und wie ich darüber nachdachte, vergaß ich auch diesen Ärger. Eine Sekunde lang kam er mir vor wie der jüngere Bruder, den ich nicht hatte. Dieser Gedanke, der ein Gefühl war, machte mich augenblicklich mild, obwohl ich eben noch scharf antworten wollte.

»Na ja«, sagte ich, »irgendwas muss man tun, meine ich, um den Konzentrationen entgegenzuwirken. Irgendetwas … irgendwas muss man ihnen entgegenhalten. Keiner tut etwas. So kann das nicht weitergehen. Wir arbeiten an einem Bericht über die Marktsituation auf dem Nahrungsmittelsektor in ausgewählten Ländern. Mehrere meiner Kollegen arbeiten momentan zeitgleich in anderen Ländern. Auf jedem Kontinent zwei.«

»Und alle machen dasselbe?«

»Im Wesentlichen, ja.«

Augusto nickte.

»Und mit Konzentrationen – damit meinst du, dass hier einige wenige Konzerne marktbeherrschend sind?«

»Grob gesagt, ja. Genau. Hier und eigentlich überall.«

»Hm«, machte Augusto. »Und deine Tabellen?«

»Die bezeichnen gewissermaßen den Beginn einer größeren Untersuchung. Darüber kann ich dir aber noch nichts sagen.«

»Obwohl du sie leitest, darfst du nichts sagen?«

»Ich kann nicht.«

»Hm. Und an der Uni machst du auch etwas, oder?«

»Ja, eine Arbeit über Soja, das heißt Gensoja, gemeinsam mit Kollegen von hier. Ausbreitung, Entwicklung der Anbauflächen, Auswirkung auf Böden, Fauna und so weiter. Und … Ja, du weißt doch, dass gewisse Schädlinge mittlerweile Resistenzen entwickelt haben gegen das Allzweckspritzmittel. Stell dir bloß einmal vor, was das bedeutet! Wenn ein Schädling oder ein Pilz einmal resistent geworden ist, dann kann er sich in Windeseile ausbreiten, von Nord nach Süd, von Süd nach Nord, ach, über die ganze Welt in Wirklichkeit. Was für eine Gefahr! Denk nur an Irland im neunzehnten Jahrhundert, an die Kartoffelpest! Nun gut. Also, wir sehen uns das alles genau an und versuchen einen Ausblick in die Zukunft zu erarbeiten.«

Ich atmete mehrmals tief durch. »Habe ich dir das nicht schon alles erzählt?«

Ich hatte es schon erzählt. Unsere Gespräche wiederholten sich. Ich hatte keine Geschwister.

»Vor drei Wochen war die Stadt in eine schwarze Rauchwolke gehüllt. Bauern hatten Weideland angezündet, angeblich, um es vor Verbuschung zu bewahren. Und zuvor gab es Streiks, Straßenblockaden.« Augusto sah mich an.

»Ja«, antwortete ich, »ich weiß, ich war ja hier. Ich bekam wie die meisten entsetzlichen Husten. Ich konnte für ein paar Tage fast nicht rauchen wegen dieser verfluchten Wolke!«

Wir lachten, machten ein paar langsamere Schritte.

»Es gab sogar Tote«, fiel mir ein. Ich blieb stehen. Dann auch Augusto.

Er wandte sich mir zu und sagte: »Und du weißt natürlich genau, weshalb die Straßen blockiert wurden.«

»Vor allem wegen dieser geplanten Erhöhung der Exportzölle auf Soja.«

»Was, denkst du, ist davon zu halten?«

»Na ja, das ist ein komplexes Thema. Soja bringt nun einmal Geld. Der Export von Soja war stark daran beteiligt, dass das Land so rasch aus der Wirtschaftskrise fand, das wird dir jeder bestätigen. Das ist eine Tatsache. Eine andere Tatsache ist, dass sämtliche bis vor Kurzem üblichen Kulturpflanzen verdrängt, das heißt einfach nicht mehr angebaut werden. Die Dinge sind allmählich nicht mehr bezahlbar für die Menschen. Das will die Regierung verhindern, und so hebt sie die Exportzölle auf Soja an. Außerdem entstehen Monokulturen, so etwas ist immer gefährlich, wie gesagt. Und alle hängen im Wesentlichen von einem einzigen Konzern ab, der das Gensaatgut verkauft. Das genmanipulierte Saatgut, das so große Erträge ermöglicht.«

»Und du weißt natürlich auch«, fragte Augusto weiter,

»wer diejenigen waren, die streikten und die Straßenblockaden errichteten.«

Mir erschien unser Gespräch allmählich wie ein sokrati-
scher Dialog. Ich wurde vorsichtig und unwillig zugleich.

»Selbstverständlich. Hier beginnt ja die Misere. Eben,
es nahmen alle daran teil, an den Streiks und Blockaden.
Nicht bloß die Großbauern, wie von der Regierung behauptet, auch von den kleinen und mittleren Bauern kam
Widerstand gegen das Gesetz. Soja hat sich durchgesetzt,
alle machen Geld damit oder wollen es zumindest in Zukunft.«

Meine eigenen Sätze trübten mir die Laune.

»Kann man es den Leuten verdenken, wenn sie oben
schwimmen wollen?«

»Wahrscheinlich nicht. Nein.« Ich resignierte. Mit wem
redete ich?

»Wie soll man es dann abstellen?«

Ich gab keine Antwort mehr, schob die freie Hand in die
Hosentasche. Nach einer Weile murmelte ich: »Die Kleinen
werden nie oben schwimmen. Und die Mittleren ebenso
wenig. Die ruinieren sich mit den Kosten für Saatgut und
Spritzmittel. Das geht doch nur, wenn man richtig groß ist
und Kapital hat. Herrgott.«

Hatte Augusto mich gehört? Ich blickte ihn von der Seite
an. Seufzend wischte er sich über die Stirn und sagte: »Man
müsste das abstellen. Den Teufelskreis durchbrechen. Aber
schau, ich kann nicht einmal meinen Vater davon überzeugen, dass er abhängig geworden ist von einem einzigen
Konzern. Er glaubt es mir nicht. Und sogar mein kleiner
Bruder lacht, wenn ich davon anfange.«

Er trank das Bier in einem Zug aus und stellte die Flasche
auf dem Gehsteig ab. Wir hatten genug getrunken. Und genug geredet. Es war höchste Zeit, nach Hause zu gehen.

■ ■ ■

Es fällt mir nicht leicht, herauszufinden, warum ich ihn ansprach. Ich weiß nur: Ich hatte großes Interesse, ihn kennenzulernen.

Als ich ihn in der U-Bahn entdeckte und wiedererkannte, als er da stand, größer als die meisten anderen, obwohl er ein bisschen wie zusammengefallen dastand: ein Bein eingeknickt, das Knie wie nach vorn gekippt, die Ferse hoch angehoben und zwei Finger in den Ring des Haltegriffs gesteckt, wie eingehängt, und in den Kurven bog es ihn durch, und sein Gesicht war blass, aber wie eine Wand – ich hätte ihn nicht anzusprechen brauchen, es gab keine Notwendigkeit; mein Tag wäre wie alle meine Tage zu jener Zeit weitergegangen. Der Lauf meines Lebens wurde durch ihn nicht verändert, nein; mein Leben lief entlang der unsichtbaren Schienen, die ich gewählt hatte vor einigen Jahren und die immer weiter von meiner Heimat wegführten, dem Dorf San Juan, wo die Eltern waren und bleiben würden und wohin mein drei Jahre jüngerer Bruder Manuel vor Kurzem zurückgezogen war. Ich war selbst verwundert, dass ich ihn ansprach.

Ich kann mich nicht mehr erinnern, ob mein Vater mir gesagt hatte, dass er etwas mit Landwirtschaft zu tun hatte. Alles, was mir einfällt, sind die Worte meines Vaters über seine Schuhe. Irgendwann kam mir der Gedanke, ich müsse es einfach gewusst haben, dass Joseph Agronom war, und dass ich durch eine Verbindung zu ihm eine Verbindung zu meinem Vater herstellen wollte, mit dem ich im Grunde seit Jahren keine mehr hatte. Als spräche ich, indem ich mit Joseph über sein Fachgebiet redete, zugleich mit meinem Vater, mit dem ich ansonsten nicht mehr kommunizieren konnte. Mit ihm fiel mir das wohl auch aus dem Grund leicht, weil er zwar nicht viel älter war als ich, aber mir sehr viel älter vorkam; er hatte er schon einzelne graue Haare. Ich blieb bei diesem Gedanken. Das war schließlich meine Erklärung für mein Interesse an einem Fremden, den ich bis dahin nur einmal kurz in einem Flugzeug gesehen hatte. Aber ob sie stimmt oder ob sie die einzige ist, weiß ich nicht; ich bin Arzt – kein Psychologe.

Und er wiederum interessierte sich unglaublich für mich, auf einmal. Zunächst war er noch mürrisch, als ich ihm ein paar Sätze zu seiner Arbeit abrang, tat das Thema ab, sagte ein paarmal: »Aber was soll das, das wird Sie als Arzt nicht interessieren.«

Immer wieder sein Blick auf die Uhr an meinem Handgelenk. Bis ich sagte, die Exportzölle seien ein schwieriges Thema. Jäh hob er den Kopf, und erst jetzt sah er mich richtig an. Er bekam Farbe ins Gesicht. Er sagte: »Was haben Sie gesagt?«

»Wie?«

»Was Sie gerade gesagt haben. Das mit den Zöllen.«

Ich wiederholte meinen Satz.

Da sagte er: »Ja, was Sie nicht sagen, die Exportzölle, ja, da schau her! Ein schwieriges Thema also? Ja, ja, das sehe ich auch so. Genauso.« Er setzte sich anders hin, legte eine Hand auf die andere. »Was denken Sie außerdem dazu?«

Es war, als säßen wir jetzt erst zu zweit an diesem mit einem roten Tuch bespannten Tisch, der immer noch wackelte, obwohl ich ein Stück Karton gefaltet und unter ein Bein geschoben hatte. Seine Stimme kam mir nun anders vor, ja ein wenig melodiös.

Wir hatten Kaffee bestellt. Die Tassen standen vor uns. Ich hatte bereits die Hälfte getrunken, als mir auffiel, dass er seinen noch kaum angerührt hatte. Ich sprach ihn darauf an. Fragte, ob er ihm nicht schmecke. Da rückte er die

Tasse von sich weg und sagte, so einen Kaffee trinke er als Österreicher nicht, das sei gar kein Kaffee, sondern irgendetwas anderes, er wisse es nicht, Tee, vielleicht schwarzes Wasser mit Milch. Jedenfalls kein Kaffee.

Er sagte: »Ich wohne doch nicht umsonst in Wien!« Er lachte dabei auf; und der Satz klang nach einer Frage.

Auf seiner Untertasse nun ein Ring Milchkaffee. Aber nichts Mürrisches mehr; sein Gesicht wie gestrafft, die dunklen Augen hell, zurückgelehnt saß er da, als wäre er nun bereit für das Zuzweit. Er stellte mir immer weitere Fragen. Und so begann nach einer halben Stunde, die vergangen war seit dem kurzen Reden in der U-Bahn, unser erstes Gespräch. Ich war erstaunt, wie fehlerfrei und gleichzeitig akzentfrei sein Spanisch war.

Aber was ihn hierhergeführt hatte, wusste ich auch nach mehreren Treffen immer noch nicht genau: War es ein Auftrag? Wahrscheinlich, dachte ich.

Als wir das Café Victoria verlassen, die Straße überquert hatten und neben dem Hydranten stehen blieben, sagte er: »Seltsam, was einem durch den Kopf geht.« Und redete nicht weiter.

Ich spürte das Wehen des Windes und geriet in eine Anspannung. Warum redete er nicht weiter?

»Was geht Ihnen denn durch den Kopf?«, fragte ich.

Wieder war lange nichts. Er sah in die Ferne. Wohin? Woran mochte er denken? Aber wer weiß, zum Schluss dachte er nur an irgendwelche Statistiken, von denen er mir eben noch erzählt hatte, oder überlegte, wohin er nun müsse.

Ich glaubte, er hätte meine Frage schon vergessen oder sie vielleicht nicht einmal gehört, als er mich fixierte und sagte: »Eben warst du noch Gast – und was bist du jetzt?«

Etwas durchfuhr mich. Was war es? Das Du, das so plötzlich kam und das ich im ersten Moment auf mich bezog? Ja, zuerst das Du, und dann die Frage. Es dauerte eine Weile, bis ich begriff, dass das zu der Antwort gehörte, dass das die Antwort war, das war ihm durch den Kopf gegangen. Hatte mich die Offenheit erschreckt? Der farblose Hydrant – hatte er sie verloren oder nie eine Farbe gehabt? Der leichte Wind, der eben noch geweht hatte, war nicht mehr zu spüren. Wir tauschten Nummern aus, und da wusste ich schon, dass einer von uns beiden anrufen und wir uns wiedersehen würden. Das Gesprächsthema stand fest.

■ ■ ■

Wieder zehn Tage später kam ich von meiner täglichen Tour durch die Supermärkte zurück. Ich hatte den Schlüssel schon in das Schlüsselloch gesteckt, als mir einfiel, dass ich noch einkaufen musste. Ich war in einer Menge Läden gewesen, aber dass ich selbst auch etwas daraus brauchte, daran hatte ich nicht gedacht. Ich zog den Schlüssel wieder heraus und überquerte die Straße. Der Chinese stand vor seinem Laden und schaute, wie er jeden Tag schaute, seit ich hier wohnte. Ich glaube, er schaute gar nicht, nie, er stand nur da, seine Augen waren offen. Ich sagte: »Guten Tag«, und er sagte nichts – auch das war wie immer. Fast fand ich es schon witzig.

Mit den in Cellophan eingeschweißten Rollen Toilettenpapiers unterm Arm, in der einen Hand einen Plastiksack mit Bananen und Äpfeln, Keksen, Sugo und Nudeln, in der anderen die Zigarettenschachtel und den Schlüsselbund mit dem silbernen Anhänger, der nicht meiner war, betrat ich die Wohnung. Sofort sah ich es, dieses fremde Mädchen auf der Couch, das eben noch aus dem Fenster gestarrt hatte und sich nun umdrehte, wie gedehnt den Oberkörper drehte, und danach erst den Kopf.

Sie saß da, weil sie im Haus eingeschlossen war. Man brauchte zum Öffnen der Haustür auch von innen einen Schlüssel, den sie aber nicht hatte; und ebenso wenig war jemand oben in der Wohnung, der den Türöffner für sie betätigt hätte, denn Isabel, ihre Freundin, war gegangen, ohne das zu bedenken. Sie hatte gesagt: »Ich muss noch kurz ins Internetcafé. Am besten, wir treffen uns in einer halben Stunde im Aleph.« Das Aleph war eine gemütliche Bar ganz in der Nähe, in der abends bisweilen Jazzmusiker – meistens dieselben – auftraten. Und jetzt saß Isabel dort wohl längst an einem Tisch und wartete und wunderte sich wohl auch, warum die Freundin immer noch nicht nachgekommen war, und schrieb ihr eine Nachricht, und sie konnte nicht antworten, weil sie kein Guthaben mehr hatte, und Isabel dachte immer noch nicht an den Schlüssel oder die Haustür.

Sie drehte den Oberkörper wie gedehnt, ganz eigen, auch durch das helle Gegenlicht wirkte die Bewegung so eigen, kantig und scharf, dunkel und weich zugleich; dann erst drehte sie den Kopf. Eben wollte ich mich vorstellen, sagen, ich sei der Agraringenieur, Mitbewohner von Isabel und Franco. Doch da kam mir der Gedanke, den ich im selben Moment aussprach: »Savina, nicht wahr?«

Sie kniff im ersten Moment die Augen zusammen. Doch dann schien auch sie sich zu erinnern an das kurze Gespräch nach der Preisverleihung, als Isabel uns vorgestellt hatte. Mir kam es vor, als hellte ihr Gesicht sich auf, als sie sagte: »Der Österreicher, oder?«

Sie sah jünger aus als beim ersten Mal; ich schätzte sie auf sechs-, vielleicht siebenundzwanzig. Ein nachdenkliches, aber nicht ernstes Gesicht. Hatte ich nicht schon nach ihrer Rede gedacht, sie wirke fröhlich? Jetzt war mir so.

Ich sagte: »Ja! Ja, genau.«

Ob sie Mate wolle?

In den ersten Tagen hatte ich es jedes Mal abgelehnt, aber dann doch einmal probiert und mich schließlich in kürzester Zeit an dieses bittere Getränk gewöhnt, das hier nicht wegzudenken war. Nicht nur gewöhnt, ich war richtig süchtig geworden. Bereits nach zwei Wochen war es einmal vorgekommen, dass ich eines Nachts schrecklich missmutig im Bett lag und meinte, es liege daran, dass ich an diesem Tag keinen Mate getrunken hatte. Diese Art von Missmut kannte ich sonst nicht; er war höchstens vergleichbar mit dem Gefühl, das ich bekam, wenn irgendwo – in Buenos Aires quasi überall – Rauchverbot herrschte.

Sie sah mich an, als prüfe sie mich einzig mit einem Blick in die Augen, sagte aber nichts. Isabel hatte mir schon mehrmals gezeigt, wie man Mate zubereitet, und ich hatte es mir Schritt für Schritt auf der letzten Seite meines Notizbuchs aufgeschrieben. Es war nicht schwer, nur etwas mühsam. Sah sie mich so an, weil ich, Ausländer, sie, Argentinierin, auf einen Mate einladen wollte? Womöglich machte man das nicht.

Ich stellte den Plastiksack ab, merkte, wie ich etwas verlegen wurde und mir durch die Haare fuhr.

»Oder einen Apfel?«

Und da schaute sie schnell weg, schaute weg wie jemand, der bei etwas ertappt wird, und sagte: »Nein, ich muss jetzt wirklich, ich sitze hier schon bald eine Stunde herum – und Isabel wartet!« Sie blickte auf den Boden. »Könntest du mir die Tür unten aufsperren?«

Während wir gemeinsam die Treppen hinunterstiegen, dachte ich: diese Verlegenheit. Ich kenne diese Verlegenheit. Ich sperrte die Tür auf, ließ sie vorbei und sagte: »Chau.« Ich sah sie an und wusste schon alles. Ich wollte es nicht wissen, aber ich wusste es. Der Schlüsselanhänger in meiner Hand. Ich sah mich von außen. Sie ging, machte einen Schritt von der Schwelle weg, einen zweiten, dritten – und blieb plötzlich stehen, als fiele ihr etwas ein. Sie drehte sich jäh um und fragte: »Hast du schon etwas gefunden?«

Sie stieß es hervor, als hätte sie es zurückzuhalten versucht und als wäre es ihr nicht gelungen. Als hätte sie es zurückzuhalten versucht – aber als sie nun weitersprach, hatte ich nicht das Gefühl, als bereue sie es. Wenn ich wolle, könne ich bei ihr einziehen, wenn ich hier ausziehen müsse. Bei ihr sei unerwartet etwas frei geworden, jemand habe nach Jahren seine Sachen abgeholt. Sie sagte nicht, wer, und ich fragte selbstverständlich nicht nach. Es interessierte mich da noch nicht einmal. Ich sagte gar nichts, sondern hörte ihr nur zu. Und dann schrieb ich ihre Nummer auf.

Zurück in der Wohnung, setzte ich mich auf das Sofa und sah aus dem Fenster. Der Himmel hatte aufgeblaut. Dort, wo sie zuvor gesessen war, saß jetzt ich. Das Polster war noch warm. Dann nahm ich das Buch aus dem Rucksack und wollte nun endlich darin vorwärtskommen. Schon seit Längerem hatte ich vor, mich in der Vogelkunde zu bilden. Aber ich konnte keine Zeile fassen, sie begannen vor meinen Augen zu verschwimmen, ohne dass ich müde gewesen wäre. Sogar die Bilder verschwammen. Ich kniff die Augen zusammen, aber es half nichts. Also gab ich es auf, schlug das Buch zu, legte es weg und dachte nach, ob ich diese Nummer wählen sollte, ob ich sie anrufen sollte, ob es eine gute Idee war, dieses Angebot anzunehmen, oder ob es nicht doch besser wäre, ein Hotel zu nehmen und meine Arbeit zu machen. Ich musste ausziehen. Nun könnte ich endlich in ein Hotel. Ich hatte sie angesehen und alles gewusst. Warum überlegte ich überhaupt? Ich wusste, dass ich mir etwas vorspielte. Dann holte ich das Telefonbuch und suchte die Nummer eines Hotels heraus, wahllos, schrieb sie ab. Ich strich sie wieder durch. Was machte ich da? Es gab kein Ausweichen. In mir für einen Moment etwas zwischen Lähmung und unendlicher Müdigkeit. Das Telefonbuch glitt zu Boden. Die Augen schließend, ließ ich mich langsam zur Seite kippen. Wie weich die Couch war.

Ich zog zu ihr. Das Zimmer, das ich bezog, war etwa vier mal drei Meter groß, lag über der Küche, war erreichbar über eine gusseiserne Wendeltreppe. Darin befanden sich nicht mehr als ein einfaches Bett, ein Stuhl und ein Tisch, auf dem ein alter silbergrauer Vergrößerungsapparat stand.

Von dem Zimmer aus konnte man über eine in der Mauer verankerte Eisenleiter und durch eine Dachluke die Dachterrasse erreichen. Obwohl das Betreten dieser Dachterrasse verboten war (Wasserschäden), stieg ich manchmal hinauf, und jedes Mal knatterten dort auf einer Leine aufgehängte Kleiderstücke im Wind, oft auch Bettwäsche, große, weiß strahlende Leintücher. Auch vom Nachbarhaus, stellte ich fest, konnte man auf die Terrasse gelangen. Ich stand dort gern oben und rauchte und blickte über die Dächer, hörte die Leintücher friedlich knattern. Dort oben war das Licht ganz anders als unten auf der Straße – heller, silbriger. Ja, wie auf dem Oberdeck eines Schiffes fühlte ich mich da jeweils.

Unter dem Schreibtisch im Zimmer stand ein Kanister mit irgendeiner Chemikalie, die, nahm ich an, mit dem Vergrößerungsapparat zu tun hatte, und nachdem ich nicht nur die erste, sondern auch die zweite und dritte Nacht schlecht geschlafen hatte, trug ich den Kanister in die Küche hinunter und stellte ihn in das Kästchen mit den Putzmitteln. Aber daran lag es nicht, dass in mir die Unruhe erwacht war.

In den ersten Tagen war sie fast nie da, oder nie dann, wenn ich da war. Ich fand nur, wenn ich kam, sämtliche

Aschenbecher ausgeleert, auf dem Tisch eine hell spiegelnde Wischspur, im Bad ein frisch geputztes Schuhpaar trocknend auf einem Stück Karton. Ich dachte, es könne vielleicht auch so gehen – einfach nebeneinander zu leben. Ich hoffte. Aber dann hatte sie plötzlich ein paar Tage frei, und irgendwann fing es einfach an.

■ ■ ■

Ich frage mich, wann es begonnen hat, das Nachlassen seines Interesses für mich, das Abkühlen, der allmähliche und doch so jähe Abfall, frage mich, wann der Schalter umgelegt wurde. Wenn ich etwa an diesen einen Abend denke, als wir zu dritt in der Küche von Juan standen, darauf warteten, dass das Wasser für den Mate endlich kochte, und es dann kochte und ich hingriff, weil ich das in dem Moment und in dieser Situation als Aufgabe sah, die mir zukam, das Gas abdrehte mit dieser Handbewegung wie selbstverständlich nach rechts, wie seit jeher, und Joseph nicht einging auf die Frage Juans, ob er immer noch linksradikal sei, sie nur abtat und sagte, radikal sei er überhaupt noch nie gewesen. Ich hatte ihn daraufhin angesehen, hatte etwas in seinem Gesicht gesucht, in seinen Augen, aber nichts an ihm verriet mir seine Gedanken. Immer bildete ich mir ein, in Augen lesen zu können. Mir war, als flackerten in ihnen noch die Spiegelungen und die Reflexe der blauen Gasflammen, so wie sie zuvor im Glas der Tür, die auf den winzigen Balkon führte, der eine einzige widerliche Müllhalde war, sich widerspiegelnd getanzt hatten.

»Aber du wolltest doch im Grunde alle enteignen, hast dauernd gegen privaten Grundbesitz geschimpft!« Juan schien entrüstet.

»Was redest du denn da? Ich war doch nie gegen Grund-

74

besitz. Aber ich bin immer noch gegen Latifundien, so wie damals, gegen Großgrundbesitz. Hast du vergessen, was ich dir damals alles erklärt habe, oder hast du nicht zugehört? Wir haben doch über kaum etwas anderes geredet.«

»Ich habe es nicht vergessen. Aber du hast es damals anders erklärt.«

Sie sahen sich nicht in die Augen, aber die Spannung zwischen ihnen war zum Greifen, und sie wuchs mit jeder Sekunde des Schweigens, das die ganze Wohnung erfüllte, bis irgendwann Joseph lachte und sagte: »Unglaublich, was für einen Unsinn du redest, Kramer! Wirklich unglaublich. Aber wie auch immer. Wie auch immer. Gibt es jetzt Mate oder nicht? Wir wollen ja dann wieder zum Wein.« Juan langte ohne recht hinzusehen zum Matebecher, fasste daneben, schüttelte leicht den Kopf, lächelte – die Spannung war weg.

Wir hatten zugleich hingegriffen, Joseph und ich, in der Wohnung Juans, in der wir eigentlich kein Recht hatten – außer dem kleinen Recht, das eben Freunde oder Bekannte haben, das wir selbst ihnen auch einräumen, wenn sie bei uns zu Besuch sind –, hatten beide das Gas abdrehen wollen. Ich hatte seine helle, unbehaarte Hand weggedrängt, sanft zwar. Wenn Juan es gewesen wäre, der sich angeschickt hätte, abzudrehen, hätte ich meine Hand zurückgezogen, es wäre zu keiner noch so kleinen Drängelei gekommen. Es war seine Wohnung; und er war immerhin, wie ich eben erfahren hatte, schon seit einem Jahrzehnt hier. Aber gegen Joseph musste ich mich zur Wehr setzen in diesem Moment. Vielleicht wollte ich mich damit ins Spiel bringen, wer weiß, ihm mit dieser kleinen Kraftprobe Widerstand bieten, zeigen, dass ich auch da war.

Wie schnell sich unser Verhältnis umgedreht hatte! Beim ersten Gespräch – ich in der Wohnung von Isabel ohne

Schlüssel – war er es, der mich anstarrte und dabei unsicher wurde wie ein Fünfzehnjähriger, da war keine Spur von Souveränität, aber ich war kühl und höflich wie immer in solchen Fällen, dachte in den ersten Augenblicken: Schon wieder einer, der es probiert. Aber dann dieses Zimmer, das ich leer haben wollte, nämlich leer von einer bestimmten Erinnerung, und ein Anruf und eine Lüge, noch ein Anruf, vielleicht eine zweite Lüge. Und suchte er nicht schließlich auch ein Zimmer? Oder brauchte er nicht eines? Als er wieder auszog, weil ich ihn darum bat, war wieder ich es, die glaubte, die Fäden in der Hand zu halten. Wieder – oder immer noch? Aber an diesem einen Abend in der Küche Juans, als das Gas abgedreht, das Geräusch von brennendem Gas verschwunden und auch das Brodeln fast verstummt war, das Wasser aufgehört hatte zu zittern, stelle ich jetzt fest, hielt ich auch schon keine Fäden mehr in Händen, nicht einmal die Spur eines Fadens. Das war aber schon zwei, zweieinhalb Monate vor seinem Auszug. – Im Handumdrehen hatten die Positionen gewechselt, und ich merkte es nicht, als es geschah.

Später saßen wir im Wohnzimmer, und er erzählte von seinem Cousin oder Großcousin, von dem er weder zuvor einmal gesprochen noch ihn danach ein zweites Mal erwähnt hatte, der Filme mache, sozial, manchmal auch politisch engagierte Dokumentarfilme, vor allem in Frankreich, wo er auch zeitweise wohne. Die Art, wie Joseph das erzählte, kam mir auf eigentümliche Weise verlogen vor: so langsam und zögernd, als müsse er Satz für Satz erst erfinden – oder als dächte er derweil an etwas anderes, und dieses andere verlangsamte seine Sprache, als wäre zwischen zwei Sätzen, die er sagte, immer einer, der nicht Sprache wurde, ein ungesagter Gedanke blieb. Verlogen eben. Dann dachte ich: Es hört sich an, als spräche ein Simultanübersetzer. Ja, so klang es. Auch deshalb, weil es mir verlogen vorkam, wollte ich schon fast sagen: Ach, interessant, bei euch liegt das also in der Familie, dass ihr euch in Angelegenheiten einmischt, die euch nichts angehen, in die Angelegenheiten fremder Länder.

»Worüber?«, fragte ich stattdessen. »Filme worüber?«

»Ja«, antwortete er, »er macht so Filme … etwa über die Banlieues von Paris … diese Vororte … das war das Letzte, was ich gesehen habe. Aber der Film war schon älter, aus dem Jahr 2000, glaube ich. Ich habe ihn mit einiger Verspätung gesehen, vor zwei Jahren vielleicht. Dann war er in der Normandie … hat dort etwas über Camembertherstellung gemacht … Industrie gegen Traditionsbetriebe … noch bevor das begann, was man später in den Medien als Camembertkrieg bezeichnet hat. Sehr interessant, was der da macht. Sehr interessant. – Du kennst ihn doch, oder?«

»Nicht dass ich wüsste«, sagte Juan und füllte die Gläser randvoll mit Wein.

Ich lehnte ab. Es tat mir leid, doch einer wiedergekehrten Halsentzündung wegen musste ich Antibiotika nehmen und durfte nichts trinken. Die beiden dagegen tranken, als ob es kein Morgen gäbe, ungeheuer schnell, als stünde etwas auf dem Spiel – und sie beide im Wettkampf. Sie soffen richtiggehend. Mehrere – vier oder sogar fünf – Flaschen Weißwein leerten sich wie von selbst, eine so gut gekühlt wie die andere, und ich fragte mich, woher all diese Flaschen kamen, denn unser Besuch hier war schließlich überraschend.

Wir waren in der Gegend gewesen, weil ich Joseph sehen wollte, mit ihm reden wollte, und zwar an diesem Tag, er jedoch keine Zeit hatte und sagte, dass wir uns höchstens auf einen Kaffee irgendwo in Belgrano treffen könnten, denn er habe hier gerade zu tun. Was ich dazu meinte? Ich sagte, ich würde es mir überlegen und wieder anrufen. Ich hatte nach der gestrigen Arbeit bis nach Mittag geschlafen, am Abend hatte ich frei. Ich musste eigentlich nicht überlegen, wollte bloß nicht gleich zustimmen. Auf dem Couchtisch lag ein Packen Partituren. Aufgeschlagen eine mit Skrjabin-Präludien. Mich fragend, wie sie da hingekommen waren, nahm ich sie und ordnete sie in den Schrank zurück. Dabei stellte ich fest, dass eine Schraube im Scharnier des Türchens locker war. Aus der Küche holte ich einen Schraubenzieher. Das Kreuz vorn schimmerte stumpf, sah aus wie Blei. Es war mühsam, die Schraube festzuziehen, denn sie war schon etwas abgedreht. Langsam und mit viel Druck schraubte ich sie hinein. Meine Hand zitterte vor Anstrengung. Wenn sie sich wieder lockert, dachte ich, muss ich extra eine neue Schraube besorgen; das nervte mich, jetzt schon, im Voraus. Wo kaufte man einzelne Schrauben? Es machte mich gereizt, etwas nicht zu wissen beziehungsweise auf jemandes Rat angewiesen zu sein, zumal dann, wenn es sich um Kleinigkeiten handelte. Ich wusste nicht: War das immer so? Jetzt war es so. Ich war gereizt, es tat fast weh, und ich konnte nichts dagegen machen.

Warum hatte er nie Zeit, wenn ich ihn brauchte?

Ich ging in der Wohnung auf und ab. Ich befahl mir, ihn nicht anzurufen, nicht auf seinen Vorschlag einzugehen, und während ich mir das vorsagte, zog ich mich an.

Ich fuhr nach Belgrano.

Als ich aus der U-Bahn stieg, rief ich ihn an. Ich sagte, ich sei in Belgrano, nannte ihm die Station. Er sagte, er sei schon fast auf dem Weg nach Hause. Wir verabredeten uns am U-Bahn-Eingang. Ich stand oben und spürte warme Luft die Treppe heraufwehen. Meine Gereiztheit war auf einmal verschwunden. Sein Gang war schon von weither zu erkennen. Ich bin etwas kurzsichtig, aber ich erkannte ihn sofort, allein die Bewegung seines Umrisses. Dann stand er vor mir.

»Du kennst doch meinen Freund Hans Kramer«, sagte er, ohne mich zu begrüßen.

Sofort war ich verstimmt. »Nein, kenne ich nicht.« Konnte er mich nicht einmal begrüßen?

»Ich hab dir doch von ihm erzählt, dieser Bekannte von mir, auch aus Österreich. Im Bellas Artes arbeitet er.«

Ich brummte irgendetwas und blickte weg. Natürlich erinnerte ich mich.

»Zu dem gehen wir jetzt.«

Ich war gar nicht auf ihn böse, aber auf mich; ich ließ mit mir umgehen wie mit einem Kind. Ich schaute geradeaus und tat, als bemerkte ich seinen Blick nicht. Ich verhielt mich wie ein Kind. Aber als er dann, nachdem er mich lange von der Seite angeschaut hatte, lachend sagte: »Na komm!«, und fragte, wie ich denn geschlafen hätte, und den Arm um mich legte, mich in den Arm nahm und ganz weich an sich drückte, verflog der Groll, ich schloss die Augen und hatte ihn einfach vergessen.

Es wurde ein langer Abend. Irgendwann wollte ich gehen. Ich sagte, ich würde nun aufbrechen, müsse aufbrechen, denn ich müsse am nächsten Tag arbeiten. Keiner der beiden reagierte. Juan sah mich an und dann schnell wieder zu Boden.

»Joseph«, sagte ich nach einer Weile, »ich sage es dir nur: Ich gehe jetzt. Und wenn du noch bleiben willst, ist das in Ordnung. Aber ich gehe jetzt.«

Plötzlich wurde er ernst und sagte: »Ja, na dann!«

Er stürzte das Glas hinunter, schlug sich auf den Schenkel und stand auf. »Hans!«, sagte er, räusperte sich und hielt Juan die weit von sich gestreckte Hand hin.

Wir gingen, Joseph und ich. Auf der Treppe nannte ich

ihn José, aus einer plötzlichen Laune heraus, und er hatte nichts dagegen, lächelte sogar, wenn es auch das Lächeln eines ziemlich Betrunkenen war, der sich für einen Moment des Innehaltens zu mir umdrehte, das Gesicht hob und mir ins Gesicht lächelte, um dann weiter die Stufen vor mir hinunterzuwanken. Sein Lächeln: fröhlich vor Betrunkenheit. Erst Tage später, als das Lächeln vor meinem inneren Auge wieder auftauchte, erkannte ich schlagartig: Das war keine Fröhlichkeit, sondern zum Lächeln verdrehte Verzweiflung. Es hieß vielleicht: Ich heiße Joseph, nicht José. Und vielleicht hieß das weiter: Ich bin so, wie ich bin, und ich kann nicht anders sein. Doch in dem Moment hielt ich es für ein fröhliches Lächeln, und wir stiegen die restlichen Stufen hinunter. Auf der Straße küssten wir uns, einen wackeligen Pflasterstein unter meinen Füßen. In dieser Nacht war es, als wäre nichts gewesen, als ginge es weiter, ohne Fragen und ohne Bedenken, als hätten wir Zukunft. Wieder, trotz aller Vorsätze, konnte ich es nicht unterlassen, ihm Fragen zu stellen, die Wünsche waren, und er konnte es wohl ebenso wenig unterlassen, mir diese Wünsche zu erfüllen und mir Versprechungen zu machen, wie er es in der ersten Zeit und dann von einem Tag auf den anderen auf einmal nicht mehr gemacht hatte. Ich glaubte alles in dieser Nacht, alles, was er mit heißem Atem sagte, alles, was ich mit ebenso heißem Atem sagte, jedes einzelne Wort glaubte ich, und vielleicht glaubte er es auch. Es war möglicherweise nur wegen dieses Lächelns auf der Treppe, dieses Lächelns, das einmal nicht in eine Tischplatte versenkt wurde, einmal nicht in den Boden vor seinen Füßen, die in seltsamen braunen Schuhen steckten – und das ich falsch verstanden hatte.

Und ich frage mich auch, wann es war, dass er, der zu Beginn doch oft geredet hatte, erzählt, vor allem von Wien, aufgehört hatte mit diesem Reden und Erzählen. Es war nicht abrupt – so hätte ich es bemerkt, und es wäre gewiss einfacher gewesen, darauf zu reagieren. Ich merkte bloß irgendwann, dass er nur noch auf Fragen von mir antwortete, nicht einmal das immer. Manchmal ließ er einfach Antworten aus, tat, als hätte er die Frage nicht gehört – hörte sie vielleicht wirklich nicht.

Nicht einmal sechs Monate waren wir zusammen. Dennoch gelingt es mir nicht, einen Überblick über diese Zeit zu bekommen. Nicht einmal ein halbes Jahr. Doch mir gerät alles durcheinander.

■ ■ ■

Es ist schon so lange her, dass es fast nicht mehr wahr ist. Zwei Jahre lang hatte ich eine Freundin in Wien, Maria. Sie war meine erste Freundin. Sie studierte auf der Universität für Bodenkultur und war ein wenig älter als ich. Während der ganzen zwei Jahre konnten wir schlecht ohneeinander sein. Ich fühlte mich in den Hörsälen ohnehin kaum je einmal wohl, und an vielen Morgen blieben wir einfach zu Hause, verbrachten den Tag redend, einkaufend, kochend, streitend und uns liebend. Aber auf der Bodenkultur konnte man nicht so einfach schwänzen wie auf der Hauptuniversität, wo es niemanden störte, ob man da war oder nicht, und wo es manchmal reichte, sich einfach gegen Ende des Semesters Mitschriften zu besorgen und zwei Wochen zu lernen. Auf der Bodenkultur gab es fast nur Pflichtveranstaltungen, wo Anwesenheit wichtig war. Und mitunter, wenn ich sie gar nicht gehen lassen wollte, sagte sie: »Ich muss gehen, ich muss wirklich! Ich war letztes Mal auch schon nicht! Aber wenn du willst, dann komm doch mit, Hansi.« So nannte sie mich manchmal. Und bisweilen begleitete ich sie wirklich. So kam es, dass ich einmal auf eine ihrer Exkursionen mitging.

Am Morgen hatte es geregnet, und offenbar hatte das die meisten Studenten zu der Annahme verleitet, die Exkursion fiele aus. So standen wir nur zu viert auf dem geschotterten Hof der Versuchswirtschaft in Großenzersdorf östlich von Wien herum, zwischen mehreren Gebäuden. Das herrschaftliche Hauptgebäude wurde eben renoviert. Männer in Blauzeug gingen auf den sich mit jedem Schritt neu und laut durchbiegenden Läden des Gerüsts hin und her. Das markdurchdringend klirrende Schaben einer Kelle und das knirschende Reiben eines Reibbretts auf dem Putz der Fassade. Der langsam trocknende und wieder heller werdende Schotter unter unseren Füßen, die wir anfangs beklommen und unsicher hin- und herdrehten, als müssten wir Zigaretten austreten. Maria, der Professor, ich – und einer, der sich als Erster mit dem Namen Joseph vorstellte. Er hustete einmal laut und sagte: »Ich bin Joseph.«

Er stand da, die Hände ruhig und tief in den Hosentaschen, und sah trotz dieses ruhigen Dastehens aus, als verschwände er am liebsten sofort wieder; er gab sich nicht die geringste Mühe, freundlich zu wirken. Es war ein dunstiger Vormittag. Niemand antwortete etwas. Es hatte geklungen, als rede er nach der Schrift, und ich dachte unwillkürlich, er sei bestimmt ein Wiener, der das falsche Studium gewählt hatte, ohne es sich einzugestehen, und ginge missmutig mit, weil man im Leben fertig macht, was man begonnen hat.

Es war irgendwie verkorkst: Ich wollte lieber mit Maria alleine sein, sah nicht den Grund, warum wir nicht im Bett geblieben waren wie offenbar die allermeisten anderen, der Professor war missmutig, weil kaum wer gekommen war, und dieser Joseph wirkte so, als wäre er nur zufällig zu uns gestoßen und bliebe jetzt eben, bis ihm etwas anderes einfiele. Maria in hellblauen Jeans, die ich liebte. Es war die Hose, die sie getragen hatte, als wir zum ersten Mal miteinander gesprochen hatten und ich an gar nichts Besonderes gedacht hatte – aber auf dem Heimweg und zu Hause in meiner Wohnung in der Weißgerberstraße allmählich draufkam, dass ich doch etwas gedacht hatte und mich, ohne es zu bemerken, in sie verliebt hatte. Eine hellblaue ausgewaschene, unten ausgestellte Jeans mit einem Riss vorne am Knie und einem Riss eine Handbreit unter der Gesäßtasche.

Mit jeder Minute begann der Dunst mehr zu strahlen, bis die Sonnenstrahlen ihn endlich durchdrangen und aufsprengten und der frische blaue Himmel sichtbar wurde.

Den ganzen Tag stapften wir über die riesigen Felder des Geländes. Vor allem beschäftigten wir uns mit den ökologisch bewirtschafteten Flächen, dem Schlag mit dem hohen Dauerroggen, jenem mit dem schweren Weizen und jenem mit dem zarten Öllein, zählten Unkraut an verschiedenen, je einen Viertelquadratmeter messenden Stellen in den verschiedenen Feldern, notierten alles akribisch, rechneten dann hoch auf Quadratmeter und Hektar. Der Professor sprach unterdessen über Unkrautdruck und Schadschwellen. Es kam mir zunächst seltsam vor: Der Professor redete, während die beiden weiterarbeiteten, ohne auf ihn zu achten; ich war offenbar der Einzige, der ihm zuhörte. Aber dann begriff ich, dass ich der Einzige war, der nur eine Sache tat, während die anderen zuhörten und zugleich arbeiteten. Hin und wieder kam eine Frage von Maria, die gerade dabei war, gebückt einen Weißen Gänsefuß oder einen Amaranth auszuziehen, die feuchte, schwere dunkle Erde von der Wurzel abzuschütteln und die Pflanze auf den Karton am Feldrand zu den anderen Pflanzen zu legen, oder ein Satz von diesem Joseph, der mit der Zeit immer mehr auftaute, als hätten ihm bloß die Arbeit oder das Herumgehen gefehlt, als wäre er zuvor einfach noch nicht in Schwung gewesen und hätte deshalb einen derart unbeteiligten Eindruck gemacht.

Auf dem Weg von einem Feld zum nächsten fragte ich Maria, die ich gelegentlich Marie nannte, ob sie mit ihm öfter zu tun habe. Sie verneinte, sagte, sie kenne ihn bloß vom Sehen, er stehe hin und wieder am Eingang des Gregor-Mendel-Hauses, dem Hauptgebäude ihrer Universität, und verteile Zettel mit politischen Inhalten, die aber niemanden interessierten. Sie waren beide auf der Universität für Bodenkultur, aber er war prinzipiell gegen Grundbesitz, das kam ihr komisch vor; für sie passte das nicht zusammen.

Mich interessierten damals politisch engagierte Menschen sehr; überhaupt alle, an denen ich selbstloses Engagement feststellte. Ich beschloss, ihn spätestens auf der Rückfahrt anzusprechen, vielleicht einen Satz über Grundbesitz fallen zu lassen.

Schließlich war ich erstaunt, wie einfach es war, ihn zum Reden zu bringen; es war, als hätte er förmlich darauf gewartet, dass ihn jemand ansprach. Ich hatte nur den Professor fragen müssen, wie viele Hektar das Gelände umfasse und ob solche Betriebsgrößen in dieser Gegend üblich seien. Der Professor hatte noch nicht ausgeredet, als Joseph sagte: »Im Prinzip ist das ja ein Verbrechen.«

Der Professor wandte sich ab, und ich dachte, vielleicht kannte er die Diskussion schon. Wir aber kamen ins Reden. Wieder sagte Joseph: »Das ist ein Verbrechen.«

Wir kamen ins Reden.

Von ihm ging es aus, dass wir uns eine Woche darauf wiedertrafen, nur wir beide, im Türkenschanzpark, Wien XVIII., wo auch die Universität für Bodenkultur war.

Im Gegensatz zu Maries Spur, die verloren ging, blieb die

von Joseph erhalten und deutlich sichtbar, wenigstens für das gut eine Jahr, das ich noch in Wien blieb. Sicher, es ist zu einfach gesagt, wenn ich behaupte, dass ihre Spur verloren ging. Das klingt so einfach. Diese Spur verschwand ja nicht einfach. Ich trug sie mit mir herum. Warum war ich nach Argentinien gezogen? Bemerkenswert ist, dass Joseph dabei war, als es mit der einen zu Ende ging, und dabei war, als es mit der anderen anfing; Cecilia hatte überhaupt er mir vorgestellt.

Wir trafen uns damals häufig, und es war meistens sehr einfach mit ihm, weil er gern redete – von seiner Sache. Ich bin sicher, dass diese Treffen mich ziemlich beeinflusst haben: Er war jemand, der genau wusste, was er wollte, der für eine Sache lebte, während ich lustlos und ziellos dahinstudierte und unter Sinnlosigkeitsgefühlen litt. Er gab mir das Gefühl, ein unnützes Leben zu führen, Zeit zu vergeuden, aber ohne dass er mir etwas vorwarf. Nicht immer war ich es, aber im Nachhinein bin ich sehr froh darum, denn durch dieses Gefühl, von dem ich bisweilen dachte, es zerfresse mich, zog ich letztlich einen Strich, begann etwas Neues, nahm die Dinge in die Hand.

Ohne dass er mir etwas vorwarf: Seine Art war überhaupt besonders, denn es schien kaum so, als wolle er jemanden tatsächlich überzeugen. Wenn er Flugblätter verteilte, schien es, als interessiere es ihn nicht, wer es war, der den Zettel nahm, ob er ihn las oder, kaum einen Blick darauf werfend, wegschmiss. Dass er sie anfertigte und austeilte, das zählte. Er war die zentrale und zugleich einzige Figur in seinem Kampf, nur auf ihn kam es an. Es war ein Kampf, den er führte. In dieses Konzept passte auch, dass er nie versuchte, mich für seine Zwecke zu verwenden, ja nicht einmal zu gewinnen. Er redete zwar auf mich ein, jedoch nicht, um mich zu überzeugen.

. . .

Nur ein einziges Mal habe ich diese Geschichte gehört, vor
zehn Jahren, kurz vor meinem neunzehnten Geburtstag.
Ich hatte meine Mutter gedrängt, sie zu erzählen. Ich wollte
endlich wissen, wie es zugegangen war, dass diese beiden so
gegensätzlichen Charaktere aufeinandergetroffen und zu-
sammengeblieben waren. Die Geschichte von meinem Vater und ihr. Ich hatte sie gedrängt, über Wochen hinweg,
und irgendwann hatte sie nachgegeben, geseufzt und gesagt: »Gehen wir hinaus. Ich will mir ohnehin ansehen, wie
der Weg geworden ist.«

Ich glaube nicht, dass sie wirklich das sehen wollte, der
Weg interessierte sie nicht; sie wollte nur nicht im Haus erzählen, wollte gehen dabei, weg sein.

Wir verließen das Haus und gingen schweigsam über
Weideland. Nach zehn Minuten Fußweg begann dieser
breite Weg. Er sah schrecklich aus. Nackte, leere Erde. Er
zog sich zwischen zwei riesigen, neu angelegten Feldern
hin. Noch vor Kurzem war hier Wald gewesen.

Sie begann zu reden. Sie sprach von sich, was ihr ansonsten so schwerfiel. Sie sprach in Sätzen, die ihre waren, keine
Floskeln oder Formeln. Sie erzählte.

Sie erzählte, indem sie sich erinnerte. Es ging ganz von
selbst.

Keiner hatte sie gefragt. Dieser Mensch – so sagte sie
nach fast zwanzig Jahren Ehe, »dieser Mensch« – war einfach dagestanden und hatte geredet. Ein einfaches Wort
hätte genügt. Ein Wort von ihr. Ein Nein hätte ausgereicht,
ein Nein-ich-will-nicht. Oder noch mehr, ein Nein-ich-will-
dich-nicht.

Aber ihr Vater, mein Großvater, hatte damals schon so
lange gewartet. Und immer noch war kein Mann in Aus-

sicht für sein einziges Kind, die Tochter. Er dachte an den Ruhestand, er sehnte sich danach. Er sagte nichts gegen den Dahergelaufenen aus dem Süden des Landes, der von Landwirtschaft wenig Ahnung hatte. Der bloß meine Mutter auf dem Markt von San Juan gesehen hatte und sofort gewusst hatte: Die will ich.

Dieser Mensch – mein Vater.

Sie erzählte, machte eine Pause, seufzte. Unter unseren Schritten wirbelte Staub von dem neu gemachten Weg auf. Dann sprach sie weiter.

Ihr Vater war dagestanden und hatte zugehört, wie der Mann redete, um seine Tochter warb. Sie beobachtete ihn, das Herz voll heller Angst, wie er an seinem Bart zwirbelte und wie unbeteiligt aus dem Fenster sah. Sie folgte seinem Blick. Ein paar Kühe standen im Pferch, unter einem Unterstand waren seine zwei besten Rösser angebunden. Einem davon nahm gerade einer der Cowboys den Sattel und das Zaumzeug ab und legte alles über einen ungehobelten Querbalken. Dann gab er dem Pferd mit der flachen Hand einen festen schnalzenden Schlag auf die stark abfallende Kruppe. Das Pferd wieherte auf und galoppierte los. Sie sah ihren Vater an. Was blieb diesem alten Mann übrig? Er war dagegen, trotzdem sagte er schließlich, den Blick immer noch aus dem Fenster gerichtet, leise: »Meinen Segen habt ihr.«

Später, als sie allein waren, schrie sie ihren Vater an, fragte ihn, warum er das gesagt habe, warum er so einen Unsinn rede. Sie war wütend, zornig auf ihren Vater. Sie wollte streiten. Aber es wurde kein Streit daraus, weil der Vater sich ihr Schreien scheinbar ruhig anhörte, dann nur die Schultern hochzog und aus dem Raum ging, sich in der Tür nur noch einmal umdrehte und sagte: »Soll ich mich denn schinden, bis ich tot umfalle? Willst du das, Norma?

Nein, jetzt hat es ein Ende. Du bist dran. Ich gebe dir eine Woche, von mir aus zwei, aber wenn du dann keinen anderen hast, nimmst du ihn.« Seine fleckigen Hände, die sonst nie zitterten, zitterten. Das sah sie, und das nahm ihr die Streitlust. Er war der beste Schütze weit und breit. Und dann war die Tür leer, er war gegangen. Es war vorbei. Sie wusste es. Und meine Mutter dachte an Freddy und sah in den Himmel, in dem keine Vögel zu sehen waren, zum ersten Mal, seit sie denken konnte, keine Vögel. Und sie wusste, dass von nun an das Denken an Freddy, den sie da noch Alfredo nannte, ein anderes wäre. Sie blickte auf ihre Hände. Sie hatte keinen anderen.

Drei Monate darauf die Hochzeit, die Kirche von San Juan zum Bersten voll, Freunde, Bekannte und vor allem Neugierige. Es war die erste Hochzeit seit drei Jahren in diesem Dorf.

Es fiel ihr unendlich schwer, zu erzählen. Immer wieder machte sie eine Pause und seufzte. In ihrem Seufzen lag die ganze schwere Luft dieser Welt.

Ich war verstört.

Hatte ich es nicht wissen wollen?

Worüber ich entsetzt war, war die Lieblosigkeit. Selbst wenn ich es mir nie hatte vorstellen können, war ich doch immer der Ansicht gewesen, dass sie sich irgendwann einmal geliebt hätten. Aber nichts davon, gar nichts. Besitzenwollen auf der einen Seite, Schicksalsergebenheit auf der anderen. Sieben Kinder. Ich hätte mich gerne in Luft aufgelöst. Ich schwieg, aber als wüsste sie selbstverständlich, was ich dachte, murmelte sie kurz bevor wir die Wirtschaftgebäude wieder erreicht hatten: »Du hast gefragt, wie es war. Du hast es wissen wollen, mein Kind.« –

Ich konnte so wenig mit dieser Vergangenheit, die jetzt und schon vorher auch meine Vergangenheit war, anfangen, dass ich sie schleunigst wieder vergessen wollte: ungeschehen machen auf die einfachste, auf die einzig mögliche Weise.

Die vielen Treffen mit Joseph waren es, die mich zurückbrachten zu meiner Geschichte, meiner Herkunft, die ich mir durch Vergessen, Verdrängen und Erfinden neuer Geschichten gedreht hatte. Zu Beginn sprachen wir kaum je über mich, sondern immer nur über bestimmte Konzerne, Gensoja, den hiesigen von einer Handvoll Konzernen beherrschten Lebensmittelmarkt, Marktkonzentrationen im Allgemeinen und Ähnliches. Aber in dem Maß, in dem er nach und nach auch von sich erzählte, wollte er etwas von mir wissen. Dann erzählte auch ich. Zuletzt drehten sich die meisten Gespräche um meinen Vater; er interessierte ihn besonders. Mir kam das wie Berechnung vor: Sobald er etwas preisgegeben hatte, war es an mir, etwas zu sagen, wie bei einem Handel. Seine Fragen – wenn es auch meine, zuvor an ihn gerichteten Fragen waren, die er nun an mich stellte – zeigten mir, dass es weiße Flecken gab auf der Landkarte meiner Erinnerung. Manchmal hatte sich etwas anderes darübergeschoben, eine Geschichte, die nicht mir gehörte, die ich erzählt bekommen hatte, die ich mir angeeignet hatte, hingeschoben an die zu verdeckende Stelle. Nun sah ich es, sah die Widersprüche.

Bald, schon beim zweiten Treffen, duzten wir uns – ich bot es ihm an; kaum jemand siezte sich hier.

Meine Mutter und ich gingen auf dem neuen Weg zurück, verstummt und mit gesenkten Blicken. Ich hatte den Plan gehabt, in Buenos Aires Agrarwissenschaften zu studieren, wollte meinem Vater, der zwar kein Akademiker war, bis zur Heirat mit meiner Mutter Fahrer eines Matetransporteurs, aber sich im Lauf der Jahre ein ungeheures landwirtschaftliches Wissen zu eigen gemacht hatte, nacheifern. Es war Eifer aus Pflichtbewusstsein. Aber dieser Plan verschwand nun augenblicklich.

Immer war ich mit meinem Vater draußen unterwegs gewesen, von klein auf. Ich konnte beinah alle Arbeiten, die er konnte, konnte reiten und mit dem Lasso umgehen wie er, Traktor fahren wie er, mit der Motorsäge schneiden wie er. Und jetzt, drei Monate bevor ich in die Hauptstadt übersiedeln würde, wollte ich das alles nicht mehr können, wollte auch das vergessen. Zum ersten Mal planlos. Und zum ersten Mal wünschte ich mir da, Freddy, den ich noch nie gesehen hatte, wäre mein Vater und ich ein Kind der Liebe zweier Blutsverwandter.

In diesen einschneidenden Tagen kam einmal gegen Abend der Baggerfahrer vorbei, der Mann, der uns den Weg gemacht hatte, und wollte irgendetwas besprechen. Mein Vater war nicht da, und so besprach er es eben mit mir. Ich wusste nichts von ihm, nur, dass er unser Baggerfahrer war, der uns diesen Weg machte; dass er aus dem Nachbardorf kam – und dass sein Sohn, der mein Jahrgang war, vor kaum mehr als einem Monat gestorben war, einfach so. Er war eines Morgens nicht mehr aufgewacht, hatte am helllichten Tag beim Motorradreparieren das Bewusstsein verloren und war in ein Koma gefallen; drei Tage später war er tot, gestorben an einer Gehirnblutung. Man hatte ihn noch operiert, aber hier, im Norden, nichts machen können. Und wie schwer es mir da fiel, in die Augen dieses Mannes zu sehen, seinem Blick standzuhalten, ihm mein junges Gesicht anzutun, als er sprach über den Weg und darüber, dass er ein bisschen länger gebraucht habe, als er anfangs gemeint und berechnet habe, dass es nun deshalb ein wenig teurer komme. Als er sagte, vielleicht könne man eine Lösung finden, er wolle wirklich nicht sein Wort gebrochen haben. Und als er dann plötzlich und übergangslos begann, von seinem Sohn zu reden, im gleichen Tonfall wie eben noch, als ihm Ausdrücke aus der Gehirnchirurgie wie selbstverständlich über die Lippen kamen, mit ausdruckslosen Augen wie eben noch. Wie schwer es mir da erst fiel. Ich war ganz starr, hatte bisher nicht ein Wort gesagt. Doch plötzlich bemerkte ich, dass es nichts standzuhalten gab, dass er durch mich hindurchsah. Und da fiel es mir nicht mehr schwer, und es war, als verlöre ich Gewicht.

Als er weg war, setzte ich mich auf die Stufe vor der Haustür, sah meinen Schatten allmählich länger werden, schief von mir wegwachsen, und plötzlich wusste ich, dass ich Arzt werden müsse. Ich saß da und nickte. Das war es. Das war es, was ich nicht gewusst hatte. Noch dachte ich nicht daran, dass ich es dem Vater sagen müsste.

Unvergängliche Erinnerung an einen Spätnachmittag vor bald einem Jahrzehnt.

Da waren mein Schatten, der von mir wegwuchs, dann dieser junge Mensch, der gestorben war, ohne gelebt zu haben, wie alle sagten, und jetzt Joseph, nur ein paar Jahre älter als ich, spezialisiert in dem Bereich, der für mich vorgesehen war, wenn auch für mich eine andere Art der Spezialisierung vorgesehen war. Das hing alles zusammen, kam mir vor. Es war fast unheimlich, mit ihm zu reden und dabei bei der eigenen Geschichte anzukommen, vor der ich davongelaufen war.

■ ■ ■

Hans Kramer sah ich etwa einmal pro Woche, Augusto an die zweimal. Mir kam vor, er, Augusto, im Gegensatz zu Hans Kramer, verstand, was meine Arbeit ausmachte. Es war an seinen Fragen zu merken, und schon fast von Anfang an hatten mir seine Fragen geholfen, in meinem Denken weiterzukommen. Er kam schließlich auch aus der Praxis. Dafür nahm ich es in Kauf, mir seine Geschichten anzuhören: etwa von seinem Vater oder von seinen Reisen, besonders der einen vor mehreren Jahren, die ihn nach Bolivien geführt hatte und ihn besonders beeindruckt zu haben schien. Ursprünglich hatte er die Route, von der er wusste, dass sein Großvater sie irgendwann genommen hatte, nachreisen wollen, dann entschied er sich jedoch anders. Ich hörte mir diese Geschichten an, jeweils darauf wartend, dass er damit zu einem Ende käme – und wir dann wieder von etwas Sachlichem sprechen könnten.

Er erzählte mir mehrmals von den Jesuitenmissionen und von Samaipata. Ich fand Sätze dazu in meinem Notizheft.

Ich zitiere:»Samaipata: Dort oben, auf zweitausend Meter, habe er das Kreuz des Südens gesehen. Hatte er es zuvor noch nie gesehen? (Unmöglich.)

Rote Felswände, einmal ein Stück violette Felswand. Stundenlange Wanderungen. ›El Fuerte‹ (präkolumbische Kultstätte; siehe das Buch von M.) nicht besichtigt, sich aufgehoben für eine Wiederkehr irgendwann. Wenn nicht El Fuerte, was dann? Er sagt, er sei auf Straßen spaziert, auf denen niemand ihm entgegengekommen sei und wo es nicht viel zu sehen gegeben habe. Was er sonst gemacht habe? Er sagt, leise überrascht: ›Nichts.‹ Es klingt wie eine Frage.

Ein Mädchen auf dem Hauptplatz vor dem Hotel, das im Gehen eine Mandarine schält, neben ihm ein zweites Mädchen, und als das eine die Stücke der Mandarinenschalen in die Luft wirft, gehen die beiden einen Moment lang unter ihnen wie unter Regen, wie unter nassem Schnee. Als die Schalen sie treffen, halten beide eine Hand über den Kopf, zu spät, und quietschen und machen, zu spät, plötzlich etwas in die Knie gegangen, zwei, drei schnelle Schritte nach vorn. Er sieht es von der Terrasse des Hotels aus. Wie ein

Bild sieht er es an. Ob er sie angesprochen, ihnen etwas zugerufen habe? Nachgepfiffen? Nein.

Im Taxi zurück nach Santa Cruz. Von dort weiter in die Jesuitenreduktionen der Chiquitania – das war der Plan. (Das Buch, das M. mir geborgt hat, schon vor Jahren, über die Reduktionen; als er sprach, hatte ich alles vor mir, Bilder aus dem Buch und zugleich die Zeit mit M.) Mitten auf dem Weg ins Tal der Felsrutsch, Erdrutsch. Aus der rutschenden Masse springen einzelne Felsen, verzögert wie in Zeitlupe. Der Fahrer sieht es rechtzeitig, bremst scharf, legt den Retourgang ein, die Zahnräder im Motorblock krachen ineinander, er setzt zurück. Dann stehen sie geschützt weit vor der Abbruchstelle im Schatten eines bewaldeten Hanges. Sonst ist niemand unterwegs. Was ist es für ein Tag? Er weiß es nicht mehr. Die schmale Schotterstraße übersät mit Felsbrocken. Eine leuchtende Staubwolke über allem. Nichts sei zu hören gewesen. Wie ein Stummfilm. Manche Felsen so groß wie der Wagen (Toyota), in dem sie fuhren. Ein ›bizarres Schauspiel‹. Plötzlich startet der Fahrer den Wagen wieder und fährt im ersten Gang mit Vollgas auf die Felsbrocken zu. Kein Wort von Angst. Wilder Slalom durch das Felsbrockenfeld. Einmal ein Stein auf das Wagendach. ›Es klang wie Münzgeklimper.‹

Das erzählt er immer wieder. Interessant. Obwohl ihm die Worte zu fehlen scheinen. Was will er (mir) damit erzählen? Warum lässt er es nicht? Jedes Mal ist es dasselbe.«

Wie oft dachte ich, dass mich diese Geschichten nicht interessierten? Und trotzdem schrieb ich mir hin und wieder einen Satz davon in mein Notizbuch. Zurück in Österreich, las ich es verwundert wieder: hier ein Satz von herabregnenden Mandarinenschalen, da eine violette Felswand; Beschreibung einer Taxifahrt, eine Busfahrt. Am Ende: eine Menge Sätze. Weshalb hatte ich sie denn aufgeschrieben?

Einmal geschah etwas Sonderbares. Ich fand mitten in meinem Notizbuch mehrere Seiten, die nicht bloß einzelne Sätze, sondern eine ganze zusammenhängende Geschichte enthielten. Sie stand zwischen zwei mit Datum versehenen Einträgen über Wetter, Temperatur, Luftdruck und so weiter, Fortschritt der Arbeit. Sosehr ich darüber nachdachte, konnte ich mich nicht erinnern, sie aufgeschrieben zu haben. Ich dachte lange darüber nach. Und trotzdem, wenn auch kleiner als sonst, war es meine Schrift. Doch war sie nicht auch ein wenig verwackelt?

■ ■ ■

»Und Pettenbach?«, fragte ich ihn.

»Was soll damit sein?«

»Steht noch alles?« Ich fragte, als kennte ich den Ort, an dem er aufgewachsen war, den Hof seiner Eltern nahe an den Alpen.

»Ich nehme an, ja.«

Es schien ihn nicht zu verwundern, wie ich fragte.

»Bist du denn nie dort?«

»Schon länger nicht mehr dort gewesen.« Er betrachtete mit zusammengezogenen Augenbrauen seinen linken Zeigefingernagel von allen Seiten. Ich wusste nicht, ob er mir richtig zuhörte.

Wir saßen in einem Terrassencafé im Microcentro, in dem Teil, in dem man rauchen durfte, und gleich nach dem Eintreten hatte ich im Spiegel an der Garderobe gesehen, dass ich noch einen tiefen roten Abdruck hoch oben auf dem Nasenrücken hatte, wie immer nach dem Schwimmen. Das kam von der Schwimmbrille. Wenn ich mit dem Finger darüberfuhr, spürte ich den Abdruck. Er würde noch für eine Weile sichtbar und noch länger spürbar bleiben.

»Kaffee machen können sie«, sagte er, und als ich nicht verstand: »Der Kaffee, sage ich. Nicht schlecht. Das können sie hier.«

»Das haben wohl die Italiener mitgebracht.«

»Außer im Café Victoria. Da können sie es nicht.«

Er zündete sich eine Zigarette an der anderen an. Dichter blauer Rauch entwickelte und verzog sich – wie verzögert.

Ich hätte noch Fragen zu seiner Heimat gehabt, aber die Art, wie er geantwortet hatte, brachte mich davon ab. Und jetzt fing er vom Kaffee an. Scheinbar war Pettenbach kein Thema, über das er gerne reden wollte, oder zumindest im Moment nicht. Ich kannte kein Café Victoria.

»Der Kaffee ist wirklich gut. Er schmeckt … fast wie in Wien.«

Er redete jetzt vom Kaffee. Aber ich dachte, vielleicht könne ich ihn ja doch noch darauf bringen, über einen Umweg.

»Ich bin jedes Mal wieder erstaunt, wie sehr es mir in Rohr gefällt. Es ist seltsam, im Grunde könnte ich es mir jetzt auch dort vorstellen. Auf einmal. Vorausgesetzt freilich, ich hätte einen Beruf, etwas zu tun dort.«

»Dann geh doch zurück. Irgendwas findest du schon. In Wiener Neustadt oder so. Im Wiener Neustädter Museum.«

Er lachte auf, und ich wusste nicht, ob ich mitlachen oder nur die Brauen hochziehen sollte. War es ein Scherz oder eine Beleidigung? Ich machte nichts von beidem.

»Dann muss ich am Abend nicht allein ins Wirtshaus!«

Er lächelte in die zerkratzte Tischplatte, in der sich Licht spiegelte, weißes glänzendes Licht. Er hatte es nun selber angesprochen, jetzt konnte ich fragen.

»Aber eines verstehe ich nicht, Joseph: In Pettenbach steht dein Elternhaus, und du – du kaufst dir eines in Rohr.«

»Was daran verstehst du nicht? Hast du noch nie von

einem gehört, der sich ein Haus kauft?« Immer noch dieses Lächeln, als wäre er betrunken.

Irgendwo draußen fiel eine Autotür laut zu, und ein Bus fuhr dröhnend an. Das war das Geräusch dieser Stadt: ein mit lautem Dröhnen anfahrender Bus.

»Doch. Aber ich verstehe nicht, dass du nicht nach Pettenbach ziehst, wenn du schon aufs Land zurückwillst.«

Die Kellnerin trat an den Tisch, um den Aschenbecher auszuwechseln. Sie hatte eine Schürze umgebunden, die weiß leuchtete. Der Winkel, in dem wir saßen, war dunkel. Ich lehnte mich zurück, wie um Platz zu machen. Der blaue Rauch. Ich blickte Joseph an. Jedes Mal wieder wusste ich nicht, wer von uns beiden größer war. In diesem Moment, sitzend, kam es mir vor, als wären wir gleich groß. Ich wusste es jedes Mal wieder nicht. Die Kellnerin stand da mit einem sauberen Aschenbecher und wartete darauf, dass er seine Zigarette aus dem, der auf dem Tisch stand und sich in der schwarzen glänzenden Oberfläche spiegelte, nahm, doch er rührte sich nicht.

»Joseph«, sagte ich, und etwas ging durch ihn, als zöge jemand an einer Schnur.

»Ja«, sagte er, »was weiß denn ich.«

»Joseph, der Aschenbecher.«

Jetzt erst hob er den Blick, sah um sich, als wüsste er nicht, wo er war. Aber unglaublich schnell und zielsicher dann der Griff zu der Zigarette. Einmal mehr dachte ich, dass bei ihm vieles nicht zusammenstimme. Die Kellnerin warf mir einen dankbaren, leise lächelnden Blick zu, wechselte die Aschenbecher und entfernte sich. Wir sahen ihr nach, und Joseph sagte bewundernd: »Beine bis zum Boden, die Frau …«

Es zog im Gesicht, als ich grinste. Auch am Rücken und an der Stirn spannte die Haut und juckte. Mir kam vor, dass sie in letzter Zeit mehr Chlor einsetzten. Oder wurde meine Haut empfindlicher? Ging ich zu oft ins Bad? Es war zu schade, dass man in der Flussmündung nicht schwimmen konnte und dass es kein anderes sauberes natürliches Gewässer gab, das schnell erreichbar gewesen wäre. Ich dachte an die Alte Donau und an Wien im Sommer. War nicht Wien viel schöner als Buenos Aires? Was war es nicht für eine schöne Stadt. Dann dachte ich an die Seen in Oberösterreich, gar nicht weit von dort, wo Joseph herkam. Ein paarmal war ich in dieser Gegend gewesen, auf dem Weg ins Innviertel. Wie nah dort alles beieinanderlag. Ich strich mir mit den Fingerkuppen über die Wangen.

»Dass du nicht nach Pettenbach willst«, fing ich wieder an.

»Aber was soll ich denn dort, Herrgott«, sagte er.

»Immerhin bist du dort aufgewachsen.«

»Und das reicht nicht, wie? Was willst du eigentlich von mir?« Jetzt hatte er sich aufgerichtet, plötzlich anwesend, und sein letzter Satz war scharf gewesen. Er sah mir in die Augen. »Meine Eltern sind tot. Es gibt niemanden mehr. Keine Verwandten, keine Freunde. Was soll ich dort? Mich vielleicht an meine armselige Kindheit erinnern?« Er winkte ab. »Vergiss es! Vergiss es dreimal.«

»Ich wusste nicht, dass sie nicht mehr leben. Tut mir leid.«

»Das braucht dir nicht leidzutun. Den Hof dort habe ich verkauft, mitsamt dem ganzen Grund, jetzt kaufe ich mir ein Haus in Rohr. So einfach ist das. Das versteht sogar ein Kind. Ganz einfach. Verkauft – Geld bekommen – gekauft – Geld ausgegeben. Oder hast du etwas dagegen, dass ich nach Rohr ziehe.«

»Nicht im Geringsten. Nein, bitte, was – warum sollte ich etwas dagegen haben.«

Ich war verdutzt, irritiert. Versuchte, mich zu erinnern,

wie unsere Treffen in Wien gewesen waren. Nur noch ungefähr erinnerte ich mich daran. Hatten wir uns je über etwas anderes als sein Thema unterhalten? Hatte ich ihm je erzählt, dass ich übers Auswandern nachdachte? Jetzt kam es mir zusehends so vor, als gäbe es zwischen uns nichts, was zu besprechen wäre, oder noch weniger, gar nichts Gemeinsames. Er hatte sich auch so weit in sein Gebiet hineingearbeitet, dass er mit einem wie mir nicht mehr darüber reden wollte. Ich fragte mich, ob ihn das nicht zermürbe: mit kaum einem über seine Arbeit reden zu können. Ich konnte mit jedem über meine Arbeit reden; es gab wenig zu erklären. Mir lag nicht einmal viel daran, über meine Arbeit zu reden. War das nicht auch befreiend? Ich unterhielt mich mit Leuten meistens über Allerweltsthemen, über Politik, über Fußball zum Beispiel.

So saßen wir hinter unseren Tassen, ob in diesem Moment oder einem anderen, und die meiste Zeit gab es nichts zu reden, bis ich wieder eine Frage stellte. So war es: er in Gedanken versunken, ich auf der Suche nach dem nächsten Satz. Ein Gespräch nur dann, wenn ich mich darum bemühte. Von ihm kam kaum etwas, nur hin und wieder ein Satz, ein laut gewordener Gedanke.

Irgendwie halte ich es für unmöglich, dass er ähnlich gedacht haben könnte; eher meine ich, er habe nicht bemerkt, dass zwischen ihm und mir nicht viel hin- und herging, von Anfang an nicht. Aber es kann auch sein, dass es war wie mit der Kellnerin, als sie dastand mit dem Aschenbecher: lange bemerkte er nichts, und dann, urplötzlich, kam seine Reaktion, wie direkt nach einem Startschuss – und alles, was davor passiert war, nahm er nicht zu dieser Zeit Davor wahr, sondern erst im Nachhinein, nach dem Startschuss. Ich weiß es nicht, aber Tatsache ist, dass wir uns nach diesem Mal im Terrassencafé im Microcentro kaum mehr zu zweit trafen – als hätte er es nun gesehen, dass ein Zuzweit mit uns beiden nicht mehr ging, und zwar deshalb, weil es uns nun bewusst geworden war. Wenn wir uns jetzt trafen, war fast immer Savina mit dabei. Und einmal dann Cecilia.

Vielleicht war es, weil ich mir im Internet Bilder von Pettenbach angesehen hatte. Vielleicht meinte ich deshalb insgeheim, etwas darüber zu wissen, und fragte deshalb. Ja, vielleicht.

Dabei kommt mir ein anderes Bild in den Sinn, ein Photo von einem Haus, unter dem ein Weinberg abfällt. Das Bild ist vom Fuß des Weinbergs aus gemacht, wahrscheinlich im Morgenlicht, und dem Haus fehlt das Dach, nur der Dachstuhl ist noch drauf samt Lattung, und die Mauern laufen in Stufen nach oben in einen blassblauen Himmel aus. Das Bild zeigte mir Cecilia eines Tages – sie hatte es von einem Verehrer zugeschickt bekommen. Ich fragte so beiläufig, wie es mir möglich war, wer dieser Verehrer sei. Aber sie lachte bloß und sagte: »Bitte, Juan, sei nicht kindisch!« Sie wusste nicht, was das Haus darstellte. Ein paar Tage lang spürte ich ein Würgen, sobald ich an das Bild dachte, als würgte mich etwas, von innen. Es steigerte sich, bis ich den Höhepunkt richtiggehend spürte, dann spürte ich es abflauen, und dann spürte ich, dass es weg war.

■ ■ ■

Vielleicht – oder nicht vielleicht: bestimmt – habe ich es zu oft gesagt, zu oft ausgesprochen und zu oft gefragt, an diesem Abend, als wir einen späten Bus nach Rosario genommen hatten, vier Stunden weg von hier, vier Stunden im Bus, und als ich betrunken war und er halbwegs nüchtern – gesagt, ausgesprochen, gefragt: Ob er vorhabe, mich zu verlassen.

Er wolle weg, raus aus dieser verdammten Stadt, die ihm die Luft zum Atmen nehme, weg von diesem hässlichen braunen Giftfluss, weg von den ewigen schwarzen Abgaswolken, weg von dieser erstickenden Welt der Anhäufung, hatte er zu mir gesagt. Es ärgerte mich innerlich, wie er über meine Heimatstadt schimpfte, den Raum, in dem ich dachte, und trotzdem hatte ich ihm vorgeschlagen, nach Rosario zu fahren. Die Busse, sagte ich, führen stündlich, rund um die Uhr.

Es hatte mich fast überrascht, dass er sofort zugestimmt hatte, und für einen Moment war es mir gar nicht recht. Ich hatte es ihm wie nebenher vorgeschlagen, in der sicheren Annahme, er würde abwinken, mürrisch und wie ertappt zugleich murmeln, nein, das sei es nicht, nein, so eine Fahrt, und was solle das schon bringen, Rosario sei ebenso eine Stadt, wenn auch kleiner, aber es ändere nichts an der Sache an sich – und dergleichen mehr. Mein Gefühl war: Er wird nicht zustimmen; er will sich nur beschweren.

Aber nichts dergleichen; ich hatte mich geirrt. Kaum eine Stunde später standen wir schon am Bahnsteig des Busbahnhofs in Retiro und rauchten eine letzte Zigarette vor dem Einsteigen. Wir mussten sie hastig rauchen, weil der Steward uns antrieb, mit einer Handbewegung und einem Wort, beides mehrmals wiederholend. Ich warf meine weg, bevor sie noch zu Ende war. Joseph machte ein paar tiefe Züge hintereinander, der Glutstock wuchs und wuchs, bis zuletzt nur noch Glut und Filter übrig waren, in etwa gleicher Länge, dann ließ er sie einfach aus den Fingern fallen, wischte sich die Hände aneinander ab, sagte: »Fertig«, grinste schelmisch und ließ mir den Vortritt.

Wir hatten die vordersten Plätze im Oberdeck. Er hatte am Schalter mit einem Seitenblick zu mir leise gesagt: »Warum nicht diese Plätze? Komm schon, ich will dort sitzen! Ganz vorn. Wenn etwas ist, ist die Sache wenigstens sofort erledigt – und wir können mit den Vögeln fliegen.«

Er war voller Vorfreude, wie mir schien; damit hatte ich nicht gerechnet und war nun selbst froh. Vorfreude – ich hielt es für Vorfreude. Wofür hätte ich es auch sonst halten sollen? Er hat es mit den Vögeln, dachte ich. Und dann fiel mir auf, dass er immer gleich an Unfälle dachte, an ein Unglück, an den schlimmsten Fall. Woher kam das? Er war in vielem wie ein Gegenteil zu mir.

Ich hatte es wohl zu oft gefragt. Und auch, dass ich dann noch gesagt hatte: »Ich fürchte eben, dass das Leben an mir vorbeizieht!« Und gefragt, ob das denn nicht zu kapieren sei. Dabei hatte ich es gar nicht so gemeint, ich war keine tragische Figur oder hatte nicht vor, eine abzugeben; denn ich wollte ja zum Beispiel keine Kinder. Nicht dass ich die Uhr ticken gehört hätte. Bloß wollte ich nicht mehr diese Kompromisslosigkeit, in der ich mir jahrelang gefallen hatte. Ja, ich glaube, das war es, was mir fehlte: Kompromisse einzugehen, zu teilen. Ich wollte eine Geschichte haben, eine ganz normale Geschichte. Aber Joseph, fürchte ich, sah mich betteln, obwohl ich nicht bettelte. Sobald ich das begriff, beschlich mich Verzweiflung, was er mir wohl ansah oder anmerkte, die jedoch schon nichts mehr mit ihm zu tun hatte, sondern die eher allgemein war, die Verzweiflung, ein falsches Leben zu führen oder wenn schon kein falsches zu führen, doch ein anderes zu wollen. Es hatte nichts mehr mit ihm zu tun, aber wie hätte er das wissen sollen, da ich es nicht sagen konnte.

Im Nachhinein war ich froh, dass wir die Strecke zweimal in der Nacht gefahren waren. Denn ich kannte sie, wusste, dass links und rechts hauptsächlich Soja- und ab und zu auch Maisfelder waren, nur selten ein paar Kühe oder Pferde. Und alle paar Kilometer ragten aus den Feldern

Schilder, auf denen entweder die Worte »Zu verkaufen« oder die Sortennummern von neuem Gensaatgut, das hier getestet wurde, standen. Mittlerweile kannte ich ihn ja ein bisschen, wusste, dass er sich aufgeregt hätte, gesagt hätte, was er bisher schon manchmal gesagt hatte: »Derselbe Dreck überall, hier wie dort, egal, wo du hinsiehst! Als ich vor Jahren für ein paar Wochen in Rumänien war, war es dasselbe. Ich möchte einmal wissen, wer eine solche Welt will, wie die sie uns machen.« Ich war froh, im Nachhinein, dass nicht auch noch das dazugekommen war.

Das letzte Mal war ich mit Luis gefahren, der aus einem Vorort von Rosario stammte. Das war noch nicht lange her. Wie sehr sich alles verändert hatte seither! Damals war ich allein durch die Stadt, am Paraná spaziert, während er seinen Eltern einen Besuch abstattete. Wir waren mittags angekommen. Er hatte versucht, mich zu überreden, hatte gesagt, er habe seinen Eltern schon von mir erzählt, ich solle mich doch einmal anschauen lassen. Aber ich sagte nur: »Du hättest ja nicht von mir erzählen müssen.«

Er tat beleidigt und fuhr allein. Und ich, am Ufer des Paraná, wunderte mich über die Menschen, solche wie diesen hier, Luis, den alle Lucho nannten. Ich dachte: Ich mag es nicht, wenn jemand etwas von mir erwartet. Als er wieder zurück war, machte er Photos von mir, vor dem Flaggendenkmal stehend. Ich fühlte mich geschmeichelt und dachte mir nichts weiter.

Vielleicht, weil es ihm einfach lästig war, vielleicht, weil er bis dahin nicht darüber nachgedacht hatte, wie sein Verhalten war, antwortete er zunächst nicht. Doch irgendwann sagte er: »Warum zum Teufel fragst du mich dauernd dasselbe?«

Und mir fiel nichts anderes ein als diese Antwort: Ich hätte Angst, dass das Leben an mir vorbeiziehe. Alles in mir sträubte sich dagegen, solche Sätze zu sagen, zugleich wollte ich sie unbedingt sagen. Wir standen uns am Tresen irgendeiner Bar gegenüber, neben ihm die Literflasche Quilmes, ein Abstand zwischen uns, der nicht sichtbar war. Ich spürte, wie meine Lippen zitterten, und hatte zum ersten Mal deutlich das Gefühl, nichts mehr im Griff zu haben.

■ ■ ■

Ich erinnere mich: Die Fahrt nach Mar del Plata, zu der Savina mich überredet hatte. Fünf Stunden Zug, und dann ein paar Tage dort, ein Wochenende (14. bis 17. September), am Meer in der Frühlingssonne, sie und ich. Kaum Ausflügler. Ich sagte zu ihr, dass ich froh sei, dass wir hergefahren waren, dass es mir gefalle. Es war unglaublich schön und ruhig. Das weiße Rauschen des Meeres. Das Rieseln der Kiesel, wenn eine Welle sich zurückzog. Es klang wie das Klingeln Millionen winziger Glöckchen. Fünfzehn, siebzehn Grad über null. Lange war es her, dass Zeit so frei war wie hier – und dass sie mich nicht anstrengte. Ich war Savina dankbar.

Die meiste Zeit verbrachten wir damit, den Strand entlangzuspazieren. Für mich als Binnenbewohner war das etwas Außergewöhnliches. Mir kam vor, an diesem Ort besser denken zu können – als öffne sich etwas. Der Blick stieß an nichts. Ja, ich hatte richtiggehend das Gefühl aufzublühen, und hatte das Gefühl, auch sie, Savina, blühe auf in dieser Luft, in diesem Wind, dieser Weite.

Freilich waren vier Tage zu lang; ich musste unbedingt zurück, musste wieder an die Arbeit. Der Gedanke, Zeit zu vergeuden, überdeckte am letzten Tag die Freude und Selbstvergessenheit. Wir hätten am Sonntagabend schon fahren sollen. Ich fragte Savina in der Nacht auf Montag, ob es ihr etwas ausmache, den Zug vor Mittag – anstelle des späteren um 15 Uhr – zu nehmen. Es machte ihr nichts aus; sie bat mich nur, sie nicht mehr zu wecken.

Die Rückfahrt war ruhig; auch jetzt kaum Fahrgäste, kaum jemand, der reiste. Es war wohl noch zu kalt. Die Unwetterwarnung, der Sturm, der dann gar nicht gekommen war, vielleicht ein weiterer Grund. Einmal rückte sie an mich heran, legte mir ihren warmen Kopf auf die Schulter und fragte ganz leise: »Wie soll es jetzt weitergehen mit uns?«

Warum ich mir den Unterschied zwischen Milan und Habicht nicht merkte, verstand ich nicht. Das war doch nicht schwierig! Aber jedes Mal wieder wusste ich es nicht. In Wien kannte ich einen Ornithologen, ihn wollte ich anrufen, sobald ich wieder dort wäre. Vielleicht kannte er irgendwelche Tricks, um sie sich besser zu merken? So etwas gab es. Mein Verlangen, mich in dieser Richtung zu bilden, hatte mit der Arbeit nichts zu tun; ich sah es als Hobby. Ihre Haare kitzelten mich im Gesicht. Ich sagte, dass ich jetzt lesen wolle.

Da stand sie auf und ging. Ich verstand: Ich hatte sie verärgert. Doch ich wollte dieses Buch studieren. Sie hatte schließlich gesehen, dass ich las. Sie setzte sich ins Nebenabteil, und ich konnte mich in Ruhe dem Buch widmen. Schon nach Kurzem allerdings hörte ich, wie sie mit einem anderen zu reden anfing, mit einem Mann, und immer wieder lachte, so laut, dass ich es durch die Trennwand hindurch nicht nur hörte, sondern glaubte zu sehen, ihr Gesicht stand vor mir, wohin ich auch blickte. Milan und Habicht waren ausgelöscht. Es war mir nicht mehr möglich, mich zu konzentrieren. Ich legte das Buch beiseite, wartete eine Weile, nahm es wieder, aber es gelang nicht; ich konnte nicht mehr lesen. Eine fremde Spannung hatte sich in mich geschlichen. Ich sah auf die poröse Dichtung des Abteilfensters, schwarze, poröse Dichtung, die aussah wie schollige, ausgetrocknete Erde.

Später hielt ich ihr vor, dass ich mich nicht zu konzentrieren vermocht hatte. Ich sagte: »Du hast es doch gesehen, dass ich lesen wollte. Hast du das nicht gesehen?«

Sie sagte: »Doch. Ja. Ich habe es ja gesehen. Klar. Ich dachte nur, es hätte auch Gewicht, was ich wollte.«

Darauf hatte ich keine Antwort.

Als wir wieder in der Hauptstadt waren, zu Hause, in ihrer Wohnung, redete sie nichts mehr mit mir. Beim Aussteigen hatte sie mich noch fröhlich demjenigen vorgestellt, mit dem ich sie schwätzen gehört hatte, stundenlang, aber dann schon in der U-Bahn kein Wort mehr. Und in der Wohnung tagelang gar nichts mehr.

■ ■ ■

Es fing fast klassisch an: Ich lernte Cecilia auf einem internationalen Ärztekongress in La Plata kennen, zu dem ich, nach eben beendetem Studium, als Assistent meines Professors eingeladen worden war. Cecilia arbeitete nicht als Simultanübersetzerin, aber sie zählte zu jener Handvoll Übersetzer, die, erkennbar an roten Namensschildern, für sämtliche Verständigungsprobleme abseits der offiziellen Veranstaltungen den Kongressteilnehmern zur Verfügung standen. Ceci und mich verband an diesem Wochenende, dass wir beide nicht gerade viel zu tun hatten. Die meisten konnten sich einwandfrei auf Englisch unterhalten. Die anderen Übersetzer kannten sich, steckten die ganze Zeit über zusammen, rollten wie eine Kugel dahin und dorthin. Mein Professor schien mich nach dem ersten Vormittag vergessen zu haben; jedenfalls brauchte er mich für nichts. So kam es, dass wir bald anfingen, gemeinsam Kaffeepausen zu machen. So vertrieben wir uns die Zeit. Es war einfach Zufall, dass wir am Kaffeeautomat aufeinandertrafen.

Mir kam das jedes Mal verschwörerisch vor, ihr Augenverdrehen und wie sie dann mit dem Kopf eine Bewegung machte, wie im Film: Hauen wir ab von hier! Es dauerte nicht lange, da begann ich sie anders zu sehen, diese Augen zwischen grau und grün und ihre hohe Stirn – grau, grün, hoch: Es wurde zu etwas anderem. Aber es waren nicht nur die Pausen und der Kaffee, das wäre zu wenig gewesen. Es war etwas, was darüber hinausging: Ihr Erzählen etwa vom Übersetzen, von den Problemen mit den Aufträgen und von den Schwierigkeiten, die Miete zu bezahlen – kurz, Dinge, von denen ich meinte, dass man sie nicht jedem erzählte. Dadurch hatte ich das Gefühl, sie vertraue mir. Mir schien, als wachse zwischen uns etwas, was nicht selbstverständlich und nicht alltäglich war.

Schließlich nahm ich meinen Mut zusammen und bat sie um ihre Telefonnummer. Sie sah mich an. Ich schluckte. Da sagte sie: »Merkst du sie dir, oder soll ich sie dir aufschreiben?«

Ich gab ihr mein Notizbuch und einen Stift. Sie lächelte. Dann schrieb sie mir sogar die Adresse auf. War das nicht ein weiterer Hinweis darauf, dass sie mir vertraute? Sie sagte, sie würde mich gerne wiedertreffen. »Ja«, sagte sie, »melde dich einfach, dann gehen wir auf einen Kaffee – das können wir ja jetzt schon gut!« Wir lachten.

Zurück in Buenos Aires fing ich an, Briefe zu schreiben, die ich nicht abschickte, wochenlang stapelten sich bei mir auf dem Küchentisch Briefe – bis ich einen davon schließlich doch abschickte. Je länger der Kongress vorbei war, je öfter ich mir diese Tage vergegenwärtigt und ihren Ablauf im Geist wiederholt hatte, umso klarer traten mir gewisse Dinge vor Augen. Was sie alles erzählt hatte; dass sie mir zusätzlich noch die Adresse aufschrieb, wo ich sie nur um die Telefonnummer gebeten hatte; dass sie sagte, sie wolle mich wiedersehen, von sich aus; dass sie mit keinem Wort einen Mann erwähnt hatte. Einmal erzählte ich einer guten Freundin von ihr, und spätestens nach diesem Gespräch, nach der Reaktion dieser Freundin, war ich überzeugt, dass an jenem Wochenende in La Plata etwas geschehen war, und zwar nicht nur mit mir (das war nichts Neues), sondern auch mit Ceci. Sie war eindeutig an mir interessiert, an mir als Mann. Und so fasste ich mir ein Herz und schrieb ihr. Ich schrieb: »Liebe Cecilia, ich weiß nicht, wie ich anfangen soll. Ich will Dir sagen, dass ich sehr, sehr oft an den Kongress in La Plata denke. Und kaum denke ich daran, denke ich auch schon an Dich, und alles andere verschwindet. Es ist mir, als wären wir allein dort gewesen, keine anderen Personen, nur Du und ich, und als hätte kein Kongress stattgefunden, sondern nur ein viel zu kurzes Wochenende mit Dir. – Ich habe viel darüber nachgedacht, und immer wieder kam ich zu demselben Ergebnis: Es war etwas zwischen uns, was ich noch jetzt fühlen kann, bisweilen fast zu greifen vermag. Und jetzt möchte ich es für Dich zu benennen versuchen, für Dich und mich und für uns beide.«

Es wurde ein sehr langer Brief. Und sehr lange erhielt ich darauf keine Antwort, sodass ich fast noch einmal schreiben wollte, weil ich meinte, er sei verloren gegangen, bis dann eines Tages eine Karte kam, mit wenigen Zeilen, sogar ohne Anrede, was mich sofort kränkte, und darauf stand im Wesentlichen: »Was soll gewesen sein? Wir haben uns unterhalten, haben Kaffee getrunken, haben die Zeit miteinander vertrieben. Das war wirklich nett. Aber sonst war da doch nichts. Liebe Grüße. C.«

Ich las die Karte wieder und wieder, und die Erschütterung des ersten Lesens, das ein Überfliegen und viel mehr ein Erahnen als ein Wahrnehmen war (aber der Herzschlag war sofort rasend geworden) – die Erschütterung wurde nicht weniger. Ich begann an meinem Verstand zu zweifeln. Ich dachte: Dann bin ich also verrückt, meine Wahrnehmung stimmt nicht mehr mit jener der anderen überein. – Und wenn mich nun jemand fragte, was denn mit dieser Übersetzerin sei, von der ich so geschwärmt hatte, antwortete ich möglichst unbefangen, aber doch immer mit Knödel im Hals: »Ach, ja, die, witzig, dass du daran denkst. Mein Gott, richtig, die hätte mir wirklich bald den Kopf verdreht.« Und dann tat ich jeweils, als lachte ich. Ja wirklich, das tat ich.

Hin und wieder fuhr ich vom Spital nicht direkt nach Hause, sondern nahm einen anderen Bus in Richtung La Boca. Der Bus fuhr durch die Calle Chacabuco, vorbei an dem Haus mit der Nummer 435, in dem Ceci wohnte. Einmal sah ich sie aus der Haustür treten, aber nicht allein, sondern mit dem Mann, der sich später als Juan, Freund Josephs, herausstellen sollte – ihr Schritt über die Schwelle, und nachfolgend und sich einfügend sein Schritt, fast wie beim Tanzen. Ich fuhr daraufhin nicht mehr mit diesem Bus, machte überhaupt eine Zeitlang nur noch die notwendigsten Wege, blieb viel zu Hause und wusste, dass ich nichts daran ändern konnte. Und dachte, dass der Zufall und dass die Sterne mehr als das halbe Leben bestimmen und dass ich gerne jemanden hätte, dem ich das alles erzählen könnte – einfach jemanden, dem ich das gerne erzählen würde. Nicht, weil ich geglaubt hätte, dass sich dadurch etwas änderte, oder nur, dass es dann einfacher wäre, aber ich hätte es einfach gerne jemandem erzählt.

∎ ∎ ∎

Seit über einer Stunde saß ich am Schreibtisch und versuchte, meine Arbeit über Gensoja neu zu strukturieren.
Wenn ich betrachtete, was ich bisher geschrieben hatte, sah
ich, dass allzu viel fehlte, allzu vieles ausgelassen, über-
sprungen war. Manches hatte ich nur gedacht und nicht
hingeschrieben. Ich hatte zu schnell geschrieben und müsste
nun, mit einer neuen, vollständigeren Struktur, noch einmal anfangen. Auch wenn das kein großes Problem war,
weil ich durch das gefundene Tabellenschema Zeit ge-
spart hatte und die Schreibarbeit ohnehin der kleinere Teil
des Ganzen war, ärgerte es mich doch: Es war unprofessio-
nell.

Was mir in die Quere kam, regelmäßig, war die Unruhe,
die zu Ungeduld führte.

Geduld, das weiß ich, ist die Lösung für vieles, aber das
zu wissen hilft noch nicht.

Durch das eine Fenster zog es; es ließ sich nicht vollstän-
dig schließen, immer blieb ein Spalt. Ich hatte gesehen, wo
das Problem lag, und hatte mir längst vorgenommen, es zu
beheben. Aber dann war es mir schade um die Zeit gewesen, und ich zog beim Arbeiten einfach die Jacke an, und
wenn ich schlief, ließ ich das Gewand an. Seit dem Ausflug
nach Mardel hatte ich kaum mehr eine Nacht mit Savina
verbracht.

Seit über einer Stunde saß ich und zerbrach mir den Kopf
darüber, ob ich tatsächlich alles neu schreiben sollte. Ich
zerbrach mir den Kopf, obwohl ich längst wusste, dass ich
nicht mehr nachzudenken bräuchte, weil ich es längst beschlossen hatte. Ich hatte trotz allem Zeit verloren und
wollte, durfte nicht noch mehr verlieren. Am besten, ich
finge sofort mit dem Neuschreiben an. Mir die Haare rau-

fend saß ich am Schreibtisch, als es klopfte. Mitten in meine Gedanken hinein sagte ich: »Herein.«

Ich drehte mich halb um. Es war Savina. Wer sonst? Savina. Sie kam auf mich zu, stellte sich hinter mich, nahm mich an den Schultern und sagte: »Es wird Zeit, dass du hier ausziehst. Ich weiß nicht, wie ich es dir anders sagen soll, aber du bringst mir kein Glück.« Sie sagte es ganz sanft – und dann ging sie.

Ihre Hände waren so weich auf meinen Schultern. Dann waren sie weg. Sie war weg, gegangen. Ich hörte sie nicht einmal mehr. So saß ich: mit angehaltenem Atem, mit in die Haare gegrabenen Fingern.

Musste ich tatsächlich alles neu schreiben? Mir fiel kein Satz ein, der gepasst hätte.

Nach einer Weile warf ich den Zettel, auf dem ich herumgekritzelt hatte, in den Papierkorb und stieg mit eingezogenem Kopf seitwärts die enge Treppe nach unten in die Küche. Auf dem Herd kochte Wasser, und ich drehte das Gas ab. Mitten im Wohnzimmer stand Savina, den Matebecher in der Hand, und ich fragte sie etwas. Sie wurde frostig und sagte knapp: »Ich werden morgen dreißig. Mir ist nicht zum Spaßen.«

Noch an jenem Abend zog ich aus und wohnte von da an im Hotel Silva in derselben Straße, der Calle Venezuela. Ich wohnte drei Wochen lang dort. Aber es war mir nicht recht, von der ersten Sekunde an nicht. Es hätte ein Palast sein können, es hätte mir darin nicht gefallen. Erst nach einer Woche packte ich widerwillig meine Taschen aus. In dem Schreibheft für die täglichen Notizen, das ich seit Tagen nicht angerührt, höchstens angestarrt hatte, lag, als ich es doch öffnete, eine tote Stechmücke. Sie lag, als hätte sie sich extra zum Sterben hierhergelegt; es war kein Blut zu sehen, überhaupt nichts, was ausgetreten wäre. Sie lag ganz friedlich, und auch in der Erde des Blumenstocks, in die ich sie dann, mit einem Finger leicht auf das Papier des schräg gehaltenen Hefts klopfend, rutschen ließ, lag sie ruhig. Lange betrachtete ich sie. Ich dachte: Es ist mir nicht recht. Wieder und wieder dachte ich diesen einfachen Satz. Es war mir nicht recht. Ich trug Datum, Temperatur und Luftdruck ein. Schrieb alles so hin, wie ich es eine Stunde zuvor in einem Imbiss am Straßeneck im Fernsehen für die Dauer einer Nachrichtensendung am Bildschirmrand eingeblendet gesehen hatte. Ich verglich nicht mit meinen eigenen Geräten.

Einmal hatte ich sie gebeten, Photos von mir zu machen. Es gab kaum etwas, was ich weniger mochte, doch in Wien brauchte man möglichst rasch ein aktuelles Photo. Als ich schrieb, man solle doch einfach das alte nehmen, das auch auf der Homepage war, sagte man mir lediglich wieder, dass man ein neues brauche, ohne Erklärung. (Später erst sah ich, warum: Man hatte eine neue Homepage gemacht – dafür sollte alles ganz aktuell sein, auch sämtliche Photos.)

Ich denke an sie, wie sie diese Photos machte, mit welcher Freude, welcher einmaligen Freude. Denn sie hasste das Photographieren, warum auch immer – vielleicht weil sie nebenher immer wieder auch als Model gearbeitet hatte. Aber wie fröhlich sie auf dieser Dachterrasse war, wo weiß strahlende Leintücher im Wind knatterten, wie verspielt sie wurde, und wie fröhlich ich selber wurde, über den Dächern der Stadt, in dem silbrig hellen Licht.

■ ■ ■

Ich hörte, wie das Brodeln langsam begann, diese eigentümliche Melodie, bevor Wasser zu sieden anfängt, die mich immer an die Schwarza erinnert, meinen Fluss, ohne dass ich wüsste, weshalb. Ich steckte mir meine abendliche Cohiba, die letzte aus der Kiste, zwischen die Eckzähne, um die Hand frei zu haben und das Gas auszumachen, da hatten Joseph und Savina schon die Hand ausgestreckt, um hinzugreifen. Was ich sah, war ein eigenartiger, sehr kurzer Kampf, der mir sofort vorkam, als stünde er stellvertretend für etwas anderes. Dabei war es doch nur ein Zufall: Beide wollten diesen Handgriff machen, den Regler nach rechts drehen – automatisch nach rechts, als wäre das ein Naturgesetz – und dabei kamen sie sich eben in die Quere. Doch es war nicht nur ein Zufall, es war mehr. Ich spürte es. Einen Augenblick lang standen diese zwei so unterschiedlichen Hände in Hüfthöhe in der Luft, als wäre für eine Sekunde die Zeit aufgehoben. Letztendlich drängte Savinas Hand jene von Joseph weg, und sie war es, die das Gas abdrehte, als wäre sie hier zu Hause; was mich für einen Moment verwunderte, war, dass sie ihn so einfach weggedrängt hatte, dann fand ich es amüsant. Ich wusste ja nichts von ihnen – aber durch dieses Miniaturgerangel glaubte ich eine Menge zu erfahren. Es gab also doch jemanden, von dem er sich etwas sagen ließ, dachte ich.

Zuvor hatte ich ihn gefragt, wie es mit seiner politischen Haltung stehe oder etwas Ähnliches, denn ich kannte das, wie gesagt, von früher: seine Plakate, die er schrieb, seine Flyer, die er verteilte. Ein paarmal sah ich ihn mit diesen Dingen, mit Plakaten und Flyern, im Türkenschanzpark, er, Student der Landwirtschaft oder, wie es heute heißt, Agrarwissenschaft, mit dem Bart, den er sich damals zusammengespart hatte. Meistens trafen wir uns damals im Zentrum der Stadt, abends, und gingen ins Schikaneder in der Margaretenstraße, diesem Lokal, das immer vollkommen verraucht war und nach verschüttetem Bier roch, das ich nicht leiden konnte, das er aber irgendwie zu mögen schien. Wenn man ihn fragte, warum er nie woandershin

gehe, antwortete er: »Ja, wo soll ich denn sonst hingehen?«
Er tat, als sei Wien ein Dorf, als gäbe es nicht mehr Lokale
als dieses eine. Er wohnte in der Gegend, irgendwo im Frei-
hausviertel. Ich glaube, er war fast täglich dort, trank seine
drei, vier Flaschen Bier. Dass ihn die Kellner und Kellnerinnen dennoch nicht grüßten, erwähnte er zwar hin und
wieder, aber beiläufig, er nahm es hin wie schlechtes Wetter. »Das ist in dieser Stadt eben so. Es gefällt mir nicht.
Aber darüber zu reden ist Zeitvergeudung.« Das war sein
ewiges Wort: Zeitvergeudung. Das Einzige, was mir gefiel in
diesem Lokal, waren die schwarzgrünen Tafeln über der
Bar, wie Schultafeln, die Handschriften in Kreide, die roten, in einem Meter Abstand vor diesen Tafeln von der Decke hängenden Spots. – Wie sein Leben weiterging, erfuhr
ich nicht, denn bald schon beschloss ich, nach Argentinien
auszuwandern, und kam hierher, in die Hauptstadt so vieler
fremder Klänge und Wörter, die mir immer noch manchmal beinah körperlich fremd sind. Ich erfuhr nicht, wie es
weiterging, aber ich hatte keinen Grund zu der Annahme,
dass sich etwas darin geändert hatte, vielleicht in der Form,
aber nicht dem Inhalt nach. Und was er hier machte (was er
mir davon erzählte), stützte meine Annahme. Ich fragte einfach, um Anteil zu nehmen, vielleicht auch, um ihn ein wenig aus der Reserve zu locken. Doch er nahm es sofort als
Angriff, weil ich ihn an sein Lenin-Bärtchen erinnert hatte.

Der Abend wurde lang, aus dem langen Abend wurde
schließlich eine lange Nacht, und es dämmerte schon fast,
als sie mich mit den leeren Flaschen zurückließen, nachein-
ander und eng hintereinander aus der Tür traten. Savina
hielt ihn an einem Arm und schob ihn zugleich vor sich her.

Ich blieb zurück und legte mich schwer geworden auf die
Couch, auf der ich später auch einschlief. Stunden später
erst, denn wie so oft hatte ich auch in dieser Nacht, die

langsam aufhörte, Nacht zu sein, Probleme, Schlaf zu finden, und die Schlaftabletten waren mir ausgegangen, und dachte nach über die schnell vergangenen Stunden, und dann vor allem über diesen kleinen Kampf mit ihren Händen, und da erst fiel mir auf, dass Joseph den Kampf nicht richtig führte, dass es für ihn vielleicht nicht das war, was es für sie (oder mich beim Zusehen und bis jetzt eben) war: Er hörte einfach mittendrin auf, senkte seine Hand, und da schob Savinas Hand sich nach vorn und drehte das Gas ab. Es machte nur den Eindruck, als hätte sie seine Hand weggedrängt; in Wahrheit hatte er einfach die Hand sinken lassen wie jemand, dem etwas einfällt. So betrunken ich war, das wurde mir nun klar, und mir kam auch sein Gesicht zu diesem Zeitpunkt wieder ins Bewusstsein; ich hatte den Kopf gehoben und in sein Gesicht geblickt: Es war völlig leer und ausdruckslos. Aber was es war, was ihm dieses Aussehen verliehen hatte, von einem Moment auf den anderen, wusste ich nicht. Sicher schien mir nur, dass es nichts mit dem Augenblick zu tun hatte, oder besser gesagt nicht mit dem Augenblick allein, sondern vielmehr mit einer Sache, die aus der Vergangenheit kam und ins Jetzt spielte, sich damit vermischte: eine lebendige Erinnerung.

Als ich endlich einschlief, war die trostlose, niederdrückende Leere dieses anbrechenden Tages mit seinem Bus- und Autodröhnen und seinen dann und wann gegen die hell werdenden Fensterscheiben schlagenden Regentropfen in mich übergegangen und hatte begonnen, den Rausch zu ersetzen. Das Einzige, worüber ich froh war, war die Tatsache, dass ich erst am späten Nachmittag ins Museum musste, und dann beruhigte mich in meiner wie bewusstlosen Untätigkeit noch, dass ich am Vortag viel Neues für meine Arbeit herausgefunden hatte.

Etwa alle zwei Jahre nahm ich mir für einen Monat frei,

um, wie ich es immer noch nenne, Heimaturlaub zu machen. Welcher Monat es war, änderte sich von Mal zu Mal. Es kam auch darauf an, wie es sich mit dem Dienstplan ausging, mit den Plänen der Kollegen, und darauf, wie es meinen Eltern passte, bei denen ich dann wieder wohnte, in meinem Zimmer in Rohr, das immer noch ein Kinderzimmer war, in dem immer noch die ein bisschen zu kurzen bunten Vorhänge hingen, die ich mir eines Tages, vor einer Ewigkeit, selbst ausgesucht hatte. Die Mutter kochte für vier Wochen wieder mit Freude, der Vater brummte so dahin wie immer, wenn er von der Arbeit nach Hause kam, aber doch fröhlicher in dieser Zeit, wie die Mutter behauptete: »Er ist wie ausgewechselt, wenn du da bist, Hansi.« Mir konnte es wohl nicht auffallen; mir kam er vor wie immer. In den ersten Jahren war ich in dem einen Monat nur vielleicht einmal nach Wien gefahren, um jemanden zu besuchen oder nur um die Stadt zu sehen und darin spazieren zu gehen wie in einem fremden – oder alten, mit Gewinn verlorenen? – Leben. Ansonsten ging ich, wenn die Witterung es zuließ, wandern oder half dem Vater beim Holzmachen oder mit den Bienen. Die Zeit war immer lang genug.

Als ich schließlich begann, Material zu sammeln für diese Sache – ich nannte sie immer nur die »Sache«, als hätte ich unbewusst Zweifel oder Vorbehalte ihre Sinnhaftigkeit betreffend –, die später ein Buch werden sollte, verbrachte ich während meiner Heimaturlaube mehr und mehr Zeit in Wien, wo ich jemanden kannte, der bei der Pensionsversicherungsanstalt arbeitete und mir Dokumente zukommen ließ und sie mir auseinandersetzte. Er wohnte immer noch in derselben großen Wohnung, in der er mit seiner Freundin gewohnt hatte. Obwohl sie ihn bereits vor Jahren verlassen hatte, blieb er dort wohnen, als hoffe er immer noch, als warte er. Ich konnte bei ihm bleiben, wenn ich in der Stadt war. Aber auch im Archiv des Wiener Literaturhauses fand ich viel wertvolles Material. Ich war erstaunt, wie hilfsbereit man hier war; das war früher anders gewesen. Vielleicht, dachte ich mehrmals, liegt es aber auch an dir, deinem Gastsein. Vielleicht hast du dir früher nicht gern helfen lassen, auch wenn du um Hilfe gefragt hast. Was wusste man?

Hin und wieder erschien es mir auf diesen Heimaturlauben verwunderlich, dass ich mein Leben in Österreich – ob in Rohr oder in Wien – fortsetzte, als wäre ich nie weg gewesen; es erschien mir verwunderlich, mitunter nahezu unheimlich, was ich, ohne mich je daran erinnert zu haben, alles noch völlig selbstverständlich wusste, nicht vergessen hatte.

Aber auch an anderen Stellen stellte ich Nachforschungen an, und oft ergab eines das andere. Nach und nach trug ich eine Menge Material zusammen, und mehr als einmal dachte ich, dass meine besten Eigenschaften die Ausdauer und die Geduld waren. Ich hatte keine Eile, zu einem Ende zu kommen.

Das Schreiben selbst ging schließlich sehr rasch, ich wurde im Grunde dabei nur von den Treffen mit Joseph unterbrochen, aber auch diese Unterbrechungen waren immer nur kurz, da er selbst nicht recht Zeit hatte oder haben wollte für etwas anderes als seine Arbeit.

Aus verschiedenen Gründen störte es mich nicht im Geringsten, dass meine Arbeit während dieser Monate immer wieder unterbrochen wurde. Im Nachhinein schon gar nicht; immerhin lernte ich da Cecilia kennen, mein größtes Glück, und zudem wurde ich auf eine Art mit meiner Vergangenheit konfrontiert, die mir wohltat. Ich hatte das Gefühl, ohne es gemerkt zu haben, vorwärtsgekommen zu sein. Ich war gegangen, ohne das Heben der Füße bemerkt zu haben. Ganz von selbst. Ich sah es jetzt. – Aber nicht nur im Nachhinein, mir war schon im Moment bewusst, dass ich hier eine Ruhe hatte, eine Nichteile, über die ich froh war. Denn was brächte Eile? Tage mit scheinbarem Nichtstun waren oft die fruchtbarsten: An ihnen erhellte sich mir etwas, kam mir eine Idee, die mir an den Tagen zuvor, an denen ich am Schreibtisch gesessen war und in den blendend weißblau strahlenden Bildschirm gestarrt hatte, nicht gekommen war. Außerdem hatte ich das allermeiste schon geschrieben. – Bei Joseph war es genau umgekehrt. Es gab keinen Tag, an dem er nicht arbeitete, und wenn wir am Abend einmal irgendwo zusammensaßen und aßen oder tranken oder beides und es länger wurde, kam immer irgendwann eine Unruhe in ihn, er musste dann sofort gehen, ob mit Savina oder ohne. Er arbeitete noch, erzählte Savina im Nachhinein, wenn er um drei Uhr morgens nach Hause kam. Arbeitete bis zum Morgengrauen, schlief ein paar Stunden, stand schlecht gelaunt auf und arbeitete weiter, bis sich die Laune wieder aufhellte.

Wenn es länger wurde: Wenn es länger wurde, als er geplant hatte.

Bei einer Gelegenheit seine Frage: »Und die Krise?«

Ich erzählte – vorsichtig, weil Savina dabei war, und ich wollte vor ihr nicht sagen, dass ich mein Geld immer sofort in Gold angelegt hatte, um auf Nummer sicher zu gehen. Dass ich also durch die Ende 2001 ausbrechende Wirtschaftskrise kein Geld verlor – wie sonst fast alle, die welches besaßen – beziehungsweise dass mein kleines Vermögen nicht entwertet wurde. Dass mir meine Eltern zwischendurch immer schon etwas auf mein österreichisches Konto überwiesen, weil sie sonst nicht wussten, was ich hier gebrauchen konnte. Speck zu schicken, wie die Mutter es anfangs gemacht hatte, verbot ich ihnen; ich fand das absurd. Erzählte vom Chaos in der Stadt. Savina saß zurückgelehnt, scheinbar teilnahmslos, bis sie mitten in einen Satz von mir

etwas hineinrief, sich nach vorn beugte, die Zigarette ausdrückte und von da an redete und redete. War das, fragte
ich mich im ersten Moment, etwas wie das Gasabdrehen?
Standen einem wie mir, einem Ausländer, gewisse Dinge
hier nicht zu? Immerhin war ich mitten im Erzählen gewesen. Dann vergaß ich den Gedanken wieder.

Joseph, die Beine übergeschlagen, nach hinten gelehnt,
den Zeigefinger waagrecht auf die Lippen gelegt, hörte zu.
Ich hörte gleichzeitig zu und nicht zu.

Mich hatten seine Frage und das folgende Reden, mein
eigenes, auf einen Aspekt gebracht, den ich bisher in meiner
Arbeit nicht berücksichtigt hatte, der jedoch unter einer
kleinen Zwischenüberschrift mit einem einzigen, höchstens zwei Absätzen abgehandelt werden konnte. So war es
mehrmals geschehen: Ich saß, an diesem oder jenem Ort,
und hörte halb bei einem Gespräch zu, trank ein Glas Wein,
und einfach so war in Gedanken eine, waren zwei Buchsei-
ten geschrieben. Solche Momente waren schöner als das
Schreiben selber, die Momente, in denen einem etwas einfiel und man sich auf die Arbeit freute. Ja, Vorfreude.

■ ■ ■

Wir hatten abgemacht, uns Samstagabend um 22 Uhr im
Da Ponte zu treffen. Ich wurde durch einen Anruf aufgehalten und kam zu spät – nicht viel, kaum fünfzehn Minuten. Sie saßen schon beim Bier, ich setzte mich dazu und
bestellte Rotwein. Wir saßen an dem Tisch am Fenster und
tranken. Im Hintergrund Klappern von Besteck. Eigentlich
hatte ich Hunger, aber ich wollte jetzt nichts essen. Joseph
war genervt, weil er nicht rauchen durfte, stand ständig auf
und ging hinaus und schritt auf dem Gehsteig vor der bis
weit an den Gehsteig hinabreichenden Scheibe auf und ab

und rauchte. Einmal eine Frau, die in ihn hineinlief, als er sich ruckartig umdrehte. Sein Gesicht dabei.

Als er wieder einmal aufstand, um hinauszugehen, sagte er, Argentinien sei kein demokratisches Land. Er meinte das Rauchverbot. Es war, als nehme er es als persönlichen Angriff. Schon war er aus der Tür.

»Du spinnst wirklich, hörst du?«, rief ich ihm nach. Das hörte er vielleicht gar nicht. Ich schüttelte den Kopf. War es ihm denn nicht möglich, sich daran zu gewöhnen? Er war doch sonst ganz gut darin, Umstände zu akzeptieren. Sich schnell an Äußeres anzupassen. Es war wohl nicht das alleine, was ihn reizte; auch dass ich zu spät war, nervte ihn, wenn er es auch nicht direkt aussprach. So oft, dass er etwas nicht direkt sagte, sondern nur indirekt. Manchmal auch so, dass man nicht wusste: War das nun eine Anspielung auf etwas? Ja? Nein?

Vor wenigen Minuten hatte er mit konzentriertem Blick auf das Etikett an der Bierflasche gesagt: »Hans und ich waren ja schon um Viertel vor da.«

Er ging rauchend draußen auf und ab, nah am Gehsteigrand. Juan und ich folgten ihm mit unseren Blicken und redeten zögernd. Joseph hatte ihm erzählt, dass ich als Model gearbeitet hatte, und jetzt fragte er mich dazu – ohne Einleitung und in einem Ton, der mir missfiel. Oder hatte ich nur nicht damit gerechnet, es nicht erwartet, dass Joseph das weitererzählte? Es ärgerte mich, und zu spät bemerkte ich, dass ich ins Sie verfiel: »Woher wissen Sie das?«

Irritation huschte über sein Gesicht. Hier siezte man sich so gut wie nie. Und wir hatten uns ja schon geduzt. Er sah durch die Scheibe nach draußen, wo Joseph wie ein Irrlicht auf und ab lief und immer wieder einen kurzen Blick zu uns hereinwarf.

Ich war befangen, ohne zu wissen, weshalb. Vielleicht

ging diese Befangenheit von ihm, Juan, aus. Zunächst hatte ich das Gefühl, es sei meine Anwesenheit, die Gesellschaft einer Frau, die ihn befangen machte, dann dachte ich, vielleicht ist es jede Gesellschaft. Joseph hatte mir nicht viel von ihm erzählt. Seine Unsicherheit spürte ich physisch. Dieses Wegsehen! Es machte mich richtig zornig.

Jedes Mal, wenn Joseph wieder hereinkam, Stühlerücken, Räuspern und dann Wiederaufnahme des Gesprächs. Alles war angespannt und wie nach Regeln. Ich wartete von Anfang an auf das Ende.

Vielleicht weil Juan mich so unruhig machte mit diesen Seitenblicken und mit diesem Wegsehen immer, wenn ich zu ihm hinsah, und weil mit Joseph an diesem Abend offenbar so gar nichts anzufangen war, schrieb ich Ceci eine Nachricht. Es war kein Ende des Abends abzusehen. Da fragte ich sie, ob sie vorbeikommen wolle.

Auch Joseph hatte nicht gewusst, dass Juan aus dem Französischen übersetzte. Aber der winkte ab, sagte: »Nicht dass ihr mich falsch versteht: Ich bin kein Spezialist. Ich mache das nur hin und wieder und nur für mich, als Zeitvertreib. Es ist ein Hobby, damit mir das Hirn nicht einrostet, versteht ihr? Es ist nichts, was man jemanden zeigen könnte.« – Er hätte es wohl nicht von sich aus erzählt.

Joseph hatte, als Juan auf der Toilette war, dessen Tasche unter dem Tisch hervorgeholt und ein Buch herausgenommen. Verwundert sah ich ihm dabei zu und dachte: Sind die beiden denn so enge Freunde? Zum ersten Mal stellte ich mir diese Frage. Dann immer wieder. Es war ein Buch mit glänzendem türkisfarbenem Einband – ein französischer Roman. Er hielt das Buch mit zwei Händen und starrte es an, als hätte er noch nie zuvor ein Buch gesehen, legte es vor sich, und als Juan wieder zurück war, fuhr Joseph ihn beinah an: »Wo ist mein Buch?«

Juans Blicke schossen umher, er machte einen scharfen Schritt auf Joseph zu, nahm ihm mit schnellen Griffen die Tasche und das Buch weg. Er riss ihm die Dinge förmlich aus den Händen. Es wunderte mich, wie energisch er auf einmal in seinen Bewegungen war, keine Zaghaftigkeit mehr. Er steckte das Buch zurück in die Tasche, setzte sich und zog ein anderes heraus, das er Joseph gab und sagte: »Hättest auch einfach zuerst fragen können. Idiot.«

Joseph, als habe er nicht hingehört, schlug sein Buch auf und las etwas nach. Für Minuten war er darin versunken, sein Gesicht verschwunden. Ich sah in sein unglaublich dichtes Haar. Das Buch über Raubvögel. Mein Telefon piepste. Ceci schrieb, sie sei in der Nähe und komme gleich noch vorbei. Ich winkte dem neuen, sehr jungen Kellner, der ein strenges Gesicht hatte, und bestellte eine Flasche Malbec und ein zusätzliches sauberes Glas. Der Kellner nickte nur. Juan kramte in seiner Tasche, einer alten ledernen, die da und dort, soweit ich sehen konnte, rissig war, aber holte nichts daraus hervor.

Ich war mit Ceci selbst noch nicht allzu lange bekannt und hatte momentan vergessen, dass sie und Joseph sich kannten; sie war seine Nachbarin, als er bei Franco und Isabel gewohnt hatte, Isabel hatte sie bekannt gemacht, im Grunde genau wie bei mir.

Joseph sagte, als ich ihm Ceci vorstellen wollte: »Aber wir kennen uns doch! Ihm da kannst du sie vorstellen!«, und deutete mit dem Kinn auf Juan.

Ihm da! Ich fand ihn unmöglich und fühlte, wie meine Ohren heiß wurden. Er stellte uns alle bloß. Juan studierte die schwarze Tischplatte, und mir kam dieser Abend verkorkst vor. Joseph immer noch lesend.

Ich machte Ceci und Juan bekannt, und sie gaben sich die Hand. Dann unterhielten Ceci und ich uns mit gedämpften Stimmen. Sehr zäh gingen die Minuten dahin. Der Kellner brachte endlich das Glas und den Wein. Ich schenkte ein. Immerhin eine Ablenkung. Ceci, Juan und ich stießen an. Joseph las. Die Gläser klirrten. Wir tranken. Es war seltsam.

Plötzlich schlug Joseph mit einem Knall das Buch zu, legte es auf den Tisch, sah Juan an und sagte: »Was steht auf dem Buch.«

Auch wenn er auf eine Antwort wartete: Das war keine Frage; Joseph sagte es, als treffe er einen Entschluss. Ja, er traf wohl auch einen Entschluss.

Juan schaute auf, grinste, beugte sich ein klein wenig zur Seite, legte den Kopf schief und las: »Die Raubvögel der Heimat‹.«

Joseph zwinkerte Ceci zu, lächelte und sagte: »Du Schlaumeier. Ich meine doch das andere. Das französische.«

So begann der Abend endlich. Und so begann auch das mit Ceci und Juan. Das war der Anfang. Die beiden hatten etwas miteinander zu reden.

Ich bemerkte, wie mein Bild von Juan plötzlich anders wurde. Bisher hatte ich ihn einfach nichts sagen gehört, hatte nicht richtig zugehört, was er sagte, hatte mich nicht richtig interessiert. Und ich hatte mir ein Bild gemacht. Ich hatte etwas gegen Menschen, von denen ich glaubte, dass sie sich nicht anstrengten – immer noch, obwohl ich selbst meine Karriere aufgegeben hatte. Aber bei mir war es etwas anderes gewesen – nicht Mangel an Ehrgeiz. Von dem Abend in seiner Wohnung in Belgrano, an dem wir uns kennengelernt hatten, hatte ich nicht viel in Erinnerung behalten – außer dem Bild eines ein wenig Faulen, der ausgewandert war, weil er es im eigenen Land zu nichts gebracht hatte und hier ein einfacheres, billigeres Leben suchte. Aber jetzt redete er, sachlich, klug. Als hätte jemand den richtigen Knopf gefunden. Was ich jetzt hörte, gefiel mir. Juan gefiel mir, auf einmal.

Der Abend drehte sich. Alles drehte sich.

Als wir um halb drei das Da Ponte verließen und händereibend noch mit Juan auf ein Taxi warteten, fragte Ceci, ob wir öfters gemeinsam unterwegs seien. Das nächste Mal sollten wir ihr doch wieder Bescheid sagen. Sie sitze immer bloß über ihren Büchern, vielleicht übertreibe sie es. Sie redete, als müsse sie sich (und mich, wie ich später außerdem noch dachte) von etwas überzeugen. Dann lachte sie auf. Unser Atem als durchsichtige grauweiße, ununterscheidbare Wolken in der Nachtluft.

Am nächsten Tag rief sie mich an, um die Nummer von Juan zu erfragen. Sie klang schüchtern und aufgeregt. Ich lachte und sagte, ich riefe sie zurück. Ich legte auf und fragte Joseph, der mit dem Rücken zu mir vor der Balkontür stand, danach. Er sagte nur, sein Telefon stecke in der Anoraktasche, ich solle es herausnehmen, die Nummer sei eingespeichert, unter Kramer. Dann murmelte er noch etwas, und als ich hellhörig geworden, aber beiläufig nachfragte, murmelte er nur, diesmal verständlicher: Er merke sich diese verdammten Flugbilder einfach nicht. Er stand dort als murmelnder schwarzer Umriss, an dem vorbei der helle graue Tag in die Wohnung strahlte.

Ich fand die Nummer unter Kramer; kein Vorname stand dabei. Ich nahm einen Stift und schrieb sie ab. Währenddessen dachte ich, selbst mit einem Mal aufgeregt, dass ich ihn vielleicht anrufen und fragen sollte, ob ich Ceci seine Nummer geben dürfe.

■ ■ ■

Es sei bei ihr ein Zimmer frei geworden, hatte sie gesagt, jemand habe Sachen abgeholt, und ich könne bei ihr wohnen – wo ich doch bei Franco und Isabel (was ich auf diese Art und Weise erfuhr) ausziehen müsse.

Obwohl es mir klar war, interessierte es mich nicht, wer es war, welche Sachen es waren. Ich hatte kein Bedürfnis, irgendetwas zu wissen. Anfangs. Irgendwann dann aber doch.

Und wieder konnte ich nicht anders, und ich fragte: »Wer war das, der hier gewohnt hat?« Ich sagte es, es war keine Frage. Es war wie eine Antwort, die lautete: Ich weiß, wer hier gewohnt hat.

Sie sagte mit sich verengenden Augen: »Niemand.« Auch sie wusste, dass die Frage und die Antwort, dieser eben ausgesprochene Satz, schon da gewesen waren, lange bevor wir begonnen hatten zu reden.

»Ein Mann«, sagte ich, »dein Exfreund. Der, der da ständig unten steht.«

Meine Stimme war scharf und vorwurfsvoll. Ich hörte sie wie von fern.

Es war wie immer. Hilflos sah ich dabei zu, wie ich wie ferngesteuert handelte. Wie ich war. Obwohl ich es zu verhindern versucht hatte: Irgendwann entzündete sich mein Blut wie von selbst. Es geschah scheinbar ohne einen Auslöser, zumindest ohne einen, den ich hätte benennen können. In Wien hatte es wenigstens einen konkreten Auslöser gegeben, aber hier? Ich hatte – im Gegensatz zu Wien – von Anfang an von diesem anderen Mann gewusst, meinem Vorgänger, wie ich zynisch dachte. Und ich hatte geglaubt, ihn hinnehmen zu können, hinnehmen zu können, dass er so oft an die gegenüberliegende Hauswand gelehnt stand und nach oben in das Weiß der spiegelnden Balkontür starrte oder mich anstarrte und mir nachsah, wenn ich das Haus verließ. Eine lebendige Erinnerung. Die ich auch hinnahm, eine Zeit lang. Es war paradox: Je mehr meine Zuneigung zu Savina wuchs, desto deutlicher spürte ich, wie sehr mir die Existenz jenes anderen ins Fleisch stach. Mein Blut brannte.

Ich begann, hinter ihrem Rücken zu fragen. Ich rief Sara an, Savinas Schwester, aber die sagte nichts außer: »Ich kann dir da nicht helfen. Das geht mich nichts an. Und ich bin mir auch gar nicht so sicher, ob es dich etwas angeht. Oder was glaubst du?«

Ich sagte, sie habe recht, bat um Verzeihung und legte auf. Ich hätte sie nicht anrufen sollen. Sie und ihre Mutter hatten etwas gegen mich, von Anfang an. Der Grund dafür war mir nicht klar; es war, als wüssten sie etwas über mich, wovon sie nichts wissen konnten, wovon ich bis vor wenigen Monaten selbst nichts Endgültiges gewusst hatte.

Dann wandte ich mich an Cecilia. Ich rief sie an und fragte, ob ich vorbeikommen könne. Seit einer Weile über-setzte sie hauptberuflich; sie hatte aufgehört zu kellnern. Sie sagte, es tue ihr leid, sie habe im Moment wirklich keine Zeit. Ich ließ nicht locker und bat noch einmal, betonte, es sei dringend. Endlich stimmte sie zu. Ich fuhr zu ihr.

Sie sagte, ich solle mich setzen. Ich setzte mich auf die Couch. Sie fragte: »Was ist so dringend?«

Ich blickte an ihr vorbei und stellte meine Fragen. Wieder hörte ich meine Stimme wie von fern. Es war die Stimme eines anderen, zu dem ich immer wieder wurde.

Sie antwortete wie nebenher: »Ja, das kann man wohl so sagen, glaube ich, dass sie immer einen Freund gehabt hat. Keinen länger, man sah sie ein- oder zweimal. Bis auf die-sen Lucho, der bei ihr wohnte. Aber – Isabel sagt das, ich habe es von ihr. – Warum willst du das alles wissen, mein Lieber?«

Im Grunde nicht viel Neues. Aber diesem Feuer galt alles als Öl. Mein Herz raste, in meinen Augen hämmerte der Puls, und mir war, als wäre ich dabei zu erblinden.

Dann stand sie vom Schreibtisch auf und stellte sich vor den Spiegel im Flur. Immer noch war mir, als sähe ich mit jedem wummernden Herzschlag weniger. Die Herzschläge jagten einander unbändig. Doch ich sah Cecilia vor dem Spiegel; sie wischte sich eine Wimper aus dem Auge. Und mit einem Mal erinnerte ich mich an meine zweite Wohnung in Wien, in die ich gezogen war, weil die erste (290 Euro kalt) mir zu teuer geworden war. In dieser Erdgeschosswohnung, die anstelle einer Heizung nur einen winzigen Kohleofen hatte, von dem die Ofenröhre nach jedem Heizen herunterrutschte und auf den Boden fiel, hatte es von der Küche in das einzige Zimmer einen Durchgang gegeben, in den ich einen Spiegel mit hellblauem Rahmen gehängt hatte. Auf dem Rahmen war unter einem durchsichtigen Klebeband ein Streifen Papier, auf dem stand: »La historia se repite.« Ich hatte das aus einer Beilage der spanischen Tageszeitung »El País« ausgeschnitten und hingeklebt. Es war Teil einer Werbung gewesen. Ich hatte den Spiegel für ein paar Euro im Caritas-Lager am Mittersteig gekauft. Den Zettel selbst draufgeklebt. Bestimmt, dachte ich, war damals kein großer Gedanke dahintergestanden. Die Geschichte wiederholt sich. Wie bitter, dachte ich, ist Ironie. Ich blieb nicht mehr lange. –

Es dämmerte, als ich Augusto in einem Park unweit des Spitals, in dem er arbeitete, traf. Wir saßen auf einer Bank nebeneinander. Ich hatte mich wieder gefasst. Im Schatten eines Baumes nicht weit von uns saßen zwei Personen, die aus einem gelben Plastiksack in ihrer Mitte eine Dose nach der anderen fischten, sie austranken, sie in sich hineinleerten wie in Fässer ohne Boden. Zwei Penner – Figuren ohne

Geschlecht. Die Dämmerung löschte allmählich den Schatten des Baumes aus. Augusto sprach wie oft von seinem Vater, und bei diesen Gelegenheiten musste ich unwillkürlich immer an meinen denken. Die beiden schienen sich in vielem ähnlich gewesen zu sein.

■ ■ ■

Joseph hatte die beiden bekannt gemacht; wie und wo genau, weiß ich nicht – ich möchte es auch gar nicht wissen. Joseph selber kannte Cecilia ja kaum. Vielleicht kam es auch über Savina, denn die beiden kannten sich schon länger.

Ein Treffen wollte ich vermeiden, nahm die Einladung zu ihrer Wohnungsfeier nicht an. Ich hatte ihr zwar diesen einen Brief geschrieben, auf den sie spät geantwortet hatte, aber danach schrieb ich nicht mehr – natürlich nicht. Ich war schrecklich gedemütigt. Allein ihre Unterschrift: »C.« Als wir uns einmal zufällig trafen, tat ich, als wäre nichts gewesen, tat aufgeräumt und hoffte während der paar Minuten Redens und danach, sie habe diese Episode bereits wieder vergessen oder beginne ab sofort, sie zu vergessen.

Wir waren auf einem kleinen Platz in der Nähe des mausgrauen Philologischen Instituts gestanden. Selten war mir ein Gespräch so sehr Prüfung gewesen; ich glaube, ich schwitzte sogar an diesem kalten Tag und sagte deshalb auch, ich sei etwas krank, worauf sie formelhaft antwortete, sie hoffe, ich hätte kein Fieber. Es half mir wie bei den ersten Prüfungen, die ich an der Universität absolviert hatte, mich während des Redens von außen zu betrachten, aus der Vogelperspektive, oder aus der Perspektive des Nachhinein: Ich stellte mir vor, zu Hause im Bett zu liegen und mich an dieses Treffen zu erinnern, das jetzt stattfand. Sie erzählte, sie habe aufgehört, nebenher zu kellnern, aber das wusste ich schon. Das Gespräch dauerte nicht lang, dennoch kam es mir ewig vor. Ebenso formelhaft, wie sie das mit dem Fieber gesagt hatte, fragte sie mich nach meiner E-Mail-Adresse; sie plane eine Wohnungsfeier, ob ich nicht kommen wolle. Sie schicke mir eine Einladung. »Wenn ich Zeit habe, gerne«, sagte ich, lächelte möglichst ungezwungen und schrieb ihr die Adresse auf. Es kam mir vor wie eine Filmszene.

Danach ging ich mit großen, schnellen Schritten davon, setzte mich auf eine Bank weit abseits, legte das Gesicht in die Hände und weinte haltlos.

Wäre Joseph noch da gewesen zu diesem Zeitpunkt, wäre ich vielleicht zu der Feier gegangen, zusammen mit ihm, und durch die Konfrontation hätte ich mich vielleicht sogar damit abgefunden, dass diese Frau für mich eben einfach nicht zu haben war. Möglicherweise hätte ich ihm auch alles auf dem Weg zur Feier oder in einem Winkel der Wohnung erzählen können, mit ein bisschen Wodka als Hilfe, er hätte zugehört, mit dem üblichen Gesichtsausdruck, den er hatte, wenn man ihm etwas Persönliches erzählte, irgendetwas zwischen müde, teilnahmslos und enttäuscht. Er wäre vielleicht derjenige gewesen, dem ich das alles hätte erzählen wollen – doch vielleicht auch nicht. Stattdessen begann ich nun wieder mit dem Bus nach La Boca zu fahren, vorbei an der Bombonera, durch ihre Straße und vorbei an dem Haus mit der Nummer 435, wo ich mich immer ein wenig tiefer in einen der harten Schalensitze des Busses drückte und mich zwang, nicht zur Seite zu schielen.

Meine Schwester Lena war die Einzige, der ich diese unglückliche Liebe gestand. Wenn auch nur, weil sie mich auf dem falschen Fuß erwischte an jenem Tag, als sie anrief und ich Wodka getrunken hatte, auf dem falschen Fuß und betrunken, und ich nicht das eine, nicht das andere verbergen konnte oder vielleicht nicht einmal wollte und sie mich erbarmungslos ausfragte mit ihrer Stimme, die etwas ähnlich Schrilles hat wie jene des Vaters. Zumindest versprach sie, es für sich zu behalten. Danach kam es mir fast grotesk vor, Lena dergleichen anvertraut zu haben, gerade ihr, mit der ich über den Austausch von Floskeln nie hinausgekommen war und nie hinauskäme, gerade ihr, die nun trotz aller Versprechungen schon längst Manuel oder Lorena angerufen haben würde, um alles weiterzuerzählen. Im Grunde, dachte ich einmal mehr, schlugen alle Kinder in ihrer Art nach dem Vater, mit Ausnahme von mir und vielleicht Lorena. Dafür aber waren sie und ich äußerlich wie Ebenbilder des Vaters. Die anderen sahen keinem Elternteil so richtig ähnlich; sie glichen etwa dem Großvater oder, wie Manuel und ein wenig auch Lucas, dem Bruder der Großmutter väterlicherseits, der auch so einen strichartigen schiefen Mund im Gesicht gehabt hatte.

Dieser Mann hatte sich kurz vor seinem fünfzigsten Geburtstag hinter seinem heute verfallenen Haus im Süden Argentiniens erschossen. Hinter dem Haus lief ein Feldweg davon, und am Beginn des Wegs stand ein Baum (eine Akazie), von dem ein Strick hing, das Überbleibsel einer Schaukel. Der Großonkel stellte sich auf einen Stuhl, machte eine Schlinge in den Strick und band sie sich um den Hals. Er stand stramm und gespannt wie Weidenzaun auf Zehenspitzen. Dann nahm er den Revolver, zwängte den Lauf in seinen mit Wasser gefüllten Mund und drückte ab. Es klackte leer, und er begriff, dass es nicht funktioniert hatte. Daraufhin entsicherte er den Revolver erneut und drückte noch einmal ab. Er war bereits tot, als er in die Schlaufe fiel.

Jede einzelne Nacht seit dreißig Jahren hatte ihn nach wenigen Stunden Schlaf irgendetwas mitten in der Nacht aus dem Bett gerissen und ihn auf Spaziergänge gezwungen, die er hasste. Stundenlang lief er jede Nacht im Schlafanzug todmüde um das Haus herum, bis er im Morgengrauen ins Bett zurückkroch und, von den ersten Sonnenstrahlen beruhigt, noch eine Stunde schlafen konnte. Niemand hatte je erfahren, was es war, was ihn nicht schlafen ließ. Seine Tagebücher und alle Aufzeichnungen, von denen es viele gab, waren sofort nach seinem Tod verbrannt worden. Man erklärte, er habe an einem Kopftumor gelitten und habe nicht elend zugrunde gehen wollen, und versicherte sich gegenseitig, das sei nur allzu verständlich. Man begrub ihn auf dem Familiengrund, trieb ein einfaches, bald verwittertes Kreuz in die Erde und redete nicht mehr darüber.

Nur einmal erzählte es der Vater im Rausch, und seither weiß ich es. Er erzählte von seinem Onkel und davon, wie insgeheim alle froh waren, als er sich erschossen hatte und niemand mehr des Nachts stöhnend wie ein Tier ums Haus lief. Und doch sagte er, sei es nicht vorbei, denn diese Geschichte verfolge ihn wie der eigene Schatten, dem man nicht einmal entkomme, wenn man auf ihm liege. Vielleicht, sagte er, sei es für die anderen vorbei, für ihn wäre es nie vorbei. Er, noch ein Kind, war eines Nachts, zum allerersten Mal bis dahin, schlaflos gewesen und hatte, um sich die Zeit bis zum Aufstehen zu vertreiben, aus dem Fenster geschaut; er sah, wie sich der Strick der Schaukel in der steifen Brise, die vor dem Morgen herwehte, leise bewegte. Die Baumkrone rauschte wie ein ferner Wasserfall. Langsam begann es zu dämmern. Und plötzlich war da der Onkel, in der einen Hand einen Stuhl, in der anderen eine Pistole. Mein Vater sah ihm regungslos und verständnislos zu. Ich hatte den Vater oft betrunken erlebt, aber so hatte ich ihn weder zuvor noch danach je reden gehört. Damals hatte ich gedacht: Vater, du hast ja doch eine Seele.

Wenn schon, dann hätte ich es Lorena erzählen müssen.

Sie ist die einzige von den ganzen Geschwistern, mit der ich mich wirklich verstehe. Sie arbeitet bei der nationalen Fluglinie als Stewardess, was ich lange weder verstehen noch akzeptieren konnte; denn sie war immer die Schlauste von uns sieben; aber jetzt denke ich, es ist nicht wichtig, solange sie zufrieden ist, und dass ein jeder seinen Weg geht. Der Vater freilich hält es ganz anders; gerade dass er noch mit ihr spricht.

Ohne den Kittel auszuziehen, legte ich mich auf eines der drei schmalen, feldbettartigen Gestelle in dem kleinen Zimmer, das für Bereitschaftsärzte zur Verfügung stand. Um diese Uhrzeit war es meist unbesetzt, alle waren beim Mittagessen. Ich dachte über die Worte des Primars nach, die er am Morgen, bei der Visite, gesagt hatte, und musste mir eingestehen, dass ich sie nicht verstanden hatte. Ich fragte mich, ob ich in letzter Zeit im Dienst Konzentrationsschwierigkeiten hatte. Es musste wohl so sein. Das sollte sich ändern. Ich beschloss, am Nachmittag den Primar höflich zu bitten, seine das Hirn-Aneurysma des zwanzigjährigen Komapatienten betreffende Erklärung zu wiederholen.

In diesem Zimmer hatte jemand geraucht, obwohl es verboten war, wahrscheinlich Oliveira oder Castedo, der kleine dicke Nationalist, der deutsche Kriegslieder konnte und sang, lachend, bis er hustete, weil er eben rauchte und es nicht vertrug; wer auch immer es gewesen war, er hatte den Aschenbecher stehen lassen, der so unerträglich stank, dass ich nicht anders konnte, als aufzustehen und ihn auszuleeren. Ärgerlich dachte ich an die vielen wirkungslosen Verbote in diesem Land.

Am Abend zu Hause legte ich mich nach der Dusche auf die Couch und wartete auf nichts Bestimmtes. Der Primar hatte mir am Nachmittag etwas genervt meine Bitte erfüllt, und ich war nun zufrieden, denn ich hatte alles verstanden.

Es war erst acht Uhr abends, aber der Tag war vorbei. Ich konnte nichts tun, als zu warten, bis die Zeiger der Uhr – auch jene der Uhr in mir – weit genug vorrückten, bis ein Impuls daherkam, aufzustehen, die Musik und den Heizstrahler und das Licht im Wohnzimmer auszuschalten und ins Schlafzimmer hinüberzugehen.

Ich fühlte mich stumpf und leer. Mir fiel ein, wie mein Vater mit mir – oder damit, wofür er mich hält in manchen Momenten, halten will – geprahlt hat, dieser Blick im Flugzeug und sein Fingerzeig: »Der da, der Älteste, sehen Sie? Er ist Arzt!« Zufällig hatte ich mich in dem Moment nach der Stewardess umgedreht und gesehen, wie er auf mich zeigte. Er war peinlich, ein Angeber. Dabei prahlte er bloß (oder zumindest auch), um sich selbst abzulenken – von Lorena, die neben mir saß, links von mir, eigentlich nicht gut sichtbar für ihn, aber die ständig in straff sitzender Uniform an ihm vorbeiging, ihm ständig in die Augen sah und ihn anlächelte wie einen Idioten und die ihm einmal beim Servieren versehentlich Wasser über die Hose schüttete und auch dann noch mit ihm sprach wie mit einem Kleinkind, einmal mit fuchsrot gefärbtem, einmal mit blondem, einmal mit schwarzem Haar. Die Stewardessen im Flugzeug – er sah in jeder nur Lorena.

Im Radio Miles Davis. Joseph hatte mir in einem E-Mail geschrieben, dass Juan heirate. Der Tag war vorbei, aber es war erst kurz nach acht.

■ ■ ■

Mir war dergleichen zuvor noch nie passiert, dass jemand, mit dem ich Tacheles geredet hatte, diese Klarheit nach einer Weile, in der sie gewissermaßen gewirkt hatte, vergaß, verlor, nicht mehr achtete. Es war einfach gewesen: Mit Lucho und mir ging es nicht mehr, war es nie gegangen, ich sah es endlich und teilte ihm meine Entscheidung, mich von ihm zu trennen, mit. Warum nicht? – das war zu wenig für ein Leben zu zweit. Es war sogar zu wenig für eine Affäre, fand ich jetzt. Dann gab es müßige Diskussionen, die mich ermüdeten.

Ich war so müde und sagte: »Was soll das, Lucho? Bitte hör doch, was ich sage. Ich mag dich ja, aber …«

Ich sagte: »Roma locuta, Lucho …«

Und irgendwann ging er auch, die Sache war erledigt. Mir kam vor, es sei ihm nun auch recht. Als habe er es eingesehen, dass es keinen Sinn hatte, weil wir nicht zusammenpassten. Freilich dachte ich noch über ihn nach. Ich liebte ihn nicht und hatte ihn nicht geliebt, aber mich in den paar Monaten doch an ihn gewöhnt. Seine Art zu schauen, in jeder Situation, in der er sich unsicher fühlte – es war wie ein Trick: wenn er den Kopf schief legte, die Augen zusammenkniff und zu einem verschmitzten Lächeln ansetzte, dieser Ausdruck eines Schulbuben, der etwas angestellt hat; ich habe es bereits erzählt. Wir telefonierten sogar noch zwei-, dreimal, fast freundschaftlich. Er schien nach vorn zu blicken, sprach von einem Projekt in Chile. Oder war es Peru? Ich dachte, auch wenn wir uns nun nicht mehr sehen würden, könnten wir doch etwas wie Freunde sein; zumindest für mich wäre es so. Und ich war zufrieden mit der Situation. Dass er seine Sachen hierließ, als wären es nicht seine, war mir egal; ich war froh, ihn los zu sein.

Aber dann kam Joseph wie durch eine Hintertür, die ich selbst aufgestoßen hatte, in mein Leben, und ich rief Lucho an und bat ihn, seine Sachen abzuholen. Als er mich fragte, ob es sein müsse, ob es dringend sei, sagte ich ja. Er sagte, es sei sehr ungünstig, er sei nämlich schon halb auf dem

Weg nach Chile – oder Peru. Ich sagte, es sei wirklich dringend. Und als er nachfragte, weshalb, log ich. Aber ich log schlecht, und er bemerkte, dass ich log.

Wer weiß, vielleicht ist das einfach so, vielleicht ist es immer so, dass Liebe oder das, was dafür gehalten wird, wieder aufflammt bei einer Gelegenheit wie dieser, das heißt, sobald man merkt oder glaubt, dass einem eine Person nicht einfach weggeglitten, sondern einem abhandengekommen ist – und dass sie nun ein anderer besitzt. Denn meistens ist doch das, was man für Liebe hielt, bloß Besitzenwollen.

Noch bevor den Telefonhörer die Wärme meiner Hand verlassen hatte, kam mir die Befürchtung, es könnte nun etwas passieren, was mir unrecht wäre, aber was ich nicht mehr in der Hand hatte – und Schuld daran waren mein Lügen und dass ich nicht einfach zu dem stand, was ich tat. – Aber ich vergaß die Befürchtung bald wieder, denn zunächst lief alles recht problemlos. Lucho holte seine sämtlichen Sachen ab, von dem Vergrößerungsapparat abgesehen, den er stehen ließ und sagte, er könne ihn nicht mitnehmen, denn er sei mit dem öffentlichen Bus gekommen, er werde jedoch am Tag darauf mit dem Auto seines älteren Bruders Diego noch einmal kommen. Aber er kam nicht mehr – oder doch, aber anders, als ich erwartet hatte.

Er begann nun anzurufen. Alle paar Stunden rief er an. Bloß, wenn ich abhob, hatte er schon wieder aufgelegt. Und wenn ich nicht abhob, ließ er es so lange läuten, bis ich abhob. Und wenn ich ihn erwischte und fragte: »Luis, was willst du?«, fragte er schnippisch zurück: »Ist er schon eingezogen? Gefällt ihm das Zimmer? Es ist wirklich ein schönes Zimmer, das du da hast!« Er rief zu jeder Tages- und Nachtzeit an. So ging das ein paar Tage lang, bis es mir zu dumm wurde. Am folgenden Tag würde Joseph einziehen, ich wollte meine Ruhe, wollte nicht, dass ein Fremder das mitbekäme. Ich schämte mich vor einem Fremden für Lucho. Und auch für mich selbst, weil ich das nicht in den Griff bekam. Als ich am Vormittag mit Joseph telefoniert hatte, war ich wie hypnotisiert. Ich wusste, dass jemand einziehen würde, den ich nicht kannte, der mir nicht einmal besonders sympathisch erschienen war, ich wusste auch, dass ich meine Telefonnummer am Nachmittag ändern lassen würde, und mir war, als würde ein Strich gezogen, irgendein Strich. Auch als mich Joseph gefragt hatte, wie das Zimmer aussehe, war ich wie hypnotisiert – in mir so viele Bilder, Bilder mit Lucho und andere Bilder, die sich mit dieser fast akzentlosen Ausländerstimme mischten.

Als am nächsten Tag Joseph auf einmal dastand mit seinem bisschen Gepäck und ich ihn eben hinaufführen wollte in das Zimmer, klingelte es. Ich ließ ihn mitten im Wohnzimmer stehen, in jeder Hand ein Gepäckstück, und er rührte sich nicht. Wie immer öffnete ich die Balkontür, die sich nur sehr umständlich und mit Krach aufmachen ließ, um nachzusehen, wer an der Haustür stand. Bitte nicht, dachte ich. Da stand er.

»Was willst du«, schrie ich hinunter, laut, weil ich das Zittern in der Stimme schon gespürt hatte, als ich ihn noch gar nicht gesehen hatte.

Lucho legte den Kopf in den Nacken und grinste herauf. Er sah aus wie ein verrückter Clown – oder ein Teufel. In seinem Gesicht nichts anderes als dieses zähnebleckende Grinsen.

Noch einmal schrie ich: »Was willst du? Verschwinde!«

Und wieder sagte er nichts, rührte er sich nicht. Da begann ich aus Verzweiflung zu fluchen und Passanten anzurufen: »Dieser Spinner soll abhauen! Verdammt noch mal, der klingelt hier Sturm! Der ist doch nicht normal!«

Es sollte klingen, als kennte ich ihn nicht. Doch da war dieses Beben in der Stimme. Die Ersten blieben schon stehen und schauten. Sie sahen aber mich anstatt ihn an. Warum? Ich verstand das nicht.

Lucho grinste noch einen Moment weiter, als wäre nichts, senkte dann wieder den Kopf und ging davon. Erst dachte ich, er würde die Straße überqueren, aber er blieb auf dem Gehsteig dieser Seite, die Hände in den Hosentaschen. Irgendwie torkelte er, aber ich war sicher, dass er nicht betrunken war. Er drehte sich nicht mehr um, mir jedoch war, als schaute er mit diesem verrückten Gesichtsausdruck herauf, immer noch. Wie ich mich schämte.

Ich verließ den Balkon, ging ins Wohnzimmer zurück. Joseph sah mich an, fragte nichts, und ich, der ein hilflos seufzendes Lächeln auskam, war ihm dankbar, und später dachte ich, dass er selber hilflos aussah, wie er dastand, keine Hand frei und fremd in dieser Welt.

So wenig Gepäck; als wäre er bloß auf Urlaub gekommen, dabei war er jetzt schon über einen Monat hier und würde noch mindestens vier oder fünf weitere bleiben.

Lucho war weder in Chile noch in Peru.

Von nun an klingelte es fast täglich, zunächst nur am Tag, später auch nachts. Joseph fragte lange nichts, gab sich mit meinen Worten, die keine Erklärung, sondern Ausflüchte waren, zufrieden und öffnete ihm ebenso wenig wie ich. Er schien alles zu wissen. Manchmal bat ich ihn, doch auf den Balkon hinauszugehen, sich zu zeigen, und das tat Wirkung. Er hatte tatsächlich etwas Einschüchterndes an sich – das fiel mir aber erst nach einer Weile auf. Überhaupt änderte sich sein Aussehen mit der Zeit. Er sah für mich nicht mehr so aus wie zu Beginn; und alles, was ich zu seinem Gesicht gedacht hatte, kam mir falsch vor. Ich hatte keine Worte mehr dafür, ich fand ihn einfach schön. – Wenn er sich auf dem Balkon gezeigt hatte, ließ Lucho sich für ein paar Tage nicht blicken.

An einem Abend, als wir bei Wein saßen – Joseph rauchte diese scheußlichen österreichischen Zigaretten, die Memphis hießen, die er rauchte, weil sie das PH im Namen trugen wie er, und die er sich stangenweise von dem Unternehmen in Wien, für das er arbeitete, schicken ließ –, klingelte es. Wir reagierten nicht darauf, auch nicht, als es ein zweites Mal läutete. Vielleicht bemerkten wir es gar nicht richtig. Oder ich – vielleicht bemerkte nur ich es nicht richtig. Wir saßen bei Wein. Erst beim dritten Mal ging mir das Geräusch durch Mark und Bein, ich zuckte zusammen. Joseph sah mich lange an. Dann räusperte er sich, nahm das Glas und stand ganz langsam auf. Er ging zur Balkontür, öffnete sie, was mir nie gelang, fast geräuschlos mit einem einzigen kräftigen Ruck, trat nach draußen und schleuderte das Glas, das immerhin eben noch halbvoll gewesen war, das er während der paar Schritte ausgetrunken hatte, in einem einzigen Moment über das Geländer nach unten und schrie einen Satz auf Deutsch, der dröhnte wie ein Fluch. Diese drei Dinge – Schleudern des Glases, die geschrien harte deutsche Sprache, das kurze Klirren des Glases unten auf dem Gehsteigpflaster. Die Stille danach war unerträglich.

Er kam wieder herein, ließ die Tür offen, setzte sich und sah mich an.

»Savina, wer ist das?«

Die Stille unerträglich, und an Josephs Kinn ein Tropfen Rotwein, der sich jetzt zitternd löste und fiel. Ich glaube, das war das erste Mal, dass er mich direkt beim Namen nannte.

■ ■ ■

Meine Mutter hielt es für ihre alleinige Schuld, dass diese Ehe mit meinem Vater zustande gekommen war. Das erfuhr ich, als sie sagte: »Ich hätte einfach nein sagen müssen. Nein, ich will dich nicht.« Sie wäre jedoch nie auf die Idee gekommen, sich zu beklagen, und schon gar nicht bei ihren Kindern, wie so viele Mütter es tun. Sie trug die Verantwortung so gut sie konnte, so aufrecht sie konnte, und sie beklagte sich nicht. Nur dieses eine Mal erzählte sie, und auch nur, weil ich sie dazu gedrängt hatte.

Das letzte Mal war ich zu Weihnachten 2006 in San Juan. Ostern darauf kam die ganze Familie herunter in die Hauptstadt. Kurz danach der Abflug nach Europa, wo wir Städte bereisten, wie gesagt, weil der Vater es sich so in den Kopf gesetzt hatte.

Weihnachten 2006: Ich erinnere mich ziemlich genau an die Busfahrt hinauf, weil eine Frau in meiner Nähe saß, von der ich die Augen nicht wenden konnte. Dabei wusste ich gar nicht, weshalb. Sie hatte kinnlanges, gelocktes Haar, durch das sie sich, obwohl sie döste, immer wieder fuhr und es bauschte. Sie trug in dieser heißen Dezembernacht ein ärmelloses olivgrünes T-Shirt und eine Hose in derselben Farbe; neben dem Träger des T-Shirts der schwarze, noch in der Nacht matt schimmernde Träger des Büstenhalters. Ich sah ihr Gesicht, das eine ganz einheitliche Farbe hatte, und ihre Augen, wenn sie wach war und den Kopf drehte, waren glänzend schwarz. Ab und zu, wenn der Motor des Busses leiser wurde, konnte ich ein paar hell und blechern klingende Töne hören, die aus ihren Ohrstöpseln kamen. Und wenn sie sich bewegte, das Reiben ihrer Haut oder ihrer Kleidung auf dem Stoff des Sitzes.

Ich konnte nicht schlafen und dachte während der gesamten Fahrt darüber nach, weshalb sie mich interessierte. Sie gefiel mir, aber es war nicht das allein. Als sie gegen Mittag des nächsten Tages, eine Stunde vor der Ankunft in San Juan, ausstieg, mit einer helltürkisfarbenen Umhängetasche als einzigem Gepäcksstück, hielt ich die Luft an, und ich wusste es immer noch nicht. Obwohl ich die Luft anhielt, war mir, als wäre nichts in mir, nicht einmal diese paar Liter eingesogener Luft. Sie hatte einfach ausgesehen wie ein Mädchen von zu Hause. Irgendein Mädchen aus San Juan oder einem Nachbardorf.

Auf dem Platz, der eben noch ihrer gewesen war, für meine letzte Stunde Fahrt ein Mädchen, fast noch ein Kind, an dem alles dunkel war, Kleidung, Haut, Haare, Augen, Fingernägel; was nicht dunkel an ihr war, schien dunkel. Sie trug einen Haarreif auf dem Kopf; rechteckige, glasscherbenartige dunkle Steine waren schräg auf den Plastikreifen geklebt, und die Sonne fiel durch das Fenster im Dach auf diesen Haarreif und diese Steine, die dunkel blieben, aber auf dem vorgezogenen Vorhang und der Wand darüber tanzte Punkt um Punkt der Reflex der Steine, nach oben hin größer und konturloser werdend. Als ihr einmal eine rosarote Haarspange aus der Hosentasche rutschte und zu Boden fiel, stand ich auf, hob die Spange auf und gab sie ihr. Die Spange hatte nahezu kein Gewicht. Das Mädchen nahm sie aus meiner Hand, bedankte sich lächelnd, und ich lächelte zurück.

Auch sie betrachtete ich unablässig. Ich dachte an das Morgendämmern als Spiegelung in den Scheiben der linken Bushälfte, das ich während Stunden gesehen hatte, entstehen und verschwinden, ausgelöscht durch den Tag.

Mit den Jahren wurde in mir die Erinnerung an diese Fahrt immer deutlicher, als wäre sie wichtig, besonders – als wäre sie die letzte gewesen.

Vor Kurzem hatte ich mit Manuel telefoniert. Er hatte Geburtstag, und ich rief an, um zu gratulieren. Wir unterhielten uns eine Weile. Ich fragte, wie es den Eltern gehe. Manuel sagte: »Ganz gut. Nur – Mama.«

»Was ist mit ihr?«

Er antwortete, der Vater habe sich bei ihm darüber schrecklich aufgeregt, dass die Mutter ihn in irgendeiner Sache zurechtweisen wollte oder etwas Ähnliches. Beide, Manuel und der Vater, waren darüber aus dem Häuschen. Es sei nur einmal gewesen bisher, aber das erste Mal überhaupt.

Ich konnte es mir nicht vorstellen. Die Mutter und aufbegehren? Diese schicksalsergebene Frau? Ich hielt das Ganze für ein Missverständnis oder höchstens eine Laune und dachte nicht weiter daran. Sollten die da oben doch tun, was sie wollten.

»Manuel«, fragte ich noch, wenn schon einmal Gelegenheit war, »findest du das eigentlich vernünftig, dass Papa ständig roden lässt?« Ich fragte mit einem großen Zögern in der Stimme. Ich wusste schließlich, auf welcher Seite er stand.

Er brauchte ein paar Sekunden, um nachzudenken, und brummte dabei vor sich hin. Er wusste schließlich auch, wo ich stand. Dann sagte er: »Die Art, wie er es macht, finde ich nicht gut. Nein, er macht das eigentlich nicht gut.«

Luft kam in mich, oder Lächeln, oder Hoffnung. Das Zögern war wie weggeblasen von diesem Luft-Lächeln-Hoffnung.

»Siehst du, Manuel, ich auch nicht. Ich finde das auch nicht gut. Man sollte nicht so eingreifen in die Natur.«

Da hörte ich ein kurzes Geräusch, das ich nicht zuordnen konnte, und die Luft verschwand augenblicklich. Es war, als hätte jemand einen Schalter umgelegt und als hätte ich das gehört und auch hören sollen.

»Ja, du! Das war klar, dass das kommt. Was verstehst du

denn schon davon? Verzeih, Augusto, aber überlass das uns. Ich meinte, dass ich mehr auf einmal roden lassen würde, nicht so kleinweise wie Papa. Bei den Sojapreisen, Alter!«

»Das meinst du nicht ernst, Manuel.«

»Doch, doch. Warum soll ich es nicht ernst meinen? Ist schließlich viel billiger. Außerdem kannst du diese Kiefer-Monokulturen auch nicht so idyllisieren und als Natur bezeichnen.«

Ich legte ohne Verabschiedung auf und dachte, mir bleibe langsam gar keiner mehr. Ich sank in stille Verzweiflung. Sieben Geschwister sind wir, und früher waren wir wie ein einziger Körper, immer zusammen, obwohl wir oft stritten. Und jetzt stille Verzweiflung. Ja, er hatte recht, der Wald war zum Großteil kein Urwald; schon unser Großvater hatte gerodet, um Kiefern zu pflanzen. Aber er hatte das in einer vergleichsweise sanften Art gemacht, hatte einmalig – am Anfang seiner Ära, unter Geldnot – zweihundertfünfzig Hektar gerodet, das Holz verkauft und die Fläche mit Kiefern aufgeforstet und es im Großen und Ganzen dabei belassen; zumindest hatte er keine weiteren Flächen gerodet.

Noch nie hatten wir ein so heißes Weihnachten wie jenes 2006, und ich verbrachte viel Zeit im Schatten der Bäume an dem kleinen Bach, einmal sogar mit Manuel zusammen. Er war zu diesem Zeitpunkt vierundzwanzig. Es war bereits klar, dass er den Betrieb übernähme; das war schon seit einer Weile klar. Er hatte seine Wohnung in San Juan, im Ort, aufgegeben und war zurück zu den Eltern gezogen, wo er einen Teil des Hauses ausbaute. Da dachte ich noch, dass, wenn ich mich auch durch Bruch mit dem Vater und Studium der Medizin aus dem Spiel gebracht hatte, ich vielleicht doch in gewissem Sinne Einfluss nehmen könnte, indem ich Manuel erzählte, wie ich es machen würde, wie ich es für richtig hielte; immerhin war ich sein ältester Bruder. Und so verging ein großer Teil des Nachmittags. Am Ende sah er mich an und fragte mich: »Und was sage ich Papa, wenn er mich fragt, was wir geredet haben? Sage ich ihm, was wir geredet haben? Er fragt mich nämlich immer, was ich mit meinen Geschwistern rede. Wird er dich ja auch fragen. Oder – früher. Früher wird er dich gefragt haben, oder nicht?«

Da räusperte ich mich, holte Luft und sagte, fast ohne die Luft wieder auszuatmen, in einer Art, in der ich auch früher geredet und gedacht hatte: »Geht ja keinen was an, was wir reden, finde ich. Oder was meinst du? Haben wir halt so hin und her geredet, du und ich. Ich weiß nicht, aber ich würde ihm gar nichts sagen. Was meinst du, Manu?« In diesem Moment dachte ich, es wäre doch viel klüger, viel besser, wenn nichts von diesen Überlegungen zwischen dem ursprünglich durch Geburt bestimmten und dem nun tatsächlichen Nachfolger nach außen dränge. Ich dachte, so könnten meine Worte in Manuel wirken, ohne dass jemand in sie hineinmische.

Aber schon als ich äußerte, dass es keinen etwas angehe, was wir redeten, sah ich seine wachen, wie immer blitzschnell umherwandernden Augen und dachte: Dieser Satz ist ins Leere gesagt. Alles war ins Leere gegangen. Er hatte keinen Raum mehr in sich für eine Meinung von mir.

Wir blieben noch eine Weile am Bachufer sitzen, und ich sah Wasser, das sich vor einem großen Stein mitten im Bach staute. Kühl wehte es herauf auf uns. Ich schaute auf das Licht, das auf Blättern tiefgewachsener Zweige tanzte. Das Grün im Dezember. Auf dem Grund des Baches waren Flecken aus Licht zwischen schwarzen, scharf konturierten Blättern, und darüber floss das hell bernsteinfarben leuchtende, klare Wasser. Aber auch die Flecken aus Licht schienen zu fließen, ebenso wie das Licht, das über die Blätter der tiefgewachsenen Zweige floss. Es kam mir vor, als wären das nur Zustände, die ineinander übergingen: Wasser, Licht, Luft …

»Ich fahre noch schnell ins Dorf auf ein Bier. Kommst du mit?«, sagte Manuel, und ich blickte auf die Uhr. Es war kurz vor sechs, und ich antwortete abwesend: »Nein. Wir sehen uns beim Abendessen. Ich bleibe noch ein wenig hier.« Er stand auf und ging. Mein Bruder Manuel.

Später, als ich unter der Traufe vor dem Haus stand, hörte ich das Klimpern von Spatzen in dem kurzen Stück Regenrinne über der Haustür und dachte an den Großonkel, der sich mit seinem Bruder, meinem Großvater, nicht verstanden hatte.

»Wann immer er hier war«, sagte die Mutter, »machte er sich lustig über Papa und seine Neigung zu Sprichwörtern. Er fand das lächerlich.«

Er hatte als reisender Vertreter von landwirtschaftlichen Versicherungen sein Geld verdient. Nachdem ihre Eltern gestorben waren, investierte er das Geld, das er erbte, in eine kleine Getränkefirma in Salta. Sie gehörte einem Freund von ihm. Er muss auch noch etwas angespart haben, das er ebenfalls investierte oder schon zuvor investiert hatte. Das Unternehmen wuchs rasant und wurde kein Jahrzehnt danach von Coca-Cola gekauft.

»Stell dir vor! Der Onkel war da natürlich ein gemachter Mann. Mein Vater hatte bis dahin nichts gegen seinen Bruder, nannte ihn höchstens liebevoll einen Taugenichts oder einen Tagedieb, aber er meinte es nicht so«, sagte die Mutter. »Als er dann jedoch zu Geld gekommen war, nannte Papa ihn einen Nichtsnutz und meinte es auch so. Solange der Onkel kein oder wenig Geld gehabt hatte, war es in Ordnung – er tat ja nach Meinung meines Vaters auch nichts –, aber als er plötzlich reich war, eigentlich ohne etwas dafür getan zu haben, wandte Papa sich gegen ihn. Sie sahen sich nicht mehr oft, aber wenn er doch wieder einmal herkam, ging es immer nur ein paar Stunden gut – bis sie wieder begannen, sich das Immergleiche an den Kopf zu werfen: Ein verrückter Sprichwortsammler wurde der eine genannt, ein Taugenichts, der nicht wisse, was Arbeit heiße, der andere.« Das sei zwar lustig gewesen, sagte meine Mutter, irgendwie aber auch zum Fürchten, denn sie habe nicht verstanden, warum zwei Brüder dermaßen stur boshaft zueinander sein können. Es sei nicht Neid gewesen; es sei etwas anderes gewesen, was ihren Vater so wütend gemacht habe, vielleicht etwas Religiöses.

So wunderte mich eigentlich, dass mein Großvater seinem Bruder von dem verlorengegangenen Heft erzählt hatte, davon, wie und wo es ihm abhandengekommen war.

■ ■ ■

Nicht die Büchertürme an sich hatten mich erstaunt, denn auch auf meinem Schreibtisch stapelten sich Bücher, aber dass es ausschließlich sprachwissenschaftliche Bücher waren, die in Cecilias Wohnung zu finden waren, Lexika und Wörterbücher, außerdem Romane und Erzählungen, das erstaunte mich. Denn ich rechnete nicht mit dergleichen.

Hans Kramer, halber Historiker, der nebenher hin und wieder auch literaturwissenschaftliche Vorlesungen besucht hatte, plante seit einigen Jahren eine umfangreiche Arbeit zu deutschsprachigen Schriftstellern, die in den Jahren nach der Machtergreifung Hitlers im Deutschen Reich nach Buenos Aires geflohen waren. Die Arbeit – so weit hatte er schon alles zugesagt bekommen, und auch eine kleine Förderung, zweitausend Euro, bekam er von einer Stelle in Wien – würde in einem renommierten Verlag als Buch erscheinen. Bloß geschrieben war sie noch nicht. Einmal erzählte er mir ausführlich davon, und an diesem Tag machte es mir aufrichtig Freude, zuzuhören. Auch wenn ich manchmal nicht ganz richtig hinhörte, weil ich viel eher mit dem Schauen beschäftigt war, damit, auf seine Mimik zu achten, die sich in all den Jahren nicht verändert hatte. Alles war, wie es gewesen war. Selten jedoch hatte ich ihn früher mit Begeisterung von etwas reden gehört. Mir war vielmehr immer vorgekommen, er interessierte sich für nichts von sich aus.

Ich glaube nicht, dass sich die Recherchearbeit für sein Buch besonders schwierig gestaltete. Er war vor Ort, es gab Archive, die Bibliothek etwa im Holocaust-Museum in der Montevideo-Straße, zu der er jederzeit Zutritt hatte und in der ein weiterer Österreicher arbeitete, der ihm bisweilen half, wenn er etwas brauchte. Auch im Internet fand man einiges, es gab Zeitzeugen, und zwei der Schriftsteller, die er im Auge hatte, waren noch am Leben. Seit Jahren sammelte er, und ich fragte mich mehrmals, warum er nicht endlich zu schreiben beginne, bis ich mich besann und dachte, dass er möglicherweise ohne viel Erfahrung professioneller war als ich und einfach instinktiv wusste, dass das Schreiben jener Teil einer solchen Arbeit war, der am schnellsten erledigt werden konnte, und dass man sich damit Zeit lassen könne. Oder es war nicht Instinkt, es war einfach Geduld.

Wir standen bei ihm in der Küche. Wir waren in der Nähe gewesen, Savina und ich, und waren hingegangen. Sie sahen sich zum ersten Mal. Ich war schon seit einer ganzen Weile im Land, wohnte schon seit einer ganzen Weile bei ihr. Das Wochenende am Meer lag noch vor uns. Das Wasser am Herd war dabei, sich zu erhitzen. Der Kannendeckel, sagte Hans, sei verschollen. Er finde ihn einfach nicht mehr. Ich horchte auf das Wasser. Am Kannenboden sähe man bald die ersten Bläschen, und darauf reagierend würde jemand hinlangen zu dem schwarzen, ölbespritzten, klebrigen Regler und die Flamme abstellen, mit einer Drehbewegung so selbstverständlich nach rechts, als gehorchte man einem Naturgesetz. So vieles, dachte ich auf einmal, war vorhersehbar. War das nicht elend? War das nicht traurig? Die Flamme spiegelte sich in der Glastür, die auf den kleineren der beiden Balkone hinausging, jenem, auf dem sich die schlecht zugeschnürten Müllsäcke stapelten, und ich starrte in die Flamme im Fenster, weil ich dachte, dass es doch nicht notwendig sei, beständig in den Kessel zu stieren: Man konnte den Siedepunkt auch herannahen hören. Ich starrte aus Müdigkeit.

»Und du, Kämpfer«, fragte er mich auflachend, einem Einfall folgend oder den Faden eines Gesprächs von vor Tagen aufnehmend, »bist du immer noch linksradikal?«

Ich erinnerte mich zurück, folgte dem immer dunkler werdenden Faden zurück in die Vergangenheit, hin zu dem Punkt, von dem er redete, und ließ dann meine Gedanken wieder nach vorne laufen. Ich wusste nicht, warum er das fragte, besann mich aber.

»Radikal war ich nie«, antwortete ich knapp. Ich dachte, damit sei es erledigt.

Er lachte wieder: »Der einzige Linksradikale auf der ganzen Uni für Bodenkultur!«

Was sollte das? Wollte er witzig sein? Witzig sein vor der Frau?

Denn er hatte sich zu Savina hingedreht für diesen Satz. Sie sagte nichts, fragte nichts, aber sah mich fragend an.

Ich wunderte mich über seine Art, irgendetwas an ihm war anders an diesem Tag; das war nicht der Wein. Von Anfang an war er anders gewesen.

Irgendwer drehte das Gas nun ab.

Um das Gespräch auf etwas Interessantes zu bringen, erzählte ich von der Arbeit mit meinem Cousin, dem Filmemacher, im Vorfeld seines Films über die Camembertherstellung in der Normandie. Dabei hielt ich mich fortwährend an Hans Kramer gewandt, um herauszufinden, weshalb er so anders war, und auch, um Savinas Blick auszuweichen; aber so viel ich auch redete und mich von ihr wegwandte, ich konnte ihrem Blick nicht ausweichen.

Ich sah ihn an und dachte, während ich redete, an Clara, die Frau, die ich in Wien – wie es sagen? – zurückgelassen hatte. Ich dachte, ich müsse achtgeben, nicht auf einmal ihren Namen zu vergessen. Ich hatte schon manchmal einen Namen vergessen. Gesichter, Umstände, Situationen nie. Ich dachte: Es kann nicht so weitergehen.

Ich redete.

Hatte er nur witzig sein wollen? Sich der fremden Frau als witziger Mann vorstellen wollen, der er meiner Meinung nach nicht war?

Ich sah ihn an und dachte plötzlich daran, wie es war, als wir vor Wochen dick eingepackt auf einer Bank zwischen zwei Platanen gesessen waren, auf den Eingang eines Supermarkts schauend, und eine Frau in quietschgrünem Hosenanzug vorbeiging. Da pfiff Hans Kramer leise, ganz leise, und als ich den Kopf drehte und ihn ansah, hörte ich, was ich zugleich von seinen Lippen las: »Ob es das wohl auch in Grün gibt?« Ich lachte stumm und lächelte.

■ ■ ■

Und wie einfach zehn Jahre vergehen. Im Grunde bin ich ein zufriedener Mensch, glaube ich. Trotzdem befiel mich von Zeit zu Zeit in diesen zehn Jahren eine Krise. Ich dachte dann jeweils, ich hätte es nicht einmal hier zu etwas gebracht. Meine Tage vergingen recht ereignislos. Ich ging in die Arbeit, ging ins Schwimmbad, am Wochenende, manchmal auch unter der Woche, ins Kino. Ich hatte ein Bankkonto in Argentinien, eines in Österreich, beide nie überzogen, drei Paar tadellose lederne Schuhe, einen einfachen schwarzen Anzug. Aber sonst besaß ich nichts, und wenn ich niedergeschlagen war, dachte ich: Wer bist du denn? Was macht dich aus? Dir gehört doch nicht einmal der Schatten, den du wirfst. Jetzt freilich, mit Cecilia, ist es anders. Alles ist anders geworden.

Zehn Jahre und sechs, vielleicht sieben Reisen. Ursprünglich hatte ich vorgehabt, jedes Jahr eine Reise zu unternehmen, um Argentinien, das Land, das meine neue Heimat war, kennenzulernen. Es war, auch wegen der Österreich-Urlaube, nicht jedes Jahr möglich gewesen, und in einem Jahr hatte ich einfach keine Lust gehabt, irgendwohin zu fahren. – Anfangs war ich wohl unterwegs gewesen wie ein ausländischer Tourist. Aber schon im vierten Jahr, auf meiner dritten Argentinien-Reise, stellte ich eine Veränderung fest: Hatten mich bisher Hauptstädter auf Reisen geärgert, weil sie dann oft laut und unbescheiden waren, genierte ich mich plötzlich für sie.

Manchmal, so allein reisend und auch schon nicht mehr ganz jung, kam ich mir wie ein Witwer vor. Ich konnte es nicht ändern – ich fühlte mich einfach so. Wenn ich mich beobachtete, dachte ich, mein Vater, sollte er meine Mutter überleben, wird einmal genauso sein. Ich hatte den etwas unheimlichen Gedanken, mein Vater werde es mir einmal nachmachen. Werde leer herumfahren, ohne einen warmen Blick auf sich.

Vorläufer meiner Arbeit, so unwahrscheinlich es die meisten finden, denen ich es erzähle, war, dass ich während meines zweiten Heimaturlaubes begann, die Entstehungssage von Rohr aufzuschreiben. Ich kannte diese Sage immer schon, seit ich denken kann, hatte sie von Eltern, Bekannten und von Lehrern gehört, aber nie gelesen. Als ich mich einmal auf dem Gemeindeamt nach einer schriftlichen Fassung erkundigte, bekam ich lediglich die Kopie einer Kurzversion: fünf Zeilen kleiner Druckschrift auf einem ansonsten leeren Blatt Papier. Auch weiteres Nachfragen und Recherche im Internet führten zu nichts; es schien keine ordentliche schriftliche Fassung der Sage zu geben. Da beschloss ich, sie aufzuschreiben.

Es fiel mir nicht leicht. Überhaupt nicht. Ich stellte fest, dass es ein Unterschied ist, ob man eine Geschichte im Kopf hat oder ob man sie auf Papier zu bringen versucht; bisweilen kam mir vor, das eine habe mit dem anderen fast nichts zu tun. Ich wandte nahezu einen Monat für die Niederschrift auf. Mehrmals brach ich ab und fing noch einmal von vorne an und fürchtete immer wieder, nicht in dieser Zeitspanne fertig zu werden, abzureisen, ohne es zu Ende gebracht zu haben. Irgendwann schließlich war sie aber geschrieben, und, wie ich fand, sogar ganz passabel. Ich war zufrieden damit, auch noch nach dem zehnten und fünfzehnten Mal Lesen.

Ich hatte noch ein paar Tage bis zur Abreise. Nach Rücksprache mit den Eltern rief ich den Bürgermeister an, fragte, ob er Zeit habe, ob ich vorbeikommen könne. Kurz darauf stand ich schon in seinem Büro, während er las, im Stehen, er stand, und ich stand. Ich blickte erwartungsvoll und starr aus dem Fenster. Es wurde allmählich Frühling. Die Vögel sangen. Als er alles gelesen hatte, nickte er und sagte, er sei begeistert. Das sagte er mehrmals, wie zu sich selbst. Ich sah sie ihm nicht an, die Begeisterung, von der er sprach; doch ich kannte ihn nicht. Begeistert – warum?

Warum eigentlich, fragte ich mich, es war ja nichts Neues. Er bat mich um meine Adresse in Buenos Aires, ließ mich außerdem einen leeren Zettel unterschreiben und gab mir sein Ehrenwort. Wofür, wusste ich nicht. Ich freute mich, dass es jemandem gefiel. Ich verabschiedete mich. Drei Tage später der Rückflug.

Kurz darauf ließ die Gemeinde kleine Mappen anfertigen, das »Rohrbuch«, wie sie diese paar zusammengebundenen Seiten nannte, die zu einem minimalen Unkostenbeitrag an jeden Haushalt gingen, ein paar Seiten, schön und groß gedruckt, mit viel Platz zwischen den Zeilen, gebunden in karmesinrot leuchtendes Kunstleder. Ich bekam fünf Exemplare per Post. Beigelegt war ein Brief vom Bürgermeister, in dem er etwas umständlich ausdrückte, dass man sich freuen würde, wenn ich meinen nächsten Heimaturlaub mit entsprechender Vorlaufzeit ankündigte, und ebenso umständlich fragte, ob ich mir vorstellen könnte, eine öffentliche Lesung der Sage abzuhalten. Auch über ein Honorar könne man sprechen, da habe man Spielraum im Gemeindebudget. Ich fand das komisch und vergaß es dann, vergaß sogar, zurückzuschreiben.

■ ■ ■

An diesem Weihnachten 2006 war es, dass ich das letzte Mal eine Tätigkeit für meinen Vater ausführte. Es war etwas, was mir unangenehm war, und ich dachte grimmig: Nur deshalb schickt er mich, er könnte es selbst tun, aber es macht ihm Freude zu sehen, dass ich nicht will, aber es doch tue; es freut ihn zu sehen, dass er mich noch immer im Griff hat.

Ein kleines Stück außerhalb von San Juan gibt es einen Handel für sogenannte Landesprodukte, dessen Inhaber

Luis heißt, sich aber Don Libre nennt; Landesprodukte sind Produkte, die Landwirte erzeugen beziehungsweise benötigen. Don Libre hat irgendwann in den USA gelebt, wie er nicht müde wird zu erzählen, und hat dort in der US-Army gedient, ohne dass jemand wüsste, was ein Argentinier in der US-Army zu suchen hatte. Er war ein Angeber, den keiner von uns mochte, nicht einmal mein Vater, allerdings aus wieder eigenen Gründen; manchmal sagte er, er verstehe nicht, wie so ein Dummkopf, dem ganz offenbar schon vor Jahrzehnten die Platte hängengeblieben sei, eine so schöne Frau kriegen konnte. Ich hatte als Kind von ihm erfahren, dass Schwarze weniger Knochen hätten als Weiße; das habe er in der Army festgestellt. »Ich schwöre es dir, Kleiner.«

Mein Vater, schickte mich, bei ihm etwas abzuholen. Er sagte einfach zu mir: »Das Zusatzfutter für die Rösser ist aus. Dreihundert Kilo brauche ich.« Weil ich einmal wieder die Auseinandersetzung scheute, nickte ich, nahm schweigend den Schlüssel vom Bord neben der Küchentür, stieg in den Lastwagen und fuhr.

Auch dieser war ein heißer Tag. Neben den Straßen flog Staub. Im Rückspiegel hingen heiß leuchtende Staubwolken. Ich wollte nicht dorthin, wollte nicht zu Don Libre. Ich fuhr, ohne es besonders zu merken, dass ich fuhr, und ohne es besonders zu bemerken, dass ich einen Umweg machte und an der Tankstelle vorbeikam, die, wie ich bereits gehört hatte und nun zum ersten Mal sah, umgebaut worden war. Mittlerweile gab es einen richtigen Tankstellenshop. Ich fuhr vorbei, dann bremste ich ab, wendete und fuhr zurück. Ich wollte eine Zeitung mitnehmen.

Alles war neu und anders, farbenfroher auch, fast zu farbenfroh für diese Gegend. Eine riesige, sehr neue Kettenraupe stand etwas abseits der Tankstelle, offenbar zur Reparatur oder Wartung, denn mehrere Schutzbleche waren abmontiert und lagen aufgeheizt im verdorrten Gras; über ihnen flirrte die Luft. Wie merkwürdig, hier, in dieser menschenleeren Gegend, ein Tankstellenshop.

An der Kasse stand in einem Magazin blätternd der Sohn des Besitzers, der immer mehr wie sein Vater aussah, ja er schien in dessen Gesicht hineinzuwachsen, während der Vater, der eine halbe Minute nach mir den Laden betrat, aus dem eigenen Gesicht – oder aus jenem, das ich seit jeher kannte – herauszuwachsen schien; langsam war er nur noch Falten. Er rauchte viel. Ich hatte ihn draußen schon gesehen, wo er von einer Motorhaube beschattet bei einem Wagen Öl nachfüllte, hatte ihn aber nicht erkannt – oder hatte ihn erst im Nachhinein erkannt: Jetzt, wo er vor mir stand, sah ich den Mann noch einmal, wie er unter der Motorhaube stand, über den Motorblock gebeugt, die silberne Kanne in der Hand, das dunkelgelbe, fast braune Öl zäh nach unten rinnend, scheinbar ohne zu rinnen, und irgendwo im Motorblock verschwindend, und der Mann, wie er sein Gesicht zur Seite wandte und meine Schritte mit Vogelaugen begleitete – da erkannte ich ihn im Nachhinein. Wir wechselten ein paar Worte. Es war mir unangenehm, als er mich mit »Doktor« anredete.

»Und du, Doktor«, sagte er, »was, bist Doktor geworden und kein Bauer, was?«

»Ist ja Manuel da«, antworte ich müde.

Und er: »Jaja, der Manuel ist auch fleißig. Der macht das. Ist ein tüchtiger Kerl, der Manuel, was? Kann arbeiten. Er kommt manchmal vorbei wegen Motoröl. Was, Doktor?«

Es erschreckte mich, wie alt er geworden war. Dabei war er noch nicht so alt. Er sprach nur so, wie ein Greis, mit der Stimme eines Greises. Ich nahm ihn nicht ernst, es ging gar nicht, dieses ständige »was«.

Der Sohn war nicht älter als ich, nicht viel. Seinen Namen wusste ich trotzdem nicht. Er war nicht in meine Schule gegangen. In welche dann? Immer noch gab es da und dort jemanden, der nie in die Schule gegangen war, weil er von Kind auf zu Hause gebraucht worden war.

Ich kaufte eine Zeitung und fuhr nun ohne Umwege zu Don Libre. Ich dachte, wenn der Tankstellenbesitzer schon so gealtert war, wäre vielleicht auch Don Libre alt geworden, und dass sich nun vielleicht hier langsam alles abwechsle, so wie bei uns zu Hause ja auch. Es war, als hätte ich mir an der Tankstelle Schwung geholt. Und für eine Sekunde dachte ich, das sei eine Chance, auch für mich, eine Chance, neu anzufangen – mit den Jungen konnte ich fast immer besser als mit den Alten. Ich parkte den Lastwagen und fragte mich, ob nicht vielleicht auch mein Vater alt geworden war – oder es langsam wurde, und ich merkte es nicht, konnte es nicht merken, aufgrund der Nähe, die trotz allem bestand.

Aber Don Libre hatte sich nicht verändert. Kaum hatte er mich gefragt, wo ich denn die ganze Zeit über sei, ob ich mich immer noch in der Hauptstadt herumtriebe, da fing er auch schon an: Er sei auch einmal für eine Weile weg gewesen, sei in der US-Army gewesen. »Hörst du?«, sagte er, »in der US-Army!«

Und er spulte sein altes, ewiges Programm ab, und zwischendrin zwinkerte er, als sei ihm bewusst, dass ich seine Geschichten längst kannte, weil sie jeder längst kannte.

Ich lächelte immer wieder gequält und besonders gequält an der Stelle mit den Knochen. Da wandte ich mich einfach ab, warf einen Blick auf mein Telefon; niemand hatte angerufen, und ich las eine ältere Nachricht von Lorena wieder.

Don Libre sprach unbeirrt weiter. Dass ich Arzt geworden war, wusste er natürlich, denn er, Anlaufpunkt vieler, wusste von allen alles, aber das hielt ihn nicht von seiner Manie ab. Er glaubte wohl wirklich, was er immer redete.

Ich schob das Telefon in die Hosentasche zurück, drehte mich ihm wieder zu und sagte: »Ich bin Arzt, Don Libre ...«

Er fasste mich am Arm und sagte: »Ich schwöre es dir, mein Sohn!«

Ich zog meinen Arm zurück, schüttelte den Kopf und sagte ärgerlich: »Das ist Unsinn! Schwachsinn, Don!«

Er lachte auf, als wäre ich ein freches Kind, das sich einen Scherz erlaubt hat – dem der Scherz auch erlaubt wird. Danach Stille. Schließlich fragte er: »Augusto, was brauchst du?«

Ich war erleichtert, endlich zur Sache kommen zu können, und atmete durch.

»Nahrungsergänzung. Für die Rösser.«

»Fahr nach hinten, zu Ivo, der macht das.«

»Welcher Ivo?«

»Ach, ein neuer Arbeiter.«

Ich kannte nur einen Ivo, und der war mit mir in die Schule gegangen. Sollte er hier zu arbeiten angefangen haben? Ich stieg in den Lastwagen, fuhr ohne die Tür zuzuschlagen nach hinten zu den offenen Hallen und sah jemanden, großgewachsen, gegen einen Betonpfeiler gelehnt stehen und rauchen. Ja, wirklich, er war es, Ivo, wie mir schien, noch einmal einen Kopf gewachsen. Er trug einen gelben Schutzhelm. Ich stieg aus, ging auf ihn zu, und wir begrüßten uns.

»Was tust du denn hier? Du bist doch Maurer«, sagte ich. Ich freute mich, ihn zu sehen.

»Maurer«, wiederholte er, das Wort in die Luft sagend, es ihr richtiggehend übergebend, und ich dachte kurz, er spotte mich nach, aber es war, als spräche er mit niemandem oder mit seiner Erinnerung. Dann wieder, nichtssagend: »Maurer.«

»Ja, bist du denn nicht Maurer geworden?«

Nun sah er mich an, mit den hellblauen Augen seiner Vorfahren, und antwortete: »Freilich, das hast du dir gut gemerkt. Aber das mache ich nicht mehr.«

»Ist ja auch anstrengend, das Mauern, so selten wo Schatten, was«, sagte ich und wollte mir fast auf den Mund greifen wegen dieses »was«.

Er gab keine Antwort, und ich stellte es mir aus der Erinnerung heraus vor, wie es sein musste, jeden Tag in der Hitze zu stehen und Ziegel zu schleppen. Wie oft hatten wir zu Hause etwas gebaut, neu oder angebaut, und immer in der größten Hitze. Ich wiederholte, dass es wirklich anstrengend sei.

»Anstrengend«, sagte er und sah wieder in die Luft.

Seine Wörter waren leere Hülsen.

Ob es in irgendeiner Jahreszeit einen Himmel gibt, der das Blau seiner Augen wiedergibt, sodass man meinen könnte, in seinen Augen spiegle sich der Himmel, fragte ich mich.

»Was ist nicht anstrengend?« Er lachte, und Satz wie Lachen klangen wie ein Zugeständnis.

Hier, wo Tonnen und Abertonnen von Getreide gespeichert waren, gab es besonders viele Spatzen, und jedes Mal, wenn ein plötzlicher Laut kam, kreuzte wieder ein aufgeschreckter Schwarm Spatzen den Raum – flog durch die Luft, wie Fische durch Wasser schwimmen.

Was ist nicht anstrengend, fragte ich mich nun, auf Ivos gelben Helm schauend, den er eben abgenommen hatte, um sich mit dem Daumenknöchel am Kopf zu reiben. Er setzte ihn sich wieder auf, und mein Blick folgte im Bogen.

»Was brauchst du?« Es klang wie eben.

»Dieses Zeug für die Rösser, du weißt schon, das in den rotbraunen Säcken. Für die Fohlen. Dreihundert Kilo. Sechs Säcke.«

»Ja. Zehn«, sagte er nach kurzem Blick in Richtung einer der Hallen.

»Was zehn«, sagte ich, »sechs.«

»Zehn brauchst du. Die gibt es nämlich jetzt nur noch zu dreißig Kilo pro Sack, wie fast alles seit Kurzem. Das ist Gesetz, stell dir vor. Diese Trottel.«

Er lachte, stieß sich von dem Pfeiler ab, warf die Zigarette zu Boden, machte ein paar schnelle Schritte, stieg auf den Gabelstapler, startete per Knopfdruck, fuhr an und verschwand in einer der vielen Hallen. Als er zurückkam, hatte ich die Bordwand geöffnet und stand auf der Ladefläche des Lastwagens. Er fuhr knapp heran, mit Blick nur auf mich, bis ich »Stopp!« rief, die Hand hochriss; schon beim ersten Laut von mir war er stehen geblieben. Er hob die Gabel noch ein Stück weit, und ich hievte Sack für Sack von der Palette herunter und zählte mit. Die Gabel hob sich ruckhaft mit jedem Sack, den ich herunterhievte, um ein paar Zentimeter. Ivo senkte sie immer wieder ein wenig ab. Schließlich hatte ich alles im Lastwagen. Zehn Säcke.

»Ist das alles?«

»Das ist alles.«

Er hob die Hand, reversierte und fuhr davon. Ich verstand die Geste nicht: Sollte ich warten? Oder war das sein Gruß, seine Verabschiedung? Er kam jedenfalls nicht zurück. Dann hüpfte ich von der Ladefläche, hörte Gummi auf Beton, hörte gestauchte Luft, roch den vom Boden aufgewirbelten warmen Staub, schlug die Bordwand mit einer Hand zu, fixierte sie und fuhr nach Hause, sieben Kilometer entfernt zum anderen Ende San Juans, das ich nun umfuhr.

Ich hatte sogar die Gesten vergessen, machte sie selbst nicht mehr und kannte ihre Bedeutung nicht mehr. Und beim Nachhausefahren dachte ich plötzlich: Bei uns wechselt sich nichts ab. Bevor sich dort etwas abwechselt, verdoppelt es sich noch einmal.

So viele Spatzen. Sie kamen in diesem Buch, das Joseph mir gezeigt hatte, nicht vor; es war ein Buch über Raubvögel. Aber ich suchte und fand im Internet einmal Bilder von Bachstelzen, die ich nicht gekannt, von denen mir Joseph aber vorgeschwärmt hatte; es waren seine Lieblingsvögel neben den Raubvögeln. Er wusste nicht, wie das spanische Wort dafür war, ob es eines gab – aber ich hatte mir das deutsche aufgeschrieben. Bachstelzen. Wie schwierig das auszusprechen war. Seine Beschreibung dieser Vögel hatte mich neugierig gemacht. Mit dem Zeigefinger hatte er ihr Schwanzwippen nachzumachen versucht, was lustig aussah, und dann hatte er gelacht: »Das schaut so fröhlich aus, das glaubst du nicht. Und sie fliegen wie Sinuskurven.« Ihre Schwanzfedern waren sehr lang. Damals hatte er mir von dem Ort erzählt, von dem er stammte. Den Namen habe ich mir nicht gemerkt, doch ich glaube, der Ort oder der Ortsname ist auch egal; vielleicht hatte er ihn nicht einmal erwähnt. Ihm ging es nur um die knapp dreißig Hektar Grund, die in der Kindheit seine Welt waren. Ich hatte ihn nur dieses eine Mal so reden gehört, und es war, als spräche er vom einzigen Glück, das er je gekannt hatte. Umso weniger verstand ich, warum er alles verkauft hatte.

∎ ∎ ∎

An einem Wochenende Mitte September fuhren wir nach Mar del Plata, nur wir beide. Es hatte einer ziemlichen Anstrengung meinerseits bedurft, ihn zu überzeugen. Seit über

zwei Wochen, sobald er von seiner täglichen Tour zurückkam – sogar an den meisten Sonntagen war er gegangen –
saß er nur in seinem Zimmer und fertigte Tabellen an oder
füllte sie aus oder beides, klopfte Daten in die Tastatur.
Kein einziges Mal war er von sich aus zu mir gekommen.
Wir hatten uns immer nur aus Zufall getroffen, in der Küche, vor dem Bad, in dem engen Gang. Spätnachts, wenn
ich längst schlief, kam er ins Bett, drehte mir den Rücken zu
und schlief sofort ein. Oft wachte ich davon auf, öffnete die
Augen, starrte auf seinen Rücken, wollte ihn anfassen, mit
ihm reden, aber wagte es nie. Zu groß war jeweils die Angst,
zurückgewiesen zu werden, zu hören: Ich möchte schlafen,
o.k.? Irgendwann schlief ich wieder ein. Und beim Aufwachen war das Bett auf seiner Seite wieder leer. Manchmal
von oben das Rattern der Tastatur – oder gar nichts, weil er
schon außer Haus war.

Als ich einmal, eines Abends, zu ihm hinaufging und ihm
vorschlug, wegzufahren, sah er nicht einmal richtig auf von
seiner Arbeit, hielt nur inne und rückte mit dem Finger den
Aschenbecher ein Stück weit weg – ich spürte da einen
Stich in mir, als rückte er mich weg.

Er räusperte sich und sagte: »Ich habe leider keine Zeit.
Die Arbeit muss fertig werden.«

»Aber du arbeitest doch Tag und Nacht!«

Wieder dieses seltsam sonore Sichräuspern eines starken
Rauchers.

»Hör zu. Ich muss fertig werden. Ich habe einen Fehler
gemacht und bin im Verzug.«

Es war nicht zu überhören, dass er mich loswerden wollte.

In diesem Augenblick fand ich es ungeheuer ungerecht
und gemein, dass er bisher immer derjenige gewesen war,
der entschied, was gemacht wurde, und sobald er etwas
wollte, fand er es selbstverständlich, dass ich damit einver-

standen war. Wenn er abends auf einmal im Wohnzimmer stand und fragte: »Gehen wir noch eine Runde spazieren?«, war das keine Frage, sondern eine Aufforderung. Er stand immer schon in Schuhen und Jacke da, die Geldbörse und die rotweiße Zigarettenschachtel in der Hand und einen Finger in den Ring am Schlüsselanhänger gesteckt, der klimperte, und sein Blick war hinter feierabendlicher Fröhlichkeit ungeduldig wartend. Und immer ging ich mit. Ich war ja glücklich, dass er mich überhaupt fragte.

Ohne es beabsichtigt zu haben, war ich wohl eine Sekunde zu lang in der Tür stehen geblieben, und mich hatte seine Art, über die Schulter zu schauen, ohne mich anzusehen, nur über die Schulter zu schauen, um zu sehen, ob das Störende noch da war, genervt. Und da machte ich zu Worten, was eben noch bloß als Gedanken in mir gewesen war. Ich hatte es nicht vorgehabt, nicht zuvor darüber nachgedacht, aber jetzt strömte das alles aus mir, wie von selbst. Wie geplant. Ich sagte, was ich seit Langem dachte. Dass immer nur er bestimme. Dass er nie frage, was ich wolle. Ob er sich frage, was ich wolle. Ob er über mich nachdenke, dass ich auch ein Mensch mit Bedürfnissen sei. So ging es dahin.

Als es endlich aufgehört hatte, aus mir zu reden, erhob er sich von seinem Drehstuhl, den er sich via Internet angeschafft hatte, und schaltete den kleinen Gasofen an der Wand neben der Balkontür ab. Ich machte einen halben Schritt nach hinten, blieb jedoch mit der Schulter am Türrahmen angelehnt. Mein Mund stand immer noch ein klein wenig offen. Ich machte ihn zu und schluckte. Die Luft im Raum war trocken. Ich war selbst überrascht von meinen Worten, ein wenig sogar erschrocken darüber. Sie standen im Raum.

Augenblicklich begann das Blech, begleitet von Tickgeräuschen, abzukühlen. Es klang wie der Motorblock eines eben abgestellten Motorrads. Er stellte sich vor die Balkontür, sah durch das Glas hinaus und begann mit dem Fingernagel gegen die Scheibe zu klopfen, versuchte sich in den Rhythmus des Tickens vom Ofen einzupendeln.

Meine Fußsohlen waren heiß.

Manchmal war ich eingeschüchtert von seiner strengen Art; doch es gab auch Situationen wie jetzt, wo die Einschüchterung einen Moment lang etwas ganz anderem wich, einer fast gefühlsfreien Neugier. Ich sah ihn von hinten, hörte dieses doppelte Ticken, Musik ohne Rhythmus, und fragte mich, was dieser Mensch denken mochte und was er nun als Nächstes tun werde. Ich dachte: Ich verstehe es nicht, wie er sich benimmt. Vielleicht hat das doch etwas mit Kultur zu tun, vielleicht sind sie in Österreich alle so, dass sie am liebsten ihre Ruhe haben? Wie kann ich es wissen? All das dachte ich nicht verzweifelt, ich dachte es gefühlsfrei. In dem Maß, in dem die Abkühlgeräusche weniger wurden, kam mir vor, dass das Zimmer sich vergrößerte, der Raum sich in den Raum ausbreitete, während die Zeit verschwand.

Ich erschrak hörbar, als mein Handy läutete, und schnell zog ich es aus der Hosentasche und drückte auf Abweisen. Da drehte Joseph sich um und fragte: »Lässt dieser Idiot dich immer noch nicht in Frieden?«

Mitten im Satz, als ihm die Stimme schon fast versagte, schlug sie um, war nicht mehr tief und krächzend, sondern hoch und flach. Danach räusperte er sich erneut. Und drehte sich wieder dem Fenster zu. Keine Antwort. Kein Gespräch.

Später saß ich vor dem Fernseher und schaute Nachrichten. Es hatte einen verheerenden Unfall eines Reisebusses auf der Autobahn nach Rosario gegeben. Hektisch und laut berichtete die Reporterin von der Unfallstelle. Ich konnte nicht wegschalten. Der Bus war in irgendetwas hineingekracht, was man nicht mehr erkannte; in Brocken zertrümmert lag es umher. Man erfuhr, es habe sich dabei um ein neben der Fahrbahn stehendes riesiges Betonkruzifix gehandelt. Der Bus lag umgestürzt und entlang der nach oben gewendeten Seite aufgeschlitzt. Unzählige Tote, zugedeckt auf der bloßen Erde, und die hysterische Stimme der Reporterin vor Ort. Ihre ungebändigten blondierten Haare im Wind. Irgendwann wurde die Berichterstattung für den Wetterbericht unterbrochen. Und mitten in diesem Bericht spürte ich plötzlich Joseph hinter mir. Der Wetterbericht lief. Nach einer Weile hörte ich, wie er sagte: »Und bei solchem Wetter willst du ans Meer? Du bist ja seltsam.«

Es wurde ein Sturm vorhergesagt. Ich wusste nicht, wie lange er schon da gestanden war, und antwortete, dass jetzt bestimmt kaum jemand dort sei und dass man Ruhe habe. Außerdem hätte ich das Meer lange nicht gesehen und wolle es wiedersehen.

Er warf seine Zigarettenschachtel auf das Tischchen, wo schon meine Beine hingestreckt lagen, müde wie mein ganzer Körper, weil mich das Kellnern jedes Mal erschöpfte, und setzte sich neben mich, nahm mich in den Arm. Er hielt mich fest. Mir wurde ganz warm. Er seufzte und sagte: »Ach, Savina. Und wann soll ich dann meine Arbeit fertig machen? Savina. Wie stellst du dir das vor?«

»Heute ist Donnerstag«, sagte ich, überrascht und zugleich tief berührt, dass er meinen Namen gesagt hatte, gleich zweimal hintereinander. Ich spürte, wie meine Stimme leicht bebte und es in meiner Nase brannte. »Morgen zu Mittag könnten wir fahren, dann ist Wochenende. Am Wochenende haben ohnehin die meisten Geschäfte geschlossen – oder sie haben offen und sind so überfüllt, dass du kaum durch die Gänge kommst. Du kannst doch einmal zwei Tage Pause machen. Und du musst doch einmal in Mardel gewesen sein.«

Als ich das aussprach, zog sich etwas in mir zusammen. Der Satz war so dahergesagt, war ein Satz, der überreden wollte, aber mit dem Aussprechen dieses Satzes sprach ich gleichzeitig etwas anderes aus. Mir wurde bewusst, dass Joseph nun schon ständig davon redete, mit der Arbeit fertig zu werden. Und was war dann? Als könnte ich jetzt schon in die Zeit nach ihm sehen, dachte ich auf einmal: Ich werde denken, dass mir die verdammte Zeit davongelaufen ist.

Ich nahm die Fernbedienung und schaltete den Fernseher aus. Meine Fußsohlen brannten.

Als ob er etwas von meinen Gedanken erfahren hätte, rückte er ein Stück von mir ab, zog meine Beine vom Tisch, legte sie über seine Oberschenkel und begann meine Füße zu massieren. Das war besser als Reden. Ich schloss die Augen, ließ sie lange Zeit geschlossen, und wenn er ab und zu etwas sagte, hörte ich es, aber nahm es nicht auf, es ging als warmer Strom durch mich durch. Es war alles so, als hätte ich Wasser in den Ohren. Ich war so müde, so erschöpft, und wie er mich da massierte, das war besser als alles Reden. Ich dachte einfach nichts, nur daran, dass ich in der Nacht zuvor durch die Stadt gelaufen war und dass ich Laternenlichter gesehen hatte, die sich in staubigen und sauberen Fenstern bogen und spiegelten. Nichts anderes war in mir als diese Bilder und die von außen nach innen wandernde Weichheit.

Es war abgemacht. Ich vergaß den Ernst meiner Gedanken von vorhin. Beide wurden wir fröhlich, ja überdreht. Wir packten ein paar Sachen zusammen, und ständig fragte er mich etwas, irgendetwas, ob er nun die Badehose also auch einpacken solle, oder er sagte, dass er seinen Schnorchel nicht finde, und lachte dann aufgekratzt, und ein paarmal sagte er: »Ja, es wird gut sein, einmal wieder rauszukommen. Man erstickt ja in dieser Stadt.« Und ich antwortete darauf: »Du erstickst in der Arbeit, da kann die Stadt gar nichts dafür. Die Arbeit, das ist es.«

Er war ganz anders als sonst, als hätte er mit der Entscheidung zu fahren eine Last verloren, lachte wieder: »Ja, du hast wohl recht. Als gäbe es sonst nichts im Leben. Als wäre das das Leben.«

Wir waren beide überdreht, jeder für sich und doch zugleich auch gemeinsam, wie Kinder. So dachte ich da.

Sara war überrascht von der guten Laune, die herrschte. Überrascht – und befremdet zugleich. Sie hatte ihre Mundharmonika, neuerdings ihr Lieblingsinstrument, bei mir liegen lassen und kam sie auf einmal abholen, um ein Uhr morgens.

Sie hatte mir ein SMS geschrieben: »stehe vor deiner tür mach auf! s.« Ich lief schnell zur Tür und drückte auf den Öffner. Ich machte die Wohnungstür auf und hörte die schwere Haustür unten zufallen und in dem Nachhall Saras Schritte, zwei Stufen auf einmal nehmend. Angekommen, fragte sie mich außer Atem, ob ich denn taub sei, sie habe zwanzigmal geklingelt.

»In allen Fenstern brennt Licht, und du machst nicht auf!«

Sie hielt mir ihren Zeigefinger hin, als wäre da etwas zu sehen, und da sagte ich mit einem kurzen Seitenblick auf Joseph, der nicht hersah: »Ach so, ja, die Klingel ist kaputt.« Er hatte sie abgehängt.

Ohne richtig hinzuhören, schüttelte Sara den Kopf, ging zum Couchtisch, wo ihre Mundharmonika lag, nahm sie und drückte sie an sich. Ich blickte in das Eck, in dem meine Gitarre stand. Joseph begann eine Melodie zu pfeifen, die in den Ohren wehtat. Ich vergaß die Klingel und machte einen Scherz über sein Pfeifen, worauf sein Pfeifen in ein Lachen überging. Er verschwand kichernd in Richtung Küche.

Da fragte sie mich, was ich ihm denn gegeben hätte, dass der auf einmal so lachen könne.

»Aber warum soll er denn nicht lachen?«, sagte ich leise.

Richtig manisch komme er ihr vor, sagte sie, ich solle doch bloß diese Augen ansehen. »Und wie er gepfiffen hat!«, sagte sie. »Also ich tippe auf eine Mischung aus Marihuana und Kokain. Richtig?«

»Ach komm, Sara, was redest du!«, widersprach ich und fügte, als spräche ich ein Geheimnis aus, hinzu: »Weißt du, wir fahren morgen nach Mardel.« Wie seltsam es war, mir selbst zuzuhören.

Sara zog die Augenbrauen hoch, wollte etwas sagen, sagte aber nichts, denn Joseph kam in dem Moment mit drei Gläsern und einer Flasche Wein aus der Küche zurück, schenkte ein, und wir stießen an und tranken.

Dann sagte Sara, wir dürften nicht vergessen, übernächsten Montag pünktlich zu sein, Mama nähme es uns sonst sehr übel. »Und die Gitarre nimmst du auch mit!«, fügte sie wie einen Befehl hinzu. Ich nahm sie daraufhin leicht am Ohr und zog sie her zu mir. »Kleine Sara«, sagte ich, »spiel du nur brav dein Ständchen, und wenn du Glück hast, singe ich dazu, und wenn du richtiges Glück hast, singt Joseph auch, aber die Gitarre bleibt hier.«

Sie stieß mich lachend weg und schaute Joseph ins Gesicht: »Der und singen? Kannst du das denn? Du kannst ja nicht einmal pfeifen …«

Sie lachte nur für sich. Joseph stand von seinem Stuhl auf, nahm einen Zug von seiner Zigarette, bewegte sich mit dem Gang eines Cowboys in Richtung Badezimmer und blies im Vorbeigehen Sara eine Ladung Rauch ins Gesicht. Sie musste husten, hörte auf zu lachen. Nun lachte ich. Ich fand ihn komisch; wenn er wollte, konnte er richtig komisch sein. Sara warf mir einen bösen Blick zu, doch dann lächelte sie. Freut sie sich für mich?, fragte ich mich.

Dann setzte sie sich auf die Couch und spielte auf ihrer Mundharmonika. Ich lehnte mich gegen den Schrank, schloss die Augen und dachte: Wie schön Luft klingen kann. Zuerst ist nichts, und dann so etwas. Wie viel, dachte ich, mag es noch geben, was wir nicht sehen, nicht hören, nicht riechen? Was wir nicht sichtbar, hörbar und so weiter machen können? Es waren allzu einfache Gedanken. Es waren schöne Gedanken. Sie hießen: Die Welt ist groß. Zuerst versuchte sie einen Tango, dann hörte sie auf und spielte Gaucholieder, die ich nur aus dem Radio kannte. Wir tranken noch ein bisschen, aber es wurde nicht spät. Bevor sie ging, vereinbarten wir, dass sie uns am Geburtstag unserer Mutter abholen käme.

Schon fast eingeschlafen, im Bett, brummte er: »Und wenn du dich auf den Kopf stellst, aber ich singe deiner Mutter nichts vor. Sicher nicht.« Ich lächelte und gab keine Antwort und schmiegte meine Wange sanft an seine Brust.

Vielleicht war diese Reise nach Mar del Plata etwas wie ein Vergrößerungsglas, unter das wir uns begaben und unter dem sichtbar wurde und für drei Tage blieb, wie schwer wir es miteinander hatten und woran das lag. Für mich jedenfalls war es ein solches Vergrößerungsglas, und ich sah uns beide darunter wie von außen und sah, dass es mir Unglück brachte, mich an Joseph zu hängen. Es gab keine Stabilität. Das sah ich. Und Nähe nur dann, wenn er sie wollte.

Nicht dass es nicht schön gewesen wäre in diesen Tagen am Meer. Es war sogar sehr schön. Aber es war gewissermaßen zu schön. Drei Tage, in denen er mir in einer Art und

Weise Aufmerksamkeit schenkte, die mir neu war, mich beinah irritierte. Natürlich war es schön, aber es kam mir nicht echt vor, obwohl ich wusste, dass es für ihn echt war. Es war echt – und zugleich war es nicht echt. Für ihn echt – für mich unecht. Ich verstand dieses Verhalten nicht: jetzt auf einmal für alles Zeit zu haben, jetzt auf einmal alles gut zu finden und so weiter. Zunächst dachte ich, dass es einfach schwer sei, mit der Euphorie eines anderen umzugehen, wenn man sie nicht vorbehaltlos teilte. Aber dann dachte ich, wie billig, wie leicht zu haben ist Euphorie. Diese Tage, Frühling am Meer.

Ich verstand ihn nicht. Mir fielen die Worte Saras ein. Ich fand ihn manisch.

■ ■ ■

Ich erinnere mich: Fiumicino, die vier Mädchen vor dem Armani-Geschäft, in verschiedenen Posen, mit Parfumfläschchen oder -flakons in der Hand, schwarze Kleidung. Sie posieren stehend, in einer schrägen Reihe, eng aneinander, jeweils um einen Halbschritt versetzt, und auch sie selber stehen schräg, drehen eine Schulter nach vorn und haben das Becken schief. Dann posieren sie nebeneinander auf einer kniehohen Metallrundung sitzend. Ständig sind Blitzlichter. Weißes Blitzlicht um weißes Blitzlicht knallt dumpf. Dann stehen sie wieder. Und nach einer Zeit sitzen sie wieder, anders als zuvor.

Als die Blitzlichter einmal kurz aussetzen, zieht das Mädchen, die junge Frau links außen in der Reihe, am nächsten bei mir, mit Daumen und Zeigefinger ihr Hosenbein ein Stück weit hoch, und das Bein wird frei, ein Streifen helle, glatte Haut. Wie sie an das Hosenbein greift, zunächst, als greife sie ein Haar auf der Hose, einen Fussel; und dann, nach kurzem Abwarten, zieht sie es hoch. Und augenblicklich setzen die Blitzlichter wieder ein. Es knallt.

Das ist der Ausschnitt, den ich sehe, diese vier jungen Frauen. Die Photographen sehe ich nicht; eine zu einem anderen Laden gehörige weiße Wand verstellt die Sicht auf sie. Diese Hand, wie sie greift und zieht. Stimmen, Gelächter, ein Fluch, Gelächter. – Das höre ich mit – Sekunden? Minuten? – Verzögerung. Und dann drehe ich mich weg und gehe, gehe.

Als ich später, weil ich immer noch auf den Flug – es ist der Flug nach Wien, meine Zeit in Argentinien ist um – warten muss, noch einmal zurückkomme, ist niemand mehr da. Alles ist leer. Kein Mensch. Auch dem im überhellen Neonlicht spiegelnden Fliesenboden sieht man nichts an. Ich stehe und starre in diesen leeren Raum. Vor der niedrigen – wie es nennen? – Brüstung aus Metall tauchen irgendwann ein Polizist und eine Polizistin auf, sie bleiben stehen, sie reden, mit Händen in den Hüften, sie rühren sich nicht.

Diese Hand, wie sie zieht und greift – ich kenne diese Bewegung, ich kenne diese Hand. Die Frau in der Reihe links außen, sie ist die Frau, die ich in Wien zurückgelassen hatte, meine Exfrau, das Photomodel. Ich hatte sie entdeckt, war wie gelähmt in einigem Abstand stehen geblieben und hatte sie angestarrt. Sie spürte meine Anwesenheit, das wusste ich, und in dem Moment, als auch sie sicher wusste, dass ich es war, kein anderer, der sie ansah, zog sie das Hosenbein nach oben, im Gesicht ein rachsüchtiges Lächeln. Ihre Hand, ihre Art, die ich kannte. Ich wusste sofort, diesen Moment würde ich nicht vergessen.

Dann erinnere ich mich an die Fahrt von einer Feier am Donaukanal nach Hause zu ihr in die Porzellangasse, Wien IX., hinten im Taxi. Eben hatte es zu regnen begonnen, und Licht war auf ihrem Blouson, dunkelgelbes Licht von Straßenlaternen, und dazu Tropfen, Pünktchen, die dem grauschwarzen Stoff ein Muster zeichneten, die Schatten der leicht zitternden Tröpfchen auf der Heckscheibe, und dann wurden sie unzählig und zerrannen.

Vor wenigen Minuten waren wir auf der grauen Augartenbrücke über dem nachtschwarz glänzenden Kanalwasser gestanden, über die die letzten, schon passagierlosen Straßenbahnen mit Poltern und Quietschen von Eisen auf Eisen gefahren waren, und hatten für eine zeitlose Weile, vielleicht zwanzig Minuten oder sogar eine halbe Stunde lang, ins Wasser geblickt und uns wie Kinder gefreut, als ein Schiff dieses zuvor und im Grunde immer wie zähflüssig scheinende Wasser geräuschvoll und doch leise stromaufwärts pflügte und dass daraufhin die Lichter, die sich von dort und da im Wasser spiegelten, wie Kerzenflammen bei Luftzug wild tanzten.

Wir hatten zu Fuß gehen wollen, stromaufwärts, waren schon weit gegangen und waren an der Brücke stehen geblieben. Es war eine fröhliche Feier gewesen, ich hatte viel getrunken und mich sehr amüsiert. Aber irgendwann nach dem Vorbeipflügen des Schiffs begann ein wilder Streit, und sie rief ein Taxi, was ich absurd fand, denn es waren nur noch sechs, sieben Minuten zu gehen.

Der Streit brach wegen eines Briefes aus, der am Vortag gekommen war, eingeschrieben, und den ich angenommen hatte, weil sie gerade in dem Laden gegenüber Brot und Milch holen war. Er war ohne Absender, und da ich hin und wieder auch an ihre Adresse Post bekam, machte ich ihn gedankenverloren auf und las die ersten Zeilen, bis ich verstand, was ich las; dann las ich weiter. Ich hatte ihr bloß gesagt, ich hätte den Brief gedankenverloren zwar geöffnet – aber nicht gelesen, ich schwor es. Aber durch meine Frage zeigte sich jetzt, dass ich zuvor gelogen hatte. Sie begann, mir Vorhaltungen zu machen, sagte, ich spionierte ihr nach. Da brach in mir das Feuer aus, das Vergangenheit, Gegenwart und Zukunft verzehrte. Seit dem Vortag hatte ich darauf gewartet, dass es ausbrach; und wenn ich ehrlich zu mir war, musste ich erkennen, dass ich seit vier Jahren darauf gewartet hatte.

Es war der Brief eines Mannes, mit dem sie offenbar vor mir gelebt und von dem ich nichts gewusst hatte. (Ich hatte sie gleich anfangs darum gebeten, mir nichts von jener Vergangenheit zu erzählen, und sie hatte sich daran gehalten.) Ich hatte den Brief gelesen, mehrmals, und danach hatte ich mich an das Fenster in der Küche gesetzt und in die dunkel und grün leuchtenden Ahornbäume geblickt. Ich fühlte mich vollkommen leer. Mir war, als hätte ich etwas verloren. Es war ein Schwarz zwischen dem Grün. Ich hatte gedacht, es könne halten. Einmal wenigstens. Einmal. Diesmal. Dass ich dieses eine Mal damit zurechtkäme, dass sie auch gelebt hatte, bevor ich sie kennengelernt hatte. Wie groß diese Hoffnung mit den Jahren geworden war. Und wie einfach sie sich jetzt in Nichts auflöste. Ich spürte, wie etwas, ein Ereignis, eine Entwicklung, irgendetwas verdammtes Namenloses und doch so genau Bekanntes durch mich hindurchging und mich durchwirkte, ohne dass ich es aufhalten konnte. Ich hatte etwas verloren.

Als sie zurückkam, war ich bereits in die Schuhe geschlüpft. Ich stand auf, machte Musik und tat so, als wäre nichts geschehen, sagte nur, ich hätte einen Anruf bekommen und müsse weg, könne nicht zum Frühstück bleiben. Sie bedauerte, aber verstand es, wie sie in ihrer Großherzigkeit immer alles verstand. Ich gab ihr den Brief. Dann kniete ich mich hin. Ich hörte das Rascheln des Kuverts und hob für einen Sekundenbruchteil die Augen. Sie warf einen Blick in das Kuvert und fragte, ob ich es geöffnet hätte. Ihre sanfte Stimme fiel wie weicher Regen auf mich herab. Sie hatte nicht bemerkt, dass ich sie angesehen hatte. Ich wechselte den Fuß und band mir auch den zweiten Schuh. Ich sagte, ich hätte das Kuvert gedankenverloren aus Versehen geöffnet, aber nicht gelesen.

»Ach so.«

»Ich schwöre es.«

Ein Schwur war etwas so Sicheres – ich leistete ihn in dem Gefühl, damit etwas ändern zu können; er gab mir dieses Gefühl. Ich band den zweiten Schuh. Schon war das Gefühl, etwas ändern zu können, weg. Daraufhin ging ich sofort.

Von da an war ich ein anderer – nein, ich war derselbe wie immer, der, den ich nicht abdrehen konnte, doch sie war ab da eine andere für mich.

Die paar Stunden auf der Feier mit Reden, lauter Musik und viel, viel Wein ließen es mich vergessen; nicht dass es weg gewesen wäre, nein; denn seit mehr als sechsunddreißig Stunden wusste ich, dass es eine Tatsache war, die niemand mehr verschwinden lassen könnte; aber ich hatte diese Tatsache eine kurze Zeit lang einfach nicht gesehen. Und wenn ich sie anblickte und dachte, wie schön sie war, wie sehr sie mir gefiel, wie sehr sie strahlte von innen nach außen, und vor allem, wie groß ihr Herz für mich war, empfand ich einen süßen, tief ziehenden Schmerz.

Danach dachte ich, es war der Wein. Der viele Weißwein. Hättest du doch Bier getrunken. Es hätte dich mild gemacht. Du hättest da noch nichts gesagt. Das alles verzehrende Feuer der Eifersucht wäre noch nicht in dir ausgebrochen. Du hättest sie noch nicht beleidigt und verstört mit deinen haltlosen Anschuldigungen, sie betrüge dich. Es hätte noch gedauert, wenn auch nur einen Tag länger.

Verzagte Gedanken.

Auf der Brücke waren wir eng beieinander gestanden, aber dann, im Taxi, war viel Platz zwischen uns. Ich saß unbeweglich da und verstand nicht mehr, weshalb ich eine solche Lust empfunden hatte, die Anschuldigungen auszusprechen. Doch ich konnte sie auch nicht um Verzeihung bitten. Was war nur mit mir geschehen? Äußerlich hatte sich nichts verändert. Ich saß mit zusammengebissenen Zähnen da und sah aus dem Augenwinkel die zitternden Schatten der auf der Heckscheibe zitternden Regentropfen auf ihrem schwarzgrauen Blouson.

Diese Nacht war lang und wollte nicht enden. Es war eine elend stumme Nacht. Ich lag schlaflos und wälzte Gedanken, die ich nur allzu gut kannte, immer wieder unterbrochen von dem Knarzen der unter ihren Schritten nachgebenden Bodendielen im Wohnzimmer.

Am Morgen stand ich bald nach Tagesanbruch auf. Ich zog mich langsam an. Die Farben waren noch nicht wiedergekehrt. Seit einer Weile, fiel mir jetzt erst auf, war das Knarzen verstummt. Und trotzdem war kein Schlaf zu finden gewesen. Ich ging ins Wohnzimmer. Da hockte sie. Auf dem Teppich neben der roten Couch, sie hockte dort, die Beine angezogen, zusammengekauert wie ein Ungeborenes, mit ziellosem, starrem, fernem Blick. Sie tat mir leid, und zugleich genoss ich es, dass sie litt. Das Feuer war nicht zu löschen.

Kurz darauf entschied ich, mich um das Projekt in Argentinien selbst zu kümmern. Dann könnte ich die andere Arbeit – eine Arbeit mit zwei argentinischen Kollegen, auf die mich mein Doktorvater an der Universität für Bodenkultur verwiesen hatte, als ich ihn angerufen und gefragt hatte, ob er mir jemanden empfehlen könne, der auf dem Gebiet Gensoja in Südamerika versiert sei –, die ich ursprünglich vor allem von hier aus machen wollte, dort entwickeln und schreiben.

Und kurz darauf bemerkte ich die ersten grauen, weißen Haare an mir.

■ ■ ■

Gerade hatte ich das Krankenhaus verlassen und war in den Park gegangen, um mich auf eine Bank zu legen und in den Himmel zu schauen; das mache ich oft, es beruhigt mich, bringt mich auf andere Gedanken. Wenn man so liegt, sieht man Vögel anders als sonst. Ich legte mich hin und zog das Telefon hervor. Kaum hatte ich es eingeschaltet, da läutete es auch schon. Es war Lorena, ich meldete mich. Ich fragte mich, wie lange es noch dauerte, bis ich endlich einmal genug Geld verdiente, um mir keine Gedanken mehr machen zu müssen, etwa wie jetzt, wenn ich ein neues Telefon wollte, es mir aber nicht leisten konnte; an diesem hier waren die Ziffern auf der Tastatur schon kaum mehr zu lesen, das Display hatte einen Sprung und erzeugte seltsame, ins Violett und Rot spielende Farben, und auch der Lautsprecher hatte offenbar etwas, denn es knackste manchmal so, dass ich nichts verstehen konnte. Das empfand ich als Niederlage. Manuel hatte sich vor Kurzem erst wieder einen neuen Wagen gekauft, einen beigefarbenen Ford Mustang, Baujahr 1969, importiert aus den Staaten. Ich kannte das Modell. Wie schön dieses Auto war.

Die Sonne war am Untergehen, und das Ende des Parks, das ich von hier aus sehen konnte, war von einer Wand aus Bäumen begrenzt. Diese Baumwand war dunkel, fast schwarz, und nur an einer Stelle – dort, wo ein Baum zu fehlen schien oder die Kronen zweier Bäume einander nicht berührten – war alles hell, gelb im Schwarzen, ein unbeweglicher, ungeheuer strahlender Lichtfleck wie hinge-pinselt.

Ich aß nie im Spital zu Mittag – aus Gewohnheit, und weil es mir keine Freude macht, unter Fremden zu essen –, döste stattdessen ein wenig in dem kleinen Zimmer für die Ärzte, in dem drei Feldbetten standen. Heute hatte mir beim Aufwachen das Genick geschmerzt. Seither konnte ich den Kopf kaum drehen. Und wie ich nun so lag, den Arztkittel, den ich praktischerweise in den Spind zu hängen vergessen hatte, zwischen metallene Armlehne und Kopf gestopft, spürte ich wieder Stiche, die wehtaten. Dinge, die man nicht ändern kann und die man auch nicht eigentlich selber verschuldet hat zumindest nicht bewusst, konnten mich maßlos ärgern. Wenn ich mir beim Zwiebelschneiden in den Finger schnitt, war es eben Unachtsamkeit, Ungeschick, meine Schuld, aber mir im Schlaf das Genick verlegt zu haben, dafür konnte ich nichts, schien mir, und das ärgerte mich hilflos. Und noch einmal ärgerte mich, dass ich mich ärgerte. Doppelter, aussichtloser und ermüdender Ärger. Aber dann sah ich durch zusammengekniffene Augen eine Möwe durch die Luft weit über mir gleiten, und ich vergaß den Schmerz, vergaß ihn einfach, und er ließ sich vergessen. Ich atmete auf.

»Augusto?«

»Ja.«

»Hörst du mich?«

Ich glaube, jetzt knackste es.

»Klar.«

»Wo bist du?«

»Wo soll ich schon groß sein?«

»Bist du in der Hauptstadt?«

»Ja.«

»Hör zu, ich muss mit dir reden. Lena hat mich angerufen. Sie hat mir von dir erzählt – von dir und einer Frau. Sag mal, wieso erfahre ich das von Lena? – Aber warte. Hast du noch diesen Mondscheintarif?«

»Wie?«

»Diesen Tarif, mit dem du in mein Netz gratis telefonierst. Hast du den noch?«

»Hab ich noch, ja, sicher.«

»Dann ruf mich doch schnell zurück.«

»Ja«, sagte ich, und da war die Möwe, der ich gefolgt war, weg, und auch Lorenas Stimme war weg, im gleichen Moment waren beide aus meiner Wahrnehmung verschwunden. Ich dachte, dass es keine Möwen gibt und keine Möwen gab da oben in San Juan. Ich war so müde. Ich schob das Telefon in die Tasche zurück und döste ein.

Als ich aufwachte, war der Himmel grau geworden, aber dennoch heller als zuvor: Der Himmel war in der Dämmerung noch einmal heller geworden, und es nieselte, Regentropfen fielen wie kleine Nadelspitzen auf mein Gesicht. Ich wischte mir mit der Hand übers Gesicht, das ein wenig feucht war, stand auf, nahm meine Sachen und ging zurück ins Krankenhaus, wie an einer Schnur gezogen. Am Haupteingang hielt ich inne, wie an einer anderen Schnur gezogen, drehte um und machte mich wie an einer dritten Schnur gezogen auf den Weg nach Hause. Lorena hatte ich vergessen, oder zumindest hatte ich den Anruf vergessen, denn auf dem Heimweg dachte ich darüber nach, warum wir Magdalena Lena nannten, für Lorena jedoch keine Kurzform hatten.

Am nächsten Tag stand ich in der Küche gegen die Anrichte gelehnt und wartete darauf, dass das Wasser im Kessel zu sieden beginne. Im Wohnzimmer lief der Fernseher. Ich beachtete ihn nicht. Doch da fiel plötzlich der Name Lorena im Fernsehen. Und ich erinnerte mich, dass ich vergessen hatte zurückzurufen. Ich stellte den Matebecher zur Seite, drehte das Gas ab, nahm das Telefon, probierte es mehrmals, doch es kam jedes Mal nur das Band. Sie war wohl schon unterwegs.

Es dauerte zwei Wochen, bis ich sie endlich erreichte. Sie war gerade in einem Hotel in Mendoza und wartete auf ihren nächsten Flug – wie sehr oft nach Miami –, ich lag zu Hause auf meiner Couch, ebenfalls wartend, aber auf nichts. Mein Warten und meine Langeweile waren erträglich. Ich entschuldigte mich und erzählte.

»Du wirst mir aber nicht sagen wollen, dass es das erste Mal ist, dass du einen Korb bekommst«, sagte Lorena, auf ihre Art entrüstet.

»Was heißt da Korb?«

»Dass dich eine nicht wollte.«

Wie das klang.

»Doch, Lorena, das ist das erste Mal.«

»Na sag mal! Weißt du, wie oft ich schon abserviert wurde?«

»Das ist nicht dasselbe. Ich bin nicht einmal abserviert worden. Außerdem geschieht es bei mir nicht gerade oft, dass ich … ja, dass ich mich verliebe.« Vielleicht, Lorena, dachte ich, sind auch wir uns nicht mehr nah. Dieser Gedanke wurde zu einem Gewicht, das mir auf die Schultern, und, als ich mich weiter nach hinten lehnte – als könnte ich so die Last von den Schultern loswerden –, auch auf die Brust drückte. »Ach, was soll ich dir erzählen? Sie heißt Cecilia, Ceci. Was? Ja, wie Oma. Sie ist Übersetzerin. Ich habe sie auf einem langweiligen Ärztekongress in La Plata kennengelernt und mich in sie verliebt. Aber sie sich nicht in mich. Das ist alles. Ja. Und sie ist seit Kurzem mit einem Mann zusammen, der aus Österreich stammt und hier seit ungefähr zehn Jahren als Museumswärter arbeitet. Ich bin ihm sogar schon gegenübergestanden. Im Bellas Artes … Und kam mir dabei vor wie Papa oder einer der Cowboys, du weißt schon, so wie Domingo, wie der immer dasteht … Aber er hat durch mich durchgesehen. Er kennt mich ja nicht.«

»Wie Papa oder Domingo! Sag mal, Augusto, du hast ihn verfolgt, oder wie?« Sie klang wie eine Mutter, so streng, dass ich mir kurz überlegte, ärgerlich zu werden; ich ließ es. Hatte sie gerade einen Freund?, fragte ich mich. Hatte sie nicht immer irgendeinen Freund?

»Nein, ich bin nur ins Museum. Er … er schreibt Bücher. Ach, vergiss es.«

»Wieso wie Papa? Wolltest du ihn verprügeln, oder was wolltest du? Oder ihn überreden, sie dir zu überlassen?«

»Schön, wenn dich das amüsiert. Ich weiß nicht, was ich wollte dort. Keine Ahnung. Mich stellen oder etwas in der Art. Mich mit den Tatsachen konfrontieren. Wie auch immer.« Und nach einer Pause sagte ich noch: »Aber eigentlich sieht er ganz nett aus.« Eigenartig, das laut zu sagen. Doch, sie war mir noch immer nah.

»Wer?«

Ich atmete durch. »Der Mann.«

»Dein Nebenbuhler?«

»Der ist doch nicht mein Nebenbuhler, Lorena! Ich buhle ja nicht, im Gegenteil. Ich bin für sie verschwunden, bin Luft geworden, habe mich zu Luft gemacht. Aber vielleicht war ich ohnedies nie etwas anderes für sie … Nein, Lorena, das ist schon alles Vergangenheit. Vergiss es am besten, vergiss es dreimal!«

Es entstand eine lange Pause, und ich griff zur Rumflasche, schraubte sie leise auf und schenkte mir ein weiteres Glas ein; ich versuchte, mir möglichst leise einzuschenken. Es war weißer Rum.

»Was ist denn das für ein Spruch?«

Ich nahm einen Schluck.

Ich kannte diesen Juan oder Hans ja längst, denn es kam schließlich hin und wieder doch vor, dass Joseph etwas von ihm erzählte, und irgendwann – als ich endlich, endlich begriffen hatte – begann ich nachzufragen.

Nein, es war etwas geschehen. Nur was? Was war es, was sich nun sogar zwischen Lorena und mich geschoben hatte, was uns auseinanderbrachte, voneinander entfernte? War es, weil wir uns zu selten sahen? War es einfach nur Zeit? Ich bildete mir ein, den von den Anden herunterpfeifenden Wind zu hören. Ich hätte ausführlicher erzählen können. Doch es wäre nur Mitteilungsbedürfnis gewesen. Sie war nicht mehr für mich, was sie gewesen war. All das dachte ich in einer einzigen Sekunde.

»Egal«, sagte ich dann.

Ich füllte mir den Mund. Dann schluckte ich mit Gewalt. Es war, als schluckte ich nicht etwas Flüssiges, sondern einen Ball aus heißem Eisen. Der Schnaps schmerzte herrlich. Tat weh und tat gut. Der Ball explodierte in mir. Zersprang in ein großes, unsichtbares Feuer, durch das alles in mir zusammenwuchs.

Wir wussten nichts mehr zu reden und verabschiedeten uns.

Lorena war mittlerweile sehr selten in San Juan, bestimmt noch seltener als ich. Sie hatte außerhalb der Stadt, im Süden, eine Wohnung in einem Haus gemietet, das einem älteren Ehepaar gehörte. Die beiden waren reich und das halbe Jahr auf Reisen. Sie verbrachten viel Zeit bei der Verwandtschaft des Mannes in Italien, in der Nähe von Bologna, hatten dort ein zweites Haus. Ich kannte sie von meinen Besuchen bei Lorena. Mit ihm, dem Mann, hatte ich ein paarmal Schach gespielt und jedesmal verloren. Er spielte, seit er ein Kind war, und seine Geduld war grenzenlos – größer jedenfalls als meine.

An einmal, als ich dort war, erinnere ich mich besonders, weil die beiden da gerade aus Italien zurückgekommen waren. Wir saßen, tranken Mate mit sehr viel Zucker und redeten. Auf einmal, mitten in einem Satz, wechselte die Frau für einen halben Satz von Spanisch auf Italienisch – und hörte dann abrupt auf zu reden. Sie und ihr Mann starrten sich an, als hätte sie ein Geheimnis preisgegeben. Eine Stille wie in diesem ewigen Moment hatte ich nicht gekannt: eine Stille, die toste. Lorena verstand sich gut mit ihnen, und wenn sie nicht da waren, goss sie ihnen, so sie selbst da war, die Blumen.

Sie war selten oben in San Juan. Früher hatte sie mit dem Vater ein schwieriges, mit der Mutter ein recht inniges Verhältnis gepflegt. Von beidem war, wie mir schien, nicht mehr viel übrig. Möglicherweise war es für sie einfach so, und sie nahm die Veränderung der Umstände hin wie das Vergehen der Zeit, das Sichdrehen des Himmels und machte sich darüber keine Gedanken.

Dann fragte ich mich, ob Manuel es dem Vater eines Tages gleichtun und abends vor dem Zubettgehen mit der Pistole in der Hand sämtliche Außentüren und sämtliche Tore der Gebäude abschließen würde und ob auch er, wenn er einmal mit seiner zukünftigen Frau, wer auch immer das sein mochte, das Schlafzimmer der Eltern bezogen haben wird, am Morgen als erste Tat des anbrechenden, dämmernden Tages die Pistole aus dem Nachtkästchen nehmen, aufstehen, zum Schlafzimmerfenster hinübergehen, es öffnen, die Pistole entsichern und aus dem Fenster auf eine schräg durch Wand und Boden auf einen Baumstumpf genagelte Öldose oder eine irgendwo angebrachte Zielscheibe schießen würde, kurz und scharf fluchend, wenn er verfehlte, mit geschürzten Lippen stumm nickend, wenn er träfe. Und ob also auch seine Kinder, sollte er je welche haben, Zeit ihres Lebens in San Juan nicht durch Weckerläuten oder einen Weckruf oder Nase und Lider kitzelnde erste Sonnenstrahlen, sondern durch einen Pistolenschuss aus dem Schlaf gerissen würden – wie wir.

Nur wir beide, Lorena und ich, kamen nicht mehr oft zurück, während die anderen, Lena, Ana, Victoria und Lucas, sehr oft dort waren, eigentlich bei jeder Gelegenheit. Das muss Anlage sein, denn mit Vernunft alleine ist es nicht zu erklären. Seltsame Anlage, denke ich bisweilen, wenn man sich gegen die Eltern wendet, als ginge es nicht anders, als wäre das natürlich. Und sowohl mir als auch Lorena kam es schließlich nur natürlich vor, nicht mehr oft nach San Juan zu fahren.

In Argentinien gibt es Dutzende, vielleicht sogar Hunderte San Juans. Diese Vorstellung belustigt mich mitunter und sie hilft mir, die Dinge leichter zu nehmen; ich denke dann, mein Schicksal sei lediglich irgendeines, ein x-beliebiges, weder ein schwieriges noch ein einfaches, weder ein gutes noch ein besonders schlechtes.

■ ■ ■

»Warum machst du das?«, hatte ich sie angeschrien. »Warum bedrängst du mich damit?«

Sie blickte mich so lange ratlos an, bis die Ratlosigkeit Verzweiflung wich, und dann beugte sie sich zu mir und flüsterte mir ins Ohr: »Es ist nur – ich habe das Gefühl, dass das Leben an mir vorbeizieht.«

Wir standen in einem verrauchten Lokal in Rosario, in dem sehr laute Rockmusik lief. Rockmusik aus den achtziger Jahren. Es war fast unerträglich laut. Ich hielt eine Literflasche Quilmes in der Hand, aus der ich trank. Diese Musik! Meine Ohren schmerzten. Savina hatte auf mich eingeredet. Je mehr sie auf mich eingeredet hatte, desto mehr war ich verstummt.

Irgendwann platzte mir der Kragen, und ich schrie sie an: »Warum zum Teufel machst du das? Warum sagst du jetzt schon zum vierten Mal: ›Nicht wahr, du lässt mich nicht allein?‹ Warum, verdammt noch mal?«

Ich bereute es augenblicklich, sie angeschrien zu haben. Es war fast unerträglich laut, aber ich hätte nicht so zu schreien brauchen. Es tat mir leid, sofort. Was konnte sie dafür? Dieses Gefühl, von dem sie sprach, kannte ich nicht, stellte es mir aber furchtbar vor. Und irgendwie verstand ich es auch. Ich verstand, dass es so sein musste für eine Frau um die dreißig, die alleingeblieben war und die es anders vorgelebt bekommen hatte. Sara hatte seit bald zehn Jahren einen Freund (sie war strikt gegen Heirat), ihr Bruder Juan Carlos, den ich nur einmal auf einem Photo zu Gesicht bekam, hatte ein Kind.

Auch diejenigen, die an den Ursprung der Familie zurückgekehrt waren, nach Macerata, Italien, hatten längst eine Familie gegründet. Sie betrieben dort ein Gasthaus, das sie pathetisch »Zu den Heimkehrern« genannt hatten, ein Steakhaus mit italienischer und argentinischer Flagge über dem Eingang. Pathetisch – das war ihr Wort dafür. Sie hatte es mir erzählt: Das Gasthaus lag an einer Straße gegenüber einem zweiten, das den Verwandten, die nie ausgewandert waren, gehörte, und die Nachfahren der Gründer betrieben es nach wie vor. Als das zweite Gasthaus eröffnet wurde, kam es dort zu einer Namensänderung. Das ältere der beiden nannte sich von nun an nicht mehr »Da Francesco«, sondern »Zu den Dagebliebenen«. Sie nannte es pathetisch.

Ich verstand es.

Nicht nur dass das Leben einfach vorbeizog, sondern

eben auch dass sie nicht alleine bleiben wollte und sich in der kurzen Zeit zusammen eingeredet hatte, dass sie mit mir sein wolle. So nahm etwas Gestalt an, sie hatte eine fixe Idee bekommen – in so kurzer Zeit. Doch dann sah sie, dass das mit mir nicht ging, und da erst wurde sie verzweifelt, weil sie da erst ihre Lage sah: die einer Dreißigjährigen ohne Familie … Und sie bekam diese Angst, auf der Strecke zu bleiben, ja schon auf der Strecke geblieben zu sein.

Bei der Frau in Wien war es ähnlich: Sie war jung, als wir uns kennenlernten, dreiundzwanzig, und dann verging die Zeit, insgesamt vier Jahre, und zuletzt der Satz, der ein Vorwurf war: Ich hätte ihr die besten Jahre gestohlen, allein dadurch, dass ich nicht gesagt hätte, was ich wolle. Sie sei davon ausgegangen, dass wir dasselbe wollten. Dass wir einander wollten, ohne Wenn und Aber. Sie habe sich auf mich eingestellt, ihr Leben auf mich eingestellt – ihr Leben! Während ich mich in keiner Weise nach ihr gerichtet hätte. Sie hätte mich als Ganzes angenommen, und ich hätte nur ein Bild von ihr angenommen und den Rest verachtet. So schrieb sie mir.

Auch bei Savina. Ich hatte, dadurch, dass ich handelte, wie ich handelte, etwas aufgemacht, ein Fenster, hinter dem eine Wahrheit wie eine andere Welt lag, die sie vorher nie gesehen hatte: eine Welt, in der nicht immer sie alle Fäden zog, sondern in der auch sie einmal an Fäden gezogen wurde; eine Welt, in der Entscheidungen nicht nur an ihr lagen. Nicht nur diese andere Welt hatte sie bis dahin nicht gesehen, sondern auch nicht das Fenster. Eine vielleicht nicht einmal geahnte Möglichkeit war zu blanker Wahrheit geworden. Das sah sie jetzt, erschrak darüber, und dann drängte sie, und ich entzog mich noch mehr. Hier war es, wo die Eifersucht unerwartet endete. Stattdessen empfand ich nun Mitleid mit ihr, das Distanz schaffte – weil es sie beleidigte.

Einen Moment lang kam Hoffnung in mir auf. Ich meinte, es könne nun endlich Liebe wachsen. Doch schon im selben Moment sah ich, wie das Mitleid Distanz schaffte, und die Hoffnung war weg.

Mir war das auch schon früher aufgefallen, aber mit Savina besonders: wie ungeheuer viel Kraft es kostete, nicht zu antworten. Mit ihr besonders. Vielleicht deshalb, weil sie sehr beharrlich war, es nicht hinnahm, wenn ich keine Antwort gab. Sie, im Gegensatz zu der Frau in Wien, fragte nach. Clara hatte mich immer nur angesehen – keine Frage zweimal.

Aber die Vergleiche nur, um zu begreifen. Es war ja doch alles jeweils ganz anders. Pazifik, Atlantik, Schwarzes Meer, Nordsee und all die anderen Meere, die ich kennengelernt habe – ich spiele sie nicht gegeneinander aus. Jeder Mensch ist ein eigenes Meer.

Ich wusste, dass ich es Savina sagen müsste, dass ich nicht ewig bliebe. Wir waren nach Rosario gefahren, eine Stadt vier Stunden von Buenos Aires entfernt. Auf der Rückfahrt, als sie nach meiner Hand griff, hatte ich das Bedürfnis, wieder, mich von aller Welt wegzusperren.

Städte, dachte ich, nichts als Namen. Der Luftdruck und die Temperaturen waren minimal höher gewesen als in der Hauptstadt. Fast kein Unterschied. Was hatte ich mir erhofft?

Eine meiner liebsten Beschäftigungen als Kind war es, zwischen der einen fensterlosen weißen Wand meines Zimmers und einer Stehlampe sitzend Handschatten zu formen. Später zeichnete ich diese Schatten aus dem Gedächtnis. Noch später suchte ich in der Natur nach Schatten, die mir besonders auffielen, die Schatten etwa gewisser Bäume, die ich zu verschiedenen Tages- wie Jahreszeiten abzeichnete – und dann verglich.

Daran musste ich denken, als ich eine kurze Rast in einem Schnellimbiss eingelegt hatte, ein Choripán, eine Art Hot Dog, aß und auf einmal auf einer grauen Wand den Schatten eines Kopfes sah, der auf- und niederblickte, in Abständen, dass mir unwillkürlich der Gedanke kam, so blicke ein Maler zwischen seiner Leinwand und dem Modell hin und her. Aber dann sah ich hin und stellte fest, dass es bloß ein nervöser Alter war, der alle paar Sekunden auf die Uhr an der Wand schaute.

Als ich fünfzehn war, unternahm ich zum ersten Mal eine Reise allein. Es war ein Ausbruch, der nicht lange dauerte und der kaum jemandem auffiel, denn den Eltern hatte ich ja gesagt, ich ginge übers Wochenende mit einem Freund in die Berge und käme Anfang der Woche wieder. Und auf einmal stand ich in Paris, auf dem Montmartre, und sah Männer, die das Profil von Leuten aus schwarzem Papier schnitten, unglaublich schnell – und dann den Leuten nachrannten und ihnen deren eigenes Profil feilboten. Das faszinierte mich ungeheuer; ich saß und sah ihnen zu, stundenlang.

Ich hatte zwar ein wenig Geld, Francs, die ich in Österreich gewechselt hatte, aber ich konnte mir nichts kaufen dafür, denn ich verstand nichts und schämte mich. Noch am selben Tag fuhr ich zurück. Außer diesem einen Kindheitsfreund erfuhr niemand davon.

»Ich möchte, dass meine Geschichte, mein Leben endlich anfängt. Und dabei weiß ich nicht, wo sie anfangen soll. Verdammt, Joseph, bei dir etwa?« Sie hatte gequält gelacht und eine Zigarette aus der Schachtel geklopft und angezündet. Sie trank jetzt wie zuvor wieder Wodka. Sie war betrunken.

Ich konnte nicht betrunken werden – brachte kaum noch etwas hinunter. Mein Hals war wie zugeschnürt. Ich fühlte ein Würgen, ein inneres Würgen. Das Lachen war unendlich gequält. – Und dann im Bus ihre Hand. Wie, fragte ich mich, geht das: sich wegzusperren? Wäre es damit getan, nach Rohr zu ziehen? In ein Fünfhundert-Einwohner-Dorf, eingeschlossen von Bergen, fünf viertel Stunden mit dem Auto von Wien entfernt? Wäre es damit erreicht? Ich wollte mich wegsperren, um nicht mehr zu verletzen, nicht mehr zu enttäuschen, und dachte, so ginge es. Das half mir, die Gegenwart zu bewältigen; das war meine beruhigende, weil vergessensnahe Hoffnung.

■ ■ ■

Ich verstand nicht genau, worum es sich bei seiner Arbeit handelte; nur im Groben hatte er es mir erklärt, und das war schon eine Weile her. Und muss mich verbessern: Ich wusste es einfach nicht – denn ich kam gar nicht dazu, es eventuell nicht zu verstehen. Als ich ihn einmal fragte, worin genau seine Arbeit bestehe, sagte er unumwunden, er habe keine Lust, es zu erklären. Es ärgerte mich eine Zeit lang, dass er mit mir nicht darüber zu sprechen gewillt war, als stünde es mir nicht zu, zu erfahren, womit er sich beschäftigte. Glaubte er etwa, ich kapierte es nicht? Es ärgerte mich, eines Tages besonders, und ich wollte mich rächen.

Ich rief einen ehemaligen Kollegen an, um mit ihm über eine bestimmte Stelle in einem bestimmten Stück zu sprechen, einem Stück von Vivaldi oder Chopin oder Mozart oder von jemand anderem, ich erinnere mich nicht mehr, weil es mich ja gar nicht interessierte, weil es lediglich Vorgabe war. Ich telefonierte, ging zwar mit dem Telefon in die Küche, aber man konnte im Wohnzimmer immer deutlich hören, wenn in der Küche etwas gesagt wurde. Als ich dann gespielt aufgeräumt ins Wohnzimmer zurückkam und das

Telefon in die Ladestation zurücklegte, sah ich wie beiläufig zu Joseph, der auf der roten fleckigen Couch saß, ein Bündel loser Zettel auf dem Schoß. Er beobachtete mich, und jetzt lächelte er. Seine Augen und Wangen lächelten; der Mund bewegte sich nicht; zwischen den Lippen stak ein Kugelschreiber. Das Rot und sein bleiches Gesicht, in das nur Farbe kam, wenn er betrunken war oder sich aufregte oder wir miteinander schliefen.

Ich kam mir ertappt vor und war sicher, er wusste genau, warum ich dieses Telefonat geführt hatte, dass es eine Revanche dafür sein sollte, dass er mich an so vielem nicht teilhaben ließ. Er sah mich an, und ich hörte, was er nicht aussprach: Ich dachte, du wolltest von Musik nichts mehr wissen? Ich spürte meine Ohren, meine Schläfen, mein ganzes Gesicht heiß werden. Rasch warf ich mir die Jacke um und ging mit dem um eine Schulter gehängten Rucksack tief und heillos beschämt zum Chinesen kurz vor der Ecke Venezuela und Chacabuco einkaufen.

Der Chinese stand wie immer in seinem Nadelstreifanzug – der ihn nicht kleidete, weil er zu groß war und wie ein dünner Morgenmantel an ihm herunterhing – hinter dem allzeit bewegungslosen schwarzen und fleckigen Warenband; wie immer hatte er den Kopf etwas in den Nacken gelegt, und wie immer trug er die Haare ins Gesicht gekämmt. Ich kaufte irgendetwas, Zigaretten, Kekse, und wie immer verstand ich fast nicht, was er sagte, diesmal noch weniger als sonst, und antwortete auf alles nur mit einem Ja. Hinter ihm in der vertäfelten Wand ein zwei Finger breiter Spalt, und dahinter etwas von heller Farbe. Ein Kühlschrank?

Zurück in der Wohnung fand ich die Couch leer, aber als ich kurz die Luft anhielt, hörte ich hinter dem angehaltenen Atem und meinem laut schlagenden Herzen aus dem Zimmer oben das unablässige Rattern der Tastatur. Obwohl es mehr als unwahrscheinlich war, bildete ich mir nun einen Augenblick lang ein, er schreibe über mich, über sich und mich, und das machte mich beklommen und zornig zugleich. Was sollte das? Dann verschwand diese Einbildung wieder. Ich hörte ihn tippen. Ich hörte ihn tippen und fühlte mich hilflos. Er war so weit weg.

Es war nicht immer so, dass er nichts sagte und sich verzog. Es kam auch vor, dass ihm eine Situation unangenehm wurde, dass ihm das Nichtreden zu viel wurde oder dass ich eine Antwort verlangte, ausdrücklich, und nicht lockerließ – die er aber nicht geben wollte. Dann gab es plötzlich einen Wechsel in seinem Gesicht, ein Ernst wich einem anderen Ernst – man konnte diesen Wandel beobachten, und ich dachte, jetzt, jetzt, endlich habe ich ihn!, und wartete. Aber dann sagte er jedes Mal etwas wie: »Hast du gewusst, dass weißer Pfeffer nichts anderes ist als geschälter schwarzer?« Damit wollte er das Thema wechseln und glaubte tatsächlich, es zu wechseln. Ja, er wechselte es kurzerhand mit einer solchen Frage, einem solchen Satz, den er ganz ernst meinte, und nun wartete er seinerseits auf eine Antwort. Das machte mich sprachlos, jedes Mal. Ich konnte dann nur den Kopf schütteln.

An Mutters Geburtstag war er nicht dabei. Er kam einfach nicht aus dem Zimmer. Die Tür blieb geschlossen – was außergewöhnlich war, er ließ sie sonst tagsüber angelehnt. Ich dachte zornig, dass er es genau wisse, dass ich ihn extra am Vorabend noch gebeten hatte, pünktlich fertig zu sein. Und er hatte genickt und gesagt: »In Ordnung.« Hatte er sie extra geschlossen? War das seine Art zu sagen: Ich komme leider doch nicht mit?

Ich sah es von unten, dass die Tür geschlossen war. Zweimal rief ich nach ihm. Keine Antwort. Ich stand mit einer geballten Faust im Wohnzimmer und dachte: Wenn er nicht gleich herauskommt, dann gehe ich ohne ihn. Ich war dem Heulen nahe, als es klingelte und ich auf den Balkon trat und sah, dass es Sara war, die unten an der Tür wartete. Wenigstens nicht Lucho, dachte ich und schnäuzte mich. Noch einmal hielt ich inne. Von oben nur, gedämpft, das Rattern der Tastatur. Dann ging ich, die Wohnungstür zuknallend, dass die beiden Glasscheiben darin klirrten – kurz so wie ein Zug klirrt, wenn sich beim ruckhaften Anfahren am Bahnhof seine Bremsen lösen.

Als ich aus dem Haus trat, sah Sara an mir vorbei, sah die langsam zufallende Tür, die ich nicht aufhielt, dann sah sie mich an, sah mich mit meinen Augen an, zog die Augenbrauen fragend hoch, aber fragte nichts, fragte nur: »Gehen wir?«

Ich blickte in den Himmel, zog die Nase hoch und nickte.

Wir nahmen die U-Bahn nach Retiro, wo wir in einen Zug stiegen. Es scheint mir jedes Mal eine Ewigkeit zu dauern, bis wir da draußen ankommen. Unsere Mutter hat das Haus von ihren Eltern bekommen, die es von irgendeiner Großtante, die niemand recht gekannt zu haben schien, geerbt hatten. Ein weiter Weg. Sara jammerte, es sei so elend weit, und wie wir da so fuhren, waren wir plötzlich wieder die Schwestern von früher, Kinder. In mir wurden die dunklen, zornigen Farben im Lauf der Fahrt wieder heller und friedlicher, und schließlich vergaß ich fast, dass Joseph nicht mitgekommen war.

Bis auf meine Mutter fragte dann auch niemand nach ihm. Und sie tat es in dieser unerträglichen, stichelnden Art, die manchmal aus ihr bricht: »Hatte denn dieser … dein … dein Freund, er hat wohl keine Zeit für so etwas?«

Mein Vater konnte es nicht ausstehen, wenn sie stichelte. Er wandte sich ab, suchte Juan Carlos und rief: »Juan Carlos, komm einmal her da!«, und ging ihm selbst entgegen.

Ich nahm mich zusammen und sagte: »Sei nicht böse, Mama. Er hat so viel zu tun. Es tat ihm wirklich leid, dass es nicht ging. Wir kommen ein andermal.«

Einmal war meine Mutter zum Kaffee da gewesen, und ich hatte sie einander vorgestellt, aber nach der Begrüßung hatte sie Joseph ignoriert, und irgendwann hatte er sich höflich entschuldigt und war nach oben gegangen.

Nachdem ich mich durchgegrüßt hatte, dachte ich, irgendwie verstehe ich ja, dass er nicht mitwollte. Ja, ich verstehe es sogar gut, aber er hätte es für mich tun können.

Im Garten hatten sie ein Partyzelt aufgestellt, für den Fall, dass es regnen sollte; doch es regnete nicht, und wir stellten uns unter, um Schatten zu haben; es war darunter sehr heiß, heißer als draußen, aber man war vor der Sonne geschützt.

Es war alles in allem eine schöne Familienfeier an dem Ort, an dem wir groß geworden sind. Sara und ich sangen unserer Mutter ein Ständchen, und alle applaudierten. Mehrmals fragte ich mich, ob ich mit sechzig wohl auch noch so hübsch wäre wie unsere Mutter. Und dachte auch, dass sie nun fast genau doppelt so alt war wie ich und dass sie in meinem Alter schon Mutter gewesen war. An diesem Tag machte das mir einmal nichts aus, und in meinen Armen zog es nicht, sondern ich freute mich für sie, die sich feiern ließ und sich selbst feierte und nicht damit aufhören wollte und jedes Mal, wenn einer Anstalten machte zu gehen, in die Hände klatschte und streng rief: »He, dageblieben! Morgen ist ein freier Tag! Es gibt keinen Grund, früh ins Bett zu gehen, also dageblieben, Herrgott noch einmal!«

Den ganzen Tag über promenierte die schwarze Nachbarskatze mit aufgerichtetem Schwanz in dem mit den Stunden breiter werdenden Streifen Schatten, der von der Hausdachtraufe auf das in der Sonne gleißende helle Blechdach der Garage fiel, auf und ab. Immer wieder trat ich unter dem Zelt hervor und sah hinauf. Und immer wieder sah ich jemanden, der, einen Schritt neben dem Schatten des Zeltes stehend, auch hinaufblickte. Sie ließ sich bewundern, und wir bewunderten sie. Immer wieder blickte ich hinauf. Als es dunkel wurde, war sie verschwunden.

Es war eine laute, lang dauernde und fröhliche Feier, und erst spät, irgendwann vor Mitternacht, war sie zu Ende, und wir fuhren in die Stadt zurück.

Sara und ich saßen nebeneinander auf der Rückbank von Juan Carlos' Wagen, einem alten graublauen Volvo Kombi, müde und verstummt, zu müde und zu faul, selbst um zu fragen: Bist du sicher, dass das eine gute Idee ist, jetzt noch Auto zu fahren, Juan Carlos?

Er hatte sehr viel getrunken und war mehrmals verschwunden, um einen Joint zu rauchen. Einmal, ihm nachsehend, dachte ich, früher hätte er uns gefragt, ob wir mitrauchen wollten. Vom Rückspiegel baumelte ein Rosenkranz, der gleiche, den ich im Seitenfach meiner Handtasche stecken hatte, das letzte Weihnachtsgeschenk unserer Großmutter, bevor sie starb: vier Rosenkränze für uns drei Kinder, und eine silberne großgliedrige Kette, auf der 740GLT stand.

Draußen die dunkelgelben Lichtpunkte, -kreise und -quadrate der näher kommenden Stadt, die Farbe von Kerzenflammen, und in Abständen vor der Seitenscheibe die vorbeifliegende Glut der Zigarette meines Bruders. Mein Kopf dröhnte leise und ununterbrochen. Niemand wusste, womit Juan Carlos sein Geld verdiente. Das Studium der Landschaftsplanung vor zwei Jahren abgebrochen. Das Kind, das er hatte, mittlerweile drei Jahre alt, sah er nie. Er sprach nicht davon, tat, als gäbe es das Kind nicht. Von der Mutter des Kindes hatte er sich getrennt, als er erfahren hatte, dass sie schwanger war. Warum? Aber den schmalen silbernen Ring, den er von ihr hatte, trug er immer noch am linken Ringfinger. Irgendwann, als er noch mit ihr zusammen war, hatte er mir stolz die beiden Namen gezeigt, die innen, verbunden durch ein Zeichen, eingraviert waren: »Juan Carlos & Irina« – oder war es umgekehrt gewesen, ihr Name zuerst? Wie stolz ich damals auf ihn war und ihn zugleich beneidete. Er trug ihn noch jetzt.

Jedes Mal, wenn ich ihn anrief, saß er im Auto. Immer fuhr er, von dort nach da, sinnlos. Er lief ständig vor etwas davon, vielleicht ohne eigentlich zu wissen, wovor, warum er lief. Er lief und lief. Es war nicht mehr Form, es war Inhalt geworden.

Wie auf Schienen glitten wir durch die Straßen. Weich, widerstandslos. Das dunkelgelbe Licht. Alles kam mir verzögert vor. Ich griff hinüber zu Sara und legte meine Hand auf ihre Hand. Sie war heiß. Als ich mich zu ihr hindrehte, sah ich ihren in den Nacken gefallenen Kopf, die gekrümmte Nase, den leicht offen stehenden Mund, das deshalb nun etwas fliehend aussehende Kinn. Der Rückbank fehlten die Nackenstützen. Ihre dunkle Haut schimmerte. Nicht unser Vater und nicht unsere Mutter hatten eine solche dunkle Haut. Wie schön sie war. Juan Carlos hüstelte. Als Kind war er oft krank gewesen. Ich hörte, wie er schluckte, und dachte einmal mehr, dass es mir nicht gelang, mich in ihn hineinzudenken. Er war mir fremd wie kein Zweiter – und zugleich nah wie kein anderer. Wie sollte man das erklären. Ich nahm Saras heiße Hand in meine Hand und streichelte sie.

■ ■ ■

Es war einmal ein kleines Dorf in den Bergen, wo Schilfrohr wuchs. Die Menschen in diesem Ort, der zu jener Zeit noch keinen eigenen Namen trug, arbeiteten hart, waren arm und gottesfürchtig; aber ihre Gottesfurcht war ihr größter Reichtum. So groß war ihre Gottesfurcht, dass ihnen ab einem gewissen Zeitpunkt die Kirche als Ort des Lobpreises nicht mehr gut genug erschien, und so kam es, dass sie ein Stift in das Tal bauten.

Im Rhythmus der Jahreszeiten und der Arbeiten, in einem von allen so empfundenen Gleichmaß verging die Zeit, die Jahre ebenso wie die Jahrzehnte.

Eines Tages aber kam eine finstere Gestalt in das Dorf, mit einem um die Schultern geschlagenen Mantel aus Ziegenfell, und hielt Einzug mit Glockengeläut, das von einem jeden im Innersten als schauerliches Geheul wahrgenommen wurde. Und diese Gestalt war der Wohlstand. Er stellte sich am Dorfplatz neben der Kirche auf und predigte.

Gleich zu Beginn rief er mit zurückgeworfenem Kopf, wobei sein übergroßer Kehlkopf mit jedem Wort noch mehr zu wachsen schien: »Nicht einmal einen Namen hat euer Dorf, so arm seid ihr. Das soll nicht sein!« Arm? Da horchten die Ersten auf. Und er sah an der Kirche vorbei, wo ein einzelnes Schilfrohr neben einem Kreis von fünf anderen stand, legte den Kopf wieder in den Nacken und verlautbarte: »›Rohr in den Bergen‹ – so soll euer Dorf von diesem Tag an heißen!« Und dann redete er weiter, und mit jedem Satz gab er ab sofort etwas her, einen neuen Kirchturm – wozu er besonders laut lachte –, eine Partie Wetzsteine, einen Schwung noch nie gesehener neuer, mattsilbern glänzender, federleichter Milchkannen. Und die Leute, zunächst wie es ihre Art war und ihnen entsprach, noch zögernd, misstrauisch, stürzten sich schon bald darauf. Tag und Nacht redete der Wohlstand, gab er her durch Handschlag – und nach jedem Handschlag lachte er sein fürchterliches Lachen.

Es sprach sich rasch herum, dass hier etwas zu holen war, und schon nach wenigen Tagen begannen die Bauern von den Bergen neugierig herunterzuziehen und die Kleinhäusler aus den Dörfern der Umgebung in das Dorf hereinzukommen und stellten sich dort, ihre Arbeit, ihr Geschäft vernachlässigend, in langer Schlange an, warteten Tage, Nächte, Wochen, neugierig, tuschelten, bis die Reihe an ihnen wäre in dem Dorf, das so langsam zur Stadt wurde, zur Stadt Rohr, der es an nichts mangelte – an nichts außer an Gottesfurcht, die restlos aus dem Ort verschwand. Denn niemand dachte mehr an sein Seelenheil; den Herrgott ließ man einen guten Mann sein.

Aber mit dem Wohlstand, der auf die Menschen übergegangen war und immer mehr wuchs, kam und mehrte sich auch das Laster. Die Ersten begannen schon zu trinken, es mit mehreren Frauen zugleich zu halten, zu lügen und zu betrügen, um ihren jungen Besitz zu bewahren oder, wenn möglich, noch zu mehren. Damit wurde das zuvor so friedfertige Dorf durch Geiz und Neid ein gehässiges.

An Warnungen und Ermahnungen freilich hätte es nicht gefehlt. Der Pfarrer und der Mesner, bis vor Kurzem noch hoch geachtet der eine wie der andere, wurden verlacht als Träumer, anfangs hinter vorgehaltener Hand, aber bald schon offen, und zwar weil sie von dem Traum erzählten, den sie beide in derselben Nacht, zur selben Stunde, unter demselben Dach geträumt hatten, in der Nacht, bevor der Wohlstand in das Dorf eingezogen war. Der Mesner hatte vorgeschlagen, anstatt von »Traum« von »Offenbarung« zu sprechen, aber das war vom Pfarrer abgelehnt worden. »Herr Pfarrer«, hatte der Mesner in verzweifelter Offenheit gesagt, »Sie dürfen nicht immer von Träumen reden! Sie

machen sich zur Witzfigur!« Es hatte ihnen deutlich geträumt, dass man dem Wohlstand nicht die Hand reichen
solle und dass der Herrgott es demjenigen nicht verzeihe,
der auf ihn vergesse. Die beiden Träumer gingen mit ihrem Traum, ihrer Warnung, hausieren, wurden aber überall
nichts als verlacht, und das ging so lange, bis sie mit trotzi-
gem Zorn ihre Sachen packten und von dannen zogen.

Der Pfarrer, eines Tages im Stiftskeller sitzend, schräg
neben dem Ausgang, wo das Stöckelpflaster anstieg hin zu
einem ebenen Schotterplatz mit Brunnen in der Mitte, und
an diesen Brunnen gelehnt stand die Kellnerin in dunkel-
grünem Schurz und wehrte Zudringlichkeiten eines Betrunkenen ab – und da riss es den Pfarrer, schüttelte er den
Kopf, stieß ein wildes Nein aus seiner Kehle, sprang auf,
raffte seinen knöchellangen Rock, lief zu dem Brunnen,
stieß den Betrunkenen mit äußerster und ungeahnter Gewalt zu Boden, rief den Mesner, und da machten sie sich
auf; es reichte ihnen.

Festen Schrittes wanderten sie nebeneinanderher über
den sogenannten Rohrer-Sattel, einen als Pass dienenden
Bergrücken, ins Nachbardorf Gutenstein, das mittlerweile
völlig verlassen im Piestingtal lag – der Pfarrer und der Mesner von Rohr. Und dort blieben sie und lebten noch lange.

Und so vergingen die Jahre, jetzt in einer neuen Ge-
schwindigkeit, in einem anderen Rhythmus, bis schließlich
an einem sonnigen, windstillen Tag auf einmal ein schrecklich lautes, nie zuvor gehörtes Grollen über der Stadt Rohr
zu vernehmen war, aber weil dem niemand Beachtung
schenkte – der Wohlstand und schließlich der Reichtum
hatten nicht nur der Natur gegenüber unaufmerksam gemacht –, begriff keiner, dass es der Herrgott war, der sich
da meldete, und erst recht nicht, dass es Worte waren, die er
brummte: »Ich bin ungehalten ... Jedes Mal wieder lassen

sie sich verführen … Was habe ich für einen Zorn … Ich will sie … diese Menschen … Ich will sie das Fürchten lehren …« – Und weiterbrummte, immer noch lauter, immer noch tiefer. Die letzten Worte, die sie, die Bewohner von Rohr, hörten in ihrem vermaledeiten Leben waren die deutlich – und jetzt leise – Silbe für Silbe ausgesprochenen und im Tal wider- und widerhallenden Worte des Herrn: »Verdammt sollt ihr sein!«

Zunächst war das Brummen kaum vernehmbar gewesen, dann war es lauter geworden. Nachdem es vorbei war, wurde es still, so still wie noch nie. Niemand rührte sich. Alles war erstarrt. Dann kam ein leiser Wind auf. Der Untergang kündigte sich unscheinbar an, in einem Wogen in den paar eben sich zu Gold hin verfärbenden lichten Getreidefeldern, auf denen das Korn vom Vorjahr noch einmal aufgegangen war, im überhohen wilden Futter auf den Wiesen, in denen der gelbe hohe Hahnenfuß, der verblühte Löwenzahn, das Knaulgras, der Falsche Hafer, der Wiesenknopf, das Gänseblümchen, der Sauerampfer und der Windhalm wuchsen, und dann erst wurde es zu einem langsam an Lautstärke zunehmenden Brummen, ein Stoß kam aus den Wolken, ein Brausen war plötzlich in sämtlichen Baumkronen, kein Mensch wusste, woher, und es krachte ohrenbetäubend, als die ersten Äste von den Bäumen brachen. Da gab es auch bald den ersten Toten: den Dorfdeppen, der immer mit einer Schildkappe auf dem Kopf unter der Eiche neben der Kirche saß und pfiff, ohne um etwas zu bitten, erwischte es, mit Händen im Hosensack; als letztes Bild auf seiner Netzhaut die Rinde dieser Eiche, grob wie die Haut in der Armbeuge einer Hundertjährigen. Der Herr wollte ihm das Leid ersparen, denn nie hatte der Depp etwas vom Wohlstand gehabt, und ihn wollte er als Einzigen zu sich holen.

Der Himmel zog zu, es wurde finster über Rohr. In der Stadt waren innerhalb kürzester Zeit alle Schatten verschwunden. Es steigerte sich immer noch weiter, immer weiter, es wurde alles lauter und noch lauter, und nun begannen Regenfälle, die immer kräftiger wurden, bis bald das Wasser von den Bergen herunterschoss und aus den Quellen und Bächen stieg, schwappte, über die Raine und Wege floss und sie bedeckte. Die ersten Kälber und Kühe strauchelten und ersoffen langsam und mit Gebrüll, und von den Stieren kam als letztes ein Röhren.

Und hier erst war es, dass die Leute endgültig begriffen, was es geschlagen hatte, und sie lösten sich aus ihrer Starre, und das allgemeine große Geschrei begann. Die Menschenstimmen mischten sich unter jene der Tiere. Die Leute rannten mit dem bisschen Hab und Gut, das sie schleppen konnten, halb blind umher, ohne zu wissen, wohin, stießen zusammen, fielen, standen wieder auf, beschimpften einander und liefen wieder. Aber bald schon rannten sie nicht mehr, sondern stapften, wateten im Schlammwasser, das aufspritzte, von Haaren und Gesichtern floss, aus Mündern rann, eine Alte mit einem blökenden Lamm in Händen, eine Junge mit einem ohne Unterlass gellend schreienden Kleinkind, eine, die schreiend im Wasser wühlte, etwas, jemanden suchte, dort jemand, der bereits verstummt war, Todeszüge im Gesicht hatte, als er sich wie ein Verfolgter umsah, und dabei zeigte er seine Zähne, ohne drohend auszusehen, und jemand mit einer prallen Ledertasche, die er verzweifelt zu schließen versuchte, die jedoch nicht mehr zu schließen war, ein anderer mit einer gerafften, mit Münzen gefüllten Schürze, und das Geräusch, wenn aus dieser Schürze Münzen in das Schlammwasser fielen, war unvernehmbar.

Noch in Gutenstein waren die Schreie zu hören. Der Pfarrer kniete zu jener finsteren Stunde in der hiesigen Kirche. Das Weihrauchfass schwenkend, betete er für die Vergebung der Sünden der Sünder von Rohr. Er betete ein Vaterunser nach dem anderen. Neben ihm der Mesner, ebenfalls kniend, aber nicht wie der Pfarrer aufrecht, sondern in gebückter Haltung das Schiffchen mit dem Weihrauch ihm hinhaltend, Nachschub, der Deckel zurückgeklappt und das vergoldete Löffelchen herausschauend, nach Westen zeigend, Richtung Rohr. Der Pfarrer betete eine lateinische Litanei nach der anderen, und der Mesner, obwohl die Augen fest zusammengekniffen, weil er nicht sehen wollte, sah alles vor sich: Sie liefen umher, stapften und fielen zuletzt nicht mehr, sondern kippten, sehr langsam, und sanken ins Schlammwasser, das sich lautlos über ihnen schloss, wieder eins wurde, eine Welt für sich, ein Körper, mit unzähligen plötzlich von unten nach oben steigenden kleinen Bläschen, die an der Oberfläche platzen und aus dieser Welt verschwanden.

Diejenigen, die zuletzt ertrunken waren, hatten schon nicht mehr geschrien, nur noch gewartet mit angstgeweiteten Pupillen in starren, leeren Augen in weißen, zum Himmel gewandten Antlitzen, ihre Körper dagegen durch die Angst verkleinert, geschrumpft, und zuletzt mit leeren, verkrampften Händen.

Es war eine kleinweise, aber doch ungeheuer rasche Steigerung bis zum Höhepunkt. – Und dann kam plötzlich Beruhigung, Abnahme, Aufreißen des Himmels, Wolkenfenster um Wolkenfenster entstand. Dann völlige Stille. Die versunkene Stadt Rohr.

Jahrhunderte später war der Sumpf längst zur Wiese geworden. Ein Bauer kam von weither zum Mähen, kam zum ersten Mal hierher. Freilich sah er auf den ersten Blick, dass es eine Sumpfwiese war, doch er konnte jedes Futter brauchen. Er machte sich an die Arbeit. Drei Tage und drei

Nächte mähte er durch, ohne zu ermüden, und als er eben, nach einem Blick in den Himmel, auf den Sonnenstand, zum letzten Mal ausholen wollte und ins hohe Futter fahren, tat es einen Knall – und das Blatt der Sense war entzwei. Er hatte in das Kreuz des Kirchturms von Rohr hineingemäht, und das lag jetzt da, verrostet, auf der Rohrwiese, neben dem Stück Sensenschneide, halb im noch stehenden, halb im gemähten Gras.

Der Bauer starrte darauf, löste dann den Blick und sah sich um, blickte ohne die Füße zu heben, schrittlos in die Umgebung, wo keiner zu entdecken war, den er jetzt um Rat hätte fragen können, und da überlegte er einen Augenblick lang und befestigte endlich, ohne anderes zu tun zu wissen, das alte Kreuz an einem Baum in der Nähe. Und dort ist es heute noch zu sehen.

Und noch heute, wo Rohr im Gebirge nur ein paar Hundert Einwohner hat, geschieht es, dass einer, der etwas außerhalb wohnt, aus dem Haus geht und auf das Fahrrad steigt, und wenn ihm dann seine Frau noch nachruft: »Wo fährst du denn hin?«, sich umdreht und antwortet: »Ich fahre nur noch einmal schnell in die Stadt hinein!«

■ ■ ■

Als wäre es gestern gewesen, erinnere ich mich an diesen Spaziergang, mit dem es für mich begann: ein Spaziergang zu zweit, mit ihr, dieser Frau, die nun meine Exfrau ist. – Ich sage Exfrau, obwohl sie sagen würde, das sei Unsinn, wir seien nie verheiratet gewesen. Das weiß ich. Es stimmt. Aber sie war meine Frau. Wir stammten aus derselben Gegend, kannten uns jedoch nicht von früher. Erst in Wien hatten wir uns kennengelernt.

Wir waren extra aus Wien angereist, hatten ein Zimmer in

einer Pension in Vorchdorf gemietet, es bezogen und waren gleich darauf das kleine Stück nach Mühltal gefahren, wo wir das Auto abstellten, noch vor dem Ende der Siedlung auf dem Gelände des Sägewerks, das mir vorkam, als wäre es nicht mehr in Betrieb, denn alles Holz lag staubtrocken in diesem heißen Juni, alles Holz, das früher immer nass gewesen war, immer besprengt worden war, damit es nicht zerklaffte. Vielleicht war es tatsächlich stillgelegt worden; es wäre keine Ausnahme. Vielleicht war es zu klein gewesen, wie alles immer zu klein war.

Wir überlegten noch, was wir, da der Tag langsam auskühlte, mitnehmen und was im Wagen lassen sollten. Entgegen meiner Gewohnheit band ich mir keinen Pullover um, nahm keine Jacke mit, ließ alles im Auto, auch die Mappe mit den Aufzeichnungen. Ich entging meinen Gewohnheiten, indem ich sie vergaß. Nur eine Handvoll Münzen schob ich in die Hosentasche, für alle Fälle, während sie die Schuhe wechselte. Ich sah von meiner Seite aus über das Wagendach hinweg ihren Kopf und die Schultern und wie sie etwas wackelten, und einmal, als sie das Gleichgewicht beinah verlor, machte sie einen Hopser. Ich senkte den Blick. Da lag ein großes Rindenstück. Mit der Schuhspitze schob ich es umher; es schaukelte wie auf Wasser.

Wir gingen los, spazierten vorbei an dem Fischteich, den es noch nicht lange gab. Sein Wasser war von einem tiefen Blaugrün. Die Straße war seit einigen Jahren asphaltiert. Das störte mich.

Der Pfad war kaum mehr zu erkennen, doch der hellblau lackierte Hydrant mit seiner roten Kappe stand da wie eh und je, und drei Schritte weiter bogen wir ab. Hinter dem ersten Zweig-, Nadel- und Blättervorhang öffnete sich der Wald, und der Pfad zeigte sich so, wie ich ihn in Erinnerung hatte. Schweigend gingen wir hintereinander her, begleitet von einem wilden Vogelgezwitscher, das auf der Straße noch nicht zu vernehmen gewesen war. Früher waren wir mit den frisierten Mopeds von der Straße scharf und ohne besonders zu bremsen in den Wald gestochen, sodass ein Beobachter oder Spaziergänger hätte glauben können, hier wäre ein Selbstmordkommando unterwegs; denn schon damals war der Pfad von der Straße aus nicht ohne Weiteres zu erkennen. Die Sonnenstrahlen zeichneten das Muster der Blätter auf den Waldboden, und wir gingen darüber hinweg, immer darauf achtgebend, nicht über eine der vielen Wurzeln zu stolpern, über die wir damals mit den Mopeds gefahren waren, als gäbe es sie nicht. Hinter den Vogelstimmen hörten wir lauter und lauter den Fluss rauschen, und nach kurzer Zeit gelangten wir zu der schmalen Brücke, die sich an dieser Stelle über die smaragdfarbene Alm spannte.

Es war noch keine Woche her, dass wir uns kennengelernt hatten, und jetzt waren wir schon hier. Beim Herfahren, beim Überholen eines Wohnmobils auf der Höhe von Sankt Valentin und von da an bis nach Vorchdorf, hatte ich mir vorgeworfen, schon wieder so ungeduldig gewesen zu sein, die Dinge nicht langsam genug anzugehen, alles zu übereilen, doch dann beim Aussteigen, als ich sah, wie ihr Gesicht strahlte, hatte ich gemeint, es liege auch an ihr; ich hätte sie nicht überredet. Ihr Strahlen löschte meine Besorgnis, und ich vergaß sie. Worauf hätten wir auch warten sollen? Es lag alles so nah beisammen: das Zögern und die Geduld, die falsche Euphorie und der echte Wunsch.

Wir waren vor kaum einer Woche nach einer Veranstaltung, auf der ich einen Vortrag gehalten hatte, zufällig ins Reden gekommen. Oder eigentlich nicht sie und ich. Sie war mit einer Freundin mitgekommen, die mir danach eine Frage stellte. Sie stand daneben und hörte zu. Ich hatte die Frage beantwortet. Das war alles. Ich hatte diese beiden

Frauen gesehen, von denen eine eine Frage hatte, die andere danebenstand. Beide blickten mich an. Ich gab eine Antwort. Ich dachte an nichts.

Am Tag darauf hatten wir uns aus reinem Zufall wiedergesehen – und sofort wiedererkannt. Diesmal war sie allein. Und ich erinnerte mich an den Begrüßungskuss, der absolut nicht selbstverständlich gewesen war, zu dem wir uns beide entschließen mussten, und wie wir uns dann verlegen gegenübergestanden waren, am Jodok-Fink-Platz in der Josefstadt. Hinter uns das helle Barock der Kirche. Ein Bus fuhr dröhnend vorbei.

Wir stellten fest, aus derselben Gegend zu sein. Ich fragte sie, ob ich sie auf einen Kaffee einladen dürfe.

Die Luft im Wald strahlte grün.

Aus derselben Gegend; und ich hatte, Zucker in den Kaffee rührend, gesagt: »Nächste Woche fahre ich wieder einmal hin.«

Und sie hatte schüchtern lächelnd geantwortet: »Ich war schon lange nicht mehr dort.«

Wir kamen aus dem Wald und betraten die Brücke, unter der die Alm mit sehr viel Wasser durchfloss, Schmelzwasser, das immer noch nicht weniger wurde, obwohl es fast schon Ende Juni war. Später saßen wir auf der Brücke, nebeneinander, die Beine hatten wir unter dem Geländer durchgesteckt und ließen sie baumeln. Kühl wehte es vom Wasser herauf. Sie hatte das Kinn auf eine der stark oxidierenden Querstreben gelegt. Die Farbe ihrer Haut und die Farbe von Rost stießen aneinander und strahlten ineinander über. Weit hinten, in der Mitte des glitzernden Flusses, stand ein Fliegenfischer in Fischerstiefeln. Lange sah ich ihn nicht; erst spät trat er zwischen dem wilden Funkeln hervor, und mir kam darauf der Gedanke an ein Sternbild. Nach einer Weile standen wir auf, überquerten die Brücke und gingen weiter. Ohne es zu merken, standen wir plötzlich an einer Stelle hoch über dem Fluss mit Ausblick auf denselben, eine Stelle, die ich nicht gekannt hatte. Ich musste bei diesem Ausblick vor Überraschung lachen und sagte: »Sind wir denn bergauf gegangen?«

Da fiel es mir auf: Keinen Pullover hatte ich mit, keine Jacke. Es stieß mir ins Bewusstsein, dass sie mich tatsächlich richtig gefangennahm. Ich hatte es nicht gemerkt, bergauf gegangen zu sein. Ich dachte nicht einmal an die Arbeit.

Die Sonne ging hinter den Wipfeln der Nadelbäume so langsam wie nur zu dieser Jahreszeit unter. Es war ungeheuer still. Was ich wollte, war gehen. Aber ob sie das auch wollte? Als wir über die Brücke zurückgingen, kam sie meiner Frage zuvor, blieb mitten im Schritt stehen, nahm mich am Arm und sagte fast erschrocken: »Aber jetzt schon wieder zurück?« Wie sie mich am Arm fasste, schloss ich reflexhaft die Augen.

Ich hatte es ausgeblendet gehabt, dass die Straße asphaltiert war; in meinen Gedanken war immer noch Schotter, weiß und beige und grau zwischen dem Grün von Gras und Wald. War ich bei der Ankunft und dem Anblick des Asphalts irritiert gewesen, so war ich nun überrascht und erfreut, als das schwarze Asphaltband plötzlich doch endete und einfach überging in den Schotter meiner Erinnerung. Es war also doch nicht alles asphaltiert. Plötzlich wurde unser Gehen wieder hörbar, ein sanftes, rhythmisches Knirschen – und diesen Rhythmus, diese Sanftheit spürte ich in mich übergehen. Wie anders das Gehen jetzt war. Als gingen wir irgendwohin zurück, an einen guten Ort. Als gingen wir zurück an einen Ort, der nicht mehr als eine Erinnerung weit weg war. Dann die Wehr in Reuharting; wir standen lange dort, das einzige Geräusch jetzt jenes des in Wasser stürzenden Wassers. Später versuchte ich, Steine hüpfen zu lassen. Öfter als dreimal hüpfte keiner der flachen Steine; das ging jedes Jahr schlechter. Mehr Jahre, weniger Sprünge? Ging so diese Rechnung?

Wir hatten nun schon eine Weile nichts mehr geredet, und noch als wir vom Flussufer weg- und durch den Wald auf den Weg zurückgingen, schwiegen wir. Erst am großen Nussbaum, der in einer der vielen auf diesem Weg liegenden einmal im Jahr gemähten Wiesen stand, begannen wir uns wieder zu unterhalten.

Mittlerweile war es dunkel geworden, beinahe zehn Uhr abends, aber immer noch lag auf dem goldgelben Weizenfeld ein Schimmer Licht. Unweit des Feldrands sah ich ein paar Ähren sich bewegen. Ich hielt inne, sah diese Spur, die sich zögernd nach und nach weiter in das Feld hineinzog und sich immer nur an einer Stelle zitternd zeigte. Eine pirschende Katze? Ja, was sonst. Ich betrachtete die einander anstupsenden, zitternden Ährenbüschel, die wie ein einziges wanderndes aussahen, und da erinnerte ich mich an diesen ihren Begrüßungskuss, ganz langsam aufgeteilt zwischen meiner linken und meiner rechten Wange, und wie ich bei geschlossenen Augen gemerkt hatte, dass sie eigentlich meine Lippen meinte.

Später tranken wir in einem fast leeren Café Wein, unweit der Pension, in der wir ein Zimmer hatten, in dem wir irgendwann, sehr spät, einschliefen, eng umschlungen, schwitzend und erschöpft. So hatte es begonnen. Es klingt so einfach.

■ ■ ■

Mehrmals hatte ich ihn fragen müssen, bis er eingewilligt hatte. Ich hätte es bei einmal Fragen belassen, hätte ich nicht gemerkt, dass ihm die Idee doch auf undurchschaubare Weise gefiel, mich – oder einfach irgendjemanden – einmal mitzunehmen auf seine tägliche Tour durch die Supermärkte. »Jetzt komm schon, Joseph«, sagte ich, »nimm mich mit! Einmal! Was ist daran so kompliziert? Außerdem kenne ich da ein paar Läden in Constitución, die ich dir zeigen kann. Ich wette, solche hast du noch nie gesehen. Das wäre einmal etwas anderes!«

Er war mitsamt seinen beiden Kollegen aus einem Nebeneingang, dem Eingang zur Bibliothek, gekommen: Ich hatte an der Straße vor dem Verwaltungsgebäude der Agronomischen Fakultät auf ihn gewartet. Sie blieben auf den Steinstufen stehen und unterhielten sich, und ich zögerte, meinen Posten bei dem auf einem Grünstück aufgepflanzten Fahnenmast zu verlassen, ich dachte, Joseph komme dann sicherlich ohnedies gleich wie abgemacht an die Straße. Nur schienen die drei ihr Gespräch nicht beenden zu wollen, redeten und redeten. Es war bereits Viertel nach drei. Langsam wurde es mir auch unangenehm, auf und ab zu gehen und ständig zu ihnen hinüberzusehen, was außer Joseph alle zu bemerken schienen. Selbst die Verkäuferin an der anderen Straßenseite war aus ihrem Holzstand getreten, hatte sich mit einer in die Hüfte gestützten Hand neben ihn gestellt und sah zu mir herüber. Fünf Personen – vier davon warteten auf etwas, was sich nicht einstellte. Aber war es nun nicht schon zu spät, hinüberzugehen, war ich nun nicht längst zum Weiterwarten und -aufundabgehen verurteilt? Ach was, dachte ich schließlich, gab mir einen Ruck, schöpfte Atem aus der Luft und ging zwischen den parkenden Wagen kurz entschlossen hinüber.

»Ah, Augusto, da schau her!« Joseph war sichtlich erfreut, und da verflog mein Ärger darüber, dass er offenbar auf mich vergessen hatte. »Darf ich bekannt machen: Meine beiden Kollegen Pablo und Diego. Und das ist Augusto, ein Arzt, den ich auf dem Flug von Wien hierher kennengelernt habe.«

Er redete anders als sonst, schneller, weniger kompliziert. Ließ sogar die Nachnamen weg.

Ich reichte Diego und Pablo die Hand und sagte: »Hallo. Wie geht's?« Wir redeten ein wenig hin und her, ich zeigte mich informiert und fragte, wie die Arbeit vorangehe.

Diego nickte und sagte: »Es geht sehr gut voran. Wir sind sehr zufrieden. Es ist ein Glück, mit einem der Besten arbeiten zu dürfen, was, Pablo?«

Und Pablo sah Joseph an und nickte und klopfte ihm auf die Schulter. Joseph zog, als wäre es ihm unangenehm, die Brauen zusammen, machte einen kleinen Schritt zurück und wechselte das Thema.

Und wie. Er rief, mit dem Kinn auf mich weisend, aus: »Sein Vater ist einer der größten Grundbesitzer des Landes!« Seine Brauen nun hochgezogen.

Augenblicklich trat Stille ein, und nach einigen unangenehmen Sekunden versuchte Joseph einen Witz zu machen, was misslang. Ich fragte mich, ob das an der Sprache lag oder daran, dass wir unterschiedlichen Kulturkreisen angehörten, oder einfach an seinen Witzen, die hier kaum je einer zum Lachen fand. Die beiden sahen mich jetzt anders an, oder sie sahen mich nicht mehr an, ihre Blicke waren unlesbar geworden. Diegos Augen waren tief in den Höhlen liegende schwarze Wölbspiegel. Ich sah weg. Aus Pablos einer Hosentasche hing ein weißes Band mit dem silbernen Haken eines Verschlusses.

»So ist das. Ja. Man sucht es sich nicht aus«, murmelte ich in die Luft. Ich sah mich hilflos um. Die Frau war wieder in ihrer Holzbude verschwunden; sie hatte nun einen Kunden. Was sie wohl verkaufen mochte? Ich sagte: »Wir haben uns eigentlich nicht im Flugzeug kennengelernt, sondern erst später. Im Flugzeug saßen wir ein paar Reihen voneinander entfernt.« Hörte jemand zu?

Später dachte ich, es war eine schöne Situation gewesen. Er war gelobt worden, und in welchen Tönen. Er sei einer der Besten. Und zwar weltweit. So war es gemeint. Aber er wollte das nicht hören. Ihm war die Situation unangenehm. Nicht nur ein bisschen, sondern so, dass er sie zerstören wollte, und da sagte er das mit meinem Vater. –

Ich war froh, als er schließlich sagte, ich würde ihn heute auf seiner Tour begleiten. Auch seine beiden Kollegen schien diese Nachricht zu freuen, schien ihnen aus ihrer Verlegenheit zu helfen, denn jetzt begannen sie wieder zu reden. Sie wussten über die Untersuchung Bescheid und waren gespannt, was man bei der FAO zu den Ergebnissen sagen werde. »Es wird kaum jemanden überraschen«, sagte Joseph. »Aber vielleicht bekommt doch der eine oder der andere Angst, wenn er es schwarz auf weiß sieht.«

»Angst wovor?«, fragte ich. Ich wusste nicht, was er meinte.

»Zumindest Angst davor, seinen Job zu verlieren«, sagte Joseph und lächelte.

Ich verstand nicht und sah Pablo an, der sagte: »Wozu noch eine Welternährungsorganisation, wenn die Nahrungsmittelkonzerne immer mächtiger werden? Wenn die FAO nicht agiert, schafft sie sich über kurz oder lang ab.«

Immer noch war ich in Gedanken bei dem zuvor Gesagten. Er hätte ihnen doch sagen können, dass ich mit den Methoden meines Vaters nicht gerade glücklich bin, dachte ich. Er hätte ihnen sagen können, dass ich mein Erbe ausgeschlagen und mit meinem Vater gebrochen hatte. Dass mein Vater nichts gesagt hatte, als ich ihm mitgeteilt hatte, dass ich nicht seine Nachfolge antreten würde. Dass er das

Haus verlassen hatte und Stunden später betrunken wiedergekommen war. Dass er mich dann halb totgeprügelt hatte. Dass ich mich nicht gewehrt hatte, nicht einmal als ich am Boden lag, und dass ich danach, als ich wieder gesund war und gehen konnte, meine Sachen gepackt hatte und gegangen war. Dass wir drei Jahre lang kein Wort miteinander gewechselt hatten. Und so weiter. Das alles. Meine Geschichte. Immerhin wusste er das alles. Ich hätte es auch selber sagen können, aber ich hatte nichts gesagt, wie aus Trotz. Aber es war kein Trotz, sondern etwas anderes, auch wenn ich nicht wusste, was. Ja, doch, verdammt, ich wusste es: Ich fühlte mich verraten.

Die Fahrt von Agronomía – der Stadtteil war nach der Fakultät benannt – nach Constitución dauerte eine Ewigkeit. Wir saßen nebeneinander im Bus; einmal machte ich einer älteren Frau Platz, und als sie ausstieg, setzte ich mich wieder. Die Fahrt dauerte sehr lang. Ein paarmal unterbrochen von Umsteigen. Ich dachte immer dasselbe, aber es verging viel Zeit, bis ich mich endlich zusammennahm und sagte: »Und das war jetzt unbedingt notwendig, oder was.«

»Was denn?«, sagte Joseph vor sich hin.

Er wusste, was ich meinte, tat, als dächte er nach. Dann sagte er: »Habe ich etwa gelogen? Wenn ich gelogen habe, entschuldige ich mich. Aber ich glaube, ich habe nicht gelogen.«

Er sah mich nicht an, bewegte nicht einmal ein klein wenig den Kopf, und ich hätte gerne gewusst, was er über mich dachte. Er saß nach vorn gebeugt, den Zeigefinger über die Lippen gelegt, und starrte aus dem Fenster. Die leeren Halteschlaufen über uns pendelten im Gleichtakt.

Während der ersten Studienzeit hatte ich eine Affäre mit einem Mädchen, das in diesem Stadtteil in einem Sportgeschäft arbeitete. Ich hatte sie beim Turnschuhekaufen kennengelernt. Ich brauchte damals möglichst einfache weiße Turnschuhe mit weißen Sohlen. Sie fiel mir auf, nicht weil sie besonders hübsch – das war sie auch, aber eher erst auf den zweiten und dritten Blick –, sondern weil sie so schlecht gelaunt und unfreundlich war, dass ich richtiggehend vor den Kopf gestoßen war. Irgendwann dachte ich: Mädchen, Mädchen, was soll denn das? Wenn du nichts verkaufen willst, dann sperr doch die Tür zu und geh nach Hause. Kaum hatte ich es gedacht, hatte ich es auch schon gesagt. Ich wunderte mich über mich selbst, denn das war sonst nicht meine Art. Auch sie schien erstaunt. Sie fand mich frech. Unser erstes Gespräch war ein Streit, denn sie entschuldigte sich nicht etwa, sondern keifte zurück, ich solle meine Schuhe eben woanders kaufen, wenn es mir hier nicht passe. Ich kam zunächst nicht aus dem Staunen heraus über ihre Unfreundlichkeit. Aber plötzlich begann es mir Spaß zu machen, mit ihr zu streiten – es hörte auf, ernst zu sein, auch auf ihrer Seite. Sie hieß Diana. Ich kam wieder und kaufte die Schuhe, kam wieder und kaufte ein T-Shirt mit Aufdruck »I love New York« und kam wieder und kaufte nichts mehr, hatte mich jedoch in sie verliebt. Dass nie mehr daraus wurde als eine Affäre, lag an ihr; sie wollte nicht mehr. – Seit damals kenne ich Constitución einigermaßen, denn sie wohnte auch in diesem Stadtteil.

Dort kenne ich Geschäfte, die es im Rest der Stadt nicht gibt. Ich führte Joseph in ein paar davon. Er war begeistert und sagte: »Großartig, dass es das noch gibt! Deine Wette hast du aber leider verloren. Auch bei uns – sogar in Wien! – findet man manchmal noch so winzige Läden, vollgeräumt bis obenhin, in denen es alles zu geben scheint. Phantastisch. Nicht wahr? Wie früher.« Für seine Arbeit waren die paar Läden unerheblich; aber er freute sich wie ein Kind darüber, dass es sie gab.

Wir kamen an dem Sportgeschäft vorbei, und ich blieb stehen. Wir standen vor der Auslage, blickten hinein. Joseph sah mich an. Dann sagte ich: »Schau, da haben sie auch solche Treter, wie du sie hast.« Und wir grinsten beide. Es war eigentlich kein richtiges Sportgeschäft. Von Diana sagte ich ihm nichts.

Mich beeindruckte die Ökonomie seiner Arbeitsweise enorm; er folgte offenbar einem exakten, zuverlässigen Plan. Möglich, dass sich verschiedene Supermärkte hinsichtlich der Anordnung ihrer Produkte nicht besonders voneinander unterscheiden, dennoch wunderte es mich, wie zielsicher er von einem Gang in einen anderen wechselte, oft mehrere Gänge zwischen zweien auslassend, und ich lief hinterher. Alles so, als kennte er die Pläne der Läden auswendig. Einmal versuchte ich, darauf zu achten, wo die Süßigkeiten in dem einen und wo in dem nächsten Supermarkt zu finden waren, doch es offenbarte sich mir keine Regel. Gewiss gab es trotzdem eine. Wenn er notierte, blieb er kaum stehen, verlangsamte nur seinen Schritt.

»Stellt dich denn nie wer zur Rede, was du da machst?«, fragte ich, als wir einen Laden verließen.

»Nein«, antwortete er kurz, »nie.«

Dann dachte ich, es sei auch gar kein Wunder bei diesem ernsten Gesicht, bei diesem ungeheuer selbstbewussten Auftreten, auch wenn es vielleicht gar nicht unbedingt selbstbewusst war, sondern vielmehr blind und verbissen.

Er sagte: »Ich brauche eine Zigarette.«

Zwischen zwei Platanen fanden wir eine Parkbank; wir setzten uns und seufzten gleichzeitig, aber unterschiedlich, und für einen Moment war es so, als hätte ein Einziger mit zwei Stimmen geseufzt. Joseph zündete sich eine Zigarette an, nahm mehrere tiefe Züge und sagte schließlich, mit jedem Wort ein wenig Rauch ausstoßend: »Das ist ganz schön anstrengend. Den ganzen Tag herumlaufen.« Erst jetzt entwich der Rauch seinen Lungen.

Ich hatte gedacht, sein Energiezustand sei immer gleich, aber jetzt wirkte er zum ersten Mal richtig müde und abgearbeitet. Es lag, das hatte ich zuvor bemerkt, neuerdings etwas Gelbliches in seinen Augen.

»Aber immerhin kommst du voran«, sagte ich, als könnte ihn dieser Satz kräftigen.

»Ja«, sagte er, »ja. Ich arbeite extrem schnell.« Es klang sehr sachlich.

Wir saßen und sahen den Leuten zu, die vorbeihasteten. Joseph rauchte, und der Verkehr war sehr laut. Manche Passanten hielten sich ein Tuch vor Mund und Nase; das war ansonsten nur in den reicheren Vierteln zu beobachten. Es wurde kühl.

Da fragte er mich, ob ich mit ihm nach San Juan führe.

»Nach San Juan?« Ich war fast sprachlos vor Überraschung.

»Ja.«

»Was willst du denn dort?«

»Ich möchte den Ort kennenlernen, aus dem du stammst. Und ich möchte die Sojafelder mit eigenen Augen sehen. Ich habe sie schon einmal gesehen, aber das ist eine Weile her, außerdem war das in den USA. Ich möchte sie wiedersehen. Ich will sehen, warum ich arbeite. Mir geht sonst die Kraft aus.«

Ich antwortete, dass ich eigentlich nicht unbedingt zu meinen Eltern fahren wolle, dass ich aber in zwei Wochen einige Tage frei hätte, und dass wir, wenn er wirklich möge, hinauffahren könnten; es müsse ja vielleicht nicht gleich San Juan sein.

Ja, sagte er. Es könne ja auch ein anderes San Juan sein, sagte er: »Irgendein Dorf wie deines.«

»Es gibt nur ein Problem«, sagte ich, »ich habe kein Geld.«

»Das ist kein Problem«, sagte er müde. »Ich habe welches.«

Nach einer langen Pause sagte er auf einmal: »Weißt du, Augusto, das wäre wirklich schön. Das würde mich wirklich freuen, mit dir das zu machen.«

Nie zuvor hatte ich so warme, milde Worte von ihm gehört. Mir war, als spreche er mit einem Mal eine neue Sprache. Und er nannte mich beim Namen – wie sonst kaum je. Wer weiß, was er immer dachte?

Es war spät geworden, später als gedacht. Ich musste allmählich nach Hause, denn ich hatte begonnen, meine alten Neurologieskripten und das Buch zur Neuroanatomie zu studieren, und wollte damit vorankommen. Wir verabschiedeten uns auf der Parkbank; er blieb sitzen, als ich aufstand, sah mich an wie aus einer anderen Welt und sagte: »In zwei Wochen, sagst du?«

Was mochte es für eine Welt sein?

»In zwei Wochen.«

Er nickte. Ich hob die Hand und ging. Hatte er gelächelt bei der Verabschiedung? Nein, dachte ich im Weggehen. Das Fenster hatte sich wohl schon wieder geschlossen.

■ ■ ■

Jahrelang, wenn ich nicht gerade auf Reisen war, wenn auch nicht immer täglich, so doch fast täglich dieselbe Strecke mit der U-Bahn: Kettenbrückengasse–Rossauer Lände. Hier meine Wohnung, dort das Büro der Organisation, für die ich arbeite. Hier das Glitzern des Wienflusses in der Sonne am Nachmittag, dort jenes des Donaukanals; das Glitzern konnte zu jeder Jahreszeit sein. Oder mit meiner Exfrau, auch hier, Anfang und Ende.

Einige Zeit nach diesem Kurztrip nach Rosario ging ich

an einem Nachmittag alleine auf dem Friedhof Recoleta herum. Mich ließ ein Gedanke nicht los: Warum entwickelten sich meine Beziehungen zu Frauen nie allmählich, sondern immer plötzlich, jäh? Alles begann schnell, und dann endete alles schnell. Auch mein Interesse, es kam, es ging – einfach so. Es war das Gegenteil von dem, was ich wollte – oder zumindest in den Momenten, in denen ich innehielt und mich besann, glaubte zu wollen. Doch der Gedanke hieß einfach: Anfang und Ende. Weiter ging er nicht. Ich dachte nur diese Worte: Anfang und Ende. Darüber dachte ich nach.

Ich schlenderte herum und zwang mich, darüber nachzudenken, und ich dachte auch nach, aber kam nicht über die beiden Worte hinaus.

Ich sah immer nur die beiden U-Bahn-Stationen vor mir, das unfassliche Glitzern des Wassers in der Sonne. Nichts sonst sah ich. Ein Gedanke und ein Bild.

Nur noch hin und wieder gab es jetzt einen kalten Tag.

Verstimmt verließ ich den Friedhof, ging an der in kolonialer Architektur gebauten Kirche und den Marktständen vorbei, hinunter auf die vielspurige Avenida del Libertador, die ich im Laufschritt überquerte. Danach verlangsamte ich meinen Schritt wieder und sah hinüber zum Juridicum. Ich erinnerte mich, während mein Blick auf die Freitreppe fiel, die zu weit entfernt war, um ihre zerbröckelnden Stufen deutlich zu sehen, an die Stahlbetonstufen in Constanța am Schwarzen Meer, zum Strand hinunterlaufende Stufen, auf denen ich vor Jahren gesessen war und auf einen vielleicht hundert Schritte vom letzten Treppenabsatz entfernt liegenden, wie dort eingeschlagenen gewaltigen Konglomeratsbrocken gesehen hatte, neben dem ein im hüfthohen, wirklich schwarzen Wasser ein Boot mit gerefftem Segel geschaukelt hatte. Von der Straße oben hörte ich damals laute

Musik, und einmal stiegen zwei Kinder an mir vorbei nach unten; ich hatte mich gewundert, sie waren nicht da gewesen, aber auf einmal waren sie da. In dem Moment begriff ich diese einfache Tatsache nicht. Daran erinnerte ich mich genau.

Ich dachte oft an diese Stiege aus Stahlbeton. Vor über vier, jetzt fast schon fünf Jahren war ich dort gewesen, und für eine Sekunde überkam mich ein Anflug von Sehnsucht. Zehn Tage verbrachte ich damals in Rumänien, fuhr, zeitweise begleitet von einem deutschen Kollegen, einem Biologen, der an der Bukarester Universität lehrte, durch die Walachei und die Dobrudscha. Es war im Grunde die Vorbereitung eines Projekts, dessen ich mich dann aus unterschiedlichen Gründen doch nicht annahm. (Ein Grund war bestimmt meine Exfrau, Clara, gewesen, mit der ich damals noch nicht sehr lange zusammen war, und der eine Operation – man hatte eine Zyste an der Gebärmutter festgestellt – bevorstand; sie hatte mich gebeten, bei ihr zu bleiben.)

Ich war spät dran. Hans Kramer wartete wohl schon. Ich hatte vorgehabt, früher zu kommen, um das Gemälde »Ein Mathematiker« von Luca Giordano noch einmal zu betrachten, aber ich hatte durch das ganze unnütze Nachdenken die Zeit vergessen.

■ ■ ■

Aber
  Wie kann man
  Ich machte einen Schritt nach vorn.
  Ja ja ja
  Und dann wieder – so und dann wieder so
  Ich machte einen linkischen Schritt nach hinten.
  Aber du du glaubst du bist perfekt du glaubst ja du

Ach was

Hör doch auf

Deine Regeln, hätte ich sie denn riechen sollen oder was

Denn glaub ja nicht, ich hätte sie nicht längst gesehen

Und: ja! – Und: ja! – Na und?

Lucho – und dann du

Ja!

Na und, Joseph?

Was geht dich das an – und, vor allem: Was hat das mit dir und mir zu tun

Das geht dich doch einen Dreck an, wo es nichts mit uns zu tun hat

Wenn es zu verstehen wäre

Einfach

Wenn es ein Gesetz gäbe

Aber zum Schluss gibt es gar noch eines, was?

Ich meine

So viel Luft

Die ganze Zeit

Ich griff in die Luft, griff die Luft, und sie ging durch meine Hand.

Als wäre nur Luft gewesen und als wäre nun nicht einmal mehr das

Ich habe mich

Für dich da habe ich mich

Ich habe doch alles, alles – oder nicht

Habe ich dir nicht alles hingehalten

Mit beiden Händen

Ich könnte mich verprügeln

Mich grün und blau

Am liebsten würde ich den Kopf unter Wasser

Weißt du

Und nie wieder auftauchen

Nie wieder

Die Sonnenstrahlen fielen auf den Kasten, und der Spiegel spiegelte sie. Mir wurde schwarz vor Augen. Ich schluckte und machte einen Schritt zur Seite, wie um aus dem Schwarz zu treten. Ich holte tief Luft, und die Welt meines Schlafzimmers und die Sonne und das Bild von mir als Umriss im Spiegel kehrten flimmernd zurück. Dann wurde das Flimmern weniger.

Schau mich doch an! Ist das nichts?

Ich stand in schwarzer Unterwäsche und mit ausgebreiteten, ein wenig nach hinten weggestreckten Armen. Meine Hände fühlten sich groß an.

Ich bin doch nicht zu hässlich für dich?

Oder zu fett? Ich bin doch nicht zu fett, verdammt?

Das kann es doch alles nicht gewesen sein

Nein das war es nicht

Wie kann man

Aber – ich meine du hast

Zuerst Joseph

Und dann

Zuerst – und dann

Aus meiner Kehle kam ein Laut, für den ich keinen Namen hatte. Ich wusste nicht, ob es ein Auflachen oder vielmehr ein Aufschluchzen war oder ob es etwas war, was dazwischenlag. Der Laut war so kläglich, dass er keinen Namen verdiente. Das Telefon läutete und hörte nach einer Weile wieder auf. Ich hörte seine Stimme, aber sie sagte nichts. Oder ich verstand nicht, was sie sagte.

Du hast nicht nein gesagt

Warum jetzt?

Du kannst mir keinen Grund nennen

Du hast keinen Grund

Und das macht alles so

Was?

Das macht alles so sinnlos

Ich glaube, du bist einfach ein verdammter Hurensohn

Wenn ich etwas sage, bewegen sich deine Lippen wie zum Spott, so kommt es mir vor

Schon seit einer ganzen Weile sehe ich dich so

Wenn ich an dich denke

Der Nachmittag war

Weißt du, so

Der Nachmittag war so

Aber ich kann es nicht sagen wie

Schon seit ein paar Tagen

Ich kann es nicht

Wo sind die Wörter hin

Es tut so weh

Aber du merkst nichts davon, nichts

Hörst nicht auf, du Hurensohn

Sagst nicht ja

Nicht nein

Gehst bloß hinauf in dein Zimmer und hämmerst peng peng peng

Ich höre jeden einzelnen Anschlag und wie du dich ständig räusperst, weil du viel zu viel rauchst du rauchst mehr als ich, doppelt so viel, und dauernd dieses beschissene Räuspern

Oder nimmst deine Sachen und gehst

Deine Koffer wie für Urlaub, Joseph

Als wärst du auf Urlaub hierhergekommen

Mit deinen Scheißkoffern

Ein schöner Urlaub in meinem Leben, zum Teufel

Aber mein Leben ist wahr

Sagst nichts und gehst einfach, sagst nicht einmal, ich will nicht weg von dir

Als wäre das zu viel verlangt
Doch hörst nicht auf
Du hast es genau gewusst
Hast du auch dafür eine Tabelle?
Doch was ich höre ist nur ein verdammter Scherz
Nur ein Scherz, den du nicht einmal selber lustig findest
Nicht einmal für einen ordentlichen Scherz reicht es
Neben dir wird man schreiend, innerlich schreiend verzweifelt
Aber das weißt du vielleicht sogar
oder du ahnst es – oder?
Spürst du es? Hörst du es?
Mein Leben ist doch kein Spielplatz
Es ist nicht einfach etwas, in was man einsteigen kann
Ohne es zu berühren
Es ist wahr
Es tut so weh
Du weißt, wie es ginge, aber du schaust zu, wie es nicht geht
Willst es herunterspielen und
Herunterdrehen auf nichts, auf »nichts gewesen« und lächelst so hilflos oder so spöttisch oder was immer dieses verdammte Lächeln heißen soll, das ich nicht verstehe und das du nicht erklärst
Nicht erklären kannst
Aber nein, du willst gar nicht
Neben dir da
Verhungert man
Neben dir da
Ist man verflucht, ja, das ist das Wort: verflucht
Ein Fluch liegt auf dem Platz neben dir, du Saukerl, aber eigentlich
Joseph, eigentlich, das sag ich dir, eigentlich

Bist du der Verfluchte
Weil du nicht akzeptieren kannst
Dass wer anderer auch lebt
Das ist es. Das ist es. Ich schaue durch dich durch wie durch sichtbare Luft
Neben mir stand der Stuhl, über dessen Lehne Kleidung hing, und im Spiegel schien die Sonne.
Was soll das? Was willst du eigentlich?
Deine dummen Blicke von unten her, auf die ich hereingefallen bin
Ich hielt sie für jungenhaft, ja unschuldig
Was für eine Idiotin ich bin
Dabei waren sie feig
Etwa nicht?
Deine feige Masche – und dann nichts mehr, was? Wird's dir zu viel? Zu nah? Zu viel Leben ohne deinen Einfluss
Sag es mir doch!
Hättest du nicht einmal etwas sagen können?
Nur diese Tage jetzt sind so
Seit einer ganzen Weile sind sie so unglaublich leer
Es war so schwierig, so unmöglich
Und doch
Was würde ich nicht alles tun um die Vergangenheit wiederzuhaben, Joseph!
Ich sehe dich doch auch ganz anders
Es ist ein Stock mit zwei Enden
Nein
Ich rede krankes Zeug, Unsinn, Scheiße
Schluss damit
Schluss mit dieser ganzen idiotischen wilden Hoffnung
Es muss endlich Schluss sein
Ach
Ach ich weiß es doch, wie das Spiel geht

Aber du? Schau dich an
Schau dich doch an
Du brauchst dich doch bloß einmal anzuschauen
Ein einziges Mal
Und schau dann deine Haare an
Schau genau hin
Sogar in deinen Augenbrauen sieht man es schon
Ich stand da in schwarzer Unterwäsche und schwarzen Socken, und ich schrie, aber mein Schreien war nicht laut, sondern die meiste Zeit über leise, zusammengepresst. Ich stand nach vorne gebeugt, die Oberschenkel angespannt vor namenloser Wut, und eine winzige Blase aus Speichel platzte auf meiner Unterlippe und verschwand spürbar.

Jetzt erst sah ich mein Gesicht, das verzerrt war. Ich erschrak. Ich sah aus wie eine Verrückte mit Vogelaugen in einem zum Zerreißen angespannten Gesicht. Der Kopf zitterte zwischen den Schultern. Die Schläfen schimmerten rot unter den Haaren. Ich hatte doch sonst keine Vogelaugen?

Aus dem Spiegel starrte mich eine Verrückte an. Die Wimperntusche war verwischt, die Nasenflügel bebten blutleer, und die Haare fielen wild in die Sicht. Die Sätze, die ich meinem Spiegelbild entgegengeschrien hatte, waren vom Spiegel abgeprallt und zurück in mein glänzendes Gesicht, in das sie sich schrieben. Meine Hände waren zu Fäusten geballt. Die Nägel bohrten in das Fleisch.

Ich erschrak vor dem Bild, das ich sah, aber ich verharrte in ihm. Unter dem nassen Glänzen auf der Haut sinnlose Sätze. Das war ich.

Dann schloss ich die Augen für eine ganze Zeit. Ich hörte Worte in mir widerhallen, von denen ich nicht wusste, wer ihr Urheber war. Ich wiederholte sie stumm. Worte, die ich nicht einmal verstand.

»Was hast du geglaubt, dass sein wird?«

Als es ruhiger wurde in mir, öffnete ich die Augen wieder, die Worte waren weg, verhallt. Die Leere, die sie hinterließen, hallte ebenso. Da machte ich eine Drehung und einen Schritt, holte Luft, tief Luft, und nahm die Bluse und die Hose von der Sessellehne. Ich warf einen Blick auf die Uhr und erschrak erneut, aber anders als zuvor: So viel Zeit war vergangen, und ich hatte es nicht gemerkt. Dieser Schreck holte mich endgültig zurück von dort, wo ich gewesen war, in einem wüstenhaften Niemandsland, das ich nicht gekannt hatte und in das es mich regelmäßig versetzte, seit Joseph verschwunden war – zurück in den Alltag, die von handfesten Banalitäten zusammengehaltene Struktur.

Ich musste mich sehr beeilen, um in die Arbeit zu kommen, war nun ziemlich spät dran und musste mich noch einmal neu schminken. Als ich aus dem Schlafzimmer ging, sah ich viele kleine Spucketropfen auf dem Glas des Spiegels und sich gleich wieder spiegelnd, die Wölbung spiegelnd, und dann die Sonne, die sich ebenfalls im Spiegel spiegelte.

Im Badezimmer machte ich meinen Namen sagend Atemübungen, um mich zu beruhigen. Diese Übungen machte ich seit einiger Zeit. Ob sie halfen? Ich wusste es nicht. Ich machte sie seit einiger Zeit. Ich band mir die Haare zusammen, ohne in den Spiegel zu sehen. Alles musste jetzt schnell gehen. Ich wollte mich nicht sehen. Atemübungen unter Zeitdruck. Ich schminkte mich mit starrem Blick auf die jeweils zu schminkende Stelle. Ich wollte mich nicht sehen. Atemübungen, ohne Zeit dafür zu haben. Seit einiger Zeit diese Übungen.

Irgendwann ging es wieder. Und dann hastete ich schon die Avenida Belgrano hinauf und überquerte im Laufschritt die Plaza de Mayo und stürzte den U-Bahn-Schacht hinunter. Die U-Bahn schien an diesem Tag wieder einmal unendlich langsam zu fahren. Ich stand während der Fahrt und trat von einem Bein aufs andere. An der Station Plaza Italia stieg ich aus und lief die Calle Thames hinunter. Schließlich kam ich an, fünf Minuten zu spät, im Cielito Lindo. Ich rief schon beim Hineinkommen: »Hallo!« Und setzte nach: »Entschuldigung, die U-Bahn!« Es klang fröhlich, ich hörte es. Alle lächelten mich an. Wie konnte fröhlich klingen, was ich sagte? Ich band mir die Schürze um. Schon flog ich wieder von Tisch zu Tisch, um zuckersüß lächelnd Bestellungen entgegenzunehmen. Ich lächelte, ganz von selbst, obwohl mir nicht danach war, diese stinkend reichen Leute so zuckersüß anzulächeln. Wie ging das? Welcher Teufel hatte mich in der Hand? Ich hasste diesen Stadtteil Palermo Viejo. Ich lächelte, ganz von selbst, aber mir war nicht danach; außen und innen stimmten nicht zusammen.

Ich dachte den ganzen nicht vergehen wollenden Abend nichts anderes als: Die Wohnung ist so leer, so leer, so leer. Und: Ich kann nicht glauben, ich kann es einfach nicht glauben, dass alles weitergeht, dass mein Leben Tag für Tag im Grunde als Alltag weitergeht, im Grunde so, als wäre nichts geschehen. Dass die Tage überhaupt weitergehen. Dass nichts aufhört. Und dabei ist mir mein Mann abhandengekommen, und alles hat aufgehört.

■ ■ ■

Diese Strecke bin ich schon oft gefahren. Aber zu zweit, mit jemandem, der sie nicht kannte, war es anders. Mit Joseph zu fahren war anders. Ich hatte mir überlegt, dass wir zunächst in Santa Fe Station machen und dann noch weiter hinauf fahren sollten, nach San Ignacio Miní, und schließlich mit einem Nachtbus zurück in die Hauptstadt. Wir waren hier eben nicht in Europa, von einem Ort zum nächsten brauchte man lange.

Ich erzählte Joseph am Telefon von diesem Plan. Es war kurz vor Mittag. Wenige Stunden später rief er wieder an.

Er war knapp wie immer, fragte nur: »Sag mal, hast du etwa schon Tickets?«

»Nein.«

»Dann kaufe ich jetzt welche. Für morgen. Nach Santa Fe, nicht?«

»Santa Fe, ja.«

»Gibt es da nur eines? Oder gibt es mehrere Orte, die so heißen?«

»Ja. Nein. Warte, sag einfach Santa Fe, Santa Fe Capital.«

»Santa Fe Capital. Gut. Bis dann, ich melde mich.« Damit legte er auf.

Innerlich sah ich ihn schon die Stufen zur U-Bahn hinunterlaufen. Oder war er sogar schon in Retiro, am Busbahnhof?

Ich machte den Fernseher an und schaltete durch, fand nichts und ließ einen Musiksender laufen. Ich sollte schlafen, aber ich war nicht müde. Beim letzten Nachtdienst war nichts mit mir anzufangen gewesen. Jetzt wuchs in mir die Angst, dass ich wieder nicht schlafen könnte. Ja, ich wusste bereits, dass es längst wieder begonnen hatte, das Müdesein zur falschen Zeit. Ich legte mich wieder auf das Sofa, starrte in den Fernseher, sah bunte Bilder und hörte irgendetwas und konnte nicht schlafen. Oder schlief ich doch? Denn es riss mich plötzlich, als das Telefon läutete, und ich hob sofort ab, in eine seltsame Panik, etwas versäumt zu haben, versetzt.

Es musste schon länger geläutet haben, denn Joseph sagte: »Was ist denn mit dir? Hörst du schlecht?«

»Ich hatte es auf lautlos«, murmelte ich und räusperte mich.

»Ach so. Ja, wie auch immer«, sagte er, »morgen um sieben in Retiro.«

»In der Früh?« Ich unterdrückte ein Gähnen, holte Luft und konnte nicht gleich weitersprechen. »Ich habe Nachtdienst. Das schaffe ich nicht«, sagte ich dann.

»Du bist doch um sechs fertig, dachte ich?«

Ich sagte nichts. Er hatte recht.

»Also bis morgen.«

»Ja.«

Ich legte auf und dachte, dass ich nun auch noch schnell packen müsse. Morgen müsste ich direkt vom Krankenhaus zum Busbahnhof, mit dem Taxi, um den Bus zu erwischen.

Wann war ich das letzte Mal in Santa Fe gewesen? Als Kind, dachte ich, als Kind irgendwann. Früher waren wir manchmal dort gewesen. Warum eigentlich? Es fiel mir nicht ein. Ich warf einen Blick auf die Uhr. Wie sollte ich den Nachtdienst überstehen? Mir blieben noch etwas mehr als zwei Stunden, bis es fünf Uhr war und ich losmusste. Ich war so müde, dass es schmerzte. Ich stellte den Wecker und schloss die Augen. –

Er wartete bereits vor dem Bahnhof, als ich aus dem Taxi stieg. Ich fragte mich, wie man um diese Uhrzeit schon rauchen konnte.

»Hello«, sagte er.

Ich antwortete: »Du irrst, mein Freund, du bist nicht in Amerika.«

Er schob die Unterlippe vor, zuckte die Schultern. »Nicht?«

Ich war übernächtig und in einer Stimmung zwischen unzufrieden und schlecht gelaunt. Ich wollte ihn jetzt nicht begrüßen. Er schien nichts dagegen zu haben, es schien ihm nicht einmal aufzufallen. Wir standen nebeneinander, bis er fertig geraucht hatte. Ich verstand nicht, was man überhaupt am Rauchen finden konnte.

Die Uhr zeigte zehn vor sieben. Der Himmel war fast weiß, und trotzdem war es, als hätte jemand das Licht ausgemacht. Der Nachtdienst war endlos gewesen. Mir kam es vor, als dauerte er noch an. Ich wollte schlafen. Er warf die Zigarette auf den Boden, zog die Busfahrkarten aus der Tasche, zeigte mir eine, wie ein Schiedsrichter einem Spieler eine gelbe oder rote Karte zeigt, gab sie mir, drehte sich um, und hintereinander betraten wir die Halle.

Irgendwann wachte ich auf, den Kopf im Nacken, ein Bein angezogen und das andere auf den Gang gestreckt. Ich öffnete die Augen. Hinter den Fenstern zog Wald vorüber. Jemand stieß gegen meinen Fuß. Jemand sagte etwas, und jemand antwortete etwas. Ich richtete mich auf, ließ den Kopf nach rechts kippen und sah zu Joseph hinüber. Ich konnte mich nicht einmal mehr ans Einsteigen erinnern. Er hatte einen weißen Plastikbecher mit schwarzem Kaffee auf dem herabgeklappten Bord vor sich stehen.

»Die bringen einem Kaffee an den Sitz, nicht schlecht«, sagte er. Hatte er bemerkt, dass ich aufgewacht war? Er rührte mit einem Bleistift, den er umgekehrt hielt, darin.

Für ein paar Momente war nichts in mir, ich wartete und sagte dann mit einer Stimme, die, wie mir schien, nicht aus mir hinauswollte, ich könnte auch einen vertragen. Mir gehe es, sagte ich, als wäre ich verprügelt worden. Er nahm den Bleistift aus dem Kaffee und schleckte ihn ab.

Ich kannte niemanden in Santa Fe, wusste jedoch, dass in dieser Region der Sojaanbau besonders intensiv war. Sobald wir angekommen wären, bräuchten wir einfach nur ein Taxi zu nehmen oder uns ein Auto zu mieten und könnten in das Umland fahren. Jetzt, Mitte Oktober, wären die meisten Felder schon wieder bestellt. Ich nahm mir vor, bis wir angekommen waren, nicht mehr aus dem Fenster zu sehen. Joseph hatte den Vorhang neben sich zugezogen. Er hatte einen Packen Ausdrucke dabei, die er durchging.

»Was hast du da?«, fragte ich mit geschlossenen Augen.

»Meine Niederschriften aus den letzten Monaten.«

»Ist die Arbeit fertig?«

»Noch nicht ganz. Nächste Woche beende ich sie. Es sind lediglich wenige Punkte, die fehlen, die aber wesentlich sind. Zwei, drei Tabellen.«

Er klang zufrieden, dachte ich. Sein Bleistift auf dem Papier, das Geräusch machte mich für Augenblicke – immer dann, wenn es einsetzte – unruhig, sogar irgendwie gereizt. Dann nahm ich es nicht mehr wahr. Ich war noch nicht ausgeschlafen. Ich frage mich, ob in seinem Beruf je etwas wirklich erledigt war oder ob es ewig weiterging. Wahrscheinlich gibt es kein Ende, dachte ich. War sein Beruf letztlich gar nicht so sehr verschieden von meinem? Immer gab es eine wieder neue Krankheit, ein neues Leiden, und nie war es damit zu Ende.

In Santa Fe hielt der Bus. Wir stiegen aus und nahmen unsere Taschen entgegen. Dann verließen wir den Bahnhof, gingen stadteinwärts und fanden sofort und ohne überhaupt zu suchen ein kleines, schlichtes Hotel, in dem wir zwei Zimmer nahmen. Joseph wollte sofort ein Taxi rufen und die Gegend erkunden. Ich sagte, ich hätte Hunger.

»Wir essen dann in irgendeinem Dorf, das ist viel besser.« Er sagte es, als stammte er aus der Gegend, nicht ich.

Ich zog die Brauen hoch, widersprach aber nicht. Wir gingen zurück zum Busbahnhof, wo vor dem Eingang eine Reihe Taxis stand. Der Fahrer des vordersten Wagens döste mit auf den Schoß gesenkter Zeitung, der zweite sagte, er fahre nur innerhalb der Stadt, er müsse seine Stoßdämpfer schonen, erst bei dem dritten hatten wir Glück. Wir handelten mit dem Fahrer einen Preis aus, für den er uns bis zum Abend zur Verfügung stünde.

Wir fuhren auf einer anderen Straße wieder aus der Stadt, westwärts Richtung Cordoba, und es kam mir nun wie Einbildung vor, eben ein Hotelzimmer bezogen zu haben. Schon bald hielten wir zum ersten Mal an, stiegen aus und stellten uns an einen Feldrand. Ich hatte nahezu die gesamte Fahrt über geschlafen. Wie seltsam, mit einem Mal nicht mehr in Buenos Aires zu sein. Alles war grün, und der Blick stieß nirgendwo an.

Den ganzen Tag über standen wir an den verschiedensten immer gleichen Feldrändern, gingen durch Felder, durch das Grün der weichen, noch kleinen flaumrändrigen Sojablätter, und Joseph sagte immer wieder: »Ich rieche es, ich rieche es richtiggehend. Es sieht so schön aus, ich kann es nicht leugnen, aber ich rieche es, den ganzen Dreck, das ganze Gift.«

Immer wieder durchschauerte es mich. Es war eigenartig, hier zu sein. Ich schnupperte, aber ich roch nichts.

Einmal, mitten in einem Feld, sagte ich leise vor mich hin: »Bei uns zu Hause sieht es ähnlich aus.«

Er antwortete nichts. Ich hatte sagen wollen »bei uns oben« – und sagte statt »oben« »zu Hause«. Ich wollte mir auf die Zunge beißen, die Zeit anhalten und fünf, zehn Sekunden zurückdrehen und es noch einmal anders sagen, aber das war unmöglich. Da standen wir, eine weitere Brise kam auf, und Joseph sagte nichts.

Der Taxifahrer hupte. Er hatte schon zuvor einmal aufs Weiterfahren gedrängt. Er schien nervös. Konnte, ja musste es ihm nicht gleichgültig sein, wie lange wir wo hielten? Musste es ihm nicht sogar recht sein, wenn wir oft hielten? Immerhin sparte er Diesel, wenn wir standen. Joseph machte eine Handbewegung zum Taxi hin, ohne sich umzudrehen. Der Fahrer hupte noch einmal, und wir gingen zurück.

Stundenlang waren wir so unterwegs, kamen an vielen Dörfern vorbei. In einem machten wir endlich Rast und aßen. Um unseren Tisch kreiste der Hund des Besitzers, der ihm beim Vorbeigehen, jedes Mal, wenn er ihm vor die Füße kam, einen dumpf tönenden Tritt verpasste; der Hund jaulte nicht. Ich warf ihm ab und zu ein Stück von meinem Steak zu, das er jeweils mit hochgezogenen Lefzen und ohne uns aus den Augen zu lassen verschlang.

Wir hatten unseren Chauffeur eingeladen, mit uns zu essen. Zuerst war er wortkarg, aber bald zeigte sich doch seine Neugier, in der Misstrauen mitschwang. Er fragte, was wir denn eigentlich hier machten.

Ich sagte dann: »Ich bin Arzt.« Und auf Joseph zeigend: »Und er Agraringenieur.«

»Ah«, machte der Chauffeur, sich zurücklehnend, und wurde ab da wieder wortkarg. »Ah. Verstehe.«

Joseph lächelte, wie ich bemerkte, und später sagte er, das sei ja hier wie in Österreich. Ich verstand nicht, wie es gemeint war.

Wir fuhren weiter, und einmal zwischen zwei Dörfern, eben aus dem einen kommend und auf ein anderes zufahrend, sagte Joseph aus dem Fenster hinaus, jedoch so, dass ich es hören konnte: »Ein San Juan nach dem anderen.«

Am nächsten Morgen nahmen wir einen Bus nach San Ignacio Miní, fuhren den ganzen Tag. Joseph wie am Vortag am Fenster, ich wieder am Gang. Die kalte Luft aus der Klimaanlage. Irgendwann nachts kamen wir an, suchten ein Hotel und gingen unverzüglich ins Bett. Sowie ich mir die Decke über den Kopf gezogen hatte, fiel ich in tiefen, traumlosen Schlaf.

Beim Kaffee am Morgen in dem Laden schräg gegenüber dem Hotel beschlossen wir, den Tag dafür zu verwenden, die Ruinen der Jesuitenreduktionen zu besichtigen. Es war im Grunde schon seit dem Vortag beschlossen, aber wir beschlossen es einfach noch einmal. Ansonsten gab es nichts zu reden. Beide wollten wir nicht im Hotelrestaurant frühstücken, jetzt standen wir da. Jeder war für sich hergegangen. Wir hatten uns getroffen, aus Zufall.

Nun fiel mir wieder auf, wie sehr sich diese Gegend hier von jener weiter südlich unterschied. Hier sah es im Grunde aus wie im bolivianischen Tiefland, das ich vor drei Jahren bereist hatte. Allein der rote Boden. Joseph sagte mir den Namen des Bodentyps (Ferralsol), und ich schrieb ihn mir auf.

Einmal, langsam zwischen den Ruinen schlendernd, machte ich eine ausholende Geste und sagte zu ihm: »Hier das, während in England Shakespeare den ›King Lear‹ geschrieben hat.« Wollte ich mein Wissen zeigen? Es war nur ein lautgewordener Gedanke.

Joseph fragte: »Magst du den ›Lear‹? Ein seltsames Stück. Diese Töchter ... Mir ist ›Macbeth‹ lieber. Obwohl, man muss sagen, der ›Lear‹ ist schon gewaltig ... Ja. ... Aber das ist im Grunde alles Schnee von gestern, auch das hier, diese Steine« – er stieß mit der Fußspitze nachlässig gegen ein niedriges Mäuerchen – »sind Schnee. Ich verstehe eigentlich nicht, warum man das nicht einfach alles verfallen lässt.«

Ich sah, wie sich etwas zwischen zwei Steinen in dem Mäuerchen löste und lautlos zu Boden rieselte, wo es im Gras kaum merklich aufstaubte. Joseph war weitergegangen. Plötzlich drehte er sich um und sagte noch einmal: »Überall der Schnee von gestern.« Und nach einem tiefen Atemzug: »Ich lebe aber jetzt. Wir leben jetzt.«

Ich hatte Jahreszahlen – er sofort eine Meinung. Das traf mich ganz eigen und ließ mich in Nachdenken verfallen. Dass er die Stücke kannte, fiel mir da gar nicht besonders auf, erst später. War das nicht unwahrscheinlich, wenn man sein Reden bedachte? Sollte er doch noch andere Interessen haben – oder einmal gehabt haben?

Vor uns ging ein grauhaariges, englisch sprechendes Ehepaar. Ich hörte den beiden zu, verstand sie jedoch kaum. Der Mann filmte unablässig und sprach dazu, während die Frau ihm flüsternd Abschnitte aus dem Reiseführer vorlas. Immer wieder hob sie zwischen den Sätzen den Kopf und sah ihn an. Es verwunderte mich, dass sie ihn und nicht die Ruinen ansah. Manchen ihrer Sätze wiederholte er.

Joseph sagte auf einmal: »Mein Vater hat sich auch irgendwann eine Filmkamera gekauft. Er hat sich nie etwas gekauft, aber diese Kamera, die musste sein.« Er lachte auf und sagte weiter: »Man versteht nicht einmal diejenigen, die einem am nächsten sind. Tragisch, irgendwie.« Er lachte noch einmal.

Ich sah das Ehepaar, sah den Klettverschluss an den Schuhen beider und dachte an Ceci. Von da an war das Weitergehen ein ganz anderes.

Obwohl ich schon mehrmals, in der Kindheit sogar regelmäßig, hier gewesen war und mehrere Führungen mitgemacht hatte, konnte ich mich an kaum etwas erinnern.

Später zurück ins Hotel.

Ich fragte mich, ob ich ihm den Río Paraná und die Badestelle zeigen sollte, entschied mich jedoch dagegen. Ob er wusste, dass hier die Grenze zu Paraguay war? Ich nahm es an. Ja, selbstverständlich wusste er es, in dieser Hinsicht war er immer gut informiert.

Wir saßen unter der orangefarbenen Markise vor dem Hotel und ließen uns Bier bringen. Joseph arbeitete. Unter der Markise leuchteten die weißen Blätter gelblich. Ich sah auf die Straße. Ich war diese Temperaturen nicht mehr gewohnt und schwitzte sogar, wenn ich mich nicht bewegte. Ich spürte, wie in den Falten unter meiner Brust der Schweiß stand. Auch an Josephs Stirn und Oberlippe saßen Schweißperlen, die er von Zeit zu Zeit wegwischte; aber kaum hatte er die Hand vom Gesicht genommen, standen die Schweißperlen schon wieder da. Vor allem auf der Oberlippe sahen sie abstoßend aus. Ich spürte, dass mein Schnurrbart nass war. Auch das empfand ich als abstoßend. Der Ekel ging so weit, dass ich ihn mir später, im Zimmer, abrasieren wollte; ich beschloss es; aber ich machte es dann nicht. Morgen Abend fuhr unser Bus zurück. Und bis dahin? Sollte ich ihm den Fluss doch zeigen? Sollte ich mir überhaupt etwas einfallen lassen? Wie die Zeit verbringen, wenn man nicht einfach nach Hause gehen konnte? Ich hatte Angst davor, ein langweiliger Begleiter zu sein. Ich entschied mich, einfach sitzen zu bleiben, weiter Bier zu bestellen und zu trinken, einfach zu warten und nichts zu tun. Die Zeit verging, und die Angst.

Ich schaute auf die rote Straße und dachte an die Zeit früher, mein Leben hier. Es war so viel klarer als das Leben jetzt. Es war plastisch. Nur weil es weg war? Nur durch den Abstand? Wenn ich frei gewesen wäre, hätte ich ihm davon erzählt, ob es ihn interessierte oder nicht. Ich hätte, dachte ich, einfach drauflos geredet. Früher waren wir mit dem Auto hier gewesen, in der Früh her, am Abend zurück.

Ein fremder Ort. Wir saßen, bis es dunkel wurde. Joseph hatte das erste Bier fast in einem Zug geleert, das zweite jedoch schon nicht mehr angerührt. Es stand auf dem Tisch, ohne Schaum wie noch vor Stunden, nur dass sich die Farbe verändert hatte, es war dunkler geworden. Keine Bläschenschnur war mehr zu sehen, und nicht einmal ein einzelnes Bläschen stieg mehr auf. Er hatte es bestellt, es sich dann aber wohl anders überlegt und als es gebracht wurde, eine Flasche Wasser bestellt.

Das Hotel füllte sich und leerte sich wieder. Ein schwer atmendes altes Wesen. Ich konnte nicht erzählen. Wir aßen dann noch einmal, tranken jetzt eiskalten Weißwein, und ich schmeckte vom Essen schon nichts mehr, alles trug den Geschmack von eiskaltem Weißwein. Das Sitzen und Starren und Trinken und Nachdenken über mein Leben hatten mich taub gemacht.

Am nächsten Morgen wollte ich ihm den Fluss, den Paraná, dann doch zeigen, aber er mochte nicht. Er wollte arbeiten, fragte nur, zu welcher Uhrzeit genau der Bus abfahre, und so ging ich alleine und setzte mich ans Ufer und schaute nach Paraguay hinüber, wo eine Flagge unbewegt hoch an einem Mast hing und – hängend – wie die französische aussah.

Die Zeit verging. Kinder kamen und spielten am und im Wasser. Manche hatten leere, silbern blitzende Blechdosen in der Hand, entlang deren Rillen Nylonschnüre gewickelt waren, an deren Enden Angelhaken hingen, die sie mit gekonntem Schwung bis weit in den hier sich zäh dahinwälzenden Fluss hinaus auswarfen. Sie standen bis zu den Knien im Wasser und schwangen das Nylon durch die Luft und warfen die Angelhaken aus wie Cowboys Lassos. Eine Frau wusch Wäsche und rief ständig etwas zu jemandem, der sich nicht blicken ließ – oder war es eines der Kinder? Aber niemand rührte sich ihretwegen. Um sie herum schäumte das Wasser weiß.

Ich hockte am flachen Ufer im kühlen, weichen Grund und dachte, dass es genau betrachtet unfassbar sei, wie viele Gesichter dieses Land hatte. Wie viele – und auf welche Größe verteilt. Wie jemand das sah, der aus einem vergleichsweise winzigen Land stammte? Ich vertrödelte den Tag in dem Dorf, trank hier etwas, dort etwas, ging in Gedanken sämtliche Nervenbahnen durch und kaufte schließlich an einem Souvenirstand einen ledernen Schlüsselanhänger, auf dem skizzenhaft ein Teil der Ruinen und die Worte »San Ignacio Miní« eingeprägt waren.

Abends fuhren wir in einem Bus der obersten Preisklasse – Joseph, der schließlich bezahlte, hatte darauf bestanden – zurück nach Buenos Aires. In Bussen wie diesem konnte man fast waagrecht liegen. Die Sitze, zwei auf der rechten, einer auf der linken Seite des Gangs, waren groß und breit und ließen sich bis weit nach hinten verstellen.

Ich überlegte, ob ihm aufgefallen war, dass ich statt »oben« »zu Hause« gesagt hatte.

»Die Kiefern«, hörte ich ihn irgendwann in das sanfte Motorengedröhn hinein sagen, als die Lichter über den Sitzen schon eine Weile sämtlich erloschen waren, in die ich jedoch immer noch starrte, sie immer auch noch sah, und als ich gemeint hatte, er schlafe längst. Ich schlief ja selbst schon fast – und hatte vergessen, wo ich war und dass ich nicht allein war.

»Was«, murmelte ich, »was sagst du?«

»Die Kiefern. Was soll das?«

Ich räusperte mich. Die Kiefern. »Sie wachsen hier schnell. Für Zellulose, Papier.«

Der Motor dröhnte in uns weiter. Er war laut und eintönig, das wirkte mit der Zeit eigenartig beruhigend.

Joseph stöhnte und sagte leise: »Das auch noch.« Er richtete sich die dünne dunkle Decke und legte einen Arm über das Gesicht. Sein Atem ging schwer.

Ich war verwundert. Hatte er das etwa nicht gewusst? Ich dachte an das Quietschen der Kiefern bei Wind.

‎▪ ▪ ▪

Schon zu Beginn meiner Studienzeit hatte mich das The-
ma interessiert. Schon damals, als der sogenannte Rinder-
wahnsinn (BSE) noch nicht ausgebrochen war, wurde viel
Soja importiert aus Südamerika. Heute ist es ungleich mehr.
Ein wichtiger Grund dafür ist, dass als Reaktion auf die
BSE-Krise der Einsatz des sogenannten Tiermehls, verar-
beitete Tierkadaver, ein bedeutender Eiweißlieferant in der
Tierproduktion, zu Beginn des neuen Jahrtausends in der
Europäischen Union verboten wurde, und Soja ist die best-
verwertbare pflanzliche Eiweißquelle. Ein weiterer wichtiger Grund, der mit dem eben genannten Hand in Hand
geht: Von Jahr zu Jahr steigt der weltweite Fleischbedarf. –
Ich begann mich damit zu beschäftigen; ich lernte Spanisch
und Portugiesisch, vor allem, um im Internet brasilianische
und argentinische Wirtschaftszeitungen lesen zu können.

Neunundneunzig Prozent der in Argentinien angebauten
Sojapflanzen sind genmanipulierte Hochleistungspflanzen
und stammen von einem einzigen Konzern.

Freilich, mir war klar, dass es nicht jedem recht sein
konnte, wenn ein Ausländer (ob nun ich oder ein anderer)
daherkam und gewissermaßen einen Missstand, der längst
offenlag, bezeichnete, in Zahlen fasste. Sehr vielen ist das
nicht recht, egal an welchem Ort der Welt. Nicht nur Unternehmen ist es nicht recht, auch von einzelnen Bürgern
kommt oft Widerstand. Hier merkte ich es, wenn ich mich
mit Augusto unterhielt. Sein Vater war Rinderzüchter, einer
der größten von ganz Nordargentinien. Nun hatte er schon
vor vielen Jahren begonnen, Soja anzupflanzen; dazu brach
er Weideland zu Ackerland um, und außerdem rodete er
nach und nach Waldflächen, die er urbar machte, um noch
mehr Soja anbauen zu können.

Augustos Vater ist bei Weitem nicht der Einzige, der so arbeitet. Jeder möchte mit dieser Pflanze Geld machen. Das bleibt nicht ohne Konsequenz. Auch deshalb steigen die Preise für Rindfleisch und ebenso die Preise für Kulturpflanzen, auch Gemüse, die der Sojabohne weichen müssen. Preisschwankungen häufen sich. Es kommt vor, dass es plötzlich in keinem Restaurant zum Steak mehr Tomatensalat gibt – der sonst nicht wegzudenken ist. Fragt man nach, heißt es, Tomaten seien zu teuer geworden. Kleine und kleinere Bauern werden vertrieben, manche gehen freiwillig, lassen sich ihr Land von Großgrundbesitzern abkaufen.

So ungefähr erklärte ich es, wenn mich ein Laie fragte, wovon meine Studie handle. Savina etwa oder Hans. Es gelang mir nicht, ihnen das Thema, das mich beschäftigte, genauer zu auseinanderzusetzen. Es blieb mehr eine Andeutung, die Andeutung einer Darstellung des Sachverhalts, über den ich arbeitete und zu dem es selbst in Argentinien, zumindest in kritischen Medien, immer wieder relativ ausführliche Berichte gab. Das war mir nämlich aufgefallen: Sie verstanden mich nicht, wenn ich darüber in gewohnter Weise sprach. Zuerst glaubte ich, es liege an ihnen; dann fand ich heraus: Es lag nicht an ihnen, es lag an mir, meiner Sprache, die eine Fachsprache war. Dabei wollte ich doch nur sagen, was kein Geheimnis war: Ein ganzes Land, und nicht nur ein Land, sondern ein ganzer Kontinent verliert sein Gesicht, seine Farben.

An sich war Augusto meiner Meinung. Und doch ging jedes Wort, das ich sagte, oder jedes Wort, das ich ihn sagen ließ, indem ich ihm Fragen stellte, gegen seinen Vater und das, wie und wodurch seine Familie existierte und bisher existiert hatte. Obwohl er weg war von dort, obwohl er mit seinem Vater nicht mehr viel zu tun hatte, ja mit ihm gebrochen hatte, fühlte er sich mit angegriffen. Gegen seinen Willen wuchs in ihm Widerstand gegen mich und meine Arbeit hier. Darüber mussten wir nicht reden, ich las es in seinen Augen. Es war das Dilemma, dem ich schon so oft begegnet war.

Mein Vater hatte bis zu seinem letzten Tag sogenannte Pflanzenschutzmittel eingesetzt. Hätte er noch andere Nachkommen als mich gezeugt, hätte er mich enterbt; das ist keine Mutmaßung, so sagte er es mir am Telefon einmal. Denn natürlich hatte er mitbekommen, was aus mir geworden war, und sein anfänglicher einfacher Stolz, zuerst einen Diplomingenieur, dann noch einen Doktor zum Sohn zu haben, war rasch einer Ernüchterung und dem Gefühl gewichen, verraten worden zu sein.

Ein Redakteur einer Fachzeitung, die mein Vater abonniert hatte, war eines Tages an mich herangetreten, weil er sich für einen von mir verfassten Artikel interessierte; man überlegte, ihn abzudrucken. Ich gab schriftlich meine Konditionen bekannt, worauf man sich nicht mehr meldete. Erst ein Jahr später – als das, was ich im Artikel prognostiziert hatte, dabei war einzutreten – riefen sie wieder an. Ich verlangte mehr als das Doppelte wie vor einem Jahr. Ich brauchte das Geld nicht, brauchte den Abdruck nicht, wusste aber, dass sie den Artikel brauchten. Ich wollte sie ärgern, weil ich mich geärgert hatte. Zähneknirschend akzeptierten sie. Diesen Artikel las mein Vater, dann rief er an. Er widersprach mir nicht – er hatte nichts gegen etwas, was er ohnehin nicht anerkannte –, aber seinen Namen unter einem derartigen Artikel lesen zu müssen, konnte er nicht hinnehmen. Er sagte, er schäme sich zu Tode.

Ich hatte schon lange das Bedürfnis, mich zu rächen, wusste zunächst jedoch nicht, wie. Dann, als ich der Erbe geworden war, den mein Vater so gerne weichen gesehen hätte, wusste ich es: Ich verkaufte den gesamten Besitz, den Erbhof, seit zweihundertfünfundsechzig Jahren im Besitz der Familie Wagner, verkaufte an jemanden von weiter her, der ökologische Landwirtschaft betreiben wollte.

Ein großer Teil dieser argentinischen Soja wird als Futtermittel für Tiere in die Europäische Union – also auch nach Österreich – verkauft. Der Rest geht nach China, in die USA, nach Japan. In die ganze Welt. Es ist so geworden, dass einen jeden alles angeht und betrifft, und zwar unmittelbar und ständig, und deshalb finde ich es nicht verkehrt, wenn ich (oder, wie gesagt, ein anderer) hier oder sonst wo über dieses Thema arbeite, im Gegenteil.

■ ■ ■

Fast ein wenig verlegen kam er mir vor, als ich ihn vor dem Museum auf und ab gehen sah, auf mich wartend. Es kann sein, dass der Anschein der Verlegenheit deshalb entstand, weil er einen Anzug trug, dachte ich, vielleicht war ihm seltsam zumute. Ich kannte das von mir. Ausnahmsweise trug er schwarze schmale Halbschuhe, die glänzten. Später würde er sagen, dass er in der Calle Florida, auf dem Weg zur U-Bahn, gegenüber dem 25-Stunden-Supermarkt stehen geblieben sei und sich die Schuhe habe putzen lassen, etwas, was er bisher noch nie in Betracht gezogen habe. Er sagte es, als sei ihm ein Licht aufgegangen. Er wollte sich das nun öfter machen lassen.

In der Schiebetür spiegelte die Sonne, er konnte mich nicht sehen. Ab und zu schaute er auf, her zur Tür, und ich zuckte jedes Mal leicht zusammen. Die Verlegenheit meinte ich noch im Kopfsenken nach dem Aufschauen zu entdecken, vielleicht da besonders.

Unglaublich, wie ruhig er wirkt, dachte ich. Nicht nur auf mich, sondern auf die allermeisten. Schon damals in Wien hatte ich das festgestellt: Er wirkte jederzeit, als könnte nichts ihn aus der Ruhe bringen, in der er sich zu befinden schien.

Einmal hatte ich zu ihm gesagt: »Ich möchte bloß einmal einen Tag lang so entspannt sein wie du!« Ich erinnere mich daran, als wäre es gestern gewesen: die Blätter, die vor uns fielen und durch die Luft wehten, angeleuchtet von einer müden, aber sich doch noch einmal aufbäumenden Herbstsonne, die in der Luft hängenden glänzenden Herbstfäden, und wie irritiert er dann geschaut hatte. Ginge ich jetzt hinaus und wiederholte nach der Begrüßung, schon im Gehen, diesen Satz oder sagte einen ähnlichen, es wäre dasselbe wie damals. Er würde sich nicht erinnern, dass es eine Wiederholung wäre, jedenfalls keine Wiederholung einer bestimmten Situation, eines Wortwechsels zwischen uns beiden. Er würde es als allgemeine Wiederholung empfinden, etwas, was sich wieder und wieder ereignet, obwohl ihn betreffend weit weg von ihm, ohne seinen Einfluss. Damals war nach diesem irritierten Blick nichts gewesen, gar nichts, es war, als wären wir plötzlich in ein Vakuum eingetreten durch diesen Wortwechsel. Irgendwann blieb er unvermittelt stehen, wandte sich zu mir und sagte: »Jetzt hör mir einmal gut zu: Ich kenne niemanden, der rastloser wäre als ich. Verstehst du? Niemanden. Ruhe, das ist ein Fremdwort für mich. Entspannt? Ich kapiere überhaupt nicht, wie du so einen Blödsinn sagen kannst.« Das Vakuum füllte sich wieder.

Aber wie er da draußen auf und ab ging, er sah einfach so ruhig aus, so, als könnte nichts und niemand ihn aus der Ruhe bringen. Er hat sich, dachte ich, nicht verändert.

Ich glaubte und glaube es ihm, dass er rastlos ist. Aber es mischt sich dennoch immer wieder ein Unglauben in diesen

Glauben, und dann bilde ich mir ein, dass im Grunde ich der Unruhigere von uns beiden bin, und bei mir sei das durch die Geschichte erklärbar, ja gewissermaßen sogar nachweisbar. Josephs Familie war seit jeher in Oberösterreich ansässig, der Hof war in der soundsovielten Generation im Besitz der Familie Wagner. Aber bei mir war das anders, meine Familie war zusammengesetzt aus Umherziehenden und Vertriebenen.

Mein Großvater mütterlicherseits stammte aus dem Banat und war mit einem der letzten Trecks auf der Flucht vor der Roten Armee nach Ried im Innkreis gekommen. In dem kleinen Dorf Waldzell, das in der hügeligen Gegend unweit von Ried, der grenznahen Bezirkshauptstadt, liegt, lernte er bald nach der Ankunft und bald, nachdem er eine Arbeit als Hilfskraft in einem Sägewerk gefunden hatte, meine Großmutter kennen, die sich als Magd auf einem Hof, der heute einem hiesigen Transportunternehmer gehört, verdingte. Sie wiederum stammte aus einer Familie aus Kirchham, nahe Gmunden am Traunsee, und bis heute weiß ich nicht, warum sie aus Kirchham, wo sie ein Häuschen hatten, mitten im Krieg wegzogen. Es ist nicht herauszukriegen. Wenn ich bei meiner Mutter nachfragte, hieß es bloß: »Ich weiß es doch selbst nicht.« Überhaupt, über die Familiengeschichte wurden nicht viele Worte verloren. Die Großmutter erzählte nichts von Kirchham, und auch der Großvater muss so gewesen sein, er redete nicht gerne über Vergangenheit.

Im Jahre 1948 heiratete der Banatdeutsche mit der seltsamen Sprache und Aussprache die Frau, die meine Großmutter war, und die beiden zogen 1949 oder 1950 aus einem weiteren mir unbekannten Grund nach Pernitz in Niederösterreich. Und später, als meine Mutter schon gehen konnte, Mitte der fünfziger Jahre, weiter Richtung Osten über den Sattel nach Rohr, wo sie ein Haus bauten. Sie starben jung: er im Dezember 1975, sie im Februar 1976. Einmal nur schien meine Mutter doch etwas zu wissen. Sie sagte: »Beide waren gleich. Wenn sie anfingen, von ihrer jeweiligen Kindheit zu reden, kamen ihnen sofort die Tränen. Da waren sie beide gleich.«

Lucho, der Portier, fragte müde: »Soll ich dir immer noch nicht aufmachen, Juan? Mir schläft schon der Finger auf dem Knopf ein.«

Ich antwortete, er solle noch einen Augenblick Geduld haben.

»Wer ist denn der da draußen?«, fragte er. »War schon ein paarmal hier, nicht? Ich habe den schon ein paarmal hier herum gesehen. Ein Freund von dir?«

Ich hörte seine tiefe Stimme wie von weit weg. Und auch meine Stimme klang wie weit entfernt, als ich mich sagen hörte, ja, das sei ein Freund aus meiner Heimat, ein Agronom.

»Wenn es ein Freund ist, warum lässt du ihn dann warten, Juanchito?« Hänschen. So nannte er mich oft.

Mein Vater stammte aus einer ehemals gutbürglichen Wiener Familie. Der um fünfzehn Jahre ältere Bruder seines Urgroßvaters hatte ganz kurz vor den Zeiten – als hätte er sie gesehen, ehe sie da waren, als Vision, oder sie gespürt, wie ein Wetterfühliger den nahenden Wetterumschwung spürt –, in denen etwas wie erster Tourismus entstanden war, mit Kreditgeld eine Villa im Biedermeierstil in Gutenstein gebaut. Mitten unter den Bauarbeiten jedoch erlag er einem Schlaganfall – wie sein Vater kaum zehn Jahre zuvor. Mein Ururgroßvater, der, erst fünfundzwanzigjährig, für den Kredit als Bürge eingesetzt war, ließ das Haus kurz entschlossen fertig bauen und tat, was sein Bruder getan hätte: Er vermietete vor allem im Sommer an reiche Wiener

Gäste, sogenannte Sommerfrischler. Er hatte diesen Ort zuvor nicht gekannt, aber kaum hatte er ihn einmal gesehen, wollte er weg aus Wien, wo er ein einfacher Angestellter der Creditanstalt war, nicht sofort, aber er plante es für die Zukunft; er wusste jetzt, wo sein Ort war. Und irgendwann verheiratet und Vater, konnte er seine Frau, die eine Wienerin war, eine Städterin wie aus dem Bilderbuch, wie gesagt wird, irgendwie überreden, zumindest einen Teil des Jahres in Gutenstein zu verbringen. Er wusste im Nachhinein selber nicht, wie er das zustande gebracht hatte. Anfangs hatte sie ihn immer wieder vorwurfsvoll gefragt: »Aufs Land willst du? Du meinst dorthin, wo die Backhendl und die Schnitzel lebendig herumlaufen? Ist das dein Ernst?«, und dann lachte sie über ihren Witz. Doch sie zogen im Sommer hinaus. So lebten sie, und schon nach einem oder zwei Jahren blieb er ganz, wohnte im obersten von drei Stockwerken der neuen Villa, und Frau und Kinder kamen im Sommer und in den Ferien. Nach drei weiteren Jahren gaben sie die Wohnung in Wien an einen Cousin meiner Ururgroßmutter, bis auf Weiteres. Die Frau muss sich irgendwie damit abgefunden haben. Vielleicht gewöhnte sie sich einfach, vielleicht fing sie an, es gern zu haben in Gutenstein, in dem Haus, in dem es ihnen an nichts fehlte. Immerhin hatten sie illustre Gäste, Dichter, Maler, Großbürger. Nicht nur im Sommer, sondern fast das ganze Jahr über. So schön war es dort. Die Leute, das entschädigte sie.

Später übernahm der älteste Sohn die Wiener Wohnung in der Liechtensteinstraße, belastete sie mit Hypotheken wegen irgendeines Geschäfts und verlor sie irgendwann. Er wanderte nach Amerika aus, und dann hörte man nichts mehr von ihm. Er gilt als verschollen. Die Familie – als kollektives Gedächtnis gesehen – verlor beinahe die Erinnerung an Wien als Herkunft.

Wie lange hatte ich daran nicht mehr gedacht.

»Juan«, hörte ich Lucho von weit weg.

»Ja«, gab ich gedehnt zurück, »ja.«

Es war gerade alles unendlich weit weg. So weit weg. Ich dachte an Gutenstein und an die Villa, die ich gut gekannt hatte, die jedoch vor ein paar Jahren abgerissen worden war. Ich hatte Photos von dem Gebäude auf meinem Laptop. Bald wollte ich sie mir wieder einmal ansehen. Sollte ich sie mir ausdrucken lassen? Ich dachte an das Innviertel, daran, als ich zum ersten Mal, auf eigene Faust, dort gewesen war. Natürlich war mir schon früh aufgefallen, dass meine Mutter anders redete als mein Vater und die Rohrer überhaupt. Aber ich nahm das hin als Naturzustand und wunderte mich nicht.

Erst als ich eines Tages – mit sechzehn, mit dem Moped – von irgendetwas getrieben oder angezogen nach Waldzell fuhr, merkte ich, dass hier alle ungefähr so sprachen wie sie. Ich suchte und fand den Hof, auf dem meine Großmutter als Magd gearbeitet hatte, sowie das Sägewerk, wo mein Großvater gearbeitet hatte, jahrelang Bretter von einem Ort zum anderen getragen und dazwischen Späne geschaufelt hatte – ganze Wälder getragen und geschaufelt.

Später ging ich in ein Gasthaus und bestellte etwas zu essen. Und da, nachdem ich bestellt hatte und der Wirt in der Küche verschwunden war, bemerkte ich, dass ich eben geredet hatte wie der Wirt, derselbe Tonfall, dasselbe rollende R. Wie um die Probe zu machen, rief ich nach dem Essen von einer Telefonzelle zu Hause an. Es war ein Samstag, mein Vater meldete sich. Ich fragte ihn irgendetwas und hörte mich reden, ich redete wie ein Rohrer, wie er; das R rollte anders, die Worte klangen anders. Ich sprach zwei Dialekte. Ohne Weiteres hängte ich den großen, schwarzen, schweren und nach altem Zigarettenrauch riechenden Hörer ein.

Auf meinem Moped die ewige Strecke nach Rohr zurückfahrend, sagte ich mir einzelne Worte vor, hörte dabei auf die Unterschiede, spürte sie richtiggehend in den Schläfen und Wangen, gegen die der überzogene Schaumstoff des Helms, den ich mit Spray von rotweiß auf schwarz umlackiert hatte, sanft drückte. – Und in Wien, Jahre später, sprach ich die Hochsprache.

Luchos »Juan« hallte noch, während ich all diese Gedanken hatte, die wie ein einziger Gedanke waren.

Er war ganz scharf darauf, den Knopf zu drücken, immer. Als ich hier zu arbeiten anfing, war er schon seit fünfzehn Jahren auf diesem Stuhl als Chefportier. Mit einer Ausnahme war er schon damals der Dienstälteste im ganzen Museum. Außerhalb der Öffnungszeiten konnte die Schiebetür nicht geöffnet werden; man musste einen Hintereingang nehmen.

»Jetzt kannst du mir aufmachen, bitte.«

Er drückte auf den Knopf. Die Tür ging mit einem zischenden Geräusch auf, als wiche Luft, und Lucho lehnte sich zurück; Luft wich zugleich aus ihm, er schaute jetzt zufrieden. Joseph hob, wie zuvor dann und wann, den Kopf und blickte nun nicht mehr in die Spiegelung, sondern in ein Dunkel, in dem ich stand in meinen weißen Hosen und dem beigefarbenen Hemd, der Kleidung, in der ich aus dem Haus gegangen und die den Tag über in einem dunklen kühlen Spind gehangen war. Und wie er da die Augenbrauen hob, war es, als wäre etwas von der Anspannung Luchos auf ihn übergegangen.

»Chau, Juancho.«

»Chau, Lucho.«

Doch gleich wurde Josephs Gesicht wieder glatt. Ich ging auf ihn zu und hörte, wie die Schiebetür sich mit einem Geräusch, als verdichtete sich Luft, in meinem Rücken schloss.

Hier auf der Straße herrschte ein unbeschreibliches Abendlicht. Es war durch die Tür zuvor nicht zu sehen gewesen.
Isabel hatte mir irgendwann einmal erzählt, ein solches
Licht nenne man beim Film Magic Light. Ein Licht, das
täglich immer nur zu einer bestimmten Uhrzeit herrscht,
nur für kurze Zeit, und das die Farben sämtlich mit einem
goldenen Schimmer überzieht. Aber auch bevor ich wusste,
wie es hieß, hatte ich dieses Licht gekannt. Unbeschreibliches Abendlicht. Gab es, fragte ich mich, für alles Namen?
Ein Windstoß schob ein grünes Blatt lautlos ein Stück weit
über den Asphalt. Wo kam das her?

»Wartest du schon lange?« Ich konnte nicht anders, als zu
lächeln.

»Mh«, machte er, sah mich an und zog die Augenbrauen
zusammen. »Mhm. Nein, ein paar Minuten bloß.«

Wir machten uns auf zum Friedhof Recoleta, er wollte
das Grab von Evita Perón sehen. Als wir nach einem kurzen
Fußweg ankamen, waren ihm dort zu viele Leute, und er
wollte wieder gehen. Natürlich waren hier viele Leute. Sie
wollten dasselbe wie er in diesem Moment. Er hatte etwas
gegen Touristen, nannte sie nichtsnutzig und Zeitvergeu-
der. Als ich widersprach, lenkte er ein und sagte: »Gut, von
mir aus, vielleicht hast du recht. Möglicherweise sind nicht
alle so.« Doch nach nur einer Sekunde ereiferte er sich wieder: »Aber doch. Ich sage dir, die meisten sind so. Siehst du
die ganzen Photoapparate? Wozu? Diese Leute. Die meisten laufen herum aus Langeweile. Hier und überall.«

Woher diese Wut?

Er wohnte da schon nicht mehr bei Savina, sondern im
Hotel Silva in der Calle Venezuela, nur ein paar Blocks von
Savinas Wohnung entfernt.

Als ich ihn wenige Tage zuvor am Telefon gefragt hatte,
warum er denn eigentlich ausgezogen sei, schwieg er zu-

nächst. Er sagte lange nichts – und dann: »Hast du eigentlich gewusst, dass weißer Pfeffer nichts anderes ist als geschälter schwarzer?«

Nun, da wir an den Souvenirständen vorbei hinauf zum Friedhof gingen, fragte ich ihn vorsichtig erneut. Er drehte den Kopf zu mir her, aber sah, ohne mich mit dem Blick auch nur zu streifen, an mir vorbei. Dann sagte er: »Sie hat mich aus der Wohnung geschmissen, Hans. Ohne Vorwarnung, einfach so.«

Hatte er mich je beim Namen genannt? Es traf mich, berührte mich grob und zart zugleich.

Soweit ich wusste, war er zwar ausgezogen, aber nicht, weil sie sich etwa getrennt hätten, sondern nur, weil Savina es für keine gute Idee hielt, gleich von Anfang an so eng zusammenzuleben. Mir leuchtete das im Grunde ein, er war als Fremder eingezogen, und man hatte nicht wissen können, dass man etwas miteinander anfangen würde.

Ich wollte weiterfragen und sagte: »Aber das wird sie doch nicht ohne Grund machen, einfach so, ich meine, Joseph, sie wird dich doch nicht einfach hinausschmeißen?!«

Ich lachte sogar ein klein wenig auf.

Da antwortete er mit auf einmal leiser, fast flüsternder Stimme: »Ich verstehe es auch nicht. Es ging doch. Ich meine, sie und ich. Das hätte doch gehen können.«

Sie waren also gar nicht mehr zusammen?

Erst später erzählte mir Cecilia in allen Einzelheiten, was sie von Savina gehört hatte, und noch später erzählte es mir Savina selbst. Ich versuchte dann, ihn zu verstehen, im Nachhinein, aber es gelang mir wieder schlecht. Ich dachte an das Hotelzimmer im Silva, das ich einmal, aus Zufall, gesehen hatte, an den grauen Schreibtisch und den schwarzen Laptop, an die Ausdrucke mit eingefärbten Tabellen und eingefärbten Zahlenreihen, die er an die Wand gepinnt hatte, an die Stifte, die parallel aneinandergereiht dalagen, auf dem Nachtkästchen das Buch über Raubvögel, die Kanten bündig mit den Kanten, an die drei paar Schuhe unter der Gasheizung an der Wand. Das einzige Chaotische in dem Bild, das sein Zimmer abgab, waren die beiden überquellenden Aschenbecher, einer auf dem Schreibtisch, einer auf dem Boden neben dem Bett, und die Asche, die jeweils ringsum lag. Ich fragte mich, ob das Zimmer bei Savina sehr viel anders ausgesehen hatte. Aus Zufall: Ich kam ihn abholen und klingelte, die Rezeptionistin machte mir die Tür auf – aber dann läutete das Telefon und sie vergaß oder hatte eben nicht die Zeit, ihm Bescheid zu sagen, was ich nicht wissen konnte. Ich ging die Stufen in sein Stockwerk hinauf und klopfte an seine Tür und hörte, wie er »Herein« sagte – da öffnete ich die beigefarbene Tür und trat ein.

■ ■ ■

Ich musste die Schuhe ausziehen. Als ich nachfragte, weshalb, gab man mir keine Antwort. Verwundert bückte ich mich, löste die Bänder und zog die Schuhe aus. Der Sicherheitsbeamte nahm sie und ließ sie noch einmal über das Band durch das Röntgengerät laufen. Hinter der Zarge des Metalldetektors eine lange Reihe Wartender, die mich beobachteten. Jemand sagte jemand anderem etwas. Jemand grinste. Drei Beamte starrten auf den Monitor. Ich warf einen Blick darauf, konnte jedoch nichts erkennen als abstrakte orangefarbene Schuhe. Derjenige, der hinter dem Monitor saß, grinste.

»Kann ich sie jetzt wieder anziehen?«, fragte ich.

»Nein«, antwortete der offenbar für mich zuständige Sicherheitsbeamte und ruckte mit dem Kopf. »Mitkommen.«

Ich nahm die Plastikwanne, in der meine Sachen lagen,

und ging mit ihm, der meine Schuhe trug, in eine kleine Kammer. Teufel, dachte ich, wäre ich doch mit dem Bus gefahren. Es gab angeblich sogar Direktbusse.

Der Sicherheitsbeamte schloss die Tür und befahl mir, mich auszuziehen. Erneut verwundert, leistete ich Folge. Ich legte meine Kleidung auf einen Metalltisch, neben die graue Plastikwanne. Irgendwie schien er mir allmählich ratlos zu werden, je mehr ich auszog, umso ratloser. Ich hatte das Gefühl, als müsste ich ihm nun ansagen, was zu tun sei; eben hatte er noch so streng ausgesehen.

»Und jetzt?«, fragte ich, in Unterhose und Socken dastehend.

»Die Socken«, sagte er.

Ich zog die Socken aus.

»Unterhose auch?« Ich hob den Kopf und grinste in die Überwachungskamera.

»Nein«, sagte er und wandte sich ab.

Dann stellte er sich neben die Wanne und begann, sich räuspernd, auf die paar Gegenstände zu zeigen, die ich vor der Sicherheitskontrolle da hineingelegt hatte.

»Ja?«, sagte ich.

»Was ist das?«, fragte er.

»Sieht aus wie ein Gürtel«, sagte ich. Wusste er es nicht? Es war fast komisch.

»Werd nicht frech«, sagte er.

»Keine Angst«, sagte ich.

Dann zeigte er wieder. »Und das?«

»Ein USB-Stick?« Ich erklärte ihm, was das war.

Als ich wie ein Kind, das Wörter, oder ein Ausländer, der Vokabeln lernt, sämtliche Gegenstände richtig benannt hatte, hieß er mich unwirsch, mich anzuziehen und zu verschwinden.

Der Flug war angenehm. Irgendwo in der Gegend über

San Juan hatte ich für einen Moment das große Bedürfnis hinunterzuspucken. Niemand wusste, wo ich war, bis auf Lorena, die mir diesen Flug, der mich fast nichts kostete, besorgt hatte. Der Flieger landete pünktlich und sanft in Viru Viru, dem internationalen Flughafen von Santa Cruz de la Sierra, Bolivien. Als ich in der Ausstiegsluke stand, schlug mir heiße tropische Luft entgegen, gemischt mit dem Geruch nach Kerosin. Tief sog ich sie in mich ein. Sekunden später trat ich durch sich automatisch öffnende Glastüren und verschwand im Flughafengebäude, inmitten der Durchsagen und Aufrufe aus Lautsprechern.

Nahe dem Hauptplatz, in der Calle Junín, fand ich eine Herberge, die mir gefiel, sie hieß Oriente. Dort nahm ich ein Zimmer und bezahlte für eine Nacht im Voraus. Es war früher Abend, ich war müde und aufgekratzt von der Reise und dachte, ein Stadtspaziergang und ein Abendessen wären, was ich bräuchte, um danach gut und lange schlafen zu können. Aber ich kam nicht weit: Schon auf dem Hauptplatz, der Plaza 24 de Septiembre, zwei Blocks vom Oriente entfernt, überkam mich eine solche Müdigkeit, dass ich mich auf eine der wenigen freien Bänke setzte.

Es war unglaublich heiß. Eine feuchte Hitze. Wie zu Hause? War dort die Hitze nicht trockener? Weshalb vergaß man so etwas? Ich saß noch nicht lange, da kamen auch schon die Schuhputzer. Zwei Jungen, der eine vielleicht sechs, der andere zwei, drei Jahre älter. Einer setzte sich vor meinen Füßen auf seine kleine Holzkiste und klopfte mit der Bürste gegen meine Schuhe. Der andere zupfte mich am Hemd. Ich verscheuchte ihn wie eine Fliege.

»Putzen, putzen!«, schrie der Kleine und klopfte mit dem Holz der Bürste auf meine Schuhe. »In meinem ganzen Leben habe ich noch keine so dreckigen Schuhe gesehen! Mister! Putzen, putzen!«

Ich stöhnte vor Müdigkeit und leisem Ärger. Konnten sie sich nicht jemand anderen suchen? Ich blickte mich um, niemand sah her.

»Sie sind doch ganz sauber«, sagte ich vor mich hin. »Seht ihr das nicht?«

»Nein!«, schrien sie wie aus einem Mund.

Und der Kleinere wieder: »In meinem ganzen Leben habe ich noch keine so dreckigen Schuhe gesehen! Ich putze sie Ihnen blitzblank!«

Beide saßen sie nun vor meinen Füßen. Ihre Gesichter strahlten wie kleine dunkle Monde.

»Was wollt ihr dafür?«, fragte ich, als der Kleine aufgehört hatte, auf die Schuhe zu klopfen und schon begonnen hatte, Creme aus seiner Kiste auf der Bürste zu verteilen.

Ich ließ es geschehen. Ein Kitzel lief durch den Schuh über meinen Fuß.

»Ach, nicht viel«, sagte er, hob mein Bein, schlug die Hosenstulpe um, stellte die Holzkiste unter meinen rechten Schuh und schmierte Creme darüber, »einen Dollar, wenn Sie haben, Mister.«

»Ich habe aber keine Dollar«, sagte ich.

»Was? Warum denn nicht?«, fragte der Kleine und hörte auf zu schmieren.

»Ich bin kein Gringo«, sagte ich.

Der Kleinere legte die Bürste auf sein Knie und sah erst mich, dann den Größeren an.

»Was denn dann?«, fragte der Größere fast entrüstet.

»Argentinier«, sagte ich.

Er begann zu grinsen, beugte sich zum Kleineren und flüsterte ihm, es mit der Hand abschirmend, etwas ins Ohr, das der dann, mich ansehend, aber schon wieder weiterschmierend, wiederholte: »Ein Gaucho.«

Die beiden lachten, und obwohl ich nicht wollte, entfuhr

auch mir ein Lachen. Ich hatte lange nicht mehr daran gedacht, dass wir so genannt wurden. Der Kleinere klopfte mit dem Holz der Bürste gegen die Schuhsohle. Als ich nicht reagierte, nahm er mein Bein, hob es und stellte es neben die Kiste, nahm das andere Bein, hob es und schob die Kiste darunter.

»Wie lange fährt man mit dem Bus hierher – von dort, wo Sie herkommen?«, fragte er, Creme über das Leder schmierend.

»Lange«, sagte ich, »fast zwei Tage.«

Sie pfiffen anerkennend, und ich fragte mich, ob sie mich dasselbe gefragt hätten, wäre ich Amerikaner gewesen. Es klopfte gegen meine Schuhsohle, ich hob beide Beine, senkte sie wieder. Nun wurde Schuh für Schuh mit einem Tuch, das der Kleine mit beiden Händen straffte, poliert. Es war, als hielte er einen Gurt aus Leder in Händen. Als er die Kappen polierte, schnalzte das Tuch beinah. Zum Abschluss schlug er noch einmal auf die Schuhsohle, zog die Kiste unter meinem Fuß weg, öffnete sie und warf Cremedose, Tuch und Bürste hinein.

»Fertig, Mister«, sagte er.

Ich gab ihnen ein paar Münzen, und sie verzogen sich, sich immer wieder umdrehend, einmal ein paar Schritte rückwärtsgehend, winkend und lachend. Als ich dann auf meine Schuhe hinuntersah, stellte ich fest, dass sie nun statt matt hellbraun glänzend rotbraun waren. Ich musste lachen.

An einer Ecke des Platzes standen Geldwechsler, denen ich eine Weile zusah. Jeder hatte ein Bündel Banknoten in der einen, einen Taschenrechner in der anderen Hand. Es schien sie nicht zu kümmern, wer vorbeiging. Ihr Geschäft war heute vielleicht schon vorbei. Ich blieb noch eine Weile sitzen, bis ich mich erhob, an ihnen vorbeiging und mit meinen neuen Schuhen in ein Restaurant namens Marguerita eintrat, das mit dem Spruch »Best Pizza In Town« auf einer vor dem Lokal stehenden Blechtafel warb. Ich bestellte Pizza. Am Nachbartisch Brasilianer.

Danach ließ ich mich von einem Taxi zum Busterminal bringen, um eine Busfahrkarte nach San Ignacio de Velasco zu lösen. Ich wollte die Jesuitenmissionen sehen. Es gab mehrere Busunternehmen, ich wählte eines, das Misiones hieß, kaufte ein Ticket und fuhr ins Zentrum zurück.

An der Ecke Santa Bárbara und Junín, nur wenige Schritte von meinem Hotel entfernt, gab es einen kleinen Laden, wo ich mir zwei Dosen Bier und eine Flasche Rotwein (Kohlberg) kaufte – für den Fall, dass ich nicht schlafen könnte. Ich ging in die Herberge zurück, stieg die unter jedem Schritt leise dröhnende Eisentreppe zum Flachdach hoch, setzte mich an den Rand und sah in den Innenhof hinab, auf den grauen Betonboden – einheitlich grau, und doch wurde er mit der Zeit, je länger ich hinsah, verschiedenfärbig, zumindest fleckig. Ich saß und schaute gleichgültig. Ab und zu kam jemand aus einem Zimmer, verschwand auf der Toilette, kam, begleitet vom Wasserrauschen, wieder heraus, verschwand wieder im Zimmer. Alles schien Zeit zu haben. Die Zeit hatte sich hier versammelt – Zeit war in den Dingen, Zeit war in mir. Ich hatte Zeit. In der Mitte des Hofs ein Loch im Beton, aus dem ein Mangobaum mit steinharten, kleinen hellgrünen Früchten wuchs. Neben mir ein zum Stuhl zusammengeschweißtes Eisengestell, mit blauer Nylonleine bespannt. Rostige Schweißnähte.

Langsam trank ich die zwei Dosen Bier. Die Frau hatte mich gefragt, welches ich wolle, ob Paceña oder Ducal, und da ich keines der beiden kannte, nahm ich je eine Dose. Sie waren so eiskalt, dass ich kaum etwas schmeckte. Es war wunderbar, das eiskalte Bier in dieser dichten Abendwärme. Ich überlegte, ob ich den Wein aufmachen sollte, ließ es jedoch und stieg irgendwann vorsichtig die Treppe wieder hinunter und legte mich ins Bett. Ich konnte lange nicht schlafen, und als ich endlich eingeschlafen war, erwachte ich gleich wieder und hörte jemanden an der Rezeption streiten.

Vierundzwanzig Stunden später griff ein Mädchen, dessen Gesicht ich nur beim Einsteigen gesehen hatte, nach meiner Hand, und ich erwachte. Sie war hübsch. Zufälligerweise war ich in einen Bus geraten, in dem eine Damen-Volleyballmannschaft von einem Auswärtsspiel zurückreiste. Es war dunkel und still in dem Bus. Ich wartete ein paar Atemzüge lang, dann erwiderte ich den Druck ihrer Hand. Da zog sie sie zurück. Nun begann ein unseliges Spiel. Immer wieder suchte sie meine Hand. Und jedes Mal, wenn ich den Druck ihrer Hand auch nur ein klein wenig erwiderte, zog sie sie schnell wieder zurück und rührte sich minutenlang nicht, bis alles von Neuem begann. Es war anstrengend. In Concepción, irgendwann mitten in der Nacht, stiegen die Spielerinnen aus. Der Bus hielt, das Licht ging an, und ich versuchte blinzelnd, einen Blick von ihr zu erhaschen, aber von ihr kam nichts, nicht einmal ein Seitenblick. Sie stand auf und sagte das Kreuz durchbiegend zu einer anderen Kollegin mit einer groben, tiefen Stimme: »Ich habe kein Auge zugetan, verdammt.« Es war eine Schülermannschaft, die Mädchen siebzehn, achtzehn Jahre alt.

Der Bus fuhr weiter, und ich zog aus der Hüfttasche, die ich umgeschnallt hatte, einen Block und einen Stift heraus und schrieb, noch bevor die Lichter wieder ausgingen, auf: »(K)ein Auge zutun«.

Kurz nach diesem Halt platzte ein Reifen. Manche schliefen weiter, manche stiegen aus und vertraten sich die

Beine, stellten sich an den Straßenrand oder hockten sich hinter ein Gebüsch, um ihre Notdurft zu verrichten; im Bus gab es keine Toilette. Ich blieb zunächst sitzen, stieg dann jedoch auch aus und stand mit den anderen in der Nacht und machte ein paar Schritte. Der Mond war hell, wir warfen Schatten. Zwei Männer lagen unter dem Bus und schraubten und flickten an Gummi. Sie lagen im Schatten des Busses. Das Chrom eines Schraubenschlüssels blitzte dann und wann weiß im Mondlicht. Einige redeten murmelnd miteinander. Es dauerte eine Stunde, bis wir wieder fuhren.

■ ■ ■

»Hättest du mir das gesagt, wäre ich nicht erst hergekommen«, sagte ich. »Soll ich den Kaffee etwa stehen lassen?« Ich war noch keine zwanzig Minuten da.

»Ich habe es dir nicht bloß einmal gesagt, dass ich wenig Zeit habe.«

»Ja. Richtig.«

Cecilia musste gehen, weil sie einen Termin in dem Verlag hatte, für den sie eben etwas übersetzte. Sie hatte sich schon die Jacke umgeworfen. Es war eine leichte Jacke.

»Bleib doch einfach hier«, schlug sie vor, »und trink den Kaffee in Ruhe. Ich bin in einer Stunde wieder da. Und wenn du vorher gehen willst: Dort auf dem Bücherregal, neben dem roten Fremdwörterlexikon, muss noch irgendwo ein zweiter Schlüssel liegen, den kannst du ja einstweilen nehmen.«

Diese Wohnung im dritten Stock des etwas heruntergekommenen Hauses in der Chacabuco-Straße, die jener, in der ich, als ich Mitte Mai angekommen war, einen Monat lang gewohnt hatte, gegenüberlag und im Grundriss wie

deren Spiegelung war. Wie seltsam es war, darin herum-
zugehen.

Sie wartete nicht auf eine Antwort, sagte, sie müsse rasch
los, umarmte mich, der ich in einem tiefen weichen Sessel
saß, gab mir einen Kuss auf die Wange, und schon war sie
weg. Die Glasscheiben in der Tür klirrten – wie die Räder
eines Zuges, der anfährt. Der indianische Traumfänger, der
knapp vor der Eingangstür herunterhing, schaukelte und
drehte sich.

Ich nahm die Tasse, stand auf und stellte mich ans Fenster. Ich stellte die Tasse ab, stützte mich mit den Händen
einen Moment lang auf das Fensterbrett und schaute auf
die Straße hinunter, die farblos war. Ich sah, wie Cecilia
auftauchte, zur Bushaltestelle hinüberlief und sich mit
schnellen Bewegungen eine Zigarette anzündete. Ha, da ist
sie wieder, dachte ich, seltsam überrascht. Dann kramte sie
hastig in ihrer Tasche und zog ihr Mobiltelefon hervor,
drückte eine Taste, wartete kurz, redete. Sie hatte einen
Schritt vom Gehsteig hinab gemacht, stand schon mit
einem Bein auf der Fahrbahn, die Hand, in der sie die Zigarette hielt, hoch erhoben, um dem herannahenden Bus,
den ich in den Fensterscheiben dröhnend hörte, anzuhal-
ten. Dann hüpfte sie zurück auf den Gehsteig, und gleich
darauf sah ich sie nicht mehr, der Bus hatte sich vor sie
geschoben. Ein türkisfarbener Bus, der sie nun schlucken
würde. Doch der Bus fuhr an, und sie tauchte wieder auf,
jetzt ohne Telefon gegen die Mauer gelehnt, rauchend. Sie
blickte die Straße hinauf und sah ganz anders aus. Sie
rauchte Selbstgedrehte, und jetzt musste sie ihre Zigarette
noch einmal anzünden. Ich fragte mich, warum sie nicht in
den Bus gestiegen war.

Jemand, ein Mann mit kurzen Haaren, bog um eine
Hausecke. Sie sah ihn nicht, denn sie schaute in die andere

Richtung, schaute die Straße hinauf Richtung Avenida Belgrano, aber ich sah ihn. Er bog um die Ecke und blieb einen Moment lang stehen, dann ging er rasch weiter, bis zu ihr, blieb wieder stehen und legte ihr nach einem ganz kurzen Zögern die Hand von hinten auf die Schulter.

Ich beobachtete die Szene, alles in mir war angespannt, und ich spürte mein Herz unterhalb des Ohrs schlagen. Ich legte die Hände wieder auf das Fensterbrett und lehnte mich vor. Aber Cecilia erschrak nicht. Ich begriff augenblicklich: Sie hatte auf diesen Mann gewartet, vielleicht, ja wahrscheinlich eben mit ihm telefoniert. Mir kam vor, als geschähe es in Zeitlupe: wie sie den Kopf dreht, und schon im Drehen ihr wie erleichtertes, großes Lächeln, und wie sie dann den ganzen Körper dreht und diesen Mann umarmt. Sie küsst ihn auf den Mund. Ich hörte wieder einen Bus, kniff die Augen zusammen, Cecilia löste sich von dem Mann, machte einen Schritt auf die Straße und hob die eine Hand, ohne ihn mit der anderen loszulassen, und jetzt hielt der Bus, und als er anfuhr, ließ er mich Stück für Stück, als würde ein Vorhang weggezogen, eine weiße leere Mauer sehen.

Hans Kramer hatte die Haare jetzt kurz.

Ich blieb noch eine Viertelstunde, bis es sechs Uhr war. Ich stand immer noch am Fenster, wie angenagelt. Die Tasse hatte ich nicht mehr angerührt. In einer Stunde würde es dunkel. Unten auf der Straße lagen alle Farben längst im Schatten, nicht einmal die weiße Wand war eigentlich noch weiß. Auf einmal verließ mich die Starre, und ich geriet in Eile. Ich nahm den Schlüssel vom Regal und rannte hinaus und überquerte, fast ohne auf den Verkehr zu achten, die Straße, wo ich mich an die Stelle stellte, wo sie zuvor gestanden war, wo die beiden gestanden waren, um einen Rest von etwas Namenlosen zu haben, atmete mehrmals tief ein und aus, und dann blickte ich hoch zur Wohnung. Der Vorhang bewegte sich sacht. Was war das Namenlose? Doch nicht, dass ich keinen Namen dafür fand, war das Problem; es war, dass ich seit einer Weile wusste: Es war für mich unerreichbar. So oft schon war ich vor diesem Wissen davongelaufen, immer wieder hatte es mich eingeholt, und nun konnte ich davor nicht mehr davonlaufen.

Hans Kramer! Ich hatte in ihm einen Versager gesehen. Und jetzt?

Ich war hergekommen, um Cecilia zu fragen, ob Savina ihr den Grund genannt hatte, warum sie mich hinausgeworfen hatte. Cecilia war in dieser Angelegenheit meine Vertrauensperson geworden. Ich gestand mir ein, dass ich sie nicht fragen würde. Ich hätte sie nicht einmal gefragt, wäre sie geblieben; die zwanzig Minuten, die wir hatten, waren so verstrichen. Was sollte ich auch fragen? Es würde nichts ändern. Und ich konnte mich nicht mehr sagen hören, ich wisse nicht, warum; ich glaubte es mir selbst nicht mehr.

· · ·

Heute Morgen kam ich völlig zufällig an einem Gebäude vorbei, das mich innehalten ließ. Ich wollte in Callao aussteigen, aber die U-Bahn hatte einen Schaden, die Passagiere mussten eine Station früher raus und auf einen neuen Zug warten. Ich hatte keine Lust zu warten, wartete aber doch eine Minute, den Bahnsteig auf und ab gehend, kaufte mir an dem Kiosk eine kleine Flasche Orangensaft (»Herkunftsort: San Juan«, las ich auf dem Etikett), trank ihn und wartete noch einmal eine halbe Minute, bis ich die Stufen hinauf ins Freie stieg und zu Fuß ging.

Auf der Straße erst fiel mir auf, wie still es im U-Bahn-

Schacht gewesen war. Auf der Straße war es laut. Kaum war ich zehn Minuten unterwegs, sah ich auf der anderen Straßenseite dieses Gebäude. Es war braun und eingeschossig, stand an einer Kreuzung, ein zwischen vielstöckigen Wohnhäusern eingekeiltes Eckhaus mit dunkelgrünen, schräg nach unten gespannten Markisen über Fenstern und Eingangstür, mittig daraufgedruckt jeweils ein roter Stern und ein Schriftzug, der mir unbekannte Name vielleicht einer – ausländischen? – Bierfirma. Über der Markise der Eingangstür stand in beigefarbenen Großbuchstaben »Café Victoria«. Über die Markisen ging ein sanfter Wind; sacht hob und senkte er den grünen festen Stoff. Mir war, als sagte mir der Name etwas, als sagte der Name etwas zu mir. Ich dachte: Ich kenne dieses Café. Aber, nein, woher, ich kenne es nicht. Doch dann erinnerte ich mich, dass Joseph ein Café Victoria einmal erwähnt hatte. Ich beschloss, meinen Besuch in der Holocaust-Gedächtnis-Stiftung auf Freitag zu verschieben, um die entlehnten Bücher zurückzugeben, und jetzt lieber in das Café zu gehen. Es dauerte lange, bis die Ampel auf Grün schaltete und ich vor den blitzenden Stoßstangen halb auf dem Zebrastreifen stehender Autos rasch über die Straße auf das rostbraune Gebäude zulaufen konnte.

Dichter Chlorgeruch schlug mir entgegen, als ich die Tür aufzog und das Café betrat. Eine Frau, Bolivianerin oder Peruanerin, war dabei, den Boden zu wischen. Sie hob den Kopf und lächelte. Ihre braunen Lippen sagten: »Guten Tag.« Zwei, drei Silberzähne blitzten.

Nur ein einziger Tisch am Ende des Raums war besetzt, von einem Touristenpärchen, das, die Köpfe zusammengesteckt, in einem Reiseführer las. Ich nahm an einem leeren Tisch im vorderen Teil Platz, bestellte Kaffee und ließ mir eine Zeitung bringen. Der Name des Lokals echote in mir.

Die Putzfrau wischte, und wenn sie den Lappen auswrang, platschte fast schwarzes, schweres Wasser in den Kübel zurück. Sie kam mir auf eine unbestimmte Weise bekannt vor. Die Touristen sprachen Französisch. Die Kellnerin brachte den Kaffee und verschwand wieder. Ich sah ihr nach. Ich gab Zucker in den Kaffee, rührte um. Und in dem Moment, in dem ich den ersten Schluck nahm, fiel mir wieder alles ein. Wusste ich wieder, wann genau ich davon gehört hatte. Aber ich fand, im Gegensatz zu Joseph, den Kaffee hier ganz passabel. An der Wand neben mir hing ein Spiegel in einem roten Rahmen, groß wie ein Schulheft, auf ihm prangten derselbe rote Stern und derselbe rote Schriftzug wie auf den Markisen.

Schon als ich ihn am Flughafen abgeholt hatte, war ich aufgeregt gewesen. Er war um sechs Uhr morgens in Ezeiza gelandet, ich hatte die Nacht davor nicht geschlafen, zum Teil gewiss auch aus Aufregung über diesen Besuch. Ich fuhr immer nur mit den öffentlichen Verkehrsmitteln, hatte gar nicht in Erwägung gezogen, dass wir auch mit dem Taxi in die Stadt fahren könnten. Erst auf der Fahrt, die ewig dauerte, fast zwei Stunden, kam mir der Gedanke, dass es praktischer und vor allem viermal so schnell gewesen wäre. Ich war aufgeregt und redete zu viel. Joseph war schweigsam und blass, wohl auch müde von der langen und anstrengenden Reise. Er war via Rom geflogen. Ich redete zu viel, wusste aber nicht, weshalb. Zunächst fiel es mir noch gar nicht besonders auf. Ich dachte lediglich, dass es das erste Mal sei, dass mich jemand aus meinem – wie ich es bei mir nenne – früheren Leben hier besuchte. – Erst als wir in dem besagten Café im Microcentro saßen, bei unserem letzten richtigen Treffen zu zweit, drang es mir von irgendwoher ins Bewusstsein: Ich befürchtete von Anfang an, ihn zu langweilen.

Dass wir uns daraufhin kaum mehr alleine sahen, war mir recht. Das nächste Mal, als wir uns trafen, waren einige Wochen vergangen, und er stand plötzlich mit einer Frau, die ich nicht kannte, unten an der Tür. Das war alles noch in Belgrano, im Norden der Stadt. Seine eine Hand in ihrer Gesäßtasche. – Es hatte mehrmals geläutet, und ich, unter der Dusche, war zusammengezuckt; bei mir läutete es nie. Schnell band ich mir ein Handtuch um die Hüften und eilte auf den Balkon. Er stand unten, den Kopf im Nacken und schrie herauf: »He, was ist, willst du uns nicht aufmachen?«

Er hatte keinen Akzent. Das fiel mir da auf. Die Frau sah nur einmal kurz herauf. Seine eine Hand in ihrer Gesäßtasche. Es war eiskalt. Ich blickte mich um, hob die Hand, als wollte ich »Hallo!« und »Warte, nur eine Sekunde!« zugleich sagen, lief ins Wohnzimmer zurück, drückte den Türöffner, öffnete die Wohnungstür und eilte wieder ins Bad, wo das Wasser noch gegen den durchsichtigen Plastikvorhang prasselte, und duschte mich noch einmal ab. Als ich mir die Oberlippe rasierte, hörte ich, wie die Wohnungstür mit einem Knall ins Schloss fiel. Mein Herz schlug laut, und ich schluckte. Mein Gesicht im Spiegel zitterte. Ich hatte die Balkontür offen gelassen. Hatte ich, fragte ich mich, nicht eben noch überlegt, mir einen Schnurrbart stehen zu lassen?

Gleich darauf klopfte es.

Er hatte mir nicht erzählt, dass es eine Frau gab, dass er eine Freundin hatte. Er hatte zu mir gesagt, es sei freundlich von mir gewesen, eine Wohnung zu organisieren, ich solle mich jetzt jedoch nicht weiter kümmern, er werde nun lieber in einem Hotel ein Zimmer nehmen, er brauche Ruhe für die Arbeit. Er könne in einer Wohnung mit anderen nicht arbeiten, habe er noch nie gekonnt. Auch nicht gewollt. Nun erfuhr ich im Nachhinein, dass er, als er bei

Franco und Isabel ausgezogen war, gleich bei dieser Frau eingezogen war, die sich, weil er keine Anstalten machte, uns vorzustellen, selbst vorstellte: »Ich bin Savina. Hallo.« Und zwar vor zwei Monaten schon. Nicht einmal Franco wusste davon, er hatte mir zumindest nichts davon gesagt. Ich versuchte, mich zu erinnern, was Franco gesagt hatte, ob er nicht irgendetwas gesagt hatte, zumindest irgendeine Andeutung gemacht hatte. Ich versuchte die ganze Zeit über, ihr nicht in den Ausschnitt zu sehen. Beides vergeblich.

Was für ein Don Juan, dachte ich. Und viel, viel später, als er schon längst abgereist war, noch einmal: Was für ein Don Juan. Das eine Mal war es voll Bewunderung und Neid; das andere Mal voll Mitleid, Bedauern – und ein wenig genugtuender Verachtung.

■ ■ ■

Auf der Fahrt hatte ich mich gezwungen, nicht aus dem Fenster zu sehen, oder wenn, lediglich, mich entspannend, um zu schauen, ohne den Blick scharf zu stellen. Ich arbeitete, trank Kaffee und hörte Augusto neben mir im Schlaf reden. Was er sagte, war nicht zu verstehen.

Einmal wieder wurde mir bewusst, dass ich meine Unruhe am besten dann los wurde, wenn ich auf Reisen war, wenn ich fuhr. Es war ganz gleich, wie lange die Reise dauerte, währenddessen war ich irgendwie zufrieden, und noch danach war ich eine Weile lang zufrieden, allein deshalb, weil ich nicht unzufrieden gewesen war. Ich erinnerte mich an den langen Flug via Rom hierher – und an das nervöse Warten zuvor in Fiumicino.

Als wir angekommen waren, ein Hotel bezogen hatten und mit einem Taxi hinaus aus Santa Fe ins Umland fuhren, konnte ich es nicht glauben. Es war alles so grün, dass ich es nicht glauben konnte. Wir standen an Feldrändern, und bis an den Horizont, wo sich irgendwelche dunklen Hügel erhoben, diese bestimmte Art von Grün, ein einziges Grün, sonst nichts. Diese Felder, die Straße, einmal ein Bach, und einmal ein bisschen Restwald, und immer diese Felder, sonst war da nichts. Nichts war mehr geblieben. Felder, Felder. Ich schaute und schaute, und mir fiel nichts ein; ich war sprachlos. Aber nicht nur mir, auch Augusto schien es die Sprache verschlagen zu haben angesichts dieser Sojakulturen, dann aber dachte ich: Warum sollte es ihm die Sprache verschlagen, das ist doch genau die Welt, aus der er kommt. Er äußerte sich nicht, ich fragte auch nichts.

Wir fuhren von Dorf zu Dorf, und dazwischen hielten wir. Wir saßen im Auto, und neben uns flog das Grün, dann stiegen wir aus, und dieses Grün stand. Es war eine Tatsache, eine unfassbare Tatsache. Zunächst war da etwas wie Ohnmacht: Ich dachte an den Packen Papier, der im Taxi in meiner Tasche steckte, an dieses mir nun nutzlos erscheinende Papier, das Manuskript zu dieser Arbeit, an der ich seit Monaten gemeinsam mit Argentiniern schrieb. Ich spürte Verzweiflung, Sinnlosigkeit, größer als jemals. Aber es dauerte nicht lange, dann begann sich etwas in mir von ganz unten emporzuschieben, was ich eine Weile nicht mehr so deutlich gespürt hatte: Es war eine kompakte Wut, die nicht hilflos war, ein zur Produktion und Konsequenz anstiftender Zorn – der alles andere wegschob und mich lächeln machte. Ich stand mitten in dem Grund meiner Arbeit. Ich sah, warum ich tat, was ich seit vielen Jahren tat. Ich lächelte und ballte die Fäuste. Ich war glücklich.

Einen Tag darauf fuhren wir weiter in eine Kleinstadt, die San Ignacio hieß, irgendwo im Zwischenstromland, Entre

Ríos, einer Gegend zwischen Río Uruguay und Río Paraná. Bis heute habe ich nicht nachgesehen, wo diese Stadt genau liegt; ich weiß es, an der Grenze zu Paraguay, aber habe es nicht auf der Karte nachgesehen. Ich stierte aus dem Busfenster in kilometerlange Wände aus fuchsrotstämmigen Kiefern. Meine sämtlichen Gedanken waren bei der Arbeit, die ich bis Mitte der kommenden Woche fertig schreiben wollte. Ich überprüfte sie. Fragte mich, ob ich nicht etwas vergessen hatte.

Wir schlenderten in dem Städtchen herum, und Augusto zeigte mir Ruinen von Jesuitenreduktionen, die Anfang des 17. Jahrhunderts errichtet worden waren. Er sah sie nicht zum ersten Mal; er war mit seiner Familie früher hin und wieder hier gewesen. Ich fragte mich, was das sollte. Zwischen den Ruinen stand das krachtrockene Gras knöchelhoch.

Am Abend begann ich, an einem Tisch vor dem Hotel sitzend, weiterzuarbeiten. Die Energielosigkeit, die ich in den letzten Wochen in Buenos Aires verspürt hatte, war wie weggeblasen; ich fühlte mich frisch und ausgeruht, voll neuer Kraft. Ich arbeitete. Augusto saß daneben und schaute in die Luft. Er trank ein Bier nach dem anderen, trank sich letztendlich in einen ganz gewaltigen Rausch. Als er gegen Mitternacht aufstand und ich dachte, er lege sich nun schlafen, wünschte ich ihm eine gute Nacht. Daraufhin sah er mich an, als kapiere er nicht, was ich sagte; er starrte mich an – und öffnete den Mund, wollte etwas sagen, aber es kam nichts: nach einer Weile bloß bis dahin angehaltene Luft. Er hatte einen gewaltigen Rausch und musste sich beim Gehen an der Wand anhalten. Tat ihm die Gegend nicht gut? Quälte ihn die Erinnerung? Oder war es etwa meine Arbeit – auch das war schließlich möglich, dachte ich einmal.

Ich arbeitete ohne Pause bis drei Uhr früh an meinem

Manuskript, nur einmal hielt ich inne und dachte: Augusto – was für ein selten schöner Name.

Wo ich herkomme, spielen Namen eine eigenartige Rolle. Niemand sagt gern seinen Namen. Oft kam mir vor, sie existierten lediglich auf dem Papier. Nicht so sehr bei Fremden, die hatten Namen. Aber je näher man jemandem kam (oder war, durch Verwandt- oder Nachbarschaft), desto mehr verschwand dessen Name, desto mehr war dessen Name nicht da. Ich hatte das schon als Kind bemerkt. Einerseits an mir selbst, ich wollte nie sagen, wie ich heiße, andererseits als allgemeine Erscheinung, die namentliche Anrede gab es kaum. Und auch wenn über jemand anderen geredet wurde, blieb es Reden mit Abstand; es hieß dann immer nur: Wo ist dein Cousin, deine Tante, dein Onkel …? Wenn ein Nachbar kam, sagte man: Grüß dich, Nachbar! Und der Nachbar antwortete dasselbe. Sich vorzustellen, das war bei uns schwierig.

Es fiel mir schon als Kind auf; aber später, als ich zum ersten Mal in anderen Familien, weg von zu Hause, größeren Einblick bekam, war es mir stets unheimlich, wie oft Namen fielen bei der Anrede. Unheimlich und unangenehm. Es war zu viel.

Daher kommt es wohl auch, dass ich öfter »Exfrau« statt »Clara« sage, öfter »mein Bekannter« statt einfach »Hans« oder »Juan«. Ich denke vielleicht »Hans Kramer«, aber wenn ich über ihn rede, sage ich fast immer nur »mein Bekannter in Argentinien« – und zu seinem Vater »dein Sohn«. Ich muss mich beinah zwingen, die Namen zu sagen. Es ist irgendwie, als wären sie für mich nur Figuren und keine Individuen. Ich kann es nicht abstellen. Wie wäre es, denke ich manchmal, wenn ich Geschwister hätte?

Mein Bekannter in Argentinien. Müsste ich nicht eigentlich wenigstens sagen »mein Freund in Argentinien«?

Nachdem meine Eltern kurz hintereinander gestorben waren, überlegte ich monatelang, nach Pettenbach zurückzukehren. Ich wusste nicht, was ich tun sollte. Was war zu tun? Im Grunde sprach nichts dafür, und doch zog mich etwas dorthin zurück. Oft fiel mir nun mein alter Schulkamerad wieder ein, der in Wien vor eine Straßenbahn gestolpert und dabei ums Leben gekommen war. Oft dachte ich an das Begräbnis und an das Grab mit dem weißen Marmorstein – einem der sehr wenigen weißen Marmorsteine auf dem Friedhof. Irgendetwas zog mich zurück. Ich wollte bleiben. Monatelang überlegte ich hin und her. Als ich mich eines Tages, den Wiener Donaukanal stromaufwärts Richtung Klosterneuburg entlanggehend und mich von den schwarzen, Richtung Osten ziehenden Wolken entfernend, dagegen entschieden hatte, verging noch einmal eine Woche, in der ich mehrere Rückzieher machte, bis ich schließlich doch einen Immobilienmakler in Kirchdorf aufsuchte und ihn mit dem Verkauf der Liegenschaft beauftragte.

Nichts von diesem Termin erinnere ich, nur, dass ich irgendetwas in meinen Kalender schrieb. Ich könnte nachsehen. Aber, nein. Ich bringe es nicht über mich.

Danach, als ich mit dem Auto ohne Ziel herumfuhr, durch das Kremstal nach Wartberg und von dort nach Bad Hall und weiter Richtung Steyr, hämmerten mir die immerselben Worte im Kopf. Ich dachte: Du hast deine Heimat verkauft! Du verdammter Hund hast deine˙Heimat verkauft! Ich drehte das Autoradio lauter und lauter, aber das Hämmern ging nicht weg. Erst als ich anhielt, ausstieg und ein paar Schritte auf einem von der Hauptstraße abzweigenden Feldweg machte, nahm es ab.

Ich ging lange auf diesem Feldweg, der auf ein fast schwarzes Waldstück zuführte. Kurz vor dem Wald – ich sah von Weitem, wie der Weg anders wurde – kehrte ich um und ging zum Auto zurück. Aus der Nähe besehen war der Wald grün wie jeder Nadelwald in diesen Breiten, ganz normal, aber als ich wieder im Auto saß, sah er erneut schwarz aus, schwärzer noch als zuvor.

Irgendwann auf der Autobahn bei Sankt Valentin oder Amstetten hörte das Hämmern auf, vielleicht auch später, vielleicht schon früher, irgendwann war es weg; das Einsetzen weiß ich genau, aber nicht, wann es aufhörte, es war wie bei Schmerzen. Ich hatte es getan, aber ich war noch nicht überzeugt, dass ich es wirklich getan hatte.

Die Mutter war zuerst gestorben. Ich war länger nicht mehr bei ihnen gewesen, als mich mein Vater anrief und mir die Nachricht mitteilte. Es war ein 7. Juni; in Wien hatte es fünfundzwanzig Grad Celsius, ein heißer Vorsommer. Mein Vater war nicht wiederzuerkennen, seine Stimme leise wie nie. Mir war immer klar gewesen, dass sie die Erste sein würde, unwissentlich klar. Erst jetzt wurde mir das bewusst. Er bat mich, so schnell wie möglich zu kommen. Seit einer Ewigkeit hatte er mich um nichts mehr gebeten. Ich fuhr sofort hin und half ihm mit allem. Was zu tun war, brachte eine Art Ordnung in das plötzlich hereingebrochene Chaos. Sie war einfach am Morgen nicht mehr aufgewacht. Er verstand es nicht, und ich hielt mich zurück, sagte nichts, ich sagte nicht, dass es nichts zu verstehen gebe. Ich übernachtete in meinem alten Zimmer. In diesen Tagen begriff ich, woher seine Verstörung kam. Als er einmal sagte: »Mama ist … war fünf Jahre jünger als ich, Sepp …«, da hatte ich es verstanden. Er hatte nicht damit gerechnet, übrigzubleiben. In seinen roten Augen war das Weiße gelb.

Wir hätten vielleicht reden sollen, einmal ernsthaft, über alle Gräben, die sich mit den Jahren aufgetan hatten, hinweg, aber wir taten es nicht. Wir tranken lediglich nach der Beerdigung beim Kirchenwirt ein Bier. Er ließ das

Rindfleisch und den Semmelkren stehen, kaute eine halbe Stunde lang auf einer Semmel herum. Einmal riss er ein Stück ab und tunkte es ins Bier. Kümmel löste sich von der Semmel und sank langsam nach unten. Es gab fast kein Geräusch in dem Wirtshaus, nur leises monotones Gemurmel. Ich fragte mich, auf seine auf dem Tisch liegende große Hand blickend, wann wir zum letzten Mal so gesessen waren.

Neben ihm saß der zurückhaltende, freundliche Pfarrer. Hin und wieder hob er den Blick und sah mich an, als habe er eine Frage und als kennte ich die Antwort.

Später standen wir auf und verabschiedeten uns von allen, die noch zur sogenannten Zehrung gekommen waren, gingen hinaus und gaben uns vor dem Wirtshaus noch einmal die Hand. Mein Auto stand als Einziges direkt vor dem Eingang. Ich fragte ihn, ob ich ihn nach Hause bringen solle, aber er sagte nichts, drehte sich um und ging durch die offen gebliebene Tür ins Wirtshaus zurück. Ich schaute ihm nach. Die Tür ächzte und fiel zu, und als sie zu war, sah ich nicht mehr ihn, sondern nur noch mich als Spiegelbild.

Es war das letzte Mal, dass ich ihn gesehen hatte.

Ich stieg in den Wagen und fuhr nach Salzburg, wo ich noch etwas erledigen musste, was sich nicht verschieben ließ. Spätabends zurück nach Wien. Ich fuhr wie verabredet in die Porzellangasse und sagte nichts, als sie mich fragte – konnte einfach nicht sagen, wo ich gewesen war. Als ich in der Nacht schlaflos neben ihr lag, sagte sie auf einmal: »Willst du mir nicht einfach sagen, was los ist?« Schlief sie denn auch nicht?

Längst fuhren keine Straßenbahnen mehr. Es war so still, wie es mitten in einer Großstadt nur still sein kann. Ich konnte sogar durch das offen stehende Küchenfenster die Ahorne im Hof rauschen hören. Aber ich konnte es ihr nicht sagen. Ich konnte ihr nicht sagen, dass meine Mutter gestorben war. Ich konnte ihr nicht sagen, dass wir vor wenigen Stunden meine Mutter in kalte Erde hinabgelassen und begraben hatten. Ich wollte meinen Mund aufmachen, sie umarmen und erzählen, was ich nicht fassen konnte. Wollte, dass sie mich sanft umarmte und fest hielte, während ich erzählte. Aber mein Mund blieb geschlossen, mein Zittern innerlich, ich konnte mich ihr nicht zeigen.

Erst Tage später erzählte ich. Ich stand am Fenster, blickte auf die Straße hinab und redete. Als ich mich umdrehte, sah ich sie fast lautlos weinen. Ihre Augen funkelten, und die Wangen glänzten. Ihre Lippen bebten. Sie stand mitten im Raum. Ich ging auf sie zu und nahm sie an den warmen schmalen Händen. Wie sehr ich diesen Menschen liebte. Mir war, als lägen nicht unsere Hände, sondern unsere Herzen ineinander. Ich spürte Puls und wusste nicht: War es ihrer oder meiner? Sie sagte leise, sie weine nicht ihretwegen. Sie weine nicht, weil sie böse sei. Wie sehr ich diesen Menschen liebte. Sie sagte nichts weiter. Sie schien sich zu beruhigen. Ihr Atmen wurde stiller, erzitterte nicht mehr unwillkürlich. Ich hörte es. Ich spürte es, physisch. Dann sagte sie, sie weine, weil sie mir nicht böse sein könne.

Da ließ ich ihre Hände los. Und in dem Augenblick, zum ersten Mal bei ihr, empfand ich deutlich den Wunsch, wieder wegzugehen, sie und alles zurückzulassen.

Wir waren gesessen, der Vater und ich, einander stumm gegenüber, hatten je ein Eggenberger getrunken, und ich danach noch ein schnelles kleines, ich hatte auf seine Hand geschaut und er ins Leere, wir waren einfach gesessen, waren dann aufgestanden und hatten den Saal verlassen, hatten uns die Hand gegeben – und vielleicht, ja vielleicht war das unser Reden.

■ ■ ■

Es ließ mich nicht los, was ich bei der Preisverleihung gesagt hatte. Meine eigenen Worte hatten mich gefangen genommen. Und ich konnte es auch nicht vergessen. Selbst wenn ich es vergessen hätte, es war in der Zeitung gedruckt worden, und so etwas ging nicht mehr weg.

Einmal, kurz bevor er verschwand, fragte ich Joseph, weil ich ihn schon längst hatte fragen wollen, wie er es eigentlich gefunden habe. Schon während des Fragens ahnte ich, dass das keine gute Idee sei. Doch er sagte bloß, es tue ihm leid, aber er sei so weit hinten gestanden, dass er kaum etwas von meiner Rede mitbekommen habe.

»Aber die Lautsprecher«, sagte ich, »du bist doch direkt neben den Lautsprechern gestanden.« War das einer seiner Scherze? Ich lachte auf.

»Ich habe da hinten nichts verstanden«, beharrte er.

Das verstörte mich.

Jäh verlor ich die Lust, ihn, wie eben noch vorgehabt, zu seinem Cousin zu befragen, von dem er einmal kurz erzählt hatte. Denn ich wollte eigentlich wissen, ob man diese Filme bestellen oder aus dem Internet herunterladen konnte, wollte zumindest den Namen des Cousins wissen. Ich wollte etwas von seiner Familie, seiner Familiengeschichte erfahren, von der ich nichts wusste, und hatte bereits ein-, zweimal gedacht, es sei, als hätte er keine, noch nie eine gehabt; es sei, dachte ich weiter, als wäre er in die Welt gekommen ohne jemanden und würde sie so auch wieder verlassen.

Ein vielleicht achtzehnjähriger Junge, der Boxer werden will – und nicht irgendeiner: Er will der Beste werden. Und wie dieser langsame Film dann schneller weitergeht und klar wird, der Junge schafft es nicht, nicht mit zwanzig, nicht mit dreiundzwanzig, nicht mit siebenundzwanzig, und dann ist es auf einmal viel zu spät. Es war nicht wie bei großen Sportlern, denen wenig bleibt, abgesehen vom Rückblick; ihm wäre nicht einmal der Rückblick geblieben, denn da waren nichts als Niederlagen – oder zumindest nicht die großen Siege, die er gebraucht hätte. Aber die Geschichte vom Boxer, wie ich den Film für mich nenne, ist keine traurige Geschichte, nein. Der Boxer boxt – er hört nicht auf, nur weil er nicht an die Spitze kommt. Die Ringe und die Gegner wechseln, werden unbekannter und unbekannter, grauer und grauer. Der Held wird älter, hört auf, ein Junge zu sein, und er boxt. Ihm scheint es – ab einem gewissen Punkt, der gut versteckt ist im Film, den man aber finden kann, meine ich – nichts auszumachen, dass die Umgebung, die Umstände seiner Kämpfe sich ändern. Aber das alles meine ich erst jetzt, nachdem meine Rede schon seit über einem Jahr verhallt ist. Ich glaube, er schaut überhaupt nicht zurück – und so, denke ich, schlägt er im Nachhinein all die Gegner, gegen die er nie etwas ausrichten konnte, doch und endgültig. Er muss nicht mit ansehen, wie seine goldbeschichteten Pokale beschlagen, und muss nicht draufkommen, dass sie nicht einmal goldbeschichtet, sondern bloß mit Farbe angemalt sind. Zuerst wollte er der Beste werden, aber als er sah, dass das für ihn unmöglich war, begann er anders zu denken. Sein Denken drehte sich. Alles drehte sich. Und dann boxte er, weil er boxen wollte. Es ging nicht ums Gewinnen.

Ich hatte es nicht verstanden. Nicht einmal ein kleines bisschen hatte ich verstanden. Was hatte ich bloß für einen Unsinn von mir gegeben. Ich sagte, man leide als Zuschauer mit, von Anfang bis zum Schluss, oder jedenfalls ab dem Moment, wo klar ist, aus diesem Mensch wird kein Nummer-1-Boxer, und sagte weiter, man fürchte um die

Zukunft dieses jungen und älter werdenden Mannes, und sagte außerdem, man möchte eingreifen in diesen Film, in dieses Leben. Ja, sagte ich, dieser Film sei wie das Leben selbst, er zeige ohne je sentimental zu sein, wie unbarmherzig das Leben sei, und auch deshalb sei er so großartig. Er zeige uns, dass wir das Leben so nehmen müssten, wie es komme. Und so weiter. – Ich hatte nichts von dem Film verstanden. Nicht genug damit, dass ich die Rede gehalten hatte, sie wurde am Wochenende darauf auch noch in der Beilage der »Página 12« abgedruckt. Und noch nicht einmal, als ich den Abdruck las, kam es mir in den Sinn, ich hätte den Nagel möglicherweise nicht auf den Kopf getroffen. Im Gegenteil, ich schrieb Freunden und fragte sie, ob sie den Artikel gelesen hätten. Und wenn sie verneinten, schrieb ich noch einmal und teilte mit: »Er ist jetzt auch online!«

Oder war zum Schluss auch das ein Stock mit zwei Enden? Nein, dachte ich. Nein. Und wenn doch, war hier zumindest ein Ende wahrer als das andere.

Ein einziges Mal war ich froh darüber, dass Joseph mir keine Antwort gegeben hatte. Im Nachhinein. Er hatte die Rede gehört, auch wenn er das bestritt, und er hatte sie gelesen, wie ich von Isabel weiß. Und er hatte den Film gesehen.

Ich wollte mit niemandem darüber reden, dachte aber, ich möchte wieder beginnen, ein wenig zu spielen. Nur ein wenig. Die Fingerkuppen würden schmerzen wie seit Jahrzehnten nicht, wie vermutlich nur zu Beginn, woran ich mich nicht erinnern konnte. Aber so, dachte ich für einen Moment, würde ich den Beginn nachholen – in erinnerter, bewusster Zeit, und ohne es nachzuspielen, nachzuahmen. Es wäre echt. Ich würde wieder ein wenig spielen. Ich freute mich bereits darauf, dass meine Fingerkuppen schmerzen würden. Es ging nicht ums Gewinnen. Es gab kein zu kleines Talent.

Es hatte schon eine Weile so ausgesehen, als würde es in jedem Moment zu regnen beginnen, aber erst jetzt hatte es begonnen. Außerdem war ein starker Wind vom Wasser her aufgekommen. Ein Sturm, der diesen harten Wind als Vorhut vor sich hertrieb? Die Wassertropfen wurden auf dem staubigen Boden zu münzgroßen dunklen Flecken, die sich mit der Zeit in mühevoller und ungeheuer schneller Kleinstarbeit gegenseitig auslöschten. Dunkles Blinken. Ich zog mir die Kapuze der Jacke über den Kopf und wollte mich abwenden vom Wasser, den Blick weg von dem Holzsteg im stahlgrauen Wasser und dem weit draußen kreuzenden Dampfer dahinter, über dem dichter schwarzer Rauch hing, wollte schnell hinaus aus diesem Naturschutzgebiet, doch dann hielt ich aus irgendeinem Grund inne, als hätte mich jemand gerufen.

Ich drehte den Kopf und sah einen Jungen, der mir auf einem alten schwarzen Fahrrad mit riesenhaft wirkenden 28-Zoll-Reifen durch die schrägen, dicht an dicht herablaufenden Regenschnüre fahrend entgegenkam. Wie in Zeitlupe wälzten sich die Reifen im schnell nass und klebrig werdenden Staub des Erdwegs. Das Gesicht des Jungen war wie eine Wand, von der Wasser abrann, eine eigene kleine Wand hinter dem großen Vorhang des Regens. Der Junge fuhr schräg gegen den Wind gelehnt. Er hatte mich so lange im Visier, bis er an mir vorbei war; zumindest glaubte ich, er habe mich mit seinen großen, zusammengekniffenen Augen angesehen. Er trat stehend in die Pedale, die Rockschöße seines viel zu großen Mantels flatterten hart im Wind.

Auch der kämpft, dachte ich, als er verschwunden war. Wer nicht? Ich machte mich mit schnellen und großen

Schritten zwischen Pfützen, die sich innerhalb von Minuten gebildet hatten, auf den Heimweg. Ich wollte schleunigst nach Hause. Doch als ich die Avenida Belgrano hochlief, konnte ich wie so oft an der Basilica Santo Domingo wieder nicht vorbeigehen. Wer kämpfte nicht?

Ich lief die wenigen Stufen zum Kirchenvorplatz hinauf, eilte am Springbrunnen vorbei, vorbei an dem Strahl, dessen Wasser, sofern nicht in der Luft versprüht, auf dem Pflaster neben dem Brunnen aufklatschte – denn der Wind war nun noch einmal stärker geworden – und betrat, mich mit einer Hand bekreuzigend und mit der anderen die Kapuze vom Kopf schiebend, die Kirche, setzte mich in irgendeine dunkle Reihe. Auf meiner Stirn vermischte sich das Weihwasser mit dem Regenwasser. Ich betete bei geschlossenen Augen ein Vaterunser und dann noch eines, und dabei verflog all meine Hast. Ich rutschte auf die Knie und blieb einfach knien, betete weiter, bis ich irgendwann mittendrin aufhörte und in Gedanken versank.

Eben war die Welt noch laut gewesen, der Verkehr, das Motorengedröhn, das Hupen, der Wind und das alles umhüllende Regengeprassel – jetzt war es ganz still. Nur ab und zu ein hallendes und nachhallendes Geräusch. Einmal die humpelnden Schritte eines, der am Stock ging. Ein Geräusch kommt in die Welt und verschwindet aus ihr. Was war Musik? Es war alles dunkel und weich und warm, wie in einem inhaltlosen, glücklichen Traum.

Ich hatte mir Illusionen gemacht, oder ich hatte es einfach nicht gesehen, vielleicht nicht sehen können. Mit Joseph, wie sollte das gehen? Wie hätte das gehen sollen? Die Reise nach Mar del Plata hatte mir die Augen geöffnet. Ich wartete noch eine Zeit, unerträgliche Zeit mit Warten auf etwas, was sich nicht ereignete, bis ich hinauf in sein Zimmer ging, wo er einmal mehr saß und arbeitete. Er saß nur dort oben, nahm nicht mehr Raum ein als einen Quadratmeter in diesem Zimmer, das nicht klein und nicht groß war, aber das Rattern der Tasten, jeder einzelne Anschlag, war in der ganzen Wohnung, und so war er in der ganzen Wohnung, breitete sich aus, dass für mich fast kein Platz mehr war; es drückte mich an die Wand, täglich neu. Es gab nur ihn.

Ich nahm mich zusammen, betrat das Zimmer, ging an den Schreibtisch heran und umarmte Joseph von hinten. Vielleicht hätte ich doch nichts gesagt und wäre nur so stehen geblieben, ihn spürend, die süße Wärme seines Körpers, seiner Ohren, seines Atems. Vielleicht – wenn er sich gefreut, mich seinerseits umarmt hätte. Kaum jedoch hatte ich ihn umarmt, spannte er die Muskeln an, wurden seine Schultern hart wie Fels. Er murrte. Und da sagte ich es.

Ich sagte: »Jetzt wirst du einmal Grund haben zum Murren, ich will nämlich, dass du ausziehst. Du bringst mir kein Glück hier. So geht das nicht. Es ist besser, wir probieren es anders.«

Ich hatte geflüstert, aber meine Worte waren klar und deutlich – auch für mich selbst. Es war ein Aufbäumen, das ich nun erst sah und verstand. Die gegen sein Ohr geflüsterten Worte klangen, als wären sie nicht mit meiner Stimme gesagt worden, als wäre da eine zweite Stimme, die nicht nur zu ihm, sondern auch zu mir sprach. Ich dachte, wenn ich das nicht tat, dann bekäme ich das alles nicht in den Griff. Ich hielt es für den letzten Ausweg. Denn wie oft hatte ich das schon mit angesehen, den Verlauf dieses Spiels – was war es anderes? –, dass jemand genau dann, wenn er scheinbar nicht mehr zu haben ist, begehrt wird. Ich brauchte nur an Lucho zu denken. Die abgehängte Klingel.

In dem Zimmer war eine große Stille, die mit jeder Sekunde größer wurde. Ein Bus fuhr mit Dröhnen an, ich spürte es, spürte das Vibrieren der Fensterscheiben, spürte es in mir, aber ich hörte es nicht – ebenso wie ich nur spürte, dass in dem Moment zwei Meter über uns jemand über die Dachterrasse ging. Ich kam mir vor wie unter der Erde.

Er behielt seine Finger auf der Tastatur und rührte sich nicht. Seit ich eingetreten war, hatte er sich nicht bewegt. Langsam löste ich meine Arme von ihm, richtete mich auf, warf einen Blick, der nicht scharf wurde, auf die Tabellen an den Wänden, die neonrosarot eingefärbten Zahlen, wartete noch einen Augenblick, drehte mich um und verließ das Zimmer, stieg die Treppe hinunter und ging ins Badezimmer, wo ich mich einschloss.

Ich lehnte mich mit dem Rücken gegen die Tür und schloss die Augen. Ich glaube nicht, dass ich in diesen Sekunden Gedanken hatte. Ich stand einfach und atmete und zitterte, während die Neonröhre über dem Spiegel summte. Irgendwann stieß ich mich mit den Schulterblättern von der Tür ab, machte drei blinde Schritte nach vorn ans Waschbecken, drehte den Kaltwasserhahn auf, öffnete die Augen und starrte in den vollen runden Strahl, der wie fließender weißer Stahl war, Stahl aus Licht, bis ich beide Hände darunterhielt und er in meinen Händen zersprang. Ich wusch mir das Gesicht und mied den Spiegel.

Ich weiß nicht, wie viel Zeit vergangen war. Jedenfalls war es noch hell; der graue und blendend helle Tag strahlte durch die Balkontür. Da trafen wir uns im Wohnzimmer, wo ich, ohne etwas anderes zu tun zu wissen, den Fernseher eingeschaltet hatte. Er war aus seinem Zimmer heruntergekommen. Lange starrte er aus dem Fenster und sagte nichts. Dann drehte er sich zu mir, grinste verhalten und machte einen dummen Scherz. Ein dummer Scherz – anstatt zu fragen, warum, anstatt mich zu bitten, bleiben zu können, anstatt einfach irgendetwas Vernünftiges zu sagen, was ein Gespräch begonnen hätte. Ich senkte sofort den Blick, starrte in den Boden, so sehr schmerzte mich dieses dumme Gerede.

Was blieb mir, als zu wiederholen: »Joseph, du hast es gehört. Ich möchte, dass du ausziehst«?

Unter dem Couchtisch standen seine hässlichen riesigen Schuhe. Zwei Blocks weiter gebe es in derselben Straße ein Hotel, das gut und preiswert sei und meistens noch Zimmer frei habe. Dort solle er es versuchen. Ich sprach nicht selbst. Aber wer sprach dann aus mir? Sprach etwa die Vernunft? Die Angst? Der hilflose Zorn? Die Verzweiflung? Ich wusste es nicht. Irgendwer. Irgendwas. Mir blieb nichts übrig. Am nächsten Tag war mein dreißigster Geburtstag. Wahrscheinlich war nicht viel Zeit vergangen, seit ich aus dem Bad gekommen war, immer noch spürte ich die Kühle des Wassers auf meinem Gesicht; mein Haaransatz war noch feucht, und Wasser hing noch in den Augenbrauen. Ich fuhr mir mit dem Knöchel des Zeigefingers über die eine Augenbraue; Wasser rann über meinen Handrücken, als zeichne es einen Handknochen nach, verschwand im Ärmel meiner Bluse und lief, mich schauderhaft kitzelnd, den Unterarm entlang. Hörte er die Sätze?

Nun meine ich, es kann nur so gewesen sein, dass ich etwas übersehen habe – einen Punkt, an dem er aufhörte, sich für mich zu interessieren, sich zu bemühen. Dieses unsichtbare und lautlose Ereignis muss geschehen sein, als er noch bei mir wohnte. Ja, es muss sogar geschehen sein, als er noch nicht sehr lang bei mir wohnte, ganz so, als hätte er mit dem Anfang einen Irrtum begangen, hätte es bemerkt und versuchte durch Rückzug, durch Distanz, durch höfliches Nichtreden den Irrtum wiedergutzumachen. So kam es mir oft vor. Mehrmals versuchte ich, ihn irgendwie darauf anzusprechen, aber nie gelang es; jedesmal wieder sagte ich etwas anderes als das, was ich sagen wollte. Wochen, ja Monate voller verpasster Gelegenheiten, etwas Richtiges, ja das Richtige zu sagen. – Er zog aus, und drei Wochen später war er weg, ohne sich von jemandem verabschiedet zu haben, nicht einmal von mir.

■ ■ ■

In San Ignacio bekam ich ein Zimmer im Casco Viejo, einem kleinen Hotel unweit der beiden Krankenhäuser und unweit des Hauptplatzes. Die Frau, die mir das Zimmer zeigte, wollte nichts wissen, nicht einmal meinen Ausweis sehen. Ich fragte sie, wo die berühmte Kirche zu finden sei. Sie machte eine Geste in eine unbestimmte Richtung – eher in die Höhe als nach links – und sagte: »Gleich dort vorne.«

Es war früh am Morgen, ich hatte keinen Hunger, und mir war kalt. Ich beschloss, mich zuerst einmal hinzulegen und zu schlafen. Und das tat ich dann.

Als ich kurz nach Mittag wieder aufwachte, stand ich auf, zog mich um, verließ das Zimmer, dann das Haus, wollte nach links Richtung Hauptplatz abbiegen, folgte aber einem Impuls und ging nach rechts und kam nach ein paar Schritten an eine Kreuzung, wo eine rote unbefestigte Straße nach rechts leicht anstieg, nach links jedoch stark abfiel – zu einem in der Sonne weiß daliegenden See. Der Weg zum See war ausgeschwemmt, mehrfach tief gefurcht. Bevor ich bergab ging, drehte ich mich um und betrachtete die Häuserflucht und stellte fest, dass die Häuser sämtlich eingeschossig waren. Die Hände in den Hosentaschen, spazierte ich hinunter, vorbei an einem Neubau aus Mauerziegeln, aus dem fröhliches Kindergeschrei drang; es schien ein

Kinderhort zu sein oder ein Kinderheim. Neben der Eingangstür stand ein an die Mauer gelehntes silberfarbenes Fahrrad. Die Ziegel und die Felgen und Speichen des Fahrrads leuchteten im Licht.

Ich hielt mich rechts, ging auf einem Weg am Ufer, getrennt vom Wasser durch Schilf und sehr hohes Gras, vielleicht Elefantengras, entlang, rechter Hand ein verwilderter schmaler Kanal, ebenfalls parallel zum Ufer. Dann und wann war ein Brett oder einfach ein Stück Holz über den Graben gelegt, manche eingebrochen. Jenseits des Kanals Hütten, vor denen bunte Wäsche auf Leinen hing und Hühner zwischen Mais- und Maniokstauden staksten. Dort und da ein Hund im Schatten, die Augen zusammengekniffen und von Zeit zu Zeit mit den Ohren zuckend, um ein Insekt, vielleicht nur das Sirren, zu vertreiben.

Schließlich gelangte ich in einen richtigen Wald aus diesem Elefantengras – was sonst sollte es sein? –, und die Häuser verschwanden; obwohl der Weg nicht schmaler wurde, berührten sich die Spitzen der Gräser links und rechts von Zeit zu Zeit. Sie waren hoch über meinem Kopf und gingen leise raschelnd im Wind, den ich nicht spürte – auch zuvor nicht gespürt hatte. Es gab kein Wegschild, und ich wusste nicht, wohin ich unterwegs war.

Da endete dieser Wald. Ich fand mich vor einem riesigen Wasserturm neben einem vergleichsweise prachtvollen Haus. Davor ein roter Jeep. Niemand war zu sehen; alles sah aus wie eine Filmkulisse. Ich lief daran vorbei und kam schon an das nächste Gebäude. Ein Freibad. An der Kasse saß jemand und hob den Kopf, als ich mich näherte. Ich fragte, wie viel der Eintritt koste. Man sagte es mir. Das Bad war direkt an den See gebaut. Am Seeufer stand, ein Bein entlastet, wie zum Schritt ansetzend, aber bewegungslos, ein kleiner Vogel Strauß. Es war, als wäre plötzlich eine andere Welt vor mir aufgetaucht. Das Schwimmbad bestand nur aus einem einzigen, nicht gerade großen Becken. Eine Frau schwamm langsam und mit kräftigen Zügen darin, und am Rand stand, ihr mit gesenktem Kopf zusehend, ein dickes Mädchen in einem nassen roten, fast knielangen Leibchen, das es am Saum ausdrückte. Auf dem Leibchen meinte ich einen durch Nässe dunklen Smiley zu erkennen. Der Weg schien hier zu enden. Der See ein Stausee. Am Ufer stand der Vogel Strauß und blickte zu mir. Ich machte noch einen Schritt. Dann drehte ich mich um und ging zurück. Jemand lachte hell auf; vielleicht die Frau an der Kasse, die in einem Comic gelesen hatte.

Wenn es wo ein Auto zu mieten gäbe, dachte ich, könnte ich alle vier Missionen besichtigen. Man hatte mir gesagt, dass das Tiefland landschaftlich einigermaßen homogen sei, dass die Gegend um San Ignacio de Velasco, Chiquitania genannt, jedoch die allerschönste sei.

Der Rückweg erschien mir länger als der Weg hin.

Zum Hauptplatz hinaufsteigend, kurz bevor ich aus der sandigen Erde auf das staubige rote Pflaster des Platzes trat, hielt ich inne und sah zu, wie eine Frau einem Motorradfahrer winkte, der scharf bremste und in einem Bogen an die Frau heranfuhr. Er blieb stehen, und sie, die einen Rock trug, saß im Damensitz auf. Im Davonfahren hörte ich sie noch ihm zurufen: »Zum Neuen Markt.«

Die Kirche war nicht zu übersehen. Sie war neu und gefiel mir nicht. Ich hatte einen historischen Bau erwartet, keinen modernen Nachbau. Unschlüssig stand ich davor. Nein, ich wollte nicht hinein. Was sollte ich jedoch sonst machen? Als ein Motorrad wie das, welches ich eben gesehen hatte, vorbeifuhr, winkte ich etwas zögerlich. Der Fahrer hupte, schaute in den Rückspiegel, und ich winkte noch einmal.

Da bremste er, wendete in weiter Schleife, fuhr an mich heran und hielt. Ich saß auf und sagte: »Zum Neuen Markt.«

Er fuhr los. Das Motorrad lief leise und gut. Es war eine Honda mit 125 Kubik; man erkannte die Hubraumgröße an dem hellen Knattern, das nicht tief wurde. Wir verließen die Plaza und gelangten auf eine ungepflasterte Straße. Der Fahrer wich den vielen Schlaglöchern so vorsichtig aus, als wäre es das Fahrzeug eines anderen; vielleicht war es noch nicht abbezahlt oder wirklich nicht seines. Unsere Hemden flatterten. Er setzte mich am Rand des Marktes ab, ich gab ihm, was er verlangte, und er nickte, ließ die Münzen aus seiner Hand in die Hemdtasche gleiten, ließ die Kupplung schleifen und fuhr mit nun doch etwas dumpferem Knattern davon.

Der Markt, wie er sich mir darstellte, war eine lange rote Straße, entlang derer links und rechts Geschäfte und Stände mit blauen Markisen waren. Dort, wo ich abgestiegen war, saß ein Mann hinter etwas, was aussah wie ein hüfthoher kleiner Kasten auf Rädern mit einem um drei Seiten gehenden, mit Kanteisen eingefassten Windschild aus Glas. Auf dem kleinen hellblauen Kasten lagen unzählige Uhren ohne und mit Armband, Schrauben und Dosen. In gelben Klebebuchstaben stand darauf »Uhrmacher« zu lesen. Schräg hinter ihm saßen an einem beigefarbenen Blechtisch vor einer gleichfalls blechernen Ausschankbude Touristen, vier junge hellhäutige Männer. Ich hörte hin. Sie redeten laut in einer Sprache, die ich nicht verstand. Kein Englisch. Was dann? Ihre weiß lackierten Stühle wackelten, wenn sie lachten. Ich erkannte die Sprache nicht. Immer wieder war zwischen Unverständlichem ein spanisches Wort, und als einer von ihnen, mit auffälligen blonden kleinen Locken, die Hand hob und mit fester Stimme eine weitere Runde Bananenmilch bestellte, war es, als spräche ein Einheimischer. Für eine lange Sekunde war ich zögernd, fragte mich, ob ich sie ansprechen sollte – vielleicht waren sie nicht einfach Touristen und vielleicht wüssten sie, wie man am besten nach Santa Ana, San Miguel und San Rafael, zu den weiteren Jesuitenreduktionen, gelangte. Eine etwa Vierzehnjährige kam mit einer durchsichtigen Plastikkanne hinter dem Tresen hervor und füllte die Gläser behutsam mit Bananenmilch auf. Einer nach dem anderen bedankte sich artig. Das Mädchen grinste offen und sagte nach jedem Dankeswort: »Okay.«

Ich ging die Straße einmal auf und ab, kaufte hier einen Kugelschreiber, dort ein Stück Kuchen, an einem dritten Stand ein Paar himmelblaue Sandalen.

Später kehrte ich zurück ins Hotel. Die schwarz bespannte Fliegengittertür meines Zimmers stand offen. Ich ging darauf zu und blieb davor stehen. Auch die Zimmertür war nach innen aufgestoßen. Es gab nur ein kleines Fenster im Zimmer. Zunächst sah ich nur schwarz; nach Sekunden entstanden endlich Formen, Konturen. Schließlich sah ich auf einem ins Eck gerückten Stuhl eine Frau in kurzer Hose stehen, mit dem Rücken zu mir, sich mit einer Hand, mit abgespreizten, aufgestellten Fingern an der Wand abstützend, in der anderen einen kurzen Holzstiel haltend, um dessen Ende mit dünnem Draht grauweiße Federn gebunden waren. Sie stand durchgestreckt auf Zehenspitzen und versuchte vergeblich, die Spinnweben im Winkel zu erreichen. Die Haut straff wie Kinderhaut. Sie streckte sich und stieß kleine, verzweifelt stöhnende Laute aus. Ich stand und schaute und merkte, wie mein Atem schneller und physischer wurde. Dieses Stöhnen. Ich merkte nicht, dass auf einmal jemand hinter mir stand. Es war die Besitzerin. Erst als sie laut: »Mach das später, Nelly«, sagte, zuckte ich und kniff die Augen zusammen.

Ich atmete wieder leise, drehte mich um und sagte so beiläufig wie möglich: »Ist nicht so einfach, da oben hinzukommen.«

»Nein«, sagte sie, mich eindringlich anblickend, »muss man sich ganz schön strecken.«

Die Frau – fast noch ein Mädchen, wie ich da erkannte – hatte mich nicht bemerkt, sprang vom Stuhl herunter, sodass ihre Sandalen auf den dunklen Bodenfliesen schnalzten, und rückte den Stuhl wieder an den Schreibtisch und wischte mit dem Federwedel darüber. Sie war noch keine zwanzig. Ihre Augen blitzen mich für eine halbe Sekunde sanft an.

Die Besitzerin sagte zu ihr: »Ruf Papa an, sag ihm, er soll später einmal vorbeikommen und nach dem Herd sehen. Es stimmt etwas nicht mit dem Gas. So gegen sechs. Und er soll mir nicht mit Ausreden kommen, der Faulpelz! Sag ihm das!«

Sie gingen hintereinanderher davon, und ich begab mich in das Zimmer, das nach der gespannten Haut des Mädchens roch.

Eben hatte ich mich umgezogen, schon war die Kleidung wieder verschwitzt. Ich duschte mich, holte ein Skript aus der Tasche, steckte es aber wieder weg, holte stattdessen den Block hervor und blätterte ihn durch. Dann nahm ich den neuen Stift und schrieb auf: »Etwas wie den eigenen Augapfel hüten«.

Später ging ich erneut auf die Plaza. Als ein Taxi vorbeifuhr, hielt ich es an, stieg ein und sagte dem Fahrer, er solle mich ein wenig durch die verschiedenen Stadtteile fahren. Ich saß hinter einem Armaturenbrett, auf dem außer der Tankanzeige nichts zu funktionieren schien. In der Mitte der Armaturen ein Loch, aus dem ein paar Kabel standen. Hier war irgendwann das Lenkrad gewesen, das nun links eingebaut war, der Toyota musste aus England oder Japan stammen. Es musste Japan sein, dachte ich nach kurzem Nachdenken, hier, in diesem Land, in dem es sogar japanische Auswandererkolonien gab, letzte Bastionen alter japanischer Werte. In Santa Cruz, erinntert ich mich, hatte ich von der Dachterrasse des Hotels aus auf einer Feuermauer eines Nachbargebäudes in roten Großbuchstaben gelesen: »In Bolivien heißt Toyota Toyosa.« Vom Rückspiegel baumelte ein perlmuttfarbener Rosenkranz aus Plastik. Mir fiel ein, dass Nelly, das Mädchen, die Frau, die offenbar ihre Mutter war, vorher gesiezt hatte.

Ich fragte den Taxifahrer nach seinem Namen, stellte mich selber vor, sagte, dass ich Arzt sei. Dann fragte ich ihn, ob er mir für einen Tag sein Auto vermiete. Ich würde ihn für den Verdienstausfall doppelt entlohnen. Er überlegte einen Moment und sagte dann: »Okay Doktor.« Er wollte mir den Wagen am nächsten Tag zum Hotel bringen.

Als es um sechs Uhr völlig dunkel wurde, kam mir die Stadt wie ausgestorben vor. Schon untertags war ich nicht auf allzu viele Menschen gestoßen, überall fast nur vereinzelte. Auch auf dem Markt nicht das Markttreiben, das ich erwartet hatte, eigentlich gar kein Treiben. War es keine große Stadt? Wo waren die über zwanzigtausend Bewohner, von denen ich gelesen hatte? Hatte ich mich am Ende verlesen? In und vor der Fleischhalle unzählige räudige Hunde.

Ich drehte ein paar Runden auf dem Hauptplatz, betrachtete die rosarot blühenden Toborochis (Florettseidenbaum, Ceiba bzw. Chorisia speciosa), deren Stämme wie Flaschen aussahen, fühlte mich jedoch bald unwohl, weil niemand sonst unterwegs war. Nur einmal ein verliebtes Paar auf einer Parkbank. Und vor einem der Restaurants am Rand der Plaza die Gruppe der Ausländer, die ich schon am Nachmittag auf dem Markt gesehen hatte. Die Runde war größer geworden, und nun tranken sie Bier, Ducal. Der Kellner, ein Junge unbestimmbaren Alters in sehr kurzer Fußballhose und ausgewaschenem rotem T-Shirt mit Coca-Cola-Schriftzug, brachte eben eine neue Flasche, nahm mit einer Hand zwei leere vom Tisch und stellte sie zu drei anderen in einer Zeile an die Wand. Daraufhin lehnte er sich wieder gegen den Türstock, die Arme vor dem weißen Schriftzug verschränkt.

Am nächsten Tag kam wie verabredet der Taxifahrer, überließ mir den Wagen und erklärte mir, wie ich fahren solle. Bald darauf brach ich auf. Die erste Station war Santa Ana. Ich kam an, stellte den Wagen ab und stieg aus. Niemand war zu sehen. Vor der wunderbar im Originalzustand erhaltenen Kirche bestieg in aller Seelenruhe ein Esel einen anderen.

Ich fuhr die Tour in wenigen Stunden. In San Miguel aß ich zu Mittag, hielt mich ansonsten nirgends besonders lange auf. Es war heiß, und die roten Straßen staubten. Nur wenige Autos kamen mir entgegen, einmal ein Kleinbus, das Dach mit bunten Taschen und Säcken vollbeladen, der mehrmals hupte, als wir kreuzten. Ich wollte mit Hupen antworten, doch es gab keine Hupe in dem Wagen, zumindest fand ich sie nicht auf die Schnelle, und ich streckte stattdessen den Arm aus dem Fenster und winkte. Einmal ein Kind, etwas abseits der Straße auf einem hohen, steinharten Ameisenhaufen sitzend, von denen es hier so viele gab, einen langen dünnen Stock in der Hand, langsam den Kopf mit dem vorbeifahrenden grünweißen Auto mitdrehend. Das Kind hütete wohl eine Viehherde, nur war von der keine Spur.

Zurück in San Ignacio, zurück im Casco Viejo fand ich es seltsam und schade und verstand nicht, weshalb ich so schnell gewesen war. Dabei hatte ich mir doch immer wieder, auch zwischen den Dörfern, gesagt, Zeit zu haben, mir Zeit lassen zu können, um alles in Ruhe anzuschauen. Ich hatte mich dennoch nirgends aufgehalten. Interessierten sie mich denn nicht? Hatte ich sie denn nicht seit Jahren sehen wollen? Warum würdigte ich sie keiner langen Blicke?

Oscar, der Taxifahrer, lud mich auf ein Bier ein, als er das Auto abholen kam. Ich hatte noch ein paar Stunden Zeit, bis der Bus zurück nach Santa Cruz fahren würde. Ursprünglich hatte ich vorgehabt, mehrere Tage zu bleiben, aber nun wusste ich nicht, was ich hier noch länger machen sollte. Ich wusste nicht, was ich hier wollte. Ich wusste nicht, ob ich es schon einmal gewusst hatte. Oscar hatte Dosenbier mit, wir tranken auf der Motorhaube seines Wagens sitzend und unterhielten uns. Ich hielt den Notizblock in der Hand. Am Abend zuvor, als ich über den schlecht beleuchteten Hauptplatz spaziert war, hatte mich dieser Ort an San Juan erinnert.

Als wir ausgetrunken hatten, verabschiedeten wir uns, und ich ging ins Zimmer und packte meine Sachen. Dann verließ ich das Hotel wieder und spazierte auf die Plaza. Ich war hungrig. Bevor ich mich an einen kleinen Tisch in die Nähe der jungen ausländischen Männer setzte und ein Bier (Paceña) und etwas zu essen bestellte, kaufte ich mir noch an der Ecke, wo das Busunternehmen, mit dem ich gekommen war, sein Büro hatte, eine Fahrkarte nach Santa Cruz.

■ ■ ■

Manchmal frage ich mich, was gewesen wäre mit dieser Frau in der Porzellangasse, was gewesen wäre, wenn ich geblieben wäre. Aber was wäre schon gewesen? Vielleicht wäre ich einen Tag länger geblieben, eine Woche, vielleicht ein Jahr; irgendwann wäre ich dennoch gegangen.

Es war, auf die eine oder andere Weise, immer dasselbe. Auch jetzt, bei Savina, wieder: Ich ging einfach. Es war nicht einmal ein Streit. Als hätte ich plötzlich keine Stimme mehr, so ging ich.

Oder doch, es hatte einen Streit gegeben, aber ich weiß nicht mehr, worüber. Es war nichts Wichtiges. Und danach verließ sie Wohnung. Ich stieg über die Wendeltreppe nach oben in das Zimmer und arbeitete weiter. Als sie wiederkam, hörte ich sie unten im Wohnzimmer herumgehen. Sie ging auf und ab, auf und ab. Ich wartete. Dann hörte ich eine Weile lang keine Schritte mehr. Bald würde sie kommen. Ich wartete. Nach wenigen Minuten hörte ich ihre Schritte auf der schmiedeeisernen Wendeltreppe. Sie betrat das Zimmer, in dem ich saß, kam an mich heran und legte mir von hinten die Hände auf die Schultern. Ich wartete. Und da war es, dass sie sagte, sie wolle, dass ich ausziehe. Mein Warten hatte ein Ende. Ich hatte gewusst, dass der Moment gekommen war, als ich zum ersten Mal die Wohnungstür klirren hörte, und wieder, als ich sie zum zweiten Mal klirren hörte.

Ich dachte an das Café mit Buchhandlung in der Calle Thames – ich fand den Namen in meinen Aufzeichnungen wieder: Boutique del Libro. Es gab dort eine Kellnerin, mit der ich eines Tages, vor nicht langer Zeit, ins Gespräch gekommen war. Wir hatten auch zuvor immer wieder gesprochen, hin und her geredet über das Wetter, über Fußball, die Copa América, bei der Argentinien bis ins Finale gekommen war und die ich, wie sie jedes Mal wieder nicht glauben konnte, nicht verfolgt hatte. Small talk.

Diesmal war es anders. Sie hatte mir die Hand auf die Schulter gelegt und war stehen geblieben. Sonst griff sie mir (oder sonstwem) im schnellen, federnden Vorbeigehen an die Schulter, als wäre man ein Geländer, die Schulter ein Knauf eines unsichtbaren, sich zu beiden Seiten ihres jeweiligen Weges befindlichen Handlaufs. Diesmal war es anders. Sie hatte mir die Hand auf die Schulter gelegt, war stehen geblieben und hatte unvermittelt mit mir zu reden begonnen. Sie fragte, was ich hier immer schriebe, und zögerlich hatte ich geantwortet. Ich versuchte, es ihr zu erklären. Erzählte von Soja und von den Supermarktregalen. Ich sprach allgemein. Ich versuchte, möglichst allgemein zu sprechen. Sie schien es zu verstehen und sagte es auch: »Ja, ich verstehe.« Ich atmete auf und lächelte – war erleichtert, weil sie, ein Laie, verstand.

Dann – ihre Hand immer noch auf meiner Schulter – sagte sie: »Weißt du, eigentlich bin ich ja Schauspielerin.«

Augenblicklich hörte ich auf zuzuhören. Ich sah sie an, sah durch sie hindurch und dachte: Und was machst du dann jeden Tag hier? Ich war verärgert, denn sie hatte nicht gefragt, weil ich oder meine Arbeit sie interessierten, sie hatte gefragt, um selbst gefragt zu werden und reden zu können – um ein Bild zurechtzurücken, das ihrer Meinung nach schief hing. Warum bloß? Ich konnte nicht mehr weitersprechen. Ich sah sie an, konnte nichts mehr sagen. Meine Gedanken liefen und fanden nicht nach außen. Nicht nur jedoch, weil mich der Wunsch dieser Frau, das Licht auf sich zu verändern, irritierte. Immer schon, wenn mir jemand die Hand auf die Schulter gelegt hatte, war ich steif geworden, wie gelähmt.

Vom ersten Moment an hatte ich gewusst, was geschehen würde; ich hätte es aufschreiben können. Ich hatte es gewusst, noch bevor ich Savina überhaupt zum ersten Mal gesehen hatte. Ich hätte ins Hotel gehen sollen, ich hätte es tun müssen. Hin und wieder in ein Bordell. Warum hatte ich mein Wissen ausgeblendet, verdrängt? War das die Hoffnung gewesen? Ich wünschte mir nichts mehr, als dass diese Hoffnung endlich stürbe.

Savina hatte längst das Zimmer verlassen, und ich war immer noch wie erstarrt, vollkommen steif. Zeit verging. Lange rührte ich mich nicht. Erst irgendwann stand ich doch auf und ging im Zimmer auf und ab. Ich begann meine Koffer zu packen. Dazwischen ging ich auf und ab und dachte kopfschüttelnd immer dieselben Sätze. Erst nachdem ich meine Sachen schon gepackt hatte, stieg ich noch einmal hinunter, ging ins Wohnzimmer und wollte etwas sagen, brachte aber nur einen dummen Scherz zusammen. Was sollte ich schon sagen. Die Sätze, die in mir waren? Gewiss, sie hätte sie hören wollen. Sie hätte sie gebraucht. Dann hätte ich bleiben können. Doch ich wusste, es war vorbei. Und wusste, es lag an mir, und es war wie immer.

In Wien, mit meiner Exfrau, hatte ich gedacht, diesmal funktioniere es, hielte es. Nie zuvor hatte etwas gehalten, aber diesmal dachte ich, es ginge. Seit ich gesehen hatte, dass auch das nicht ging, kannte ich keine Enttäuschung mehr. Ich nahm alles hin. Keine Enttäuschung mehr, aber eine Grundenttäuschung: Ich konnte nicht lieben. An dem Tag, an dem dieses Wissen über mich stürzte, begann das langsame Ergrauen.

Wäre es jetzt nicht einfach gewesen? Ich konnte ihr nicht sagen, dass ich bei ihr bleiben wollte. Ich konnte es nicht – und ich durfte nicht. Warum hätte ich bei ihr bleiben sollen? Noch einen Tag länger? Es wäre ihr nicht gut bekommen. Ich wollte bei ihr bleiben, genauso, wie ich bei meiner Exfrau hatte bleiben wollen. Aber ich sah, wie ich jede Frau zugrunde richtete, einmal durch Eifersucht, einmal durch Gleichgültigkeit, einmal durch Verachtung, jeweils jäh ausbrechend, und wie ich selbst durch das eigene Handeln zugrunde gerichtet wurde, und ich musste gehen. Hätte ich nicht irgendetwas davon sagen können? Aber ich konnte ihr gar nichts sagen. Ich stand da und sah mit an, wie sie in den Boden starrte, sich übers Gesicht wischte, und wie eine einzelne Träne über ihren Handrücken lief. Ich drehte mich um und ging. Ich ging.

Nach diesem Weggang, im Hotelzimmer, nur ein paar Häuser weiter, sogar in derselben Straße, die Venezuela hieß, stand ich vor dem Spiegel und betrachtete mich. Ich zählte die grauen Haare in den Augenbrauen. Bis vor Kurzem hatte ich sie ausgezupft, irgendwie empört, oder ungläubig, oder widerwillig, jetzt ließ ich sie. Das war ich. Das war ich geworden. Am Morgen stehen meine Augenbrauen immer hoch, in fast spitzen Bögen; am Abend drücken sie sich flach gegen die Ränder der Augenhöhlen und machen meine hohe Stirn noch höher. Ich stand vor dem Spiegel, sah diese grauen, weißen Haare und dachte: Warum habe ich sie mir bis vor Kurzem ausgezupft? Nicht aus Eitelkeit, es war etwas anderes. Nichtwissenwollen. Aber ich wusste genau, wann es begonnen hatte; ich wusste den Tag wie einen Sterbetag.

Als ich vor diesem Spiegel stand und aufhörte, mir auf die Augenbrauen zu starren, suchte ich den Rahmen nach einem auf ihn geklebten, unter dem durchsichtigen Plastikfilm des Klebestreifens vergilbten Zettel ab. Ich dachte an meine Tochter. Dann blickte ich mir in die Augen. Ich stand vor dem Spiegel und dachte, dass nichts mich so sehr aus der Fassung bringen konnte wie eine traurige, gar weinende Frau. Das hatte mich stets hilf- und willenlos gemacht. Doch jetzt hatte ich mich umgedreht und war gegangen, als wäre selbst diese Träne nicht. Brachte mich nun nicht einmal das noch aus der Fassung? Ich hatte etwas tun wollen – und tat es dann nicht. Wollte auf sie zugehen, spürte schon den getanen Schritt – doch tat ihn nicht.

Noch am selben Tag fuhr ich in den Stadtteil Once, wo ich mir einen einfachen schwarzen Anzug kaufte. Ich fuhr mit dem Taxi. Ich hatte Lust, Geld auszugeben.

Immer wieder fällt mir ein, wann ich doch etwas hätte bemerken können, eine kleine Veränderung, ein Einriss, eine winzige Drehung, den möglichen Beginn eines Wandels. Aber ich sah es nicht im entscheidenden Moment, bemerkte es nicht.

Etwa saßen wir eines Abends mit Freunden von ihr im Wohnzimmer auf der roten Couch, hatten uns Pizza und Empanadas liefern lassen und gegessen, tranken Wein und rauchten. Ich legte eine Schallplatte auf, wozu Savina zwar das Gesicht verzog, weil sie, seit sie ihr Studium abgebrochen hatte, keine Musik mehr mochte, sich aber nicht beschwerte. Es war Wynton Marsalis' erst vor wenigen Monaten auf den Markt gekommene Platte »From the Plantation to the Penitentiary«, und ich wartete beim Auflegen auf die Nummer »Supercapitalism« – hörte aber sofort wieder auf zu warten, als die erste Nummer begann. Ich trank und hörte zu und bemerkte nicht, dass es noch Zeit gab, weil in diesen Stunden alles wie fließend und eins war, die Stimmen, der Rauch, das Licht, das Lachen, diese unglaubliche Musik. Ich fühlte mich als großes, schweres flüssiges Wesen, das in Flüssigkeit lebte, und trank mich in eine herrliche, aber einsame Euphorie – die ich dann teilen wollte, mit einem Mal. Und ich fing mitten in ihre seit Langem wie ein großes Rad laufende Unterhaltung hinein an zu reden; ich redete und redete und hörte nicht auf. Ich erinnere mich nicht, wovon ich redete. Nur ein einziges Mal wollte ich etwas von ihr, die neben mir saß, wissen. Ich drehte mich zu ihr hin und fragte sie etwas und sah, wie sie saß: das Kinn in die Hand gestützt, gelangweilt, ohne Erwartung, müde, mit einem völlig leeren Gesicht, und sah, wie sie geradeaus stierte bei ihrer gedehnten Antwort: »Weiß ich nicht …« Ich sah es und stieß sie zärtlich in die Seite und sagte, sie solle nicht so ein Gesicht machen. Sie lächelte müde, und ich redete weiter.

Manchmal, wenn ich mich von außen betrachte, so als wäre ich ein anderer, sehe ich es klarer, wie ich bin. Aber es gelingt mir nicht, mich in jemand anderen zu versetzen. Ich sah Savinas Gesicht und verstand nicht, was sie hatte. Warum lachte sie nicht? Warum war sie nicht fröhlich? Hatten wir nicht einen wunderbaren Abend? Waren die Musik und der Wein nicht wunderbar?

Es war längst klar, dass ich den Termin, den ich mit meinem Vorgesetzten vereinbart hatte, würde einhalten können, dass ich den Flug nicht würde umbuchen müssen und meine Zeit hier bald vorbei wäre, unwiderruflich verrieselt wie grauer Sand in einer Sanduhr. Trotz allem ertappte ich mich immer öfter bei dem Gedanken, ich wünschte, es wäre nicht klar, ich wünschte, ich könnte bleiben.

■ ■ ■

Auch meine Schwester, Anne, mit der ich sehr wenig zu tun habe, noch nie viel zu tun hatte, vielleicht einfach, weil sie zehn Jahre älter ist als ich, ist ausgewandert – nach Deutschland. Sie zog mit ihrem aus dem Burgenland stammenden Freund Gerhard, der heute ihr Mann ist, nach Leipzig. Sie wohnen in einem Haus mit großem Garten am Stadtrand im Grünen, das sie lange gemietet hatten und vor ein paar Jahren kauften; ich kenne es von Photos. Sie studierte in Graz Technische Physik und leitet heute bei einem Telekommunikationsunternehmen irgendeine Abteilung.

Ich war erst acht Jahre alt, als sie wegging, um zu studieren, und natürlich fehlte sie mir als Gegengewicht zu den Eltern, als Verbündete. Aber ich gewöhnte mich auch schnell daran, dass sie nur mehr hin und wieder nach Rohr zurückkam, manchmal mit Freunden, die ich meist nur einmal sah – oder, wenn sie wiederkamen, nicht wiedererkannte. Ich schien ihr nicht zu fehlen. So vergingen die Jahre, ohne dass wir viel voneinander wussten.

In all den Jahren habe ich den Kontakt zu meinen Eltern gepflegt. Der Einfachheit halber habe ich ihnen auf einem meiner ersten Heimaturlaube geholfen, einen Internetanschluss zu installieren und ihnen beigebracht, E-Mails zu schreiben, zu empfangen und zu versenden. Ein eigenartiges Erlebnis: das erste Mal, dass mein Vater sich etwas von mir beibringen ließ; zuvor war es nie nötig gewesen. Ich hatte es ihnen erklärt, und alles, was zu fragen war, fragte die Mutter; der Vater stand daneben und fragte nichts. Immer noch klebt auf dem Schreibtisch, neben der Tastatur, unter Klarsichthülle der Zettel mit meinen Anleitungen. Ob sie ihn noch brauchen, weiß ich nicht. Aber er klebt dort – wie ein Photo, eine Erinnerung.

Von den Eltern erfuhr ich auch alles über Anne. Aber die direkte Verbindung zu ihr, die fehlte mir. Wenn wir uns ab und zu gegenüberstanden, waren wir wie zwei Fremde zueinander, zwischen denen Sympathie herrscht und wie selbstverständliches Einverständnis in vielen Dingen. Manchmal denke ich auch, dass sie mir fehlte als Frau, die mir gezeigt hätte, wie man mit Frauen umgeht. In meiner Klasse im Gymnasium gab es nur wenige Mädchen, und in der Nachbarschaft gab es ebenfalls nur ein paar, mit denen sich aber kein Junge abgab, wollte er nicht verspottet werden.

Wenn wir uns sehen, unterhalte ich mich lieber mit Gerhard – wie ich mich überhaupt immer lieber mit Männern unterhalte; es fällt mir einfach leichter. Von Frauen fühle ich mich meistens auf die Probe gestellt, geprüft. Auch wenn es Unsinn ist, habe ich diesen Eindruck und kann ihn nicht ändern. Und so hat es sich eingespielt, dass beinah jeder Kontakt mit ihr über ihn läuft. Auch war er es, der mir verwundert schrieb, er habe mein Buch in einer großen Buchhandlung in Berlin liegen gesehen: »Ganz prominent!« Seit wann ich Bücher schriebe? Ich antwortete sofort, aufgeregt, weil es reiner Zufall war, weil ich niemandem davon erzählt hatte, und schrieb, dass ich mich freute, gab auch zu, dass ich stolz sei, und fragte im nächsten Satz, was mir, wie ich da plötzlich begriff, eigentlich wichtig war: »Und Anne, hat sie es denn auch gesehen?«

Ich hatte nicht vorgehabt, dieses Buch zu schreiben; es war zu mir gekommen, und ich hatte mich seiner angenommen. Wenn mich jetzt – selten, aber ab und zu kommt das vor – jemand fragt, wann das nächste erscheine, antworte ich, dass es kein nächstes geben werde. Ich bin zufrieden, dazustehen, darauf achtgebend, dass niemand den Bildern zu nahe kommt, sie gar anfasst, dass niemand Mitgebrachtes isst oder trinkt und dergleichen mehr – wirklich, in der Seele zufrieden. Ich habe eine Aufgabe. Es beruhigt mich, zu sagen, dass es kein weiteres, kein neues geben wird. Es freut mich richtig. Das ist auch nicht mein Leben. Man weiß es außerdem einfach nicht, was kommt.

Kürzlich bekamen wir ein kleinformatiges Ölgemälde von Egon Schiele; es zeigt eine dichte Häuseransammlung an einer Flusswindung und ist in zurückhaltend gemischten Marineblautönen gemalt. In Thema und Komposition ähnelt es, soweit ich das sagen kann, stark dem »Häuserbogen (Inselstadt)«. Das Bild ist ein Geschenk einer Privatperson an das Museum. Sie kommt alle paar Tage ins Museum und stellt sich vor dem Bild auf. Man muss genau hinschauen, um diese kleine alte Frau zu sehen. Sie steht immer so, als befürchte sie, im Weg zu sein.

Einmal sagte sie zu mir: »Es ist hier so viel schöner als zu Hause. Hier können es alle sehen. Weißt du? Allein dadurch ist es schöner.«

Ich fragte einen Kollegen, ob es ihm etwas ausmache, wenn wir hin und wieder tauschten, und er stimmte zu, ohne nachzufragen. Nun stehe ich oft in dem Raum, in dem der Schiele hängt. Er ist ohne Titel und nicht datiert, aber es muss ein spätes Werk sein, später als der hier offenbar wieder aufgenommene »Häuserbogen«, vielleicht von 1916 oder 1917.

Alfred kommt nicht mehr; er ist nach kurzer Krankheit vor einem halben Jahr gestorben. Das Buch hatte ich ihm noch extra aus Deutschland schicken lassen. Im Vertrag stand, dass mir zwanzig Belegexemplare zustünden. Ich bat darum, mir fürs Erste lediglich fünf davon zuzuschicken. Und eines an Alfred. So geschah es. Drei brachte ich in die Bibliothek der Holocaust-Gedächtnis-Stiftung. Meinen Eltern, dachte ich, nähme ich das nächste Mal eines mit. So bliebe mir noch eines, das reichte. Ich würde die Eltern überraschen – freilich wusste ich nicht, wie sie auf dergleichen reagieren würden. Sie wussten nichts von meinem Schreiben. Was würden sie sagen? Oder würden sie nichts sagen? Wer weiß? Zum Rohr-Buch haben sie sich bis heute nicht geäußert. Ich sah nur einmal, dass sie es im Wohnzimmer stehen haben, flankiert von der Bibel, dem Atlas und dem Bienenzuchtbuch.

Nachdem Alfred das Buch zugesandt bekommen hatte, rief er mich an und bat mich um meine Postanschrift. Ein paar Tage später kam ein langer, äußerst bewegender Brief. Darin schrieb er mir, dass ihm bewusst sei, dass dieses

Buch die letzte Freude seines langen Lebens wäre. Ich hätte seinem Bruder ein Denkmal gesetzt und mit seinem Bruder auch ihm, Alfred. Ich dachte lange darüber nach, wie ich ihm antworten könnte, wie meine Rührung und Dankbarkeit ausdrücken, mit welchen Worten sagen: Ich danke dir.

Ich dachte zu lange nach. Da kam schon die traurige Nachricht von seinem Tod. Sie traf mich. Dass er krank war, hatte ich gewusst. Doch nicht, dass er todkrank war. Bei der Beerdigung stand ich vor Trauer und Erinnerung trotz Hitze frierend am Grab, mit einer Handvoll anderer Menschen, von denen ich bis auf den einen, der mich angerufen hatte, keinen kannte, allesamt steinalt und mit Kippa, und ich konnte nichts anderes denken als: Warum hast du nicht, Hans … Warum hast du nicht einfach geschrieben: »Ich danke Dir«?

∎ ∎ ∎

Bestimmt gab es einen Haufen Dinge, Sätze oder auch bloß einzelne Worte, die ich nicht zu ihm hätte sagen sollen, die man vielleicht nie sagen sollte. Aber jetzt, nachdem ein Jahr vergangen ist, bezweifle ich, dass durch eine Selbstzensur etwas anders geworden wäre. Ich kenne seine Geschichte nicht, selbst Juan kennt sie nicht, doch ich glaube, es ist ganz egal, was man sagt, man kann es ihm nicht recht machen. Niemand kann das. Er kann es nicht einmal selbst. Das ist die Ursache.

Obwohl Juan ihn im Grunde auch nicht kannte, war er von seinem Verhalten doch nicht wirklich überrascht. Es sei ihm klar gewesen, sagte er einmal, dass für Joseph niemand je so wichtig sei wie seine Arbeit oder eben die Sache, für die er arbeite, denn seine Arbeit sei Arbeit an etwas Großem, ja er wolle gewissermaßen an der Welt arbeiten. Dass da auch Menschen auf der Welt lebten, das sehe er oft gar nicht, sagte Juan. Er habe es schon vor zehn Jahren gemerkt. Mehrmals sagte Juan zu mir: »Er hat am Haupteingang der Uni Flugzettel verteilt, und es war ihm völlig egal, was die Leute, die diese Zettel annahmen, mit ihnen machten. Es war ihm egal, wenn sie sie, nachdem sie sie genommen hatten, drei Sekunden später ungelesen wegwarfen.«

Warum er mich nicht gewarnt habe, fragte ich. Wo er das doch alles gewusst habe. Es war kein Vorwurf, nur eine Frage. Doch er gab keine Antwort, und dann sagte ich: »Verzeih. Verzeih mir diese blöde Frage.«

Ich hörte nichts mehr, nur meinen Atem gegen das Plastik des Telefonhörers. Aber er war immer noch dran.

»Tja«, sagte ich schließlich irgendwann leise. Das war für eine Weile mein Lieblingswort, ich sagte es dauernd.

»Tja«, sagte darauf auch Juan.

»Und mit Frauen?«, fragte ich nach einer weiteren Pause und biss mir sofort auf die Lippe. Schon seit geraumer Zeit hatte ich ihn das fragen wollen, aber es war nie eine Gelegenheit gewesen, und wenn einmal eine gewesen war, dann brachte ich die Frage nicht über mich. Nie zuvor hatte mich dergleichen interessiert – oder mehr als aus Neugier interessiert.

»Was meinst du?«

Meine Lippe schmerzte. »Hatte er … damals in Wien … hatte er da Frauen?«

Juan wartete lange, ehe er antwortete. Er sagte: »Ich weiß nicht viel darüber, aber damals, um ehrlich zu sein … ja, in Wien, da gab es schon immer irgendeine.«

In mir zog sich etwas zusammen. Er schmerzte wie ein Messerstich. Ich fluchte zugleich innerlich und dachte: Nein! Ich verfluchte mich. Warum hatte ich das wissen wollen? In meiner Lippe pochte das Blut.

»Fehlt er dir sehr?« fragte Juan schließlich.

Langsam, als müsste ich dazu nachdenken, antwortete ich: »Ja, er fehlt mir.«

»Sehr?«

»Juan«, sagte ich, »es ist ...« Ich schluckte. Dann sagte ich es: »Es ist fast nicht zum Aushalten.« Ich verstummte und dachte an die durchscheinenden Venen an seinen Fingerknöcheln und fragte mich, was Liebe sei, und dachte, es sei wohl, solche Gedanken zu haben und sich an Venen an Fingerknöcheln zu erinnern.

Ich konnte nichts mehr sagen, spürte ein Brennen in der Nase und ein Zittern in den Augen und legte auf.

■ ■ ■

Mitte März waren alle Verhandlungen abgeschlossen, und ich konnte endlich hierher, nach Rohr im Gebirge, ziehen. Karl Kramer, der Vater meines Bekannten in Argentinien, stand mir bei den Kaufverhandlungen zur Seite. Seither besucht er mich ab und zu, dann trinken wir Korn, den er mitbringt. Er brennt ihn selbst. Eine bessere Geldanlage als Gold, meinte er, oder gebe es in schlechten Zeiten ein besseres Tauschmittel? Ich sagte jedes Mal, ich wisse es nicht. Kornschnaps.

Ansonsten? Ansonsten ist nicht viel. Ich bin allein hier. Ich richtete das Haus ein. Bei einem Tischler in Gutenstein gab ich ein paar neue Möbel in Auftrag und ließ, als sie geliefert wurden, manche alten wegbringen. – Und ich versuche, Wissen wiederzuerlangen, das ich als Kind ganz selbstverständlich besaß, oder Wissen, von dem ich nicht weiß, ob ich es noch habe. Zuerst ist es mir bei den Raubvögeln aufgefallen, dass ich mir plötzlich nicht mehr sicher war, sie mit einem Mal nicht mehr zweifelsfrei auseinanderhalten konnte. Dann kamen die Pflanzen. Ich sehe eine Pflanze, habe einen Namen für sie oder auch nicht – und in beiden Fällen bin ich unsicher.

Es gibt eine Videoaufzeichnung von mir als Kind, aus den frühen achtziger Jahren, wo ich am alten Küchentisch vor einem Haufen gepresster Laubblätter und einem zweiten Haufen mit verschiedenen Getreidekörnern sitze und diese Dinge dann sortiere und die Namen dazu sage, jedes Mal vollkommen ohne Zögern, dabei mit einer Ruhe und einer so sanften Stimme, als spräche ich mit einer Katze – etwa mit jener kleinen, die immer, wenn die Sonne schien, stundenlang im Kies draußen im Hof neben der Mülltonne in deren Schatten lag und ab und zu aufstand, sich gähnend streckte, dem Schatten nachwanderte und sich wieder hinlegte; diese kleine Katze, die auf Lebenszeit klein blieb, ab einem bestimmten Zeitpunkt nicht mehr wuchs, aufgrund eines Erbfehlers. Und der Vater, der die Kamera hält und filmt, der nur die Neuerwerbung ausprobiert; nichts war inszeniert. Ich bin lange im Bild, minutenlang. Es ist, als bemerkte ich nicht, dass jemand filmte; vielleicht bemerkte ich es auch wirklich nicht, oder ich hatte es bemerkt, aber sofort wieder vergessen. Man sieht die Brust, die sich leicht weitet beim Einatmen, man sieht das Atmen, auch an den Schultern, und man sieht es an dem Blatt, das am nächsten bei dem Kind liegt, ein Ahornblatt (die spitzen Zacken), das sich kaum merklich hebt, wenn das Kind ausatmet. Einmal ist das Bild ausgefüllt von einer Kinderhand, die ganz nah herangeholt ist; aus der Rille zwischen aneinandergedrücktem Daumen und Zeigefinger lugt ein Haferkorn hervor (ja, es ist Hafer, das Kind benennt es im Dialekt); die Hand zittert nicht. Das war ich; das bin ich. Über dieses Bild gelegt plötzlich, zum Schluss der Sequenz – auf die die über zehnminütige Aufnahme eines noch grünen

Wintergerstenfeldes (was sollte es sonst sein) im Wind folgt –, die scharfe Stimme der Mutter, die durch das Vorhaus in die Küche kommt und fragt: »Ich möchte wissen, wozu wir dieses Klumpert brauchen!« Sie hielt den Kauf der Kamera für Geldvergeudung.

Von dieser Aufzeichnung habe ich eine digitale Kopie anfertigen lassen, die ich mir beinah täglich auf dem Computer ansehe. Im Kino war ich seit Jahren nicht mehr – das ist mein Kino. Alles ist in Bewegung auf diesen Bildern des Films: die Schultern des Kindes, das Ahornblatt, die Ähren, die Halme, das Gras neben dem Feld, die Stimme im Hintergrund, die Wolken im Himmel, die Vögel, die Baumkronen und die frischen glänzenden Blätter darin, die Stimme im Hintergrund und der Atem – alles, nur nicht diese ruhige Hand, die filmt. Noch wenn das Bild stillsteht, ist das ruhigste diese unsichtbare ruhige Hand.

Wenn ich das Video anschaue, wird mir meist ungeheuer schwer zumute. Ich mache dann den Versuch, mich in meinen Vater hineinzudenken – und weiß, dass er damals noch dachte: Eines Tages wird er wie ich; er heißt nach mir, und er wird werden wie ich. Die Mutter hatte es mir einmal erzählt. Wir waren auf einem Wiesenweg zum Wald hinaufgegangen, als sie es sagte. Sie nahm keine Position ein. Vielleicht hatte sie nicht einmal vorgehabt, es mir zu sagen. Sie redete, und es klang nach nichts anderem als lautem Denken. Es war kurz, bevor ich zum Studieren nach Wien zog. Damals war für sie beide noch alles in Ordnung, ich war in Ordnung. Wie sehr, denke ich, muss es ihn geschmerzt haben, als er sah, dass ich gerade für das Gegenteil dessen eintrat, was er für gut befand, einundsiebzig Jahre und ein halbes lang. Wie sehr muss es ihn geschmerzt haben – wo es mich schon so schmerzte.

Noch im vergangenen November, kaum zurück aus Argentinien, präsentierte ich die Ergebnisse unserer Untersuchung in Wien und im Dezember in Rom. Die Präsentation war ein großer Erfolg. In mehreren europäischen Ländern wurde von der Untersuchung berichtet, und da und dort entspannen sich anschließend Debatten. Ich verfolgte aufmerksam alle Berichte. Wir bekamen neue Aufträge – das hieß frisches Geld für unsere Arbeit. In zwei Wochen, beinah zum selben Termin wie im Vorjahr, wird wieder eine Präsentation in Rom sein, zu der ich mit einem Kollegen reise. Er ist noch nicht lange dabei. Ich fahre mit, habe ihm aber die Verantwortung übertragen.

■ ■ ■

Meine Facharztausbildung geht in einem guten Jahr zu Ende. Wenn ich bedenke, wie schnell das letzte Jahr herumging, wird es langsam notwendig, mich nach einer richtigen Stelle umzusehen. Ich will arbeiten – und ich will endlich Geld verdienen. Allzu lange schon geht das so; immer noch habe ich kein neues Telefon. Ich könnte bleiben. Hier jedoch will ich nicht bleiben. Immer wieder ertappe ich mich dabei, dass ich im Internet nach Spitälern und offenen Stellen in Nordargentinien suche. Ich verstehe mich selbst nicht und zwinge mich, die Suche auf Buenos Aires und die Provinz Buenos Aires zu beschränken. Es hält mich zwar eigentlich nichts hier, aber ich habe mich an die Stadt gewöhnt, auch an die Bewohner, irgendwie, selbst an das Angeberische und Arrogante, das den Hauptstädtern – vielleicht wie überall auf der Welt? – zu eigen ist. Es ist manchmal ja doch nur Fassade, Maske. Bisweilen, besonders wenn ich einen Patienten habe, der nicht von hier ist, passiert es, dass ich sogar an mir schon das wenig demütige Verhalten der Hauptstädter beobachte.

Ich hatte vor, mit Joseph in Verbindung zu bleiben, aber es ging nicht. Es liegt mir einfach nicht, mit jemandem zu kommunizieren, den ich nicht sehen und nicht hören kann. Schon auf sein erstes kurzes E-Mail, das er fünf Wochen, nachdem ich ihn zum letzten Mal gesehen hatte, schrieb, in dem stand, es tue ihm leid, sich nicht verabschiedet zu haben, aber er sei in solchen Dingen schlecht, er könne da jedes Mal wieder nicht über seinen Schatten springen und so weiter, antwortete ich nicht mehr. Vielleicht lag es nur an dem, was er geschrieben hatte, dass ich nicht antwortete. Was sollte ich darauf sagen? Ich hätte schreiben können, freilich; aber plötzlich hatte ich auch keine Lust mehr, über meinen Schatten zu springen.

■ ■ ■

Alle paar Tage gehe ich in den Ort zum Einkaufen. Oft gehe ich danach in die Kirche und setze mich eine Weile in eine der Bänke. Bisweilen schleicht der alte, irgendwie krank aussehende Mesner herum. Seine Wangen sind grau und eingefallen, und seine Bewegungen, wenn er etwa die Kerzen anzündet oder löscht oder wenn er Weihwasser nachfüllt, sind fahrig. Hin und wieder nimmt er seine dicke Brille ab, zieht einen Zipfel des Hemdes aus der Hose und putzt die Gläser mit dem Hemdsaum. Ich finde, er sieht krank aus. Schon bald nach meinem Herzug im April kam mir einmal der Gedanke, dass so ein Amt eines Tages auch etwas für mich sein könnte.

Seither spiele ich mit diesem Gedanken, wenn ich meine Stube kehre und wenn ich im Küchenofen Feuer mache und wenn ich die Erdäpfel vom letzten Jahr koche und schäle und wenn ich zum wiederholten Mal meinen neuen, in Argentinien gekauften und noch kaum getragenen Anzug ausbürste und wenn ich vorm Haus auf meiner roten Gartenbank sitze und in die Luft schaue und leise murmelnd den hiesigen Dialekt ausprobiere. Immer wieder spiele ich mit diesem Gedanken. Er erfrischt mich, ich fühle mich durch ihn erneuert; mir ist dann, als hätte ich – oder irgendjemand – die Möglichkeit, neu anzufangen.

Meinen Beruf führe ich fort. Das meiste erledige ich nun von hier aus. Mit meinem Vorgesetzten habe ich einen guten Kompromiss geschlossen. Ich musste ihn nicht überreden; er hatte selbst eingesehen, wie gut ich hier – weggesperrt von der Welt, wie ich dachte – arbeiten konnte; ich arbeitete mehr denn je.

Daneben, ganz zufällig, habe ich ein Hobby gefunden, dem ich mich hingebe. Ich erstelle Pläne für ausgewogene und vielfältige Fruchtfolgen für unterschiedliche Standorte (Bodenverhältnisse) im Land. Es ist Spielerei mit altem Wissen, nichts Neues; aber dennoch ist mir diese Beschäftigung eine Arbeit, die ich nicht sinnlos finde, und manchmal habe ich dabei die Vorstellung, eine Musik zu komponieren müsse ganz ähnlich sein, ähnlich schön. Ich hatte nie ein Hobby gehabt. Bisweilen denke ich, dass diese Art von Hingabe der Liebesakt ist, der mir bleibt.

Ich habe mir eine Homepage einrichten lassen, auf der ich Texte versammle, in denen die Ergebnisse meiner wissenschaftlichen Arbeit so ausformuliert sind, dass sie allgemein verständlich sind. – Als ich noch studierte, stellte ich auf eigene Rechnung Flugblätter her, die ich eigenhändig verteilte. Ich dachte, das müsse sein, das sei meine Pflicht. Das Pflichtbewusstsein, sich für eine Sache einzusetzen, ist kein anderes geworden. Damals war es mir jedoch mehr oder minder gleichgültig, was diejenigen, denen ich einen Zettel in die Hand drückte, damit machten. Ich sah ihnen nicht einmal ins Gesicht und dachte, so wie es meine Pflicht – und

Berufung – sei, diese Zettel zu schreiben und auszuteilen, sei es ihre Pflicht, sie zu lesen, sich zu informieren, und wenn sie diese Pflicht nicht erfüllten, könne ich ihnen nicht helfen.

Dieses Denken hat sich in Argentinien gewandelt. Jetzt verfolge und vermerke ich sehr genau, wie viele Besucher sich täglich auf den von mir erstellten Seiten bewegen. Ich habe ein Zählwerk installieren lassen, das nicht nur zählt, sondern auch genau differenziert zwischen den Besuchern, die länger als zwei, länger als vier und länger als sechs Minuten auf der Seite bleiben. Vermutlich hat es auch etwas mit dem Alter zu tun. Seitdem mein Vater nicht mehr lebt, ist mir aufgegangen, dass auch meine Zeit begrenzt ist.

Ab und zu schreibe ich Cecilia, die Hans Kramer nun heiraten wird. Die ersten paar Briefe waren noch in Ordnung, gingen mir einigermaßen von der Hand, aber schon beim dritten oder vierten wusste ich nicht mehr, was ich ihr schreiben sollte. Sie entschwand. Dann schrieb ich, was mir in den Sinn kam, Erfundenes, hatte irgendwie eine Zeit lang Spaß daran, etwa zu schreiben, ich hätte hier meinen Internetanschluss abgemeldet. Oder ich schrieb, es sei scheußlich, es regne seit Tagen – während strahlender Sonnenschein war; nur in der Woche zuvor hatte es tatsächlich fünf Tage durchgeregnet. Nicht immer jedoch schrieb ich ausschließlich Unsinn. Einmal etwa schrieb ich, dass ich mit dem Gedanken spielte, hier Mesner zu werden. Aber sosehr ich mich auch anstrenge, die Briefe werden immer kürzer, und ich kann nichts dagegen tun. Ich schreibe nur noch von Grüßen zusammengehaltene Floskeln.

Zu Beginn hatte ich vorgehabt, im Haus nicht zu rauchen, und hielt das bis vor Kurzem auch durch. Aber seit ein paar Wochen ist es kalt geworden, und ich habe mir eine Kehlkopfentzündung geholt; nun möchte ich mich nicht mehr extra zum Rauchen vors Haus stellen.

Oft erinnere ich mich daran, dass Savina mir unterstellte, ich würde bloß deshalb Memphis rauchen, weil sie wie ich ein PH im Namen haben. Und dann denke ich, dass ich einmal auch den Mund hätte aufmachen können, anstatt nur aufzulachen, weil sie mich offenbar für eitel hielt; ich hätte es ihr sagen können, dass sie mir Unrecht tue, dass es eine Erinnerung an meinen Großvater mütterlicherseits sei, der seine ersten zwölf oder vierzehn Lebensjahre in Rohr verbracht und bis zuletzt diese Zigarettenmarke geraucht hatte. Wie oft er von Rohr geredet hatte. Von der Sage, an die er sich nicht mehr richtig erinnern konnte. So oft. Ich hätte ihr von ihm, den ich zeitlebens als meinen nächsten Verwandten empfand, erzählen können, anstatt dumm zu grinsen. Wer war jetzt mein nächster Verwandter? Denn was interessiert mich sonst schon das PH, das auch ein F hätte sein können? Nichts zufälliger als ein Name.

Ich hätte erzählen können. Ich hätte sagen können: Du hast recht, auch ich mag andere Sorten lieber. Aber ich rauche diese, damit die Erinnerung nicht verlischt. Ich hätte erzählen können. Doch es kam mir nicht einmal in den Sinn.

Es ist allein nicht schlechter. Im Gegenteil, wie frei man ist, wenn man niemanden mehr verlieren kann!

Irgendwann Ende August oder Anfang September (das genaue Datum steht im Kalender) war ich beim hiesigen Arzt. Ich hatte die Nummer aus dem Telefonbuch herausgesucht, angerufen, mir einen Termin geben lassen und war hingegangen. Als er mich fragte, was mir fehle, war ich von der so vorhersehbaren Frage überrascht. Ich sagte, ich wisse es nicht. Ich wusste nicht einmal, warum ich hingegangen war. Er hieß mich, mich freizumachen. Dann untersuchte er mich, horchte mich ab, klopfte von vorn und hinten auf meinen Brustkorb, schaute mir in den Mund und in die

Ohren, maß mir den Puls und den Blutdruck, zuletzt nahm er mir etwas Blut ab. Es war, sagte er, alles so weit in Ordnung. Ich zog mich wieder an und setzte mich. Ob sonst noch etwas sei? »Nein«, sagte ich, stand auf, verabschiedete mich und verließ die Praxis. Am nächsten Tag ging ich wieder hin, bat wieder, er möge mich untersuchen. Ich wusste nicht, warum. Er horchte mich ab und sagte, die Lunge klinge in Ordnung. Kein Rasseln, kein Pfeifen, nichts.

»Wissen Sie«, sagte ich, »ich bin in den letzten Jahren viel unterwegs gewesen. Viel im Ausland. Und ich war in all der Zeit nie bei einem Arzt. Vielleicht habe ich mir irgendwo etwas geholt und es nicht bemerkt. Sie wissen schon. Das wollte ich einmal checken lassen.«

Der Arzt blätterte eine Seite seines Kalenders um und sagte, ich solle in drei Tagen wiederkommen, dann habe er die Ergebnisse aus dem Labor in Wiener Neustadt und könne sie mir auseinandersetzen.

Drei Tage vergingen, und ich machte mich wieder auf den Weg zu der Praxis. Die Werte waren sämtlich in Ordnung. Wir unterhielten uns über Harnsäure, Blutzucker und manches mehr. Darauf nahm der Arzt einen Stift und schrieb etwas auf.

»Was schreiben Sie da«, fragte ich ihn und beugte mich etwas vor.

»Das ist die Krankengeschichte«, sagte er.

»Bin ich also krank?«, fragte ich, zog die eine Hand aus der Hosentasche und legte sie auf den Tisch.

»Nein«, sagte er lächelnd, »soweit ich sehe, sind Sie sehr gesund.«

Später verabschiedete ich mich und ging nach Hause. Mir ging dieses Wort nicht aus dem Kopf. Krankengeschichte. Einige Tage verstrichen, bis ich wieder anrief und erneut um einen Termin bat. Der Arzt war, als ich eintrat, so freundlich wie beim letzten Mal, doch zeigte er sich diesmal auch ein wenig irritiert. Er wisse nicht, was er noch für mich tun könne. Für so Gesunde, wie ich es sei, habe er nur in seinen freien Stunden Zeit. Ob ich mich einmal am Abend auf ein Bier, ein Glas Wein mit ihm zusammensetzen wolle? Ich schüttelte den Kopf. Und ich wusste auch gar nicht, was ich von ihm wollte. Schweigend saßen wir uns gegenüber. Ich sah ihn lange an, dann blickte ich weg.

Einmal sagte er: »Rauchen sollten Sie weniger.«

Ich antwortete: »Ja.«

Dann schwiegen wir wieder. Auf einmal jedoch zog der Arzt seine Schublade auf, holte ein Blatt Papier und einen Stift daraus hervor und reichte es mir.

»Da«, sagte er. »Nehmen Sie das.«

Ich nahm es. »Was soll ich damit?«, fragte ich.

Seine Augen waren es, von denen die Freundlichkeit ausging.

»Bevor Sie das nächste Mal kommen, schreiben Sie auf, was Sie mich fragen wollen oder was Sie mir sagen wollen.«

Ich verstand, dass er mich loshaben wollte, nickte, stand auf, bedankte mich und ging.

Einen Augenblick hatte es in den letzten Monaten gegeben, den ich unmittelbar gar nicht besonders wahrnahm, der mir jedoch jetzt als entscheidend vorkommt. Es war noch im Sommer, spätnachts, gewesen; ich hatte noch die alten Lampen. Ich saß hinter einigen aufgeschlagenen Büchern und sah sie mit nahezu krampfhafter Konzentration an. Sie waren weiß mit schwarzer Schrift; da und dort war eine Abbildung, ein Diagramm. Dann hörte ich auf, hinzusehen, nahm das Glas Wasser, das danebenstand, und trank. Ich entkrampfte mich. Es war spätnachts, ich war müde, und von der Decke fiel Licht in das Glas. Ich sah das

Licht in dem Glas – es ließ das Wasser aufleuchten wie eine selbständige Lichtquelle. Die Bücher im Augenwinkel waren verschwommen. Aber da geschah es, dass ich am Glas vorbeischielte und auf die Bücher sah; sofort wurden sie scharf, natürlich, und ich sah weiß und schwarz ganz scharf. Und nur einen Sekundenbruchteil verzögert sah ich plötzlich noch etwas, nämlich im Augenwinkel das Wasser im Glas, das, eben noch still leuchtend, jetzt zu glitzern und blinken begonnen hatte wie ein Bergkristall im Licht. Ich stellte das Glas ab und richtete mich auf. Was bedeutet das, fragte ich mich, was bedeutet das. Aber ich war so müde – und dachte dann nicht weiter darüber nach.

Immer schon hatte ich auffallend große Schwierigkeiten, andere Menschen zu verstehen. Auch mein Vater war so gewesen – der Unterschied war nur: Ihm war es zeitlebens nicht aufgefallen; ihn hatte es nicht gequält.

Zuerst hatte ich die Notizen wiedergefunden und wiedergelesen. Sie kamen mir vor wie von einem Fremden geschrieben. Die Sätze zu der Reise von Augusto. Da dachte ich noch: Es sind ja seine Sätze, Sätze eines Fremden. Ich habe sie mir gemerkt und später notiert. Insofern war es nicht verwunderlich. Doch dann fand ich diese mehreren zusammenhängenden Seiten, der Bericht einer Reise, eingerahmt von Wetterdaten, einen Bericht, den verfasst zu haben ich mich nicht erinnern konnte. Ich las ihn wieder und wieder, bis ich eines Abends den Stift und das Blatt des Arztes hervorholte, mich damit an den Schreibtisch setzte und wie von selbst zu schreiben begann.

Ich war verwundert, immer wieder, dass ich im Aufschreiben scheinbar doch imstande war, andere Menschen in ihren Gedanken und Handlungen nachzuvollziehen. Es gelang mir, mich in andere Köpfe hineinzuversetzen. Und wann immer ich einen Zettel vollgeschrieben hatte und ihn wiederlas, gleichsam genau hinsah, war ich verwundert und dachte, oft kopfschüttelnd, es könne nicht sein, dass ich das geschrieben haben sollte. Nicht nur verwundert, ich konnte das Geschriebene dann im Grunde schon nicht mehr nachvollziehen. Auch die jeweilige Sprache war nicht meine Sprache, wie ich fand. Oder doch? Jedenfalls akzeptierte ich, es selbst verfasst zu haben; es war meine Schrift.

Mein Verstehen schien auf das Aufschreiben beschränkt. Dabei wusste ich Dinge, die ich sonst nicht wusste, die mir sonst verborgen blieben. Das Aufschreiben war offenbar etwas sehr Ähnliches wie dieses Aus-dem-Augenwinkel-Sehen. Wie soll ich es sagen, ich sah auf eine Sache, und dabei sah ich eine andere plötzlich anders. Während ich an mich dachte, und »ich« sagte, mich damit meinte und zugleich nicht meinte, kam etwas für mich völlig Neues heraus. Und das fand ich so erstaunlich und interessant, dass ich beschloss, es so weit zu führen, wie es sich führen ließ. Ich hatte unverhofft einen neuen Weg gefunden, die Welt – und mich selbst in ihr – zu sehen, und ich wollte herausfinden, was sich sehen ließe.

■ ■ ■

Irgendwie spürte ich es, dass ich sie dort oben finden würde, denn schon einmal hatte ich sie auf dieser Aussichtsterrasse angetroffen, alleine stehend, für sich, über die Dächer in die Luft schauend, in der es immer seltener Vögel gab.

Heute hatte ich früher als sonst gehen können, weil zwei Säle vorübergehend geschlossen worden waren. Luca Giordanos »Mathematiker«, das Joseph so beeindruckt hatte, und die weiteren Gemälde in diesen Sälen hatten für eine Weile Ruhe. Anstatt schwimmen zu gehen, hatte ich beschlossen, Cecilia zu suchen, die die Wohnung jeden Tag pünktlich um halb fünf verließ, einkaufen ging oder herumstreunte oder beides und selten vor sieben oder acht nach Hause kam, auch wenn sie später noch etwas zu arbeiten hatte. Sie streunte gerne in der Stadt herum, da konnte sie oft am besten nachdenken, wie sie sagte. Ich hatte Sehnsucht nach ihr; so machte ich mich auf den Weg.

Es war eine Ahnung – und wirklich war sie da. Ich entdeckte sie inmitten der Liebespaare und der paar Vereinzelten; zuerst fielen mir die allein stehenden Menschen gar nicht extra auf, denn auch die Liebespaare standen wie Einzelne. Kaum hatte ich die letzte Stufe der rostbraunen Metalltreppe genommen, war sie mir schon ins Auge gefallen, und ich war beinahe gestolpert, wo schon nichts mehr war, worüber ich hätte stolpern können; aber ich hatte noch eine Stufe erwartet und war ins Leere getreten.

»Juan«, flüsterte sie, als ich an sie herantrat, ihr die Hand auf die Schulter legte, die sie fast im selben Moment, als hätte sie darauf gewartet, mit ihrer Hand ergriff, zuerst mit der rechten, dann auch noch mit der linken, sich umdrehte und mich ansah. Ich fühlte mich glücklich, mehr aus dem Grund, weil sie meinen Namen gesagt als weil sie meine Hand genommen hatte. Ich fühlte mich glücklich, weil sie mit mir rechnete. Wenn sie meinen Namen sagte, kam das J nicht laut aus dem Rachen, wie sonst üblich; sie sagte nicht »Chuan« – sie sagte »Huan«.

»Irgendwie habe ich es geahnt, dass ich dich hier finden würde.«

Mein Atem stieß gegen ihr Haar und ihr Ohr und wurde so vernehmbar. Durch meinen Rücken ging aus dem Lendenbereich nach oben ein Ziehen, das ich zwar wahrnahm, aber nicht spürte. Sie rieb ihren Kopf gegen meinen.

»Konntest du gut arbeiten heute?«, fragte ich.

»Nein, ich hab fast nichts gemacht; ich hänge an einer Stelle. Dafür hab ich am Kleid Änderungen vorgenommen, jetzt passt es.«

Zwischen erstem und zweitem Satz änderte sie die Stimme, als wäre sie zwei Personen. Bisher kannte ich zwei Arten von Stimme an ihr; ich fragte mich, ob es noch mehr gab. Jedes Mal ging ein Schauer von Glück durch mich bei einem solchen Wechsel.

Obwohl auch andere Menschen hier oben waren, obwohl es auch andere Stimmen gab, das Klacken und Ratschen von Feuerzeugen und einmal ein Pfeifen, war es doch, als wären wir alleine in einem leeren Raum, der, je länger wir so standen, immer größer wurde, vor allem höher. Der Himmel schien zu steigen. Und ich dachte wieder an die Luft als ein Etwas, das den Himmel empordrückt, manchmal mehr, manchmal weniger.

»Vier Monate noch«, sagte sie.

»Freust du dich darauf?«

»Was für eine Frage, Juan! Und wie ich mich freue!«

Ich lächelte. Ich hatte es hören wollen. »Glaubst du, es wird danach so schön sein wie jetzt?«

»Bestimmt. Es wird sogar noch schöner sein. Noch perfekter.«

Wir schwiegen eine Weile.

Dann sagte ich leise: »Ja. Und dann wird es auch nicht mehr so schrecklich heiß sein.«

»Hoffen wir es zumindest. Denkst du eigentlich daran, Joseph eine Einladung zu schicken?«

Ich musste lachen und sagte: »Ja, ich habe auch schon eine passende Karte gefunden, sie ist so grauenhaft, so kitschig – so richtig argentinisch. Wir kleben noch ein Foto von uns drauf, eines aus dem Automaten. Er wird uns verfluchen!«

Ich spürte, wie Cecilia lächelte.

Dann sagte sie: »Das glaube ich nicht, er wird auch nur lächeln ...« Und nach einer Pause: »Aber irgendwie tut er mir leid. Weißt du? Er hat keinen Halt. Dabei bräuchte er so dringend einen. Und jetzt zieht er in die Einöde und tut, als wäre sein Leben schon vorbei. Hab ich dir übrigens erzählt, dass er Mesner werden will?«

Es gefiele mir, wenn sie zu rauchen aufhörte. Ich sagte nichts. Mesner? Mesner von Rohr?

»Hoffentlich kriegt er den Brief zum Geburtstag. Du hast ihn ja aufgegeben, hast du gesagt.«

»Natürlich«, antwortete ich und kam wieder auf andere Gedanken. Ich hatte an Kinder gedacht. »Ich habe ihn gleich vorn neben der Redaktion der ›Página 12‹ in den Postkasten geworfen. Schon am Dienstag oder wann es war, nein, am Mittwoch in der Früh.«

»Es ist doch schön, wenn jemand an deinen Geburtstag denkt, nicht wahr? Ist das nicht etwas Schönes?«

Sie sagte bisweilen Sätze vor sich hin, als merke sie es nicht, dass sie gehört werden konnten. Mit ihr fühlte ich mich wie in Wasser. Ich freute mich auf so vieles und war glücklich. Im Himmel waren Haufenwolken, in die ich blickte wie in einen uferlosen See. Ich dachte an ihre Worte von eben.

»Ach, das wird schon wieder. Du glaubst doch nicht im Ernst, dass der es lange dort draußen aushält, so ganz ohne Frau«, sagte ich und lachte leise, schaute in die Ferne, wo gerade irgendwo ein Fenster geöffnet wurde, in dem sich für eine winzige Sekunde die Sonne widerspiegelte und uns blendete, sodass wir für kurze Zeit nichts mehr sahen als langsam von unten nach oben tanzende orangefarbene Flecken in der Luft.

. . .

An dem Abend, als Joseph und ich Juan besuchen gegangen waren und ich ihn, von dem Joseph mir schon ein wenig erzählt hatte, kennenlernte, hatte Juan, der bis zum Schluss, auch als er schon reichlich betrunken war, unsicher wirkte, plötzlich begonnen, die Entstehungssage seines Herkunftsorts zu erzählen.

Wir hörten zu, und als er fertig erzählt hatte, rief Joseph erstaunt aus: »Das ist ja verrückt! Und ich will dorthin!«

Auch ich fand die Sage reichlich verrückt. Joseph hielt mir, ohne mich anzusehen, das in hellrotes Kunstleder eingebundene dünne Heft hin; ich nahm es und blätterte darin. So muss es gewesen sein, dachte ich, als ich zum ersten Mal Noten sah, eine Partitur, nachdem ich ein Stück gehört hatte.

Ich gab ihm das Heft zurück und fragte gedankenverloren: »Was heißt, du willst da hin?«

Da erklärte er mir wie nebenbei, dass er in diesem Ort Rohr im Gebirge ein Haus kaufen wolle, ja quasi schon gekauft habe. Schon bevor er nach Argentinien gekommen sei, habe er es gefunden. Er beschrieb es in wenigen Sätzen. Ich sah ihn an und verstand nichts. Sofort wandte er sich daraufhin wieder an Juan und sagte, er finde Sagen und dergleichen sehr interessant, verstehe jedoch nicht, warum man – wo sie doch offensichtlich mündlich die Zeit überdauerten – sie aufschreiben müsse.

»Ist das nicht irgendwie Zeitverschwendung?«, fragte er Juan, für einen Moment mich ansehend.

Was hatte er nur mit diesem Wort, das für ihn wie ein Begriff war?

Juan blickte ihn starr an und sagte, schon leicht lallend: »Nein. Nein, gerade eben nicht. Das Studieren, das war

Zeitverschwendung. Nicht diese Sage. Und außerdem war es auch eine Vorbereitung. Ich hätte sonst das Buch nicht schreiben können.«

Ich horchte auf und ertappte mich bei dem Gedanken: Was? Du willst Bücher schreiben? Joseph hatte nichts Derartiges erwähnt.

Es hatte zu regnen begonnen, und jetzt wurde es ganz still. Regenstille. Das Dachschrägenfenster war gekippt, und von der Unterkante des Fensters tropfte es. Juan wohnte da noch allein in Belgrano. In dem Spalt zwischen Rahmen und Fenster war der schiefe helle Regen sichtbar, hell durch das Licht aus dem Raum, das nach oben ging. Die Scheibe, auf die es regnete, schien zu blinken, schien mit jedem Regentropfen, der auf ihr auftraf, aufzublinken. Es regnete, aber es war ganz still. Dieses leise Getrommel gegen die Scheibe. Mir fielen Ravel und sein Bolero ein. Das war keine Musik. Und dann wurde das leise Getrommel noch leiser, und die Tropfen blieben länger an der Fensterunterkante hängen, als hätten sie nun weniger Gewicht. Helle, große Tropfen.

Als ich später auf der Toilette war und irgendwo in der Wohnung eine Tür zuflog, flackerte plötzlich der Lichtfleck am Boden zwischen meinen Schuhspitzen, auf den ich gestarrt hatte. Ich hob den Blick und sah, wie der Spiegel über dem Waschbecken zitterte.

Ich weiß nicht, wie es zuging, aber es gelang mir irgendwie, dieses Haus, das er mir in wenigen Sätzen beschrieben hatte, wieder zu vergessen, auszublenden, dass ein Haus dazu da war, bewohnt zu werden.

Freilich, auch dass er auszog, war eine Niederlage. Ich hatte das nicht so gewollt, ganz und gar nicht. Es wäre mir lieber gewesen, wenn es anders gegangen wäre, einfacher. Aber dennoch war es nicht so, dass ich gedacht hätte, nun ist es vorbei, nun bist du wieder allein, du hast ihn verloren. Im Gegenteil; ich hatte das als Möglichkeit zum Neuanfang gesehen. Aber er muss etwas anderes gedacht haben, muss gedacht haben, das sei das Ende, auch wenn er nichts sagte, als wir uns wiedersahen. In der Zeit zwischen seinem Auszug und seiner Abreise lagen nur drei Wochen, in denen wir uns beinahe täglich sahen; manchmal verbrachte er bei mir die Nacht. Aber ich hatte ihn gebeten auszuziehen, und nun, muss er gedacht haben, bräuchten wir auch nicht mehr darüber zu reden, was in der Zukunft mit uns wäre.

Ich hingegen dachte, es dauere nun vielleicht, bis er sich daran gewöhne. Dann werde es wieder sein wie zuvor, und wir könnten auch nach vorn denken – und darüber sprechen. Nur während dieser Phase der Gewöhnung könnten wir eben nicht darüber sprechen. Es war wie eine kleine, aber wichtige Operation – danach werde es besser; nur die Wunde müsse erst noch heilen. So dachte ich.

Ich vergaß das Haus, das er kaufen wollte.

Manchmal sah ich mich plötzlich in Wien, durch Wien spazieren, Hand in Hand mit Joseph. Ich phantasierte eine ganze Stadt, die ich nicht kannte – phantasierte sie aus der Musik heraus, die ich kannte. Ich sah mich einfach so, dachte nicht weiter darüber nach. Mir gefielen diese Bilder, die vor mir liefen, ich ließ sie laufen, ohne sie halten zu wollen und nach Bedeutung zu fragen.

Am Vortag hatten wir uns nicht gesehen, weil er sich schon frühmorgens mit seinen Kollegen von der UBA getroffen hatte und ich abends in die Arbeit musste. Wir hatten abgemacht, am nächsten Tag gegen Mittag zu telefonieren. Der nächste Tag kam. Der Mittag kam. Ich wartete bis ein Uhr. Er rief nicht an.

Ich wartete noch einmal eine Viertelstunde. Er rief nicht an. Noch einmal fünf Minuten. Dann wurde es mir zu blöd.

Ich nahm den Hörer in die Hand und wählte seine Nummer. Ich versuchte es mehrmals, aber es kam jeweils nur die Sprachbox. Es muss eine Vorahnung gewesen sein, die mich auf einmal so nervös machte, dass ich zu zittern anfing. Es war ein Zittern von innen, ein innerliches ewiges Zittern. Nun trat es nach außen. Schon im Moment spürte ich die Dauer. Oder war es keine Vorahnung, sondern plötzliches wortloses Begreifen?

Auf einem Zettel an der Tür stand in seiner Handschrift die Nummer des Silva. Ich stand vor der Tür und wählte die Nummer. Öfter hatte ich gedacht, es sei eigenartig, wie er die Zahl Sieben schrieb, jetzt dachte ich nichts. Ich sah die Ziffer und sah sie nicht. Sie war von außen nach innen gegangen, war in mir, und in mir war alles weiß – nicht einmal ein Raum, einfach nur eine große leere Fläche. Eine Frau hob ab, und ich fragte wie automatisch nach Joseph, mit seinem vollen Namen. Ich sprach ihn englisch aus. Mein Atem zitterte.

Die Frau sagte: »Einen Moment bitte.«

Ich hörte, wie sie blätterte, und meinen Atem, wie er zitterte. Es dauerte ewig. Noch nie hatte etwas so lange gedauert.

Endlich wieder ihre Stimme. Sie sagte: »Herr Wagner ist heute morgen abgereist.«

Ihre fröhliche Stimme. In mir war alles weiß. Der Zettel an der Tür verschwand, ich sah ihn nicht mehr. Ich biss mir in den Fingerknöchel und legte ohne ein weiteres Wort auf.

■ ■ ■

Hin und wieder gehe ich zum Arzt. Ich habe ihm bei einer Gelegenheit erzählt, dass ich zu schreiben begonnen habe. Was ich schriebe, fragte er da. Ich sah ihn lange an. Ich

fragte ihn, ob ihm an meinen Haaren etwas aufgefallen sei.
Er verneinte.

Er fragte lächelnd: »Woher auch? Ich kenne Sie erst seit
Kurzem.«

Natürlich. Er hatte recht. Ich erklärte, ich bekäme allmählich graue Haare.

Er lachte und fragte: »Wer nicht? Seien Sie froh, dass Sie
überhaupt noch Haare haben, die grau werden können.«

Er fuhr sich mit der flachen Hand über seinen Kopf. Erst
jetzt bemerkte ich, dass er fast vollkommen kahl war. Was
ich also schriebe? Über meine Haare? Seine freundlichen
Augen und Wangen lächelten.

Ich lächelte zurück. Was sollte ich ihm sagen? Das war es
ja, dass ich es aufschreiben musste, um eine Sprache dafür
zu haben. Ich sagte, ich könne es nicht erklären. Der Arzt
meinte dann, es sei jedenfalls eine gute Sache, wenn man
sich etwas von der Seele schreibe.

Solch diplomatisches Gerede gefiel mir nicht. Hatte mir
noch nie gefallen. Entweder sagte man etwas oder nichts.
Ich antwortete, ich wisse weder, ob es gut oder schlecht
sei, noch, ob ich mir etwas von der Seele schriebe, dass ich
einfach mit etwas begonnen hätte und es nun zu Ende
führte. Nach einer Pause sagte ich, ich schriebe viel. Manches Blatt, wenn es mir nicht gelungen vorkomme, überar-
beitete ich, schriebe es sogar mitunter neu, sagte ich. Was
bei all dem herauskomme, sagte ich, werde ich dann ja sehen. Vielleicht könne man dann etwas dazu sagen. Und
vielleicht, sagte ich, lernte ich ja etwas daraus. Ich sagte,
dass ich lernbegierig sei. Er fragte darauf, ob ich das Geschriebene auch einmal jemandem zeigen, es gar einmal
veröffentlichen werde. Ich lachte und sagte, dass ich mir das
nicht vorstellen könne.

»Warum nicht?«, fragte der Arzt ernst.

Ich dachte nach und sagte, das könne ich nicht beantworten. Er fragte nichts weiter, und ich dachte noch einmal nach. Dann sagte ich, allein deshalb, weil das, worum es sich handle, soweit ich sähe, nichts Allgemeines sei.

So ging unser Gespräch schließlich noch eine Weile hin und her.

Vor wenigen Wochen – Anfang November, kurz nach Leonhardi – war ich in Pettenbach. Ich sah mir mein Elternhaus aus der Ferne an, und es war mir gleichgültig; zumindest fühlte ich nichts. Nur ein plötzliches und dann anhaltendes Ziehen in der rechten Lunge, das ich einen Augenblick lang mit einem Stich im Herz verwechselte, aber es war nur die Lunge; das kam öfter vor, es tat nicht weh. Über ein frisch bestelltes Feld – das, wenn man in die Saatreihen schaute, wie grün gestrichelt aussah – zog Nebel wie Staub.

Vor dem Haus tuckerte ein kabinenloser orangefarbener alter Traktor, unser 28er Steyr. Ohne extra hinzuhören, ohne nachzudenken: Ich wusste genau, in welcher Position der Handgashebel stand. Niemand war zu sehen. Aus dem Rauchfang kam Rauch wie ein Faden, der sich in den nahezu weißen Himmel goss und unsichtbar wurde. Ich dachte, die Cosmea vor dem Haus, ob sie noch … die Cosmea, ob sie noch blühen, so wie immer noch im Oktober und November?

Aber wenn ich dachte, dass alles, was ich sah, und alles, was ich nicht sah, nun in den Besitz von jemand anderem übergegangen war, kam es mir unwirklich vor. Ich atmete durch, las von meinem Gerät Luftdruck und Temperatur ab und notierte die Daten.

Ich wollte die Strecke, die ich mit Clara auf unserem ersten gemeinsamen Spaziergang gegangen war, wieder gehen. Deshalb war ich eigentlich hergekommen.

Zunächst fuhr ich in den Ort hinein und ging eine Runde.

Es war niemand zu sehen. Vor dem Wirtshaus standen mehrere Autos und Traktoren. Neben dem Wirtshaus ein Rohbau, der bis auf das Dach fertig war; die Ziegel fehlten noch, aber der Dachstuhl war aufgeschlagen, die sehr hellen Latten vernagelt, und auf dem First sah ich als Richtbaum eine mit bunten, vom Wind leicht bewegten Bändern geschmückte kleine, vor dem hellen Himmel schwarze Fichte, aber kein einziger Arbeiter ließ sich blicken, und ich dachte, sie seien vielleicht ins Wirtshaus gegangen, führten vielleicht dort ihre Gleichenfeier, das Richtfest, fort. Auf der Straße lagen noch ein paar glänzende braune Scherben der vom Dach geworfenen Bierflasche. Bräuche. In meinem Rücken von fern die Geräusche einer leerlaufenden Kreissäge. Auf vielen solchen Dächern war ich in meinem Leben gestanden, schon als Kind. Auf wie vielen? Und jetzt schon sehr lange auf keinem mehr. Es klang immer noch seltsam beunruhigend: eine Kreissäge im Leerlauf, die Luft schnitt.

Ich ging zum Auto zurück, stieg ein und fuhr nach Mühltal. Ich parkte den Wagen beim Sägewerk; entlang des ganzen Flusses gibt es Sägewerke, auch in Pettenbach gibt es welche. Ich betrachtete mich eine Minute lang im Rückspiegel, stieg aus, aber es war sehr kalt, und ich beschloss, wieder einzusteigen und doch mit dem Auto zu fahren. Ich fahre einfach langsam, dachte ich, im ersten Gang, ja, im Schritttempo. Aber wie seltsam war mir da, als ich durch Mühltal Richtung Reuharting fuhr: Ich erkannte die Strecke nicht wieder. Die Blicke aus der Windschutz- und der Seitenscheibe zeigten mir etwas völlig anderes, als ich vom Gehen kannte. Ich sah nichts. Ich brachte den Wagen zum Stehen und stieg aus.

Es herrschte kalter, böiger Wind. Die Windstöße zerfetzten den Nebel und trieben ihn, der tief und bis dahin zäh und unbeweglich in den Baumwipfeln hing, auf den Weg herunter. Einmal knarzte eine Fichte. Und der aus einem Traktorreifenprofil gefallene Dreck auf dem Asphalt glitzerte matt.

Gegenüber, dachte ich, die Feuerlilien. Ja, dazwischen die Schotterstraße, die Grasnarbe, aber den Cosmea schräg gegenüber die Feuerlilien.

Ich starrte in das stumpfe silbrige Glitzern und zählte stumm und schnell bis dreiunddreißig.

Es dämmerte, als ich in Rohr ankam. Ich stellte den Wagen vor dem Haus ab und stieg aus. Scharfer Schneegeruch lag in der Luft. Ich sperrte die Haustür auf, ging in die Stube und schaltete den Computer ein. Ich las eine Nachricht von Cecilia, die sie mir bereits vor einiger Zeit geschrieben hatte, wieder. Dann las ich sie noch einmal. Sie schrieb darin von Savina. Jedes Mal schrieb sie von Savina. Nach dem dritten Mal Lesen schaltete ich den Computer aus, legte mich aufs Bett und dachte: Warum, zum Teufel, stellt sie es sich nicht einfach vor?

Mir fielen die Augen zu, ich zog mir die schwere graue Wolldecke mit den rotweißroten Säumen über den Kopf und schlief fast augenblicklich ein. Und als ich aufwachte, war mir, als wäre keine Zeit vergangen, aber in das Stockdunkel hinein, das nicht wich, als ich die Decke wegschlug, leuchteten die grünen Ziffern im Display meines Weckers scharf blendend zu mir her und zeigten kurz vor halb zehn. Ich dachte wieder: Warum stellt sie es sich nicht einfach vor, dass ich dageblieben bin, dass wir zusammenwohnen, miteinander schlafen, das alles? Warum genügt es ihr nicht, einfach mit der Vorstellung weiterzuleben, so wie ich auch mit diesen ganzen aus schönen Erinnerungen erzeugten Vorstellungen lebe?

Noch einmal zog ich mir die Decke über den Kopf, aber sie war plötzlich noch schwerer als eben, schwer wie Erinnerung, schwer wie Jahre, und ich stieß sie mit den Füßen weg und wälzte mich vom Bett. Ich stand auf, machte Licht und schaltete den Computer ein. Während er hochfuhr, wollte ich die Zeit nutzen, nahm die Schuhe und eine Bürste vom Regal, stellte mich vor die Haustür und begann die Schuhe zu putzen. Oder wollte ich mich nur ablenken von meinen Gedanken? Unten fuhren zwei Autos hintereinander vorbei. Ich blickte kurz auf und sah die Seitenscheiben wie zwei mir völlig unverständliche Signale aufblitzen. Ich wollte die Schuhe neben die Tür stellen. Doch sie rutschten mir aus der Hand. Sie fielen auf den Beton und polterten leer.

Immer schon war ich gerne spazierengegangen. Der Bewegungsdrang der Kindheit war vielleicht durch die Jahre abgeschwächt worden, verlassen hatte er mich jedoch nie. Seit ich hier wohne, gehe ich oft stundenlang zu Fuß herum. Die allermeisten Strecken lege ich zu Fuß zurück; nur wenn ich Rohr verlasse, fahre ich mit dem Auto.

In einer Rumpelkammer im hinteren Teil des Hauses stehen unter anderem zwei Fahrräder; eines davon ist ein Waffenrad. An der Wand, an gewaltigen, fingerdicken und armlangen schmiedeeisernen Nägeln, hängen verstaubte, mehr als hundert Jahre alte Kummets mit stellenweise aufgerissenem schwarzglänzendem Leder. Die leblosen Dinge überdauerten die lebendigen, atmenden. Wie lange war von den Pferden, die diese schweren ovalen Dinger einst um den Hals trugen, schon nichts mehr übrig? Kein heißer, feuchter Atem mehr, nur noch Luft – so einfach war es. Ich hatte das Waffenrad im Frühjahr repariert. Aber nie fuhr ich damit. Jedes Mal, wenn ich es herausschob und damit fahren wollte, dachte ich wieder: Fahrradfahren – ich weiß nicht, das passt jetzt nicht mehr richtig zu dir. Dann stellte ich es wieder in die Kammer zurück.

Vor Kurzem habe ich in Küche und Stube die Lampen

entfernen und mehrere Leuchtstoffröhren anbringen lassen. Mit dem Elektriker, der kam und mir das installierte, saß ich nach getaner Arbeit in der Küche unter einer neuen Lampe. Es war ein kühler Tag. Einer der ersten wirklich kühlen Tage. Wir tranken Tee. Ich bot ihm Rum dazu an, den er allerdings mit Verweis auf die Uhrzeit ablehnte. Es war noch nicht spät. Er lehnte ab ohne nachzudenken und ohne auf die Uhr zu blicken. Es war erst kurz nach Mittag. Einmal läutete sein Telefon, aber er ließ es in der Tasche, bis es irgendwann nicht mehr läutete. Er war aus Gutenstein gekommen. Wir saßen einfach und tranken rot aus den Tassen leuchtenden Schwarztee. Es gab kein Gespräch, nur eine technische Frage, die mir plötzlich einfiel und die ich sofort stellte. (Ich wollte wissen, weshalb diese Röhren nun nicht mehr summten wie die alten.) Seine Antwort klang selbstverständlich; nur verstand ich sie leider nicht. Dann wieder Schlürfgeräusche. Wir saßen. Ich war in diesem Moment sehr dankbar, aus keinem bestimmten Grund.

Jetzt ist es heller, und ich werde weniger schnell müde, wenn ich an der Arbeit sitze.

Ich blickte auf die Schuhe und ging zurück in die Stube. Ich blieb eine Minute in der dunklen Stube stehen. Dann wollte ich in die Küche gehen. Doch unter dem Türsturz hielt ich erneut inne. Auf dem Tisch neben dem aufgeschlagenen, hell glänzenden TV-Magazin lagen Dutzende kleine, längliche Zettel, Zettel von einem Kellnerblock samt Bierwerbung; sie lagen in einer bestimmten Ordnung; ich selbst hatte die Ordnung festgelegt, jetzt ein für alle Mal. Nun betrachtete ich sie mit einem langen Blick. Dann nickte ich und löste den Blick davon.

Die Schuhe standen vor der Tür. Die Bürste hatte ich noch in der Hand, merkte es zunächst nicht, und wusste, als ich es bemerkte, nicht, wohin damit.

Ich machte ein paar Schritte, setzte mich an den Tisch und sah auf die beigefarbene Kühlschranktür, hinter der es brummte und ein Rost ab und zu leer dröhnte. Auf ihr hing, befestigt mit einem roten, plastikummantelten Magnetknopf, auf dem in weißer Schwungschrift Coca-Cola stand, ein Brief. Er hing seit Langem da.

Ich legte die Bürste beiseite, stand auf, durchquerte die Küche und zog den Brief unter dem Magneten heraus, ging an den Tisch zurück, setzte mich wieder und legte den Brief vor mich hin auf die Tischplatte. Ich legte ihn über die Zettel. Dann strich ich ihn glatt.

Es war ein Brief meiner Exfrau, die mich – wie mir tief innen, allein durch Empfinden, sofort klar gewesen war – am Flughafen Fiumicino gesehen hatte. Ich las eine Zeile. Sie stach heraus, als wäre sie mit einer anderen, zweiten Schrift verfasst.

Und sie lautete: »Joseph, du bist grau geworden.«